민병임 소설

꿈

꿈

민병임 소설

1판 1쇄 인쇄/ 2025년 2월 20일
1판 1쇄 발행/ 2025년 2월 25일

지은이 / 민병임
펴낸이 / 우희정
펴낸곳 / 도서출판 소소리

등록 / 제300-2007-21호
주소 / 03073 서울 종로구 성균관로 5길 39-16
전화 / 765-5663, 010-4265-5663
e-mail: sosori39@hanmail.net

값 22,000원

*잘못된 책은 바꿔드립니다.

ISBN 979-11-5891-208-6   03810

꿈

민병임 소설

소소리

■ 책을 내면서

  오래전, 1942년과 43년에 써진 일기장 한 권을 손에 넣게 되었다. 누렇게 삭아 바스러질 듯한 낡은 일기 안에 그가 있었다.
  평생 한 신념을 지키며 사느라 제대로 된 식사와 잠자리를 마다했던 그는 일제하에서는 수시로 서대문형무소에 갇혔고 해방 후 혼란한 정국에서는 자신의 사상을 펼치고자 북으로 가야 했다. 혁명가지만 예술을 사랑하고 가족애가 넘쳤던 아버지, 자녀의 등록금을 걱정하는 평범한 아버지인 그, 딸은 나랏일 하는 큰 분이라며 존경과 사랑을 보낸다.
  이 책 『꿈』은 1900년부터 2000년까지 지난했던 한국 역사 속을 살아간 3대의 이야기다.
  제1부는 혁명가 이명근의 시각으로 조국은 무엇인지, 과연 꿈은 이뤄진 것인지, 가족이 이데올로기를 앞서는 것은 아닌지 끊임없이 사유한다. 딸은 아버지의 사상에 대해서는 잘 모르지만 온 가족이 둘러앉아 함께 밥 먹는 것을 소원했으나 홀로 이남에 남아 자신의 가정을 꾸려나간다.
  제2부는 이명근의 손녀 이지유의 시각으로 아버지, 어머니의 삶을 바라본다. 이지유는 박정희시대, 광주 5·18, 군사독재 시대를 지나면서 더 이상 부모 세대처럼 가혹한 운명에 휘둘리지 않으려고 한

다. 그러나 일도, 연애도 여의치 않다. 결국 이 땅을 벗어나 미국으로 떠나지만 아이를 낳고 키우면서 자신의 뿌리를 찾고자 생전 처음 외가를 찾아간다.

아무리 세상이 바뀌어도 가장 편하고 그리운 이름은 아버지, 어머니, 할아버지, 할머니라는 가족이 아닌가 하면서 그분의 삶도 이해하게 된다.

낡은 일기장을 손에 넣은 이래 20년 동안 여러 자료와 역사책을 통해 그의 흔적을 찾아보았다. 한국서점이나 도서관에 가면 한국 근대사와 인물에 대한 자료는 방대하지만 그의 이름은 찾기 힘들었다. 드물게 보이는 그의 족적을 따라가면서 이야기가 만들어졌다.

1920년대 사회주의에 물든 지식인, 만주벌판 이름 없는 독립운동가 이야기는 차고 넘친다. 굴곡 많은 한국 근대사에 담긴 사람들의 사연도 흘러넘친다. 그래도 우리는 그 이야기를 더 해야 한다. 나라를 잃은 그들의 삶과 한, 피맺힌 이야기는 아직 부족하다.

그렇다면 나는 왜 뉴욕에 살면서 한글로 소설을 쓰기 시작했는가? 1995년 강연차 뉴욕을 방문한 최명희 작가의 "미국에서 한글로 글을 쓰면 국경선이 여기까지 확장된 것"이라는 한마디가 용기를 주었다. 한글로 글을 쓰는 내가 그 안에 있다.

2025년 1월 민병임 쓰다

▷ 차 례

▷ 책을 내면서

1부

1장 바람타는 남자
    토끼몰이 ― · 12
    아기장수 전설 ― · 34
    사라진 태백산 호랑이 ― · 39

2장 경성유학생
    독서클럽 ― · 48
    신여성 경숙 ― · 61

3장 상해로, 남경으로
    월강죄 ― · 70
    오래된 도시 남경 ― · 84
    비설의 사랑 ― · 91

4장 조국은 여전히 가난하다
　　경성으로 돌아오다 — · 102
　　커다란 산 — · 111
　　서대문 형무소 — · 127

5장 혁명가 아버지
　　조선인 홍군 박성칠 — · 136
　　이영이의 일기 — · 141
　　보호관찰대상 — · 171

6장 조국은 하나, 마음은 둘
　　울밑에서 봉선화야 — · 182
　　적자와 서자 — · 201
　　밤마다 그가 보인다 — · 212
　　아버지가, 미안하다 — · 215

2부

1장 엄마
    어린 시절 ― · 228
    옥수수빵과 반공웅변대회 ― · 252
    북으로 간 장인 ― · 259

2장 서울로 오다
    물레 ― · 264
    하복 입는 날 ― · 279
    놋대야 ― · 284

3장 낡은 일기장
    서울에 온 북쪽사람 ― · 292
    장떡과 추어탕 ― · 303
    지우의 소설 ― · 306

4장 지유의 청춘
　신춘향전 ― · 314
　여성잡지사 기자 ― · 326
　그 사람 ― · 345

5장 황혼의 부부
　이경석의 노래 ― · 358
　이산가족 ― · 368
　울밑에선 봉선화야 ― · 377

6장 꿈
　뉴욕, 뉴욕으로 ― · 390
　뿌리를 찾아서 ― · 401
　엄마의 고향 ― · 415

1장
바람 타는 남자

제1부

토끼몰이

1.

쪽빛 바다가 몸을 뒤챌 때마다 새하얀 포말들이 눈부신 햇살을 타고 통통 튀어 오른다. 태백산에서 뻗어 나온 산봉우리가 해안까지 밀려 내려온 죽도산은 돌섬 한가운데 솟아있다. 쭉 쭉 뻗은 해송과 해안선 따라 해당화가 피는 날이면 다들 배고픈 것도 잊고 자연에 취했다.

덕이 가득하다는 영덕(盈德)은 자연의 덕이 넘치는 땅이었고 그 안에 소가 누워있는 형국이라고 이름이 축산(丑山)리인 마을이 있었다. 축산천이 서쪽에서 동쪽으로 흐르는 마을, 그곳에 신돌석 장군 생가가 있었다.

어촌이 가까운 마을에는 물가자미, 오징어, 문어, 도루묵이 풍성하지만 때로 육고기가 그리울 때도 있었다. 산과 바다를 함께 낀 마을에 폭설이 내렸다.

세상은 고요했다. 어제 아침부터 내린 폭설은 밤까지 점령했다. 온 마을은 숨을 죽인 채 눈을 맞았다. 초가지붕 위로 눈이 두터운

이불솜처럼 쌓여가고 간간이 넘치는 눈 무게로 나뭇가지가 뚝 뚝 부러지는 소리만 들렸다.

새벽이 오기 전에 눈이 그쳤고 젊은 혈기는 더 이상 방에 있지 못하고 밖으로 뛰쳐나와 뒷산으로 달렸다. 동네 젊은이들은 아침 일찍 동네 뒷산에 올랐다. 총포가 없으니 오로지 하나의 무기는 목청이었다. 다 같이 크게 고함을 질러서 사슴, 노루 같은 짐승을 깊은 눈 속으로 몰아넣어 잡는 것이다. 세상은 갑자기 소란스러워졌다.

"뛰어, 뛰엇!"

"앗, 저쪽으로 간다, 몰아, 몰아."

"우우 우우 우우우…."

"이쪽이다, 막아, 막아!"

폭설 이후 아무도 밟지 않은 눈의 세계였다. 발등이 빠질 만큼 눈이 높게 쌓인 산 중턱을 십여 명의 젊은이들이 뛰어다니고 있다. 그들의 발걸음이 빨라질수록 새하얀 눈밭은 시커먼 흙이 드러나면서 어지러워진다.

대부분 변변찮은 아침을 먹었거나 끼니를 걸렀을 텐데 젊음이 이를 이겨낸다. 무리보다 앞장서 달리는 성구는 '애써 먹은 귀한 밥 빨리 꺼진다. 살살 다녀라.' 하던 어머니 말이 귓전에 들리건만 아랑곳하지 않는다.

말랑말랑하니 잘도 구부러지는 흰색 고무신은 장터에서 구경이나 해보았지 값이 비싸서 신을 엄두도 못 낸다. 다들 짚신과 미투리를 신었을 뿐이다. 짚신은 눈 녹은 물에 폭 젖으면 가는 새끼를 꼬아 만든 매듭이 풀어져 주저앉는다.

그러나 빙판 위에서의 짚신은 훨훨 날아다닌다. 발에 착 달라붙어 미끄럼 기능을 올려주니 더욱 달음질이 빨라지는 것이다. 빙판과 숲속을 날아다니는 동네 젊은이들은 입성도 변변치 못하다.

솜을 누벼 지은 바지저고리 차림이 두어 명, 좀 사는 집안의 호사한 입성이다. 대부분은 홑껍데기 옷이다. 떨어지거나 낡은 팔꿈치나 무르팍에 다른 천을 덧대어 여러 번 기운 자국이 보이는 초라한 차림이지만 추운 줄 모른다. 오로지 하나의 목적을 위해 산비탈을 오르락내리락 헉헉 뛰어다니다 보니 숨이 가빠오고 얼굴이 벌겋게 달아오른다. 몸과 옷가지가 땀에 젖고 볼과 손이 빨갛게 얼어도 토끼몰이는 즐겁기만 하다.

결사적으로 도망가는 짐승과 악착같이 쫓아가는 인간들, 잡히느냐, 잡느냐의 싸움은 자꾸 길어지고 있다. 금방 잡힐 것 같더니 이 작은 동물들은 결사적으로 도망간다. 잡았다 하는 순간 쏜살같이 사라지는 싸움이 계속되면서 점차 시간이 지난다. 빙판 언덕도 녹아내리고 변변찮은 신발이 눈 속에 퍽퍽 빠지면서 발이 젖어온다. 엉덩방아를 찧고 눈구덩이에 빠졌던 젊은이는 바짓가랑이에 물기가 점차 올라옴과 동시에 선뜻선뜻한 한기가 몸 위로 올라와 얼굴이 시퍼렇게 얼었다.

이날, 사슴 같은 큰 짐승은 구경도 못했다. 그저 몇 마리의 토끼가 발견되었을 뿐이다. 온 산에 눈이 깊이 쌓이면 토끼는 마을 근처로 먹이를 찾아 내려온다. 토끼 발자국이나 오줌 자국이 눈에 뜨이면 그 근처 잡초로 덮인 숲이나 잔솔밭, 바위 틈새를 뒤지면 된다. 어김없이 눈을 말똥말똥 뜬 토끼를 발견할 수 있다.

젊은이들은 산중턱 지점에 40미터에서 50미터 정도 되는 긴 그물을 치고 몽둥이 하나만 든 채 산으로 오르지만 아이들은 그물이 쳐진 지점을 에워싼 뒤 일시에 "와아아" 하고 목소리를 보탠다. 산이 무너지는 듯한 함성에 굴속에 숨어있던 토끼들이 놀라 튀어나온다.

드디어, 뭔가 움직인다. 잿빛과 흰색 토끼 서너 마리가 고함소리에 놀라 눈밭에 발이 빠지면서 엄벙덤벙, 우왕좌왕 도망을 친다. 아래쪽으로는 아이들이 지르는 함성이 무서워 그쪽으로 갈 수가 없다. 앞발은 짧고 뒷다리가 길어서 위로도 올라갈 수가 없다. 아래쪽으로 도망가려다가 다시 위쪽으로 몰리는 토끼가 그물에 걸리면 그나마 다행, 몽둥이에 맞아 잡히면, 그야말로 이날 토끼 운수 젬병이다.

"이놈, 게 섰거라."

이날도 덕이아재의 방망이가 빛을 발한다. 여기서 "와", 저기서 "와" 하는 함성에 혼이 빠져서 행동이 굼떠진 새하얀 토끼 한 마리가 표적이다. 커다란 방망이가 토끼의 정수리를 확 들이침과 동시에 새빨간 피가 새하얀 눈 위에 확 뿌려진다. 새빨간 피는 멀리까지 튀어 눈 덮인 새하얀 나뭇가지 위에도 방울방울 맺힌다. 순식간에 피칠갑을 한 채 사지가 축 늘어진 토끼의 긴 귀를 잡아 든 덕이아재는 좋아서 입이 찢어져라 웃는다.

"와, 형님, 손은 한방이오, 만사 실패가 없소 그려."

"순간 망설이면 내가 피를 보거든, 내 앞에 닥친 기회는 절대 놓치지 않으면 안되지."

홍이아재의 칭찬에 덕이아재는 더욱 싱글벙글한다. 홍이아재의 여리여리한 몸피가 뒷동산만큼 우람한 덕이아재 옆에 서니 형제 많은 집 큰형님과 막냇동생 같다.

"오늘 저녁에는 괴기국물 맛 오랜만에 보겠소."

한 마리가 잡히자 젊은이들은 더욱 신이 나서 토끼몰이에 빠진다.

이날 저녁, 동네 젊은이들이 합심하여 잡은 토끼 네 마리는 훌륭한 국거리가 된다. 저녁 시간이 되기 훨씬 전부터 김진사네 야외 화덕에 동네 아주머니 서너 명이 모인다. 커다란 무를 숭덩숭덩 썰어 넣고 토끼탕을 끓인다. 가마솥 가득 완성된 토끼탕 위에는 싯누런 기름기가 둥둥 떠 있다. 피골이 상접한 이들에게 누런 기름덩이도 감지덕지다.

이날, 토끼 외에 다른 수확도 있었다. 먹이를 찾아 동네 한가운데 밭으로 날아온 꿩 두 마리가 싸이나를 넣은 콩을 주워 먹고 미친 듯이 푸드득거리다 죽은 것이다. 쓰러진 놈이 수컷인 장끼인지라 꿩을 손질하는 마당 우물 옆에 아이들이 모였다. 동네 아주머니가 던져준 깃털을 사내아이들은 귀나 모자 옆에 꽂고 자랑스레 동구 길을 뛰어다닌다.

토끼탕 옆 화덕에서 손질된 꿩이 삶아진다. 음식 솜씨 좋은 막순네가 꿩의 배를 갈라 내장을 버린 뒤 깨끗하게 씻는다. 무를 숭덩숭덩 썰어 넣고 물을 잔뜩 부어서 펄펄 국을 끓여낸다. 이 또한 남녀노소 많은 이의 입을 즐겁게 한다.

모인 사람들에게 귀한 고기 몇 점과 고깃국물 한 공기가 돌아간다. 허겁지겁 넘어가는 고기 한 점이 황송할 정도로 맛있지만 너무도 짧은, 찰나라서 아쉽기만 하다. 허기진 식민지 백성들의 위장을 부드럽게 달래준 고깃국물, 오랜만에 뜨뜻하고 영양가 있는 국물이 속을 채우니 다들 표정이 느긋하니 풀어진다.

둥글둥글하면서도 올망졸망한 작은 산들이 앞서거니 뒤서거니 사이좋게 겹겹이 서 있다. 작은 산의 안쪽 품 안에 쏙 안긴 마을은 평화로워 보인다. 근심걱정 없는 평화만 가득한 마을로 보일 지경이다.

이곳에 오려면 읍에서 버스를 타고 20분 정도 한적한 비포장도로 시골길을 달려야 한다. 동그란 판자가 달린 기다란 표지판이 서 있는 정류장에 내리면 멀리 어깨동무한 듯 사이좋게 자리한 산들이 보인다. 신작로 길을 따라 동네를 향해 걸어가는 길 양쪽으로 논이 한없이 펼쳐진다.

거대한 논자락 가운데를 뚫고 과감하게 만들어진 신작로는 일본 관료가 쌀을 운반하기 좋게 만들라고 지시한 것이다. 이 신작로는 꼬불꼬불 논두렁길을 걸어 마을로 걸어가는 시간을 많이 단축시키긴 했다.

생먼지가 펄펄 나는 신작로를 한참 걸어 들어가면 산 밑에 납작 엎드린 초가지붕들이 보이고 가까이로는 아담한 집들이 보인다. 동네 입구에 가장 먼저 예배당의 뾰족탑을 만나게 된다. 오른쪽 옆길로 돌아서면 양철 지붕이 햇살에 반짝거리는 정미소도 보인다.

안으로 들어가면 기와를 얹은 집이 드문드문 보이고 그 주위로 정갈하게 초가를 얹은 수십여 채 되는 동네가 제법 규모를 지닌 곳임을 알 수 있다. 능선이 편안해 보이는 산들도 성큼 가까이 나타난다.

토끼고기와 꿩고기 한 점이라도 맛본 아이들은 "가서 뒤비자라."며 일찌감치 쫓겨난다. 잠자는 아이들의 입에는 미소가 서려있다. 아이들은 매일 오늘만 같았으면 하고 소원한다. 하루 한 끼라도 배불리 먹었으니 이만한 복이 어디 있을까.

김진사네 행랑채에 동네 젊은이들이 몰려든다. 1918년 조선의 시골 마을, 김진사네 머슴방이 아직까지 남아있는 것이 신기하다. 1908년 조선총독부는 동양척식회사를 통해 구왕실 토지와 공유지를 총독부 수중에 넣었다. 대물림해 오던 사유지는 몰수 후 국유지로 통고했다. 작은 논이나마 자기 것으로 지니고 입에 겨우 풀칠하던 조선 농민들은 하루아침에 소작인이 되고 소작료가 배정되었다.

경북 영덕과 영천, 강구 일대에 땅을 많이 소유한 김진사는 워낙 머리 회전이 빨랐다. 일찌감치 조선에 온 일인들과 인맥을 쌓은 관계로 땅을 별로 갖다 바치지 않고도 여전히 소작농을 거느리고 농사를 짓고 있다. 융통성이 있고 인정도 있어서 소작농들과의 관계도 무난한 편이다.

김진사의 부친은 식년시에 3등으로 합격하여 진사가 되어 성균관에 입학 허가를 받았었다. 그러나 대과에 응시하지 않았다. 중앙에 진출하지 않은 것이다.

"선비는 모름지기 학문에 종사하여 자기 몸을 수양한 후 관료가 되어 백성을 다스리는 것을 이상으로 삼았지. 하지만 과거가 권문세가의 농락으로 전락한 지 오래다. 사회적 지위를 공인받았으니 그것으로 되었다. 우리는 밥술이나 먹고살 만하니 이를 잘 유지해야 한다. 동네에 굶는 사람이 있으면 양식거리를 주는 사람의 도리를 잊어선 안 된다."

이것이 김진사 부친의 유지였다. 진사 합격으로 만족한다는 김진사의 부친, 정작 김진사는 나라에서 보는 시험을 볼 생각도 하지 않았다. 갑오경장으로 과거제도가 폐지되기도 했지만 동네사람들은 작고한 김진사를 부르는 택호 그대로 무관의 그를 '진사 어른'이라 불렀다.

김진사는 선비라기보다는 여러모로 이문에 밝은 장사치에 가깝다. 자신의 논에서 거둬들인 곡식을 빻고 제련하는 정미소를 영덕군에서 가장 먼저 차렸다. 마을 입구에 보이는 교회 바로 옆의 정미소가 김진사의 것이다. 양조장도 있었지만 일제가 술 빚는 일을 허가제로 만들어버릴 때 문을 닫았다. 그러나 수천 년을 내려온 이 땅의 전통주는 겉으로는 사라졌지만 조상의 차례는 지내야지, 잔치에는 술이 있어야지 하는 민간인들에 의해 남몰래 빚어졌다. 그러나 신고하지 않은 술이라 하여 밀주가 되었다.

그는 조선 땅에 들어온 일인들과 교류가 잦다. 늘 읍내 술집에 있거나 수시로 경성에 출타 중이라 집에 있는 날이 드물다.

"마님예, 진사 어른이 경성서 전문학교 다니는 신여성 여인을 보았다 합디더."

"힝, 제까짓 게 그래봤자, 첩 아이가, 택도 없지 뭐. 내는 조강지처다."

남편의 바람은 수시로 불었다 그쳤다 다시 불었다. 그 일에 별로 괘의치 않는 김진사댁은 후덕하게 생긴 외양처럼 인심도 넉넉했다. 주인이 출타 중이라도 문안차 왔다며 며칠씩 묵어가는 사랑방 손님이나 머슴방 아랫것들이나 차별 않고 먹을 것을 아낌없이 베풀었다.

자연히 김진사네 행랑채에 있는 머슴방은 그 집 네 명의 머슴과 동네 젊은이들의 집합 장소가 되었다. 젊은이들이 몰려들면 주인집에서 일제가 권장하는 술을 내기도 했다.

저녁 무렵 군불을 땐 방은 생솔가지가 타면서 나는 매캐한 연기냄새, 사내들의 쌀비듬에 비릿한 냄새, 잘 씻지도 못한 큼큼한 발냄새가 섞여 숨쉬기가 고약했다. 그래도 바깥 찬바람을 막고 온기도 있는 널찍한 방은 동네에서 오로지 이곳 하나였다.

겨울이라도 큰 살림을 하는 집은 안팎으로 온갖 잡일이 많다. 머슴들은 입으로는 침 튀기며 온갖 수다를 떨면서도 두 손은 놀지 않았다. 쉴 새 없이 손을 놀려 새끼를 꼬았고 삼태기, 멍석, 가마니를 만들어냈다. 때로 초가지붕이나 담 위에 얹는 이엉도 만들었다.

가는 새끼와 짚으로 날과 씨를 만들어 베를 짜듯 만드는 가마니는 20여 년 전 일본에서 들여온 기술이다. 가마니가 다 짜지면 양 가장자리는 커다란 대나무 바늘로 꿰맸다. 이 일을 홍이아재가 가장 꼼꼼하게 잘해 내었다.

"홍아, 네가 짠 가마니는 너무 예뻐서 보기에도 아깝다, 이걸 우째 함부로 쓰겠노?"

어려서부터 김진사네 종으로 잔뼈가 굵은 덕이아재는 몸이 약한 홍이아재의 일을 수시로 거들어주고 있다. 나뭇가지 치기나 짐 나르는 일이 힘에 부쳐 잠시 쉬고 있으면 번개처럼 나타나 순식간에 자신의 지게 위에 홍이의 지게를 얹고 앞장서 걸어가곤 했다.

세습 종인 덕이와 홍이는 철이 들고 보니 김진사네 종이었다. 나머지 두 명은 일 년이나 몇 년간 종을 자처해 세경을 받는 머슴이다. 이들이 먹고 자는 머슴방이 크다고는 하나 대여섯 명의 청년까지 합세하니 그 냄새가 고약하기 짝이 없다. 이들에게는 익숙한 냄새다.

때로 윷놀이를 할 때도 있지만 절대로 화투만은 치지 않는다. 포르투갈 상인들이 일본에 무역차 출입하며 전해진 화투는 19세기경 일본 쓰시마 상인들이 장사치로 조선에 내왕하며 들여왔다. 민화투, 육백, 섯다, 도리짓고땡, 나일롱뺑, 고스톱에 추전, 골패, 마작까지 조선 팔도에 급속도로 퍼져나갔다.

보통 매년 2월이면 전문 도박꾼들이 마을로 들어와 슬슬 행동을 개시했다. 처음엔 도리짓고땡이나 마작 등으로 슬쩍 잃어주면서 사람들을 끌어들였다. 판이 커지면 온 동네 남정네들이 몇날 며칠씩 외박하면서 전 재산을 털리고 빚까지 지면서 한 동네를 끝장냈다. 윗마을, 아랫마을도 술과 노름 바람으로 패가망신하고 야반도주한 이가 여럿이다.

김진사는 읍내 술집에서 같이 술을 마시던 일인이 잔뜩 취해서 하던 술주정을 잊지 않았다.

"조선인들한테 윷을 버리게 해야 해. 대신 화투짝을 쥐어주는 거지. 노름에 빠지면 그날부터 우리의 작전은 성공한단 말이지. 노름에 미치면 딸도 마누라도 팔아먹는데 그까짓 독립운동, 개나 물어가라지 그렇게 된다는 거지."

"하모, 하모, 맞지라."

김진사는 술에 떡이 된 상태로 횡설수설 맞장구치면서도 일인 장사치의 비수 같은 한마디를 놓치지 않았다. 술이 떡이 된 채 새벽녘에 집으로 돌아온 김진사는 다음날 종일 쓰러져 잤다. 술이 깬 이른 저녁시간, 그는 생전 처음 머슴방에 들어왔다. 자리에 앉지도 않고 선 채로 칼 같은 말 한마디를 내뱉었다.

"술, 담배는 얼마든지 해도 된다. 화투짝을 손에 쥔 순간 그놈의 손모가지는 잘라 버린다. 소작도 다 떼일 것이다, 멍석말이시켜 마을에서 추방할 것이야. 만일 노름으로 패가망신한 놈이 이곳에서 생기면 이 방도 못질해 버릴 것이야."

이 축산리만은 김진사의 엄명 덕분에 아예 화투판이 차려지지도 못했다. 도박꾼들이 이곳에 들어왔다가 동네 분위기에 질려 슬슬 도망가고 말았다. 그렇다고 해서 김진사가 독립운동가는 아니었다.

"민족주의자나 독립운동가는 아무나 하는 것이 아니야. 나는 잃어버린 나라를 되찾으려고 나서는 것보다 내 가족과 아랫사람, 내 사람들을 잘 건사하고 굶기지 않는 것이 더 중요하다."

그는 반일의식 이전에 노름에 빠진 소작인과 머슴들이 농사에 해를 끼쳐 자신의 재산을 덜어먹는 것이 두렵기도 했다. 비록 높은 자리에 있는 조선인이나 이권관계에 있는 일본인의 비위를 맞춰주고 자신의 이득을 취하고 있지만 워낙 부지런한 사람이었다. 그래서 게으른 사람을 경멸하고 싫어했다. 겨울날 농삿일이 좀 숨을 돌릴만하면 머슴들을 그저 놀리지 않았다. 일본에서 들여온 가마니 짜기 기술을 익히게 해 새끼를 꼬게 했다.

우락부락하게 생긴 덕이아재가 잘 마른 담뱃잎을 잘라 종이에 돌돌 말아 피우는데 연기가 얼마나 독한지, 피우는 본인도 쿨룩쿨룩거린다. 궐련초 냄새가 독해 기침을 콜록거리던 홍이아재가 그 옆에 앉아 있다가 더 이상 못 참겠다는 듯 잔소리를 한다.

"캐캑, 토깽이 잡겠소, 그만 초 태우소."

"후우우…."

넓고 퉁퉁한 얼굴 가득 능글능글한 웃음을 띤 덕이아재는 일부러 입안의 연기를 모으더니 홍이아재의 얼굴에 확 뿜어낸다. 궐련초는 냄새가 독해 홍이아재는 손사래를 치며 질색한다. 지켜보던 사람들은 와그르르 웃음보를 터뜨린다.

"둘이 아옹다옹할 때는 꼭 신랑각시 같소."

"남사스럽게 사내끼리 무신 신랑각시요? 오늘 꿩고기는 담백한 맛이 참 좋지 않았소?"

쑥스러운 듯 어깨를 움찔한 홍이아재가 얼른 대화를 다른 쪽으로 유도한다.

"토끼도 누린내가 좀 나긴 했어도 오랜만에 노란 기름이 둥둥 뜨는 국물을 한 대접 들이켰더니 속이 든든하구만요. 배에 지름이 껴서 이번 겨울 안 춥겠소."

"하하하. 오늘, 한번 괴기국물 먹고 그렇소? 오랜만에 다들 배 속이 놀랐겠소."

"나만 그라요, 다 그렇재. 괴기국물이 오랜만에 들어가니 변소 출입도 잦소, 하하."

"와하하하."

김진사네 행랑에 모여서 와르르 웃는 사람들, 든든한 저녁 한 끼가 이들의 마음을 둥글둥글하게 만든 것이다. 털보에, 사각턱에, 오종종한 이목구비에 제각각으로 생긴 무리 중에 반듯하게 생긴 한 청년이 있다. 이목구비가 또렷하니 잘 생겨 보름달처럼 훤하게 생긴 얼굴에서는 귀티가 난다. 경성 유학생 이명근이다.

그는 영덕 인근에 땅을 지닌 지주 집안의 장손이다. '도련님' 소리를 들지만 어려서부터 동네 머슴들과 격의 없이 자랐다. 이날도 자신의 집 소작농 아들인 성구와 함께 김진사네 머슴방에 놀러와 있다.

"근아, 오늘 낮에 잡은 토끼탕 묵었나? 밤에 힘쓸라문 괴기국물 먹어야 안 되겠나."

"좀 묵었다, 걱정마라."

먼저 도착한 명근에게 성구가 토끼탕을 먹었냐고 물어본다.

사실 명근은 거의 입에 대지 못하였다. 기름이 둥둥 떠 있는 누런 국물을 들이키자니 낮에 본 토끼의 시뻘건 몰골이 떠올랐다. 덕이아재의 몽둥이에 한방에 뻗어버린 토끼의 추레한 몰골이 자꾸 눈에 밟혔던 것이다.

'깔끔하고 확실하게 끝내준다는 것은 지지부진한 생존과는 거리가 멀다. 고통의 순간 없이 한 번에 명줄을 끊어버리는 것이 어쩌면 미물인 토끼에게는 더 고마운 일일 수도 있지.'

애써 그렇게 마음을 정리하는 명근이다.

성구는 토끼 사냥이 끝난 후 집으로 가서 독감에 걸려 있는 어머니와 성녀, 모녀에게 저녁을 차려 준 다음에야 김진사네로 건너온다. 모녀의 저녁이라야 깡보리에 푸성귀 몇 점이지만 그래도 끼니를 거르지 않고 먹었다는 사실이 중요했다.

토끼에, 꿩에 오랜만에 고기 잔치를 벌였다고는 하나 손질하고 탕을 만들어준 아주머니와 아이들이 고기를 좀 가져가고 남은 것은 혈기왕성한 청장년 십여 명이 달려들자 게 눈 감추듯 사라졌다. 아직 온기가 남은 가마솥에는 소금을 집어넣고 자꾸 물을 들이부어 멀건 국물뿐이지만 그래도 기름기 있는 그 국물을 맛있게 들이키는 성구다.

"오랜만에 괴기국물 먹으니 목에 술술 미끄러져 넘어간다."

국물 한 모금 마시고 썰어놓은 무 한 점을 씹는다. 어린것들도 낮에 토끼몰이에 참여한답시고 추운데서 발발 떨고 서있더니 한몫하고자 김진사네 광에 숨어들어 서리해온 동치미. 탁 쏘는 국물 맛에 새하얀 무가 사각사각 씹히는 맛이 그만이다.

김진사댁은 다 알면서도 김치나 동치미 서리쯤은 한마디 잔소리도 안한다. 그것이 더 무서워 서리하는 측은 무작정 다 파먹지는 않고 그저 적당히 하고 있다.

농사 지내기 전 '머슴날'이 있었다. 이날은 일꾼들에게 일년 농사를 부탁하면서 음식을 제공하는 날이었다. 주인집에서 술과 음식을 푸짐하게 내어 양껏 먹고 노는 날이었으나 과거지사가 되어버렸다.

토끼몰이 사냥뿐만 아니라 동네에서 힘쓰는 일이라면 언제나 덕이아재가 첫째로 달려간다. 곰살맞은 갑이아재, 충선아재는 남의 집 머슴이지만 명근과 성구를 귀여워했고 수시로 같이 놀아주었다. 타지에서 세경을 받고 일하는 머슴은 계약기간이 끝나면 떠나버렸지만 이들은 늘 함께 있었다.

서른 중반이 되도록 장가를 못 간 그들은 십대 후반이 된 명근, 성구, 또래 명근의 친구들과 둘이서 혹은 서너 명이 무리 지어 둘러앉아 이야기꽃을 피우고 있다. 김진사댁이 명근이 고향집에 왔다고 읍내에서 사온 탁주 두 병을 내놓아 다들 입가심 정도로 술기분은 내었다.

"명근아, 너 진짜 내일 아침에 경성 올라가나?"

"오야, 가야 한다. 이번에도 못 올긴데 아부지가 음력설 전에 얼굴 한번 보여 달라고 해서 억지로 왔다아이가."

"그래, 니 오랜만에 왔다. 여름에 할아부지 제사때도 못 왔지."

"그날 하숙방에 촛불 켜놓고 절 올렸다아이가."

"그래, 형식이 뭐 중요하겠노. 형편에 따라 하는 거지. 할부지 생각하는 마음과 정성이 중요한 거지, 잘했다."

밤이 깊어가고 있다. 시골의 겨울 저녁은 네 시만 되면 어둑해지기 시작하여 저녁을 먹고 나면 칠흑 같은 밤이 된다. 방안에 호롱불을 켜서 겨우 눈앞의 어둠은 피했다지만 동네 길은 앞이 안 보일 정도로 어둡기 짝이 없다.

하지만 이날 밤은 하루 낮밤을 내린 폭설이 산과 들에, 동네의 지붕 가득 쌓여 희끄무레한 빛이 난다. 밤이 되어도 어른들이 눈가래로 내놓은 길이 보여 집을 찾아가는데 지장이 없다.

자정이 되자 이야기를 하다말고 옷을 입은 채 고꾸라져 자는 사람, 한 말 또 하는 사람, 머리를 이쪽저쪽으로 툭 툭 떨어뜨리면서도 앉아 있으려고 용쓰는 사람, 그 속에 하나씩 둘씩 김진사네 행랑을 떠나 잠을 자러 간다.

2.

명근은 하얗게 빛나는 눈빛을 따라 집으로 간다. 지나가는 길옆의 초가 위에도, 커다란 나무도 흰 눈을 뒤집어쓰고 있다. 눈이 소복하게 쌓인 나뭇가지가 부러질 듯 위태롭다. 강추위에 새파랗게 언 달빛과 반사되는 눈빛에 의지하여 10여 분을 걸어가니 집이다. 집안으로 들어와 마당 한쪽에 있는 외양간 앞을 지난다. 순하기 짝이 없는 암소는 푸푸 하며 자면서도 되새김질하는 소리가 들린다. 여물통 안이 비어있다. 내일아침 일찍 넉넉하게 여물을 쑤어주어야겠다 싶다.

큰 마당을 지나 뒤뜰로 가는 길에 닭둥우리 앞을 지난다. 짚으로 매단 둥우리에 고개를 처박고 자던 닭들이 인기척에 푸드득하고 놀란다. 안채와 사랑채를 지나 뒤뜰 별채로 간 명근이 덧문을 열고 마루에 올라선다. 창호지 문을 열고 들어가니 남편을 기다리다 지친 아내는 잠이 들어있다. 작년 봄에 결혼식을 올리자마자 바로 경성으로 올라간 학생 신랑은 해가 지나서야 고향에 내려왔다. 그동안 시부모 모시고 집안 살림하느라 마음고생을 많이 했을 어린 아내다.

명근은 차가운 밤바람을 묻혀 온 검정색 두루마기를 벗지도 않고 선 채로 찬찬히 방안을 둘러본다. 흐릿한 등불 아래 보이는 방안은 아기자기하다. 윗목에는 곡식 자루가 서너 개 널브러져 있는데 울룩불룩한 모양새가 자잘한 것은 보나마나 콩자루일 것이고 모양새가 큰 것은 고구마일 것이다. 해풍을 맞아 단단해진 고구마는 생으로 먹어도 단물이 줄줄 나올 정도로 달다. 아랫목 천장에서 내려진 새끼줄에는 벽돌만한 메주덩이가 열 개 정도 나란히 줄 맞춰 달려있다. 사람과 겨울을 함께 나는 먹거리다.

저녁나절에 군불을 때고 나갔는데도 워낙 매서운 2월 날씨가 윗목에 놓인 쟁반의 숭늉에 살짝 살얼음이 돌게 한다.

"내일 아침에 나뭇간에 장작이 얼마나 남아있는지 살펴보아야겠구나."

어른들은 땔감이 필요하면 지게에 낫과 톱을 꽂고 산에 올라가 나무를 해왔다. 장작, 삭정이, 가랑잎, 솔가리, 가시나무는 산에서 해올 수 있는 땔감이다. 동네 어른들을 따라다니면 산비탈 어디에 가면 땔감으로 좋은 나무가 있는지, 삭정이가 많은지 훤히 알 수 있다.

일제는 불길이 세고 오래 타는 장작용 나무는 벌목을 금지했다. 그래서 장에 가서 돈을 주고 사와야 했다. 기회만 되면 동네 사람들은 몰래 산에 올라가서 솔가리나 가랑잎을 긁어모아 와서 밥을 지을 때 땔감으로 사용했다.

윗목에 놓인 아담한 소반에 껍질 깎은 생고구마의 하얀 속살과 배추뿌리 서너 개가 보인다. 눈 속에 파묻어둔 배추 뿌리의 흙을 대충 털어내고 깎아 먹는 배추뿌리는 약간 매우면서도 아삭아삭 씹히는 맛이 좋다. 아내는 늦도록 돌아오지 않는 지아비를 위해 군것질거리를 마련해 놓고 바느질을 하다가 잠이 들어있다.

덧문이 있고 마루를 지나 방이 있다지만 겨울 칼바람은 창호지 너머 실내로 여과없이 들어왔다. 봄과 여름에는 덧문과 방문을 활짝 열면 시원한 바람이 오장육부를 상쾌하게 만들었다. 온갖 꽃들이 다 투어 피어나는 자그마한 뜰도 보였다.

아침에 눈을 뜨면 뒷산에 올라 동해바다를 바라보았다. 이것이 또 얼마나 사람 마음을 구름 위로 낚아채 가는지 몰랐다. 해가 떠오르는 시각이면 바다가 제일 먼저 알고 홍조 띤 얼굴로 몸을 열었고 잠시 후면 온 누리에 붉은 기운을 나눠주었다.

해가 저무는 저녁에 바라보는 노을도 좋았다. 처음에는 연한 주황색이었다가 불타는 주홍색이 되었다가 보랏빛으로, 거무스름한 회색으로, 완전히 검은 장막이 내려오는 하늘을 보며 멍하니 있기 일쑤였다.
 10대 소년 시절, 명근은 고래불 바닷가로 가서 번번이 노을에 빠져 있다가 어른들의 걱정을 샀다. 고려시절 목은 이색이 상대산에 올랐다가 고래가 뛰어노는 것을 보고 고래불이라고 이름을 붙였다는 곳이다. 붉은 노을이 질 때면 긴 해변을 따라 너울대는 파도와 사각거리는 모래, 울창한 송림이 함께 춤추는 듯했다.
 울창한 산 아래 낮게 포복한 자세로 옹기종기 몰려있는 수십여 채의 집들, 바람 부는 날이면 바다의 짠 냄새가 강하게 밀려들기도 했다. 그 냄새를 훅하고 맡는 순간마다, 어린 명근은 자신이 멀리 가서 살 것 같은 예감이 들었다.

 방문 고리 바로 옆에 마른 꽃잎이 창호지에 달라붙어 있다. 햇빛 좋은 날이면 덧문을 열었고 화사한 햇살이 창호지에 박제된 꽃잎을 비추었다. 꽃잎은 빨갛고 파라니 막 살아올라 피었다. 그러나 이 밤, 자잘한 꽃잎들은 추워서 찬바람에 파르르 떠는 것 같아 보인다.
 명근은 두루마기를 벗고 실내복으로 갈아입은 뒤에 요 밑을 들춰 바닥에 손을 대어 본다. 저녁에 생솔가지를 고래 깊이 밀어 넣어 군불을 땐 아랫목은 아직도 뜨뜻하다. 사각사각 풀 먹인 소리가 나는 요와 이불 홑청소리가 듣기 좋다.
 아내는 새하얀 광목을 손으로 빨고 풀을 쑤어 큰 대야에 넣었을 것이다. 홑청과 함께 손으로 골고루 주물러 반쯤 말렸을 것이고, 착착 접어서 방망이로 두들기고 발로 지근지근 밟았을 것이다. 그 다음엔 온 방 가득 펼쳐놓고 혼수 이불에 새하얀 홑청을 반듯하게 씌워 한 땀 한 땀 흰 실로 꿰매었을 것이다.

정갈한 요 밑을 들춰 차가운 손발을 넣어 잠시 앉아있자 걸어오느라 바짝 얼었던 명근의 몸이 서서히 녹는다. 노란 등잔불 아래 깊이 잠든 아내를 보니 볼에 솜털이 보송한 것이 소녀티를 채 벗지 못하였다. 잠든 아내의 얼굴을 바라보며 명근은 햇빛 찬란하고 아름다웠던 결혼식을 떠올린다.

중학교 시절부터 경성에서 하숙하며 학교를 다닌 명근은 방학 때나 되어야 고향에 내려왔다. 헐벗은 나무와 척박한 환경의 고향을 볼 때마다 명근의 가슴은 저려왔다. 경상도 오지의 내 고향은 왜 이리 못사는지, 어서 공부를 마치고 고향의 발전을 위해, 고생하는 어르신들을 위한 일을 하고 싶었다.

휘문고보로 진학하면서 친구들과의 우정이 깊어지고 세계가 어떻게 돌아가고 있는지, 역사의식에도 눈뜨고 있는 무렵이었다. 명근의 부모는 급한 일이니 고향으로 내려오라고 사람을 보내었다. 전보도 아니고 사람을 보내었으니 정말 말 못할 사정이 생겼나 황급히 영덕으로 내려온 지 사흘 후 집 마당에서 혼사를 치러야 했다. 복사꽃이 수줍은 망울을 막 터뜨리기 시작했고 화사한 햇살에 산들거리는 미풍이 사람의 마음을 간지럽히던 이른 봄날이었다. 명근의 나이 18세, 신부 나이 17세였다.

동네 어르신의 환갑과 혼삿날은 마을 잔칫날이었다. 온 동네가 들떴다. 동네 아낙들이 몰려들어 잔치 음식을 하고 일을 거들었다. 결혼식 전날 명근의 집 부엌과 마당에 건 화덕 위에서 전을 부치는 고소한 냄새가 온 마을로 퍼져 나갔다. 동네 개구쟁이들이 부엌 언저리에 옹기종기 모여 그 자리를 떠날 줄 몰랐다. 기름진 냄새가 굶주린 이들의 속을 뒤집었다. 장정들이 모여 양손으로 커다란 나무 절구공이를 잡고 호흡을 맞추어 절구 안의 떡을 철썩철썩 쳐냈다. 부엌 안에서는 백정이 잡아 손질해 온 커다란 돼지 한 마리를 동네 아낙들이 삶아내고 마당 한쪽에서는 국수에 들어갈 고명 준비를 하느라 바빴다.

큼직한 가마솥에서는 국물이 절절 끓어 넘치고 커다란 대나무 소쿠리에는 완성된 갖가지 부침개가 산처럼 쌓여갔다. 동네사람들은 쌀이나 닭, 달걀, 장작 등으로 미리 부조들을 했다. 아무리 없이 살아도 사소한 하나라도 보태려고 애쓰는 인심이었다.

잔칫날 아침, 마당 한가운데 차일을 치고 멍석을 깐 위에 초례청이 차려졌다. 초례상에는 청색 홍색 양초를 꽂은 촛대 한 쌍과 소나무와 대나무를 꽂은 꽃병 한 쌍, 쌀 두 그릇, 청색 홍색 보자기에 싼 닭 한 쌍이 놓여 사람들의 환호 소리에 놀라서 몸을 움찔거렸다.

사모관대를 한 신랑 명근은 초례청에 선 맞은편 신부를 바라보았다. 구슬이 달랑거리는 족두리를 쓰고 화려한 색동소매에 붉은 원삼을 입은 신부는 수줍고 부끄러워 고개를 숙였고 식이 거행되는 동안 한 번도 신랑을 쳐다보지 않았다.

"하이고, 아직도 아기씨네."

"저 얼굴 붉어진 것 보소, 이마와 볼에 찍은 빨간 연지곤지보다 붉네그려."

"신랑은 오늘따라 늠름하니 더욱 잘생겼소."

"명근이 인물이야 워낙 멀리서 봐도 훤한 미남자 아닌교. 신부도 하늘에서 내려온 선녀같네요."

혼례상 앞에서 맞절을 하던 신랑신부는 동네 아낙들의 수다와 함성에 더욱 얼굴이 붉어졌다. 사모관대와 활옷 차림의 화사하고도 어여쁜 신랑신부는 식민지 백성의 슬픔을 잠시나마 잊게 해주었다.

명근은 같이 자란 동네 친구들이 퍼먹인 술 탓에 완전 취해서 첫날밤도 치르는 둥 마는 둥 이튿날로 경성으로 올라가야 했다. 첫날밤을 보낸 새색시는 새벽부터 일어나 준비한 점심 보따리를 들고 시부모 등 뒤에 서 있었다.

신랑이 어려워 눈도 못 마주친 신부는 성녀 어머니의 손을 통해 보따리만 전해 주었다. 기차 안에서 풀어본 보자기 안에는 찰진 콩떡과 찐계란, 녹두전과 야채전에 군것질거리로 곶감과 생률이 차곡차곡 예쁘고 깔끔하게 포장되어 있었다.

결혼하자마자 경성으로 공부하러 가는 신랑이 믿음직하면서도 서운한 눈빛을 주체 못해 그저 땅바닥만 바라보고 있던 아내, 그렇게 이별을 했다가 열 달 만에 만난 신랑이었다. 그 시간동안 명근은 조선에 밀려들어오는 서구문화와 새로운 풍물에 마치 물 먹인 습자지처럼 푹 젖어 들었다. 고향 땅에 색시가 있다는 사실도 잊었다.

가끔 신여성과 연애한다고 자랑하는 친구들을 보면 그때서야 자신의 처지가 생각났다. 정신없이 돌아가는 세계정세와 신문명은 짐작도 못하는 채 본가에 묶인 색시가 가엾기도 했다.

오랜만에 만난 아내는 신혼 첫날 약해 보이던 몸이 시댁 어른을 모시는 시집 살림에 일살이 붙어서인지 제법 강건해 보인다. 자리에 앉아 물끄러미 잠든 아내를 바라보던 명근은 한쪽 이불을 들추고 들어간다. 손을 내밀어 안자 아내의 자그마한 몸이 품 안으로 쏙 들어온다. 가만가만 아내의 하얗고 얇은 속치마를 벗기자 잠결에 눈을 반쯤 뜬 아내는 살풋 미소를 짓는다.

부드럽고 어여쁜 미소에 젊은 남자의 몸과 마음이 불일 듯 일어난다. 남자의 움직임이 활발해지면서 완전히 잠이 깨어버린 여자는 합일을 위해 서서히 몸을 열어간다. 부부는 다시는 못 만날 것처럼 점차 행동이 거칠어지고 서로를 깊게 품는다.

빼앗긴 나라에서 청춘을 보내는 젊은이들, 뭔가 터질 듯 긴장되고 아슬아슬한 분위기를 벗어나려는 듯 격렬한 몸부림이다. 마치 가족과의 오랜 이별을 준비하러 온 것처럼, 이 밤이 다시는 없는 듯, 명근은 아내와의 합일에 정성을 다한다.

다음날 아침이면 그는 산길을 돌아 읍내 기차역에서 경성행 기차를 타야 한다. 그리고 기차는 동해바다를 옆으로 끼고 하염없이 위로 달려갈 것이다.

아기장수 전설

이명근은 1900년 겨울 칼바람이 무섭던 1월, 경상북도 영덕군 축산리에서 태어났다.
"아아앙앙…."
"그놈 울음소리가 우렁차니 장차 한자리 하겠다."
"아버님, 눈빛이 초롱초롱한 게 갓난아기가 벌써 눈을 맞춥니다."
"경하드립니다, 어르신."
명근의 출생은 온 집안, 온 동네의 경사였다. 소작농에게 인심이 후해 동네에서 존경받고 학식 높은 집안의 장손이었다.
영덕은 북동쪽으로 태백산맥의 여맥인지라 서쪽은 산지가 높고 수많은 산이 있다. 곳곳에 봉우리며 울창한 숲에 골짜기, 바위들이 산재했다. 하천 하류에는 드넓은 평야가 형성되어 경지와 마을이 몰려 있다. 영덕은 동쪽으로 동해가 있고 크고 작은 해안 백사장 따라 울창한 솔숲이 자랐다. 소나무, 낙엽활엽수가 혼합되어 자라는 나무들이 우거진 산 정상에 오르면 커다란 넓적 바위가 있고 그곳에 서면 동해바다가 한눈에 내려다보였다.

하천마다 풍부하게 흘러내리는 물은 숲도 울창하게 만들었다. 한겨울이면 마을을 에워싼 왼쪽 숲으로 새하얀 자작나무 군이 무성한 것이 고적하고도 신비해 보였다. 겨울나무의 앙상한 가지마다 새하얀 눈을 축복처럼 온몸에 이고서 밤에도 빛을 발하는 나무는 낮인지 밤인지 순간적으로 착각하게 했다. 그 자작나무 군을 지날 때마다 명근은 할아버지의 새하얀 두루마기를 떠올렸다.

뒷산 정상에 있는 너럭바위는 전설의 장군이 무술 훈련을 하던 장소라 했다. 경상도 땅에서 자라는 어린이들은 누구나 아기장수 이야기를 어머니 무릎을 베고 누워서, 할머니 품안에서도 들으며 자랐다.

밖에서 뛰어놀던 명근은 부엌일을 마친 어머니가 안방에 들어가자 조르르 달려 들어간다. 바느질감을 집어든 어머니의 무릎을 베고 누워서 옛날이야기를 해달라고 조른다.

"어머이, 얘기 하나만, 얼릉요."

"옛날에 한 마을에 아기가 태어난기라. 태어난 지 사흘 만에 옆구리에서 날개가 돋았다카네. 힘이 어찌나 센지 상대할 사람이 없었능기라. 마을끼리 서로 싸우는 일이 많을 때다 보이 자기 마을이 잘되기 위해서 다른 마을에 훌륭한 장수감 아이가 있다고 소문나면 그 아이, 아이 부모까지 모두 죽일라 캤거든. 그런데 아기장수가 태어난 동네가 힘이 약하고 가난했능기라. 그래서 자기 동네가 망할까봐 이 아이를 죽이려고 한 거라. 아이가 더 크기 전에 죽이려고 동네 어른들이 몰래 이 아이를 산으로 데려갔능기라. 커다란 바위로 눌러 죽이려고 했는데 워낙 힘이 센 아기는 계속 바위를 제치고 으랏차 하고 일어났다 카더라. 그러자, 몸이 커다란 장정 여럿이 달려들어 기어코 아기를 커다란 바위로 눌러 죽이고 말았다 카네."
"불쌍한 아기장수."
"하모, 불쌍하고말고. 아기장수가 태어날 때 용마가 나타나 울었다 카던데 아기장수가 그만 죽고 만기라. 그날 저녁, 그 용마가 다시 나타나서 태울 주인이 없다고 몸부림치며 울다가 동네 하늘 위를 한 바퀴 돈 다음 사라져 버렸다 카더라."
"그러면 다시 안 오나?"
"아이다, 언젠가는 다시 나타날 것이야, 부처님이 어느 집 아들로 점지하실지 모르능기라."
 이 슬프고도 가여운 아기장수 이야기는 여러 종류가 전해 내려왔다. 어린 명근은 다음날도 어머니에게 아기장수 이야기를 졸랐다. 또 다른 아기장수 이야기는 마귀할멈 바위라고 불리는 무둔산 면경대(面鏡臺)에 얽힌 전설이었다.
 "옛날에 아들을 낳지 못한 채 나이가 든 부부가 있었능기라. 부부가 간절한 기도 끝에 아들을 낳았지라. 그 아들에게는 좁쌀과 콩을 군졸과 장군으로 변하게 하는 신기한 재주가 있었거든. 어느 날 아들은 어머이에게 좁쌀과 콩을 좀 구해 달라고 했어라. 아무한테도 어디에 쓴다고 말하지 말라고 당부했지라. 마을에서 곡식을 구해오던 노모가 개울을 건너려는데 한 청년이 나타나 무거운 곡식 자루를 대신 들어다 주며 말했어라. '할머니, 이 자루에 든 무거운 곡식들을 식량으로 하자면 식구들이 대가족이십니까?' '아이고, 젊은이 고맙소. 이게 다 우리 아들 군사라오.' 자기도 모르게 어머이는 아들의 비밀을 일러주고 말았능기라."

"앗, 어머이, 그러면 안 되는기라…."

놀란 명근이 어머니 무릎에서 벌떡 일어나 소리친다.

"그래, 그러면 안 되지라. 끝까지 비밀을 지켜야 할낀데, 아기장수 어머이는 그렇지 못 했능기라. 얼마 후 이웃나라에서 적군이 쳐들어 왔어라. 아들은 이번에도 앞장서서 싸우러 갔능기라. 그런데 콩과 좁쌀에 아무리 경문을 외워도 군졸과 장수로 변하지 않았다 카더라, 그저 까만 콩에 노란 좁쌀일 뿐인기라."

"큰일났네."

"정말 큰일이 났지라. 적군의 한 장수가 군사를 이끌고 마을로 들어왔는데 그 장수 얼굴이 눈에 익은 거라. 바로 무거운 곡식 자루를 대신 들고 개울을 건너 준 청년 아이겠나. 어머이는 자신의 실수를 깨닫고 스스로 목숨을 버렸구먼. 아들도 혼자 싸우다가 지쳐서 용마를 불러 타고 북쪽으로 달아나 버렸다 카더라."

"북쪽으로? 북쪽에 가면 용마를 타고 간 그 장수를 만날 수 있나?"

명근은 다그쳐 묻는다.

"하모, 우리 명근이 크면 경성에 가서 공부하고 백두산도 가보고 고구려가 호령하던 만주벌판도 가서 나라를 위해 큰일할 거가?"

"어머이, 꼭 그렇게 할끼라."

아기장수 이야기는 고구려와 신라가 영토 싸움을 할 때부터 내려오는 전설이었다. 명근은 용마를 불러 타고 북으로 간 장수를 마음에 두었다. 언젠가는 자신도 북쪽으로 올라가서 말을 타고 드넓은 만주벌판을 끝없이 달리고 싶었다.

독특한 모양의 바위가 많은 산에 오를 때마다 어머니가 들려주던 아기장수 이야기가 저절로 떠올랐다. 민중운동과 동학이 여기저기서 불꽃처럼 일어나 퍼지던 시기에 새로운 세상과 질서를 가져온다는 아기장수는 꺼져가는 조선의 운명 아래 민중의 희망으로 자리 잡았다.

사라진 태백산 호랑이

1.

영덕 사람들은 믿었다.
"서남해 어딘가에 진인(眞人)이 살고 있어, 육지를 건너와 새 세상을 열거야."

바다를 생업의 터전으로 삼은 이들은 이렇게 믿었다. 폭풍우 치는 바다는 두렵고 공포스럽지만 그래도 생선이나 미역 등 사소한 해산물이 목숨을 이어가게 했다. 그들에게 바다는 구원의 희망이기도 했다.

김진사네 행랑채에서도 아기장수는 수시로 화제가 되었다. 성구의 아버지는 김진사네, 이진사네뿐만 아니라 온 동네 일거리를 다 하였다. 성구는 어려서부터 박씨를 따라 김진사네 행랑채로 갔고 이진사 아들인 명근은 성구를 따라갔다.

소작인과 머슴들은 손으로는 부지런히 감을 깎아 곶감을 만들거나 농기구 손질을 하면서 입은 한시도 쉬지 않았다. 이때 귀에 못이 박히도록 들은 이름이 신돌석이었다.

"영덕에 난 아기장수가 바로 신돌석 장군님인기라. 바로 우리 동네 산 밑에 그 집이 안있더나. 축산리 농부 아들로 태어나서 고래산에 나무를 하러 갔다가 하늘이 내린 천서를 얻었는디, 비범한 능력을 얻은 거지라."

"힘이 세서 놋화로를 우그러뜨리고 바위를 공깃돌처럼 받았다 올렸다 한다더라. 뜀뛰기를 잘하여 큰 나무나 고을의 객사 위를 뛰기뿐이야 막 날아다녔지라. 부랑자나 도둑을 굴복시키고 미친개는 잡아 던지고 호랑이도 맨손으로 물리쳤다 하더만."

"18세에 영덕에서 처음 의병을 일으켰다지 않소. 일본군들과 싸우면서 어찌나 신출귀몰하던지, 듣는 사람 가슴을 시원하게 해줬지라. 동해안 마을마다 그 이름이 뜨르르 한기라."

"하모, 하모, 동해안 일대 뿐이여, 경상북도 산골짜기까지 강원도 동해안, 원주 깊숙이까지 모르는 사람이 없지라. 총알도 신장군님은 피해간다고 했지라, 일본놈 피해 몇 번이나 번개처럼 도망가고 어느 날은 손에 탄환을 맞았어도 물러서지 않고 적을 넘어뜨렸다지 않소. 일본 선박을 여러 척 가라앉히기도 했다잖소."

"괜히 태백산 호랑이라 했겠어라."

"다른 지역 의병대와 연합하여 일본군과 싸우는 족족 이겼지라, 양반 출신 의병대장들도 신장군님 앞에서는 꼼짝 못했다고 혀."

경상도 지방의 머슴뿐 아니라 논매는 철이면 충청도에서 온 머슴들도 신돌석 이야기만 나오면 신이 났었다. 그러다가 명근이 8살 때였다. 김진사네 행랑채는 비탄에 잠겼다.

"하이구, 세상에 이런 변이, 친척집에 잠시 들러 몸을 쉬려는데 김씨 형제들이 독이 든 술을 먹이고 도끼로 신장군님 머리를 내려쳤다누만,

왜군이 신돌석 잡아주면 상을 주겠다는 말에 눈이 뒤집혀서 말이지."
"쳐죽일 놈들."
"그놈들, 산채로 잡아오지 않았다고 해서 상금도 못 받았대여."
"하이구, 그것 참 씨언하다. 그놈들 앞으로 밤마다 꿈자리가 사나울끼다."
신돌석이 죽었다는 소문이 돈 그 겨울밤은 유난히 길고 추웠다. 행랑채에 모이는 젊은이들 수가 줄고 모인 사람들도 불안 초조한 표정이었다. 구한말 최초의 평민 의병장으로 경상북도 태백산, 소백산 주변에서 2년 8개월간 맹활약하던 신돌석, 그의 죽음은 서구 열강이 몰려오면서 마지막 등불이 깜박거리는 조선의 운명 앞에 더욱 시커먼 먹구름을 몰고 왔다.
그 겨울은 상처 입은 짐승이 소리 죽인 채 나지막이 뱉는 신음처럼 음울하고 음습한 가운데 지나갔다.

2.

명근은 서당에 갔다 오면 책 보따리를 방안에 던져놓고 소작인 아들딸인 성구, 성녀를 찾아다니기 바빴다. 성구의 여동생 성녀는 성구와 세 살 차이라 소꿉놀이 상대가 되었다. 성구는 사내답게 눈과 코가 부리부리하게 생겼으나 성녀는 제 어머니를 닮아 가늘가늘한 몸매에 자그맣고 해사한 것이 제법 예쁘다는 소리를 들었다.
명근은 여동생이 셋이나 있지만 활달하나 고집 센 그들보다 조용하고 말 잘 듣는 성녀를 여동생으로 둔 성구가 부러웠다. 동네 친구들과 자치기를 하고 장난을 칠 때도 늘 성녀를 보호하려 애썼고 먹을 것이 생기면 먼저 챙겨주었다. 피를 나눈 남매처럼 살갑고 가깝게 느껴졌다. '오빠야!' 하고 부르면 어디든 달려가 무엇이든 해주었다. 같이 놀다가 오줌이 마려우면 쪼르르 나무 밑이나 개울가로 달려가 서슴없이 새하얀 알궁둥이를 보이며 오줌을 누던 어린 여동생이었다.

성녀의 아버지 박씨는 지주인 명근이네 집 장작을 해오고 소여물을 작두로 썰고 커다란 가마솥에 넣어 끓였다. 성녀의 어머니는 설날이나 명절, 기제사 때면 명근네 집에 와서 종일 허리를 못 펴고 일을 했다.

마당 한 켠에 놓인 화덕 위에 커다란 가마솥을 걸고 소나 돼지 뼈를 설설 끓이기도 하고 시커먼 가마솥 뚜껑을 뒤집어놓고 돼지기름을 두른 다음, 배추전, 녹두전, 야채전 같은 부침개를 만들기도 했다. 박씨 내외가 장 심부름을 갈 때면 셋이서 몰래 뒤를 따라갔다. 언덕을 지나 산길로 접어들 때까지 기척 없이 발소리를 죽인 채 따라갔다. 박씨 내외가 나중에 아이들을 발견해도 도로 집으로 돌아올 수 없는 거리까지 숨어서 뒤따라갔다.

세 번 중 한 번은 성공했다. 박씨 내외는 나중에는 아예 소달구지를 끌고서 세 명을 태워서 같이 가기도 했다. 이들은 덜커덩거리는 달구지를 타고 논두렁 밭두렁을 지나가면서 소학교에서 배운 창가를 흥얼거렸다.

장날 아침 새벽, 집을 떠나 두 시간을 가면 아침이 완전히 밝아왔다. 인근 사방에서 몰려든 장사꾼들이 전을 펼쳤다. 오일장은 볼 것도 먹을 것도 많아 아이들을 정신없게 만들었다. 장대에 걸쳐놓거나 땅바닥에 펼쳐놓은 옷가지들, 펼쳐놓은 온갖 약초 주머니들, 멍석 위에 부려진 각종 곡식자루들, 생선들이 상자 속이나 물속에 파르르한 생기를 띤 채 누워있기도 하고 마른 조기는 새끼줄에 묶여 두 줄로 조르르 걸려있기도 했다.

성녀는 조기꾸러미를 보면 늘 질색했다.

"새끼에 목이 졸려 아파서 우능가봐, 울어서 눈이 빨개네."

명근이 대답했다.

"아냐, 졸려서 그렇다아이가, 보래이, 눈이 흐리멍텅 하잖여."

성구는 이때를 놓치지 않았다. 두 눈을 부릅뜨고 두 손을 갈구리처럼 날 세운 채 성녀에게 다가왔다

"누가 나를 잡아왔노, 내가 복수할 거다 하고 눈에 힘줘서 눈이 뻘건 거지라. 으흥!"

"아이구, 오빠야, 그런 말 마라, 내 무섭다."

어흥 하고 성구가 다가서면 성녀는 얼굴을 두 손으로 가리고 뒷걸음질 치다가 멀리 도망을 갔다. 그때마다 명근은 성구를 막아섰다.

"동생 그만 놀리라. 야가, 무섭다 안카나."

그 조기는 산 넘고 물 건너 깊은 산골 마을 제사상에 오르거나 양반집 상에 오를 것이다. 장이라고 다 풍요롭지 않았고 장사가 다 잘 되지는 않았다. 자루 주둥이를 벌려놓고 씨앗을 파는 씨앗 장수들, 밭에서 막 뽑아낸 흙이 묻은 배추와 무, 상치, 시금치들을 파는 야채상인들, 이들은 종일 있어 봐야 씨앗 몇 홉, 열무 몇 단, 콩 무더기 하나를 파는 일도 있었다.

"아이고, 하루 종일 손님 기다렸구만, 장국값 겨우 나왔네 그려."

또 어물전에는 비린내를 맡고 몰려든 파리가 꼬여 들었다. 어물전 주인들이 손으로 휘휘 파리를 쫓아냈다. 물건 살 손님은 안 오고 구경꾼 애들만 몰려드니 어허 저리 가라 하고 쫓아내기 바빴다.

반들반들한 옹기들이 한없이 앉아 주인을 기다리고 있지만 파장 때까지 몇 개 팔리지 않았다. 저 물건들을 어떻게 다시 지고 산을 넘어가나 하고 옹기장수의 이마가 잔뜩 찌푸려져 있었다. 옹기장수들은 큰 산 너머에 몰려 산다고 했다. 그들은 나라에서 금하는 천주학쟁이들로 피신하여 한군데 모여 살면서 옹기를 구워 장에 내다 팔아먹고 산다고도 했다.

가장 사람이 붐비는 곳은 국밥집이었다. 임시로 가설된 국밥집 가마솥에서 종일 우러난 뽀얀 뼛국물이 설설 김을 내며 끓었다. 팥죽 장수, 떡장수도 있고, 운이 좋은 날에는 소리꾼들이 하는 장타령도 들을 수 있었다.

"고추가 좋으니 영양장, 화산터 마을은 의성장이요/ 황소가 좋아 영주장/ 쌀맛이 그만 안계장/ 바람이 세서 날아가요 풍기장/ 아이구 아이구 숨차다/ 뭘 사야 잘 샀다 하겠노/ 에라 몰라 다 사자, 다 사버리자."

명근은 이 시끌벅적한 장날이 기다려졌다. 명근의 부모는 아들이 소작인 아이들과 어울려 돌아다녀도 야단을 치거나 어울리지 못하도록 막지 않았다. 반상의 차별이 심한 나라에서 일찌감치 사람은 다 똑같다는 것을 깨우친 이영술 할아버지의 가르침이 은연중 내려오고 있었다.

다만 명근이 공부를 소홀히 할까 한마디 했다.

"그제는 강구장이 열렸고 어제는 영덕장, 오늘은 남정장이 열렸다고 3일 연속 장 구경 가는 놈이 어딨노. 니 커서 장사할 끼가?"
"아니라요. 난 공부할 거라요."

명근은 그해 여름을 잊지 못한다. 할아버지가 동네가 떠나가게 통곡을 했다.
"으흐흐흐, 나라가 망하다니, 오래 살아 이런 참담함을 보다니…."
"아버님, 한술 떠이소, 얼른 한 수저만 드시소."
어머니의 지극한 봉양에도 할아버지는 식음을 전폐하고 자리에 누우셨다. 극도의 스트레스가 결국 심장을 강타했는지 끝내 생명줄을 놓고 말았다.

할아버지의 5일장을 치르면서 명근은 다시는 할아버지를 볼 수 없다는 사실이 실감나지 않았다. 문상객들이 몰려왔다. 흰옷을 입은 이들은 거친 짚 위에 엎드려서 "허이 허이" 곡을 하고 절을 했다.

명근의 아버지, 어머니를 비롯한 가까운 친지들은 거친 베옷의 굴건제복을 입고 문상객을 맞았다. 삼과 짚을 꼬아서 만든 테가 남자의 두건과 허리에 둘러지고 여자들은 삼베 머리수건에 둘러졌다. 마로 만든 신, 지팡이도 들었다. 손자 명근은 굴건 대신 상복 위에 테를 두르고 여동생들은 어머니와 같은 상복을 입었다.

명근의 기억 속에는 할아버지 장례식이 깃발처럼 화려하게 나부끼는 수없이 많은 만장, 영구를 실은 상여가 기우뚱기우뚱 산길을 올라 장지로 가는 모습, 요령소리에 장단을 맞추며 느릿느릿 노래하던 상두꾼들의 소리로 남았다. 그 풍경은 서글프기도 하고 아름답기도 했다.

"원통해서 못가겠네/ 억울해서 못가겠네/이산 저산 피는 꽃은 봄이 오면 다시 피고/ 우리 인생 한 번 가면 언제 다시 돌아오나."

상여 뒤를 따르던 사람들치고 생전의 할아버지 덕을 입지 않은 사람이 몇이나 되랴. 모두가 온 마음을 다해 애절하게 부르던 소리가 귀에 쟁쟁하게 남았다.

'왜 우리 할아버지는 나랑 더 놀아주지 않고서 떠난 거야. 이제 장날 엿가락은 누가 사다주나, 뛰어놀다 들어오면 우리 명근이 왔나 하고 품어주던 할아버지는 도대체 어딜 가신 거야?'

1910년 경술년 8월 29일에 당한 나라의 수치, 한일합방으로 조선이라는 나라가 사라졌다. 할아버지가 영영 이 땅에서 사라지셨다.

2장
경성 유학생

독서클럽

1.

 밤이 늦었다. 안국동 하숙방에서 앉은뱅이책상을 앞에 놓고 책을 읽던 명근, 고개를 든다. 읽고 있는 책은 톨스토이의『전쟁과 평화』다. 그는 배재, 휘문, 이화, 숙명 등 장안의 전문학교에 다니는 10여 명 남녀로 구성된 독서클럽의 일원이다. 이주일에 한 번 모여 그동안 읽은 책에 대해 소감을 말하고 토론도 한다.
 『전쟁과 평화』는 1805년 제1차 나폴레옹 전쟁 직전부터 1812년 대 나폴레옹과의 전쟁, 1820년까지 14년에 걸친 러시아 역사의 중요한 시기를 그려낸 책이다. 독서클럽 장영식 회장은 지난 모임에서 이 책을 추천했다.
 "불안한 식민지 시대를 살아가는 젊은이들이 읽어두어야 할 책이오. 조선의 개항 이후의 역사를 돌아봅시다."
 가난하고 힘없는 러시아 농민들의 처지가 조선 백성과 다름없다. 불과 100년 전 러시아의 곤궁한 모습을 읽으면서 고향 생각이 났다. 고향은 언제나 할아버지 이영술의 추억과 같이 간다.

2.

 1910년대가 되면서 조선인 상당수의 상투가 많이 잘려 나갔다. 큰길이나 나루에 몰려든 순검들은 길가는 조선인을 붙잡고 갓을 벗겨 내동댕이친 다음, 위로 틀어 올린 상투를 긴 칼로 단번에 잘랐다.
 "부모님으로부터 물려받은 신체를 훼손하다니. 신체발부수지신(身體髮膚收支身)이라 했는데 내가 이 꼴로 어찌 조상을 뵈올꼬."
 장날 마당이나 큰길에서 잘라진 상투를 주워서 움켜쥐고 꺼이꺼이 통곡하는 이들을 종종 볼 수 있었다.
 "세상이 바뀐 거라예. 나랏님도 진작에 상투를 잘라내고 하이칼라 맨코로 머리 짧게 자르고 신식양복 입었다카대요."
 "장에 나가보이 이상한 주머니 달린 옷을 입은 신사양반을 보았소. 너덜너덜한 도포대신 소매에 물건을 넣는 주머니가 달렸고 윗도리가 깡충 짧더란 말이요."
 "그게 다 개화정부가 흰 두루마기를 입지 말라고 하는 거 아이요. 아무리 말려도 말을 안 들으니 대신 조끼를 입으라는 것 아니요. 그 주머니가 바로 개화를 뜻하는 '개와 주머니'요."
 동네사람들은 모이기만 하면 이런 말들을 수군거렸다.
 조선의 선비들은 선조의 방식대로 살기를 고집했다. 명근이만 보면 좋아서 입을 다물지 못했던 할아버지도 끝까지 상투를 자르지 않았다. 하지만 그는 새하얀 두루마기에 검정 얼룩을 뒤집어쓰는 수모는 피하지 못했다.
 서당에서는 「소학」을 다 익히면 「대학」, 「논어」, 「맹자」를 떼면

책씻이가 있었다. 어린 명근이 책을 한 권씩 떼는 날이면 할아버지의 마음은 바빴다. 훈장을 집으로 모셔와 점심 대접을 하는 날도 있지만 같은 서당에 다니는 친구들에게도 나눠주려고 엿을 사러 갔다. 아침 일찍 채비를 서둘러 종이와 먹, 새로운 붓도 살 겸 읍내로 나가는 것이다.

책씻이 말고도 영덕, 강구 등지에서 장이 서는 날이면 집안 살림에 필요한 것을 사거나 사람을 만나는 등 여러 볼일을 보러 갔다. 해가 뉘엿뉘엿 질 무렵 돌아오는 할아버지는 집안에 발을 딛자마자 손자부터 찾았다.

"근아, 근이 어딨노. 할배 왔다."

두루마기 주머니에 군것질거리를 넣어 가지고 온 그는 반길 손자 얼굴을 떠올리며 동네 입구부터 마치 젊은이처럼 걸음걸이가 빨라졌다.

명근은 서당에 다녀와서는 오후부터 또래들과 산으로, 들로 뛰어다니며 놀았다. 멀리 동네입구에 할아버지의 흰 두루마기 모습이 보인다 싶으면 달음박질쳐서 집으로 갔다. 신기한 것이 동네와 멀리 떨어진 숲에서 놀다가도 할아버지 음성을 들었다 착각하고는 집으로 뛰어갔다. 달려와 보면 정말로 할아버지가 돌아와 있는 것이다. 명근은 두 팔을 벌리고 서있는 할아버지 앞으로 달려가 안겼다.

"할배, 냄새난다."

"그래. 큼큼하니 곰방내 나지. 이게 할배 냄새다."

담배를 입에 물고 사는 이영술은 고개 숙여 어린 손자의 볼에 얼굴을 갖다 댄다.

"히히 간지럽다, 히히히."

"수염이 따갑지 않나?"
"괜찮다. 할아버지 수염은 억시지 않다. 그냥, 간지럽다."
"옛다!"
할아버지 주머니는 명근의 간식 주머니다. 엿, 구운 밤, 곶감, 알사탕 등이 매번 들어있다. 이날도 할아버지가 커다란 손을 명근 앞에 펼치자 흰 종이 안에 명근이 가장 좋아하는 엿이 가득 담겨있다. 호박엿, 깨엿, 콩엿, 보기만 해도 침이 꼴깍 넘어간다.
"와아, 엿이다. 할배 오늘도 엿 사왔나?"
"우리 손주, 먹는 것만 봐도 할아버지 마음이 흐뭇한데 이 재미를 어찌 잊겠노?"
배우는 책마다 한 번 읽으면 줄줄 외우니 영특한 손자를 바라보는 이영술의 마음은 벅찼다.
'저놈이 장차 뭐가 되긴 되려나 보네.'
문중 어른들도 어린 명근을 남달리 보며 넌지시 이영술에게 말을 건네곤 했다.
"자아, 잘 키우라, 호랑이 새끼인지, 늑대 새끼인지 몰라도 뭔가 되긴 될 거구만."
할아버지는 명근에게 장차 신식교육을 시킬 생각을 하고 있었다. 명근의 아버지와 어머니는 아들 교육을 그에게 맡기고 묵묵히 농사일만 했다. 소작인들과 함께 논을 매거나 밭일을 했다. 맨다리가 거머리에 뜯기면서 모를 심고 잡초를 뽑았다. 새참시간에는 논가에 둘러앉아 밥을 먹고 술을 마셨다.
이영술, 당신의 며느리가 깨끗이 세탁하고 말려서 다림질한 한복은 정갈하고도 우아했다. 숯불 다리미로 주름을 펴고 풀 먹인 한복 두루마기는 햇볕 아래 더욱 새하얗게 빛났다. 두루마기 자락을 바람에 날리며 훤칠한 키의 노인이 천천히 길을 가면 마치 푸르른 논 위에 내려앉은 학처럼 우아하고 품위가 넘쳤다.

구김살 하나 없는 새하얀 바지저고리와 도포 차림에 갓을 쓰고 읍내 나들이를 한 이영술은 그날 오후, 완전히 구겨진 모습으로 집에 돌아왔다. 아침 햇살에 투명하리만치 새하얗게 빛나던 흰 도포와 바짓가랑이에 시커먼 먹물이 들고 쭈글쭈글한 주름이 접혀 초라하기 이를 데 없었다. 반듯하게 다려진 주름이 구겨질까 읍내 주막에 가서 자리에 앉지도 않던 이영술이었다.

이미 동네어귀부터 사람들의 안쓰러운 눈길을 인식하며 집으로 돌아온 영술의 얼굴도 시커멓게 변해 있었다. 마음속에 타들어 간 분노가 보였다.

"아이고, 이게 무슨 일이래요."

"장바닥에서 포졸들이 흰옷에 먹물을 끼얹었다. 일본놈도 아니고 조선놈들이여."

"흰색이 비경제적이라고 검은색 옷을 입으라고 난리를 치더니, 지들이 빨래를 해줄 것도 아니면서 와그카는지 모르겠다. 노인들도 눈에 안보이나 보네. 앞으로 당분간 읍내 나가지 마소. 상투도 자르라고 난리아닌교."

일제는 시골 장터 입구마다 높다랗게 가마솥을 설치해 놓고 그 솥에 깜장물을 끓여 장에 드나드는 사람들의 흰옷에 깜장물을 끼얹은 것이다.

"떡 팔러 장에 갔다/ 베옷에 먹탕물이라/ 옷이야 검었지만 배알까지 검을소냐."

남도 아리랑에도 나오는 것처럼 이영술에게 흰옷은 조상의 얼을 상징했다.

고대중국 문헌에도 한민족이 부여, 변한, 진한 때부터 흰옷을 입어왔다고 기록되어 있다. 경천사상의 신성한 색이 흰색이다.

어린 명근은 잠자코 다가가서 할아버지의 쭈글쭈글한 손을 잡았다.

"할아버지 두루마기가 불쌍하다."

늘 자신을 보면 활짝 웃던 할아버지가 기운이 없어 보였다. 환한 미소를 보여주지 않고 쓸쓸한 미소 같다고 여겨지자 명근의 가슴이 쩌릿했다.

할아버지는 아무 말도 하지 않았다. 할머니가 차려온 저녁상 반주 두어 잔에 술이 취해 버렸다.

"근아, 근아, 우리 근아."

"할부지 찾는다, 어서 가봐라."

할머니가 할아버지가 걱정되어 마당에 나와 선 명근의 등을 떠밀었다. 명근은 사랑방으로 들어가 슬금슬금 할아버지 옆으로 다가가 앉았다.

"우리 근이 왔구나. 근아, 근아."

할아버지는 술주정처럼 명근의 이름을 계속 부르며 확인하더니 옆에 와 앉는 명근의 손을 잡았다. 할아버지의 손이 뜨겁다. 벌겋게 달아오른 듯 할아버지의 체온이 뜨끈했다.

"할부지 손이 뜨겁다. 얼굴도 빨갛다, 머릿속도 빨개 보인다."

"그으래, 그으래. 할부지가 오랜만에 술 마셔서 그런 거 아이가."

어린 명근이지만 술탓이 아니라 할아버지가 낮에 당한 봉변으로 속에 불이 나는 것을 짐작했다.

3.

명근이 경성 유학을 하면서 세상은 더욱 빠르게 변하고 있다. 어머니가 양잿물에 빨고 삶아서 말린 다음 밤새 방망이로 두들겨 인두로 지져가며 만들던 목면 옷들이 사라지고 있다. 질 좋고 다루기 편한 양목이 쏟아져 들어오며 옥같은 서양옷감이라고 다들 옥양목으로 불렀다. 시장과 포목점에서 불타나게 팔려나간 옥양목으로 바지저고리를 지어 입었다.

명근은 경성중학을 거쳐 휘문고보에 들어갔다. 영어, 세계사, 지리 학과목뿐 아니라 다른 학교 학생들과 함께 하는 독서클럽도 열심히 나갔다. 괴테, 셸리, 도스토예프스키, 업튼 싱클레어, 발자크, 톨스토이, 빅토르 위고를 읽었다.

"이런 식으로 가다가는 조선이라는 나라가 완전해체되어 버리겠다."

"합방된 지 10년도 안되었는데 길거리에 일본사람 천지다. 앞으로 어떻게 될지 두렵다."

"우리가 학생이라서, 아무런 힘이 없다. 그것이 조선에 참 미안하다."

본격적인 독서회 토론이 시작되기 전에 학생들이 하나둘 몰려들면 울분에 찬 목소리가 수군수군 들렸다. 한창 인생에 물오르는 나이인 17세, 18세, 19세 젊은이들이 할 수 있는 일은 공부하는 것, 책 읽는 것, 그리고 조용히 숨 쉬는 것. 그것밖에 없었다.

지난 모임에서 독서클럽 회장 장영식은 괴테의 『젊은 베르테르의 슬픔』에 대한 독후감을 나눈 다음 마무리 발언을 하며 정치색을 드러냈다.

"우리는 그동안 다양한 독서를 통해 발자크, 빅토르 위고, 톨스토이를 만났고 독일을, 프랑스를, 러시아를 그리고 미국을 좀 더 알았습니다. 미국은 노동자들에게 기회의 땅이란 것도 말입니다. 일제의 식민지가 된 조선 땅은 희망이 보이지 않지만 어디선가 희망의 불씨가 지펴질 것이라 기대합니다. 우리 독서클럽이 언제까지 열릴 수 있을지 모르지만, 그래도 하는 날까지 계속 하는 겁니다."

이루지 못한 사랑을 권총자살로 생을 마감한 젊은 베르테르의 이야기를 한 뒤라 '지금 우리의 처지는 남녀 간의 사랑보다 조국애가 먼저다' 싶어 회원들의 마음을 긴장시켜야겠다는 필요를 느꼈던 것이다.

다들 피가 끓어 오르는 나이의 젊은이인지라 당연히 이성간의 사랑에도 호기심이 많았다. 누군가 불을 당기면 자신도 화르르 불티를 날리며 타오르는 불꽃이 될 준비가 되어있었다.

비록 일본어 번역책이라도 세계 문학전집의 인기는 대단했다. 발음도 어려운 러시아 작가, 프랑스 작가, 일본작가의 이름을 부르는 것조차 경이로웠다. 파리, 뉴욕, 런던, 이스탄불, 이국의 나라 도시 이름을 부르는 것조차 가슴이 떨렸다.

멀리 있는 이국 낯선 도시의 이름들은 식민지 젊은이들에게 갈 수 없는 나라였다. 금단의 열매였기에 더욱 아련한 그리움, 깊어가는 호기심이 뭉게뭉게 피어올랐다.

　유럽, 아시아, 아프리카, 중동, 중국, 태평양 제도 등이 4년 4개월간 치른 제1차 세계대전은 민족주의가 대세였다. 젊은이치고 세계가 미쳐 돌아가는 전쟁에 관심이 없을 수가 없었다. 전쟁의 명분이 민족주의다 보니 중학생이고 고등학생이고 전문학교 학생이고 모조리 민족주의자가 되어갔다.

　이들에게 세계독립운동사는 필독서였다. 이탈리아의 독립은 경이로웠다. 1861년 이탈리아 왕국이 건립되었다. 서기 395년 서로마제국에 의해 멸망한 지 1,466년 만에 어렵게 통일되었다. 토스카나인, 베네치아인, 제노바인, 시칠리아인 모두 모여서 가리발디를 중심으로 독립을 위해 한마음이 되었다.

　"붉은 셔츠 부대를 이끌고 통일전쟁을 마무리 지은 주세페 가리발디, 그의 발자취를 찾아 이태리에 가보고 싶다."

　누구나 그랬다. 격주로 금요일에 모이는 독서클럽 장소는 같은 회원 정경숙의 집이었다. 원래 경숙이 다니는 교회 친교실에서 모였었다. 그러다가 '학생들이 떼로 모여서 모임을 갖는다'는 말이 조금씩 퍼져나갔다. 혹여 교회나 교인들에게 폐를 끼칠까 회원들은 석달 전에 장소를 옮겼다.

　경숙이 다니는 교회 뒷길로 언덕을 10분쯤 올라가면 허름한 한옥들이 십여 채 나타난다. 좁은 골목을 서너 번 돌아가 막다른 골목 안쪽에 있는 그 집은 종로에서 커다란 미곡상을 하는 정기수의 첩인 경숙의 어머니와 딸인 경숙이 사는 집이다.

　경숙의 어머니는 경기도 양주에서 끼니도 제대로 챙기기 힘든 가난한 집의 10남매 중 둘째로 태어났다. 보릿고개가 계속되면서 어린 동생 굶기지 않고 자신의 한 입이라도 덜고자 열다섯 살이나 많은 정기수의 첩으로 들어갔다.
 "꽃다운 처녀가 방뎅이가 커다란 것이 사내아이를 쑥쑥 잘 낳게 생겼어요."
 동네 방물장수의 주선으로 양주 부잣집의 먼 친척이라는 정기수에게 팔려왔다. 정기수는 조강지처가 딸만 내리 다섯을 낳자 가망없다 싶어 아들을 낳아줄 다른 여자를 물색하기 시작했다. 아이의 어미가 기방 출신보다는 산골의 순진한 처녀가 소문도 안 나고 낫지 싶어 가난한 집에 논을 몇 마지기 사주고 데려왔다. 본가 가까이에 집을 한 채 사주고 살림을 차렸다.
 경숙의 어머니는 친정의 한두 살 터울로 줄줄이 있는 동생들이 밥을 굶지 않게 되었다는 이유만으로 나이 많은 정기수의 첩 노릇에 아무 불만이 없었다. 하지만 경숙만 하나 달랑 낳고는 더 이상 태기가 없었다. 혹여 하고 일주일에 한 번 들러 거사를 치르던 정기수는 나이 마흔의 본처가 여섯째로 아들을 떡 하니 낳아주자 발길을 끊어 버렸다.
 고추 달린 아들 사랑에 빠진 정기수는 식량이나 생활비만 인편에 보낼 뿐이었다. 처음에는 번듯했던 집이 10년, 15년이 넘어가자 기와가 낡고 문의 페인트칠이 벗겨져도 수리할 엄두를 내지 못했다. 허름한 집 외양은 자연히 사람들의 이목도 끌지 못했다.
 경숙의 어머니는 초저녁잠이 많은 데다가 성격이 태평하여 한번 잠이 들면 떠메어 가도 모를 정도였다. 경숙은 아버지가 쓰던 사랑방을 사용하고 있어서 안채와도 멀리 떨어져 있었다. 경성 시내 학생들의 독서클럽 장소로는 이만한 곳이 없었다.

그래도 이웃집의 시선을 피하기 위해 다들 조심했다. 모임이 있는 날 저녁시간이면 나무 대문이 살짝 열려 있었다. 조용히 밀기만 하면 들어올 수 있어 한두 명씩 시간차를 두고 들어왔다. 끝나고 집을 나갈 때도 하나 둘 소리 없이 사라졌다.

4.

돈을 내면 축음기를 감상할 수 있게 하는 길거리 유성기집도 성행할 즈음, 경숙의 집에는 유성기가 있었다. 비싼 축음기는 개인이 선뜻 구매하기 버거웠다. 조선을 방문한 서양인들이 '귀신이 소리를 내는 기기를 가지고 다닌다'고 소문이 날 정도로 다들 관심을 가졌지만 집 몇 채 값에 달하는 축음기를 구매한 조선인은 드물었다.

돈 잘 벌고 풍류가 넘치는 정기수는 경숙의 어머니와 한창 좋은 시절, 황금빛 나팔이 커다랗게 입 벌리고 있는 유성기를 사다가 마루 한쪽에 놓았다. 기분이 좋을 때면 장안의 유행하는 창가를 틀어놓고 대청마루에 누워 장단을 맞추곤 했다.

"홍도야 우지 마라, 오빠가 이잇따아… 좋다~"

어린 경숙은 그런 아버지를 힐끔힐끔 쳐다보면서 소리를 내는 기계가 참 신기하다 했었다. 본처가 아들을 낳자 경숙의 집에 발걸음이 뜸해져 가던 정기수는 그래도 성악에 소질 있는 딸을 위해 전축을 사주고 클래식 음반을 살 돈도 인편으로 보내주었다. 멀리 있어도 자식의 교육을 위해서 아비의 도리를 하고자 노력했다.

경숙은 활발해 보이지만 심적으로 늘 쓸쓸했다. 첩의 딸인 자신의 처지가 조금은 신경이 쓰였다. 경숙은 독서클럽이 있는 날이면 30분 정도 미리 클래식 음악을 틀어놓았다. 하나, 둘 시간차를 두고 들어오다 보니 다 모이는 시간이 다소 걸린다. 은은한 클래식 선율 속에 그들은 잠시나마 식민치하의 조선을 잊을 수 있었다. 잠시나마 정신적 사치를 부리고 싶었는지도 몰랐다.

"경숙씨가 숨통을 튀게 하네요. 답답한 현실을 잊고 희망과 꿈의 미래가 보이는 것 같아요."

"그래요, 새로운 세상 있어요. 우리도 언젠가 그 세상으로 갑시다. 나는요, 북으로 가는 기차를 타고 하염없이 달려서 러시아의 광활한 대륙에 도착하고 싶어요. 겨울 자작나무도 보고 넓디넓은 호수도 보고 싶어요. 커다란 배를 타고 몇 달씩 바다를 건너가서 아메리카 대륙에도 가고 싶어요. 남자들은 양복을 입고 여자들은 모두 롱 드레스를 입고 빵과 커피만 먹고 산다지요. 나는 꼭 가고 말거에요."

"우, 상상만 해도 가슴이 부풀어 오르네."

"우리 어머니는 슈베르트의 「겨울 나그네」 중 '보리수'를 듣고 있으면 행복하대요."

"자, 자 이만 꿈에서 깨시고요, 다들 톨스토이에 대해 연구해 오셨나요?"

독서클럽 회장 장영식이 마지막에 집으로 들어오면서 십여 명의 학생들은 미몽에서 깨어난다. 일제는 조선인 학생들이 모이는 것을 무조건 감시하고 금했다. 책을 읽는 모임이지만 식민치하의 불평불만이란 언제라도 나올 수 있는 것이다.

"톨스토이의 주인공들은 언제나 투쟁해."

"가장 큰 공은 독자들에게 자기 주위에 있는 고통 받고 있는 사람들을 돌아보게 한 거야. 그는 농민을 구제하고 싶어 했어. 농민들에게 토지를 주고 싶어 했어."

"모든 인간의 평등을 믿은 거지. 잔혹한 것에는 극심하게 반대하는데 그의 도덕성이 있어."

"톨스토이는 실패와 좌절에 도가 튼 사람이야."

"내가 닮고 싶은 것은 톨스토이의 정직한 정신, 정직한 인격, 정직한 마음이야."

명근의 말이었다.

신여성 경숙

1.

 폭설이 내렸다. 차가운 날씨는 어제 내린 눈이 미처 녹지도 못했는데 오늘도 종일 눈이 내리더니 어두워져서야 눈은 그쳤다. 날씨와 상관없이 독서클럽에는 여전히 같은 인원이 모였고 토론회가 끝나니 오후 7시다. 경숙은 크리스마스에 연주할 성가대 연습을 하러 가야 한다고 한다. 젊은 교인들이 학생이거나 직장인이다 보니까 좀처럼 시간을 맞추기 어려워 저녁 7시 반부터 한 시간 동안 성가대 성가 연습을 한다는 것이다.
 "눈도 많이 내렸고 날이 차갑고 길도 미끄러운데 밤에 꼭 가야 해요?"
 "크리스마스 공연 말고도 이번 주일 소프라노 독창을 해야 해서 안갈 수가 없어요."
 "안동교회지요? 하숙집이 안국동이에요, 가는 길에 데려다줄게요. 길도 미끄러운데."
 "그럼, 명근씨. 교회에서 나 노래 연습하는 것 10분만 보고 가세요."

"그럴까요? 사람들 방해 안되게 뒷자리에 조용히 있다가 사라질 게요."

명근은 검정 외투의 깃을 올리고 경숙은 감색 모직코트에 흰색 털목도리를 두르고 거리로 나선다. 눈 내린 밤공기는 차가워서 소스라칠 정도다. 나란히 빙판길을 걸어가면서 조금 전 대화를 나누었던 톨스토이를 다시 말한다.

"온 세계 젊은이들이 톨스토이를 숭앙해요. 정직하게 일하는 사람들만이 영원히 행복하게 살 수 있다는 생각이 작품 곳곳에 들어가 있어요."

"여성도 일해야 해요. 그러자면 열심히 공부해서 경제적 능력을 가져야지요. 저는 평생 일할 것 같아요. 내가 먹을 것 내가 벌면서."

"여자라고 해서 남자들한테 경제권에 얽매어 살아선 안 되지요. 톨스토이는 명문귀족 집안에서 태어났지만 러시아 농민의 비참한 현실에 눈뜨고 학교를 세우고 농노해방운동에도 참여했지요. 자신의 원칙에 따라 살려고 노력한 톨스토이의 삶을 나도 따르고 싶어요."

이상한 열기다. 저도 모르게 경숙에게 자신의 속내를 보여주게 되는 명근. 경숙과는 연애감정보다 동지애가 더 컸지만 아무리 추워도 추위를 못 느끼고 있다. 경숙은 평소 흠모하던 명근이 교회에 데려다주고 있으니 10분 거리가 어느새 지나가 버려 아쉽기만 하다.

북악산 자락 북촌에 자리한 안동교회는 한국 교회 최초로 예배당 안 남자석과 여자석 사이에 가로질러있던 휘장을 철거했다. 주 안에서 모두가 한 가족, 한 형제자매라는 것이다.

악보가 수록된 찬양가를 간행한 언더우드가 새문안교회를 세웠고 다른 선교사들도 장안 여러 곳에 교회를 세우고 목회했다. 안동교회는 처음부터 선교사가 아닌 조선인으로만 구성된 당회의 자립적인 교회로 출발했다. 평신도가 세운 교회는 창립 3년 만인 1912년, 순전히 조선인들의 힘만으로 웅장한 2층 벽돌 예배당도 세웠다. 나지막한 기와집과 초가만 있던 북촌의 얼굴이 달라졌다.

조선인들이 모여 사는 북촌 양반들은 서서히 기독교 복음을 받아들였다. 경숙의 어머니가 먼저 그 다음에 경숙도 교회에 나갔다. 지금은 활발히 성가대 활동을 하는 중이다. 붉은 벽돌건물 앞에 도착하여 계단을 올라간 두 사람은 예배당 안으로 들어간다. 경숙은 털목도리를 벗어들고 명근에게 미소 지으며 말한다.

"아, 성가 연습 시간이 다 되었네, 명근씨, 나 강단으로 가요."

"조금 보고 있다가 갈 거니까 걱정말아요."

경숙은 살짝 얼굴을 붉힌 채 목례를 한 뒤 풍금이 놓여있는 강단 쪽으로 걸어간다. 감색 롱코트를 입은 그녀의 뒷모습이 훤칠하다.

"키가 크구나."

그녀를 새롭게 느끼는 명근, 멀리서 보니 벌써 도착해 있는 10여 명의 남녀 성가대원들이 서로 인사를 나누고 있다. 잠시 후 각자 정해진 성가대 자리에 앉는다. 명근도 출입문 가까이 맨 뒷자리에 조용히 앉는다.

이윽고 하얀 저고리에 검정 치마를 입은 한 여학생이 풍금을 치기 시작한다. 검정 양복 차림의 단발머리 여성의 지휘봉에 맞추어 노래를 시작한다. 성가대원들의 모습 속에 경숙의 높은 목소리가 들려오기 시작한다.

"멀리 멀리 갔더니 처량하고 곤하며/ 슬프고 또 외로워 정처없이 다니니… 예수 예수 내 주여/ 곧 가까이 오셔서 / 쉬 떠나지 마시고 부형같이 됩소서."

경숙의 목소리는 가늘고 곱고 높다. 진심을 다해 부르는 정성이 느껴진다. 명근은 마음이 이상하게 울리면서 눈물이 날 것 같은 기분이 들자 더 이상 견디지 못하고 자리에서 일어난다. 연습에 방해가 될까 조심스레 육중한 출입문을 밀고 다시 닫으며 뜰로 나선다.

어느새 노랫소리도 사라지고 명근은 미끄러워진 도로를 조심조심 걸어 하숙집으로 돌아간다.

경숙은 집에서도 가끔 풍금 연주를 하며 노래를 불렀다.

"예수 사랑하심은…."

"예루살렘 내 복된 집…."

경숙의 노래는 애잔했다.

"우리 어머닌 내 목소리가 처량하다고 노래를 못하게 해요. 숙명 졸업하고 성악을 공부하러 동경 유학을 가겠다고 하니 시집이나 가래요, 호호, 시집은 혼자 가나 뭐?"

풍금을 치면서 노래를 하다말고 명근을 돌아보며 웃던 경숙. 명근은 가끔 그녀를 향한 감정이 무엇인지 정확히 알 수 없었다.

2.

1918년 1월 8일 미국 윌슨 대통령이 발표한 전후 평화에 대한 자신의 구상을 담은 14개 원칙은 식민지 조선 청년들의 가슴에도 민족주의의 불을 질렀다. 자연히 독서클럽이 모이는 날이면 이 민족자결의 원칙이 대화의 중심이 되었다. 배재학생인 김철수의 관자놀이에 힘줄이 불끈 튀어나오고 말소리에 힘이 들어간다. 그는 다소 다혈질이다.

"우리가 힘을 합하면 조선의 자주권을 찾을 수 있다는 거지."

"민족자결이 각 민족 집단이 스스로의 의지에 따라 정치적 운명을 결정한다니, 당연하지."

"전쟁은 끝났지만 독일은 베르사이유 조약의 혹독한 조건을 받아들여야 했어. 엄청난 배상금이 독일 경제를 무력하게 만들었어. 잠재적 불만이 쌓여갈 걸."

윌슨의 연두교서의 평화원칙14개조는 일본 식민지인 조선은 해당이 없다는 것, 패전국 식민지에만 적용되는 승전국의 식민지 재분활 정책이라는 것을 그때 조선인들은 몰랐다.

제1차 세계대전과 러시아의 혁명을 지켜본 조선의 젊은 학생들에게도 그 여파가 미쳤다. 러시아는 마르크스주의를 받침돌로 레닌주의로 가는 길을 닦았다. 부르주아와 프로레탈리아라는 말도 생겨났다. 다들 누구에게나 평등한 세계를 만들어준다는 공산주의에 빠져들어갔다.

학생들은 어서 공부를 마치고 이광수의 소설 『무정』이나 『흙』의 주인공들처럼 농촌이나 사회 봉사활동에 뛰어들고 싶어 했다. 이광수의 소설 「무정」은 매일신보에 연재되다가 1918년 7월 단행본으로 간행되며 장안의 지가를 올렸다. 자연히 독서클럽에서도 이 책을 읽었다.

독서클럽 회원들은 세계명작전집을 읽고 먼 미지의 세계에 대해

설렘과 기대를 품게 되었지만 그곳은 '언젠가 가볼 곳'이지 지금 당장 갈 수 있는 나라가 아니었다. 그러나 이광수의 「무정」을 읽고서는 가슴이 두근두근 뛰었다. 조선은 지금 살고 있는 그들의 나라인 것이다. 어서 자주권을 되찾고 잘사는 나라를 만들어야겠다는 희망을 품게 되었다.

민족자결주의는 피압박 민족에게 독립의 희망을 주었다. 식민지 청년의 가슴을 들끓게 했다. 우리도 독립할 수 있다는 꿈이 서서히 익어가고 있었다.

세상은 변하고 있었다. 명근이 경성에서 사는 날들이 길어질수록 영덕 고향집도, 김진사네 머슴방도 사용하는 물건들이 점점 서양화되어갔다. 석유가 공급되면서 심지를 가운데 박고 위에 뚜껑을 덮었다. 읍내에 나가서 댓병으로 사오는 석유는 귀한 존재였다. 손님이 오면 이 석유 호롱불을 켰다. 처음에는 등짐장수와 봇짐장수가 석유와 성냥, 구리무를 집집마다 팔러 다니며 쌀, 콩, 깨를 바꾸어 갔지만 세월이 흐르면서 이 물건들은 장날 읍에 나가면 언제라도 쉽게 구할 수 있었다.

1년을 허리 아프게 농사지어 헐값으로 팔린 쌀들은 제물포와 마포나루에 가득 쌓였다가 일본으로 실려갔다. 조선백성들에게 전깃불과 석유를 조금 나누어 주고 저들은 쌀을 일본으로 날랐다.

"고향도 변했어. 더 이상 부싯돌로 불을 지피지 않아. 그 자리를 성냥이 대신 했지."

명근이 한 달 동안 점심을 거의 걸러서 모은 용돈으로 어머니에게 박하분과 구리무를 사다준 적이 있었다. 늘 조신하기 이를 데 없는 어머니는 뽀얀 가루분과 손에 착 감기는 부드러운 구리무의 향기에 얼굴이 상기되면서 한참 동안 말을 잊었다.

2.

1919년 1월 21일 고종이 사망했다. '혀와 치아가 다 없어지고 온몸이 퉁퉁 부어서 돌아가셨다.' '총독부가 황제를 독살했다'는 소문이 났다. 2월 8일에는 도쿄에서 한인유학생 400여 명이 조선기독교 청년회관에 모여 독립선언을 했다.

3월 1일 오전, 종로에는 흰옷 입은 사람들이 가득했다. 대여운구 예행연습을 하러 많은 사람들이 대한문 앞에 모여 있었다. 파고다 공원 팔각정 위에 올라간 경성의전 학생이 기미독립선언서를 낭독했다.

"오등은 이에 아 조선의 독립국임과 조선인의 자주민임을 선언하노라."

"우리는 윌슨 대통령과 베르사이유 강화회의에 참석하여 열강들의 지원을 받을 것이다."

"와와와…."

다들 박수를 치고 소리를 질렀다.

"일본이 조선을 노예화하는 것을 미국이 용납하지 않을 것이며 우리는 독립과 민주주의를 요구한다."

"와, 박수!"

눈물을 줄줄 흘리는 사람들.

"세계의 모든 신문이 조선의 대규모 시위를 보도할 것이다. 윌슨 대통령의 14개 조항, 우리가 그의 입장을 시위로 강화해주자."

학생들은 대오를 지어 거리로 나섰다. 흰 물결의 선두는 경성에서 학교를 다니는 중고등 학교 학생들이었다. 명근은 대열의 선두에 섰다. 목이 터져라 독립 만세 선창을 했고 군중들은 복창을 하며 종로를 뒤흔들고 종각으로 행진했다.

이미 가지고 온 태극기는 동이 났다. 명근은 손에 쥐고 있던 하나 남은 태극기를 하얀 갓을 쓴 촌부에게 넘겨준다. 양팔을 올려 만세, 만세를 외치며 종로 거리를 이리저리 뛰어다닌다.

"대한독립 만세! 대한독립 만세!"

만세를 외치는 명근의 눈앞에 하얀 두루마기에 먹물이 묻은 할아버지의 함박웃음이 보였다. 한일합방 후 장터로 거리로, 동네길목마다 서있는 일본 경찰을 보고 울화병이 생긴 할아버지, 결국 심장병으로 돌아가신 할아버지의 마지막 모습이 보였다.

만세운동은 순식간에 전국으로 퍼져나갔다. 명근의 고향 영덕에서도 성구와 성녀를 비롯한 동네 젊은이들, 김진사네 행랑채에 모이는 덕이아재, 홍이아재, 동네사람 모두가 태극기를 들고 장터로 나섰다. 앞장섰던 성구는 총칼 찬 일경에 체포되어 투옥되었고 달거리로 배가 아파 집에 누워있던 성녀는 일경을 피할 수 있었다. 모진 매와 고문으로 성구의 몸은 만신창이가 되었다.

3장
상해로, 남경으로

월강죄

1.

'덜커덩, 덜커덩'

몸이 저절로 흔들리는 기차에 몸을 실은 명근, 압록강을 넘고 있다. 이 강만 건너면 국경이 갈린다. 조선과 중국으로. 경성에서 평양, 신의주를 마음 졸이면서 지나 압록강 철교를 건너고 있다.

일본은 만주 진출을 위해 안동과 봉천 철도를 연결하고자 압록강 철교를 개통했다. 1911년 10월 단선철교로 개통되었는데 평안북도 신의주시와 중국 랴오닝성 단둥시를 잇는 다리이다.

덜컹대는 기차의 소리와 움직임에 따라 그의 가슴도 덜컹덜컹대고 있다. 불안하긴 하지만 앞날에 대한 막연한 기대감, 설렘도 있다. 밤늦은 시간, 조선의 산하는 질기고 긴 밤의 억압과 눌림으로 검게 가라앉아 있다.

자신을 잡으려고 눈에 불을 켠 일경의 눈을 피해 용케 기차를 탔다. 3·1운동 시위 이후 하숙집에 못가고 고향도 당연히 못 가고 인천 사는 급우 강명수와 함께 그의 본가 다락방에 한 달간 숨어 지내다가 신의주행 기차를 탈 수 있었다.

다락방의 천장이 낮아 일어서지 못하고 엉금엉금 기면서 강명수 어머니가 남몰래 올려주는 주먹밥과 물로 한 달을 버티면서 매일 바다 한 조각만 쳐다보았다. 다락방 한구석에 아주 작은 창이 있었다. 외부에서는 보이지 않는 건물 틈 속에 박힌 그곳 숨구멍은 명근과 명수가 돌아가면서 바깥으로 긴 숨을 내쉬는 곳이기도 했다.

그곳으로 밖을 내다보면 마을의 지붕들과 너저분한 옥상들 너머로 한조각 파란 바다가 보였다. 숨어사는 두 사람에게는 멀리 항구에 정착한 국적불명 배들은 환상적이었다. 마치 꿈속의 풍경 같았다.

"가자, 가자, 조선을 떠나자. 먼저 만주로 가고, 러시아를 가고, 유럽으로 바다 건너 미국으로도 가자."

미지의 세계로 향한 열망이 날로 커지는데 명근에게 거짓말처럼 만주로 갈 기회가 생겼다. 강명수의 삼촌 강정수는 길림성 연길에서 여러 가지 사업을 하는 사람으로 고향에 다니러 왔다. 만주로 돌아가는 길에 명근이 그의 조카로 위장해 기차를 탄 것이다. 명수는 아버지의 급환으로 함께 갈 수가 없었고 삼촌 강정수는 명근을 자신의 상점에서 같이 일하는 직원으로 위장시켰다.

보통 중국으로 망명하는 사람들은 한겨울에 압록강이 얼기를 기다렸다. 경비가 허술해지는 새벽 세시 정도가 되면 중국 노동자가 얼어붙은 강에서 사람을 태울 썰매를 끌고 오고 전속력으로 얼음 위를 달려 약 두 시간이면 안동현에 도달했다. 그곳에서 지독한 추위로 얼어붙은 도로를 마차로 일주일 정도 달려가면 이역만리 항도천에 도착했다. 과거 고구려 유적이 그대로 뒹굴고 있는 국내성에서 가장 가까운 땅, 그곳에 조선인들이 모여 살았다.

겨울이 지났고 봄이 왔으나 아직 추운 4월의 어정쩡한 날씨 한복판이었다. 꽁꽁 언 압록강을 건너가려면 한겨울에야 가능했다. 명근은 신분이 확실한 동행자가 있으니 기차로 가기로 했다.

출입문과 가까운 좌석 안쪽에 구겨지듯 몸을 최대한 웅크린 명근은 되도록 남의 눈에 뜨이지 않도록 조심했다. 그러나 그의 의식은 내내 깨어있었다. 눈을 감아도 신체의 모든 감각이 긴장 속에 있는 것이다.

4월 말이었다. 빼앗긴 땅에도 자연의 조화는 어김없이 다가와 푸릇푸릇한 싹이 올라오면서 봄이 오고 있었다. 고향 땅의 부모님, 어린 아내에게 미안했다. 경성에서 탄 기차는 13시간 만에 신의주역에 도착했다. 일경의 검문이 종종 있었지만 무사히 지나갔다. 신의주 종점에는 일제가 만주로 가는 조선인을 막고자 경비가 더욱 삼엄했다. 지명으로만 듣던 신의주, 명근이 어쩐지 이 도시가 자신과 인연을 맺을 것 같은 기분이 들었다.

안동에 도착한 명근은 만주로 가는 조선인들 틈에 끼어갔다. 강정수는 처음 국외로 나온 명근의 좋은 보호자이자 길잡이였다. 그는 길림성, 요령성, 멀리 흑룡강성까지 돈 많은 한인들을 대상으로 소위 보따리 장사를 하는데 이문이 제법 쏠쏠하다고 했다. 작아서 운반하기 좋은 고가의 물품을 주로 파는데 품목 중에는 그 비싼 손목시계도 있었다.

한 달 정도 명근은 그를 따라 다니며 제 땅에서 살지 못하여 이곳까지 쫓겨 온 조선인들의 비참한 처지를 목격했다. 1910년부터 매년 수십 만에서 백만 명이 압록강을 건너 만주, 시베리아, 중국 각지를 유랑한다고 했다.

등짐에 바가지 하나 꿰어 달고 두만강과 압록강을 건너 동북 지방과 연해주 방면으로 살길을 찾아가는 그들, 버려지고 척박한 땅에 도착하면 먼저 땅을 파서 움막집을 지었다. 그들은 용케 만주 땅으로 온 사람들이었고 더 딱한 처지는 함경북도 꼭대기에 살거나 평안도, 백두산 일대, 압록강과 두만강 중상류 지역, 중국과의 경계선에 사는 빈농들이었다. 명근은 이곳에서 월강죄(越江罪)가 무엇인지 알았다.

압록강이나 두만강을 건너 중국에 가는 것이 월강, 이들은 밤이면 남몰래 국경을 넘어가 쓰지 않는 불모지를 개발하여 논밭으로 만들었다. 척박한 땅 식민지에서 먹고 살길이 막연한 조선인들은 중국의 버려진 황무지를 개발하여 논농사를 지었다.

일 년간 온갖 고생하여 겨우 벼가 누렇게 잘 익었는데 발각이 되면 그동안 밤이슬 맞아가며 지은 수고도 없이 자기 땅이라고 주장하는 중국인 지주에게 다 빼앗겼다. 붙잡혀가서 매 맞고 엄한 벌을 받기도 했다.

남편이 국경을 넘어간 두만강 북쪽 하늘을 쳐다보면서 한 서린 목소리로 아낙들이 부르던 노래 월강곡이 있었다.

"월편에 나붓기는/ 갈대잎 아지는/ 애타는 내가슴을/ 불어야 보건만/ 이 몸이 건너면/ 월강죄란다(1절)/ 기러기 갈 때마다/ 일러야 보내며/ 꿈길에 그대와는/ 늘 같이 다녀도/ 이 몸이 건너면/ 월강죄란다."

"일본놈들이 엔간했어야 말이지우. 일년 동안 죽으라고 농사를 지어 소작료 바치고 나면 한달 먹을 양식도 안 남았소. 결국 고향 땅에 더 이상 못살고 야반도주로 국경을 넘어갔지라. 자리를 잡으면 그때 짐 싸서 오라던 남편은 몇 해 째 기별이 없었소. 그래서 나도 국경을 넘어와 막일을 하면서 남편을 찾아다니고 있소, 죽었는지 살았는지. 어휴…."

움막이라기보다 거적때기 밑에서 겨울 비바람만 막은 곳에 사는 아주머니, 말소리는 중년인데 주름이 지고 머리가 하얗게 세었다. 그들의 하루 양식일 감자를 얻어 소금에 찍어먹는 명근은 속으로 눈물을 흘렸다.

'나라가 망하니 백성들이 보호받을 데가 없구나.'

강정수가 흑룡강성 하얼빈으로 출장을 간다고 하자 명근은 하루빨리 상해로 가야겠다는 생각이 들었다. 연길에 있는 그의 가게에서 이별했다. 정수는 명근에게 경비를 하라며 제법 많은 돈을 손에 쥐어주었다.

2.

무더위가 한창인 여름, 상해에 도착해 보니 3, 4층 높이의 석조 건물이 즐비하고 거리를 오가는 사람들에 외국인이 많았다.

"여기가 중국인가? 유럽인가?"

중국이 유럽 국가의 전쟁에서 지면서 여러 개의 항구도시 조차지가 조성되었고 그중 하나가 상해였다. 독일은 칭따오, 포르투갈은 마카오, 프랑스는 광저우, 러시아는 다이렌, 영국은 카오룽과 홍콩을 차지했다.

임정은 김규식이 이끌던 파리위원부가 국제사회당대회에서 한국 독립승인 결의안을 통과시키는 등 국제적인 활동을 하고 있었다. 초창기만 해도 주 상하이 프랑스 총영사관과도 돈독한 관계를 유지하고 있었다.

온갖 물건들이 화려하기 짝이 없는 백화점에서 돈 있는 사람들은 흥청망청 소비하며 희희낙락하는가하면 뒷골목에는 아편굴이 번창했다. 조선의 망명객들은 개미굴 깊은 속에서 하숙을 들고 있었다. 좁은 골목들이 복잡하기 이를 데 없어 한 번 들어가면 나오는 길도 찾기 힘들 정도였다. 그러니 몸을 숨기기에 좋고 방값도 엄청 쌌다.

독립운동가들은 청대 복식과 치파오를 입어 신분을 위장하고 있었다. 활동비는커녕 하루 세 끼 먹기가 어려우니 입던 옷을 잡힌 지 오래, 중요한 손님을 만날 때는 하숙집 주인에게 중국옷을 빌려 입었다.

3·1독립운동 이후 상해 임정을 무턱대고 찾아오는 학생들이 날로 늘어나고 있었다. 잠은 조선족 움막이나 헛간에서 무료로 자더라도 긴 여행에 마차 비용, 하루 두 끼 음식 값 등으로 명수의 삼촌이 준 여비는 한 푼도 남지 않았다.

불편한 잠자리에 제대로 먹지 못해서 피골이 상접한 명근, 넓은 서양식 저택을 청사로 사용하고 있다는 임정 건물을 찾아가고 있다. 거의 다 왔다 싶을 때 중국식당 앞에서 한 조선인 청년 박성칠과 마주쳤다.

어깨가 떡 벌어지고 키가 훤칠한 성칠은 중국식당에서 점심시간 설거지를 마치고 막 밖으로 나온 참이다. 바깥바람을 쐬면서 담배 연기를 위로 뿜어 올리던 그는 어릿어릿해 보이는 청년을 본다. 소년이라기에는 제법 눈빛이 영글었고 청년이라기에는 아직 덜 여문 남자다. 첫눈에 조선에서 건너온 학생임을 눈치챘다.

성칠 역시 동경 메이지대 법대생으로 2·8독립 선언식에 참여했다가 일경에 쫓겨 상해로 건너온 처지다. 저도 모르게 학생을 불러 세운다.

"여보쇼, 임정 사무실 찾기 전에 당신이 먼저 객사하겠소. 이리 들어오우."

마치 자신이 주인처럼 명근을 안으로 불러들인다. 명근이 식당 안으로 들어가니 자리에 앉으라고 손짓하더니 주방 안으로 들어간다. 이내 뜨끈한 우동 한 사발을 말아온다. 돼지뼈를 오랫동안 우려낸 국물에 잘 삶아진 돼지고기 두 점과 갖은 야채를 넣은 우동, 명근은 또래 청년의 호의에 목이 멘다.

얼른 그릇을 들어 국물 한 모금을 마신다. 명근은 뜨거운 국물이 목구멍을 적시자 눈물이 찔끔 나온다. 국수가락을 급히 말아 올려 먹는 동안 긴장했던 마음이 풀려간다.

성칠은 명근보다 한 살 위지만 그날부터 단짝 친구가 된다. 상해에는 어딜 가나 조선 젊은이들이 많았고 모이기만 하면 정치 이야기에 열을 올린다. 대한제국 초대 주 러시아 공사인 이범진 선생, 그 아들인 이위종 지사가 러시아 장교가 되어 항일 무력 투쟁 중인 이야기 등 만주벌판과 러시아에서 활약하는 조선인 독립운동가 활약상은 아무리 말해도 지루하지 않았다.

3.

명근은 성칠의 안내로 임시정부 청사를 찾아간다. 내무총장 안창호가 자리에서 일어나 반갑게 맞아준다.

"휘문을 다녔다고? 반갑네, 오느라고 수고했네."

막 미소년 이미지를 벗어난 열아홉 청년 명근을 반갑게 맞아주는 그, 1902년 미국 유학을 갔는데 재미한인들이 어렵게 사는 것을 보고 그들을 위한 길로 뛰어들었다고 했다. 캘리포니아에 머물며 미주 최초의 한인촌 파차파 캠프를 조직하고 한인들과 똑같이 리버사이드 오렌지농장에서 노동을 했다.

"오렌지 하나라도 성실하게 제대로 따야 한다. 그래야 조선인 이미지를 반듯하고 정직하게 보여준다. 이는 나라의 독립에도 영향을 줄 것이다."

도산은 1913년 흥사단을 조직했다. 국권 회복에 기여할 인물 양성에 노력하는 흥사단이었다. 도산은 말이나 행동이 반듯하기 이를 데 없다. 혼탁하고 거짓말을 청산유수처럼 해대는 정치판과는 어울리지 않는 듯한 느낌이 왔다.

"너무 맑다. 너무 맑은 것이 선생님의 흠이다."

명근의 주위에는 중국인 가게 배달 일을 하거나 가정에서 허드렛일로 밥벌이하면서 틈틈이 임정 일을 보는 사람들이 많았다. 열아홉 살 명근이 하는 일도 별다르지 않았다. 사무실 청소를 하고 밥 짓는 아주머니들 심부름으로 장을 보러 가는 일이 익숙해져갔다.

임정 사무실에 수많은 사람이 들락거리는데 누가 일경에 쫓기는 사람인지, 밀정인지 실체를 가늠하기 힘들었다. 서로 가명을 사용하니 누가 믿을 수 있는 사람인지 가려내기가 더욱 난해했다.

민족자결주의를 제창한 윌슨 대통령은 임시정부 대표들이 조선독립청원서를 가자고 파리를 방문했지만 만나주지 않았다. 워싱턴에서 동아시아와 태평양 지역의 이해관계를 조절하는 회의가 열렸지만 중국내 일본의 이권에 대한 논의만 있었지 한국 문제는 다뤄지지도 않았다.

국제정세의 몰이해였다. 무지였다. 그래도 3·1운동의 효과는 있었다. 미국을 비롯 해외동포들이 군자금을 모금하여 독립운동가를 지원하기 시작했고 러시아 혁명 이후 내전 상황 속에서 무기 구입도 쉬워졌다. 거부이든 품삯을 받는 노동자이든 조선인들이 나라를 찾기 위한 군자금으로 내놓은 돈으로 독립군도 무장을 갖추게 되었다.

그해 겨울 정오 무렵. 중국집에서 음식을 나르고 있어야 할 성칠이 장대 걸레로 사무실 바닥 청소를 하는 명근에게 뛰어 들어온다.

"철희, 종수, 대식이 다 의열단에 들어간대. 명근아, 우리도 만주 길림으로 가서 합세하자."

"모두 신흥무관학교, 함경도 포수, 유도선수 출신들이잖아. 나는 학교도 다 마치지 못했는데, 총도 제대로 쏠 줄 몰라."

"총은 못 쏘아도 돼, 네 몸이 폭탄이 되는 건데 뭘 걱정이야?"

성칠이 소개하여 함께 만나며 어울리던 20대 초반 친구들이었다. 조선을 떠났다는 이유, 식민지 청년이라는 이유, 죽음도 불사할 젊은 혈기를 지녔다는 이유, 고향과 가족을 떠나 혼자라는 이유 등등 그들의 공통점은 차고 넘쳤다.

배가 고파도 하하하, 오래 입어 낡고 해어진 재킷, 구멍 난 양말을 서로 쳐다보면서도 하하하, 이들은 세상천지가 다 자기 마음대로 돌아갈 것이라고 희망이 가득한 나이였다. 매사 겁날 것도 없다 보니 용감했고 자기 한 몸 불살라 독립을 가져온다면 기꺼이 불쏘시개가 되리라는 생각도 같았다.

그러나 명근은 망설였다. 공부를 더 하고 싶었고 고향땅에는 결혼한 아내도 있었다. 무엇보다도 이곳에서 만나 존경하게 된 안창호의 말에 빠져있었다.

"우리가 믿고 의지할 것은 외세가 아니야. 겪어보지 않았나, 우리의 힘, 큰 힘을 지녀야 큰일을 하지. 스스로 힘을 키울 수 있을 때만 민족이 스스로 자립할 수 있어."

"한국인들의 거짓 사기 부정이 나라를 망국으로 몰고 갔다. 아아, 거짓이여. 너는 내 나라를 죽인 원수로구나. 나라 일은 신성한 일이요 신성한 일을 신성치 못한 재물이나 수단으로 하는 것은 옳지 않다. 공직을 통해 부당한 재물을 축재한 것 역시 나라가 망할 수밖에 없는 원인이다."

명근은 안창호의 말에 공감했고 그와 생각이 같았다. 공부를 더해서 실력을 갖추고 싶었다. 행동주의자이기보다는 이론을 갖춘 웅변가가 되고 싶었다. 친구들은 너도나도 아나키스트가 되어 어느 날, 갑자기, 한꺼번에 우르르 명근의 곁을 떠났다.

함께 어울리던 그들의 빈자리가 컸다. 헛헛해진 마음을 달래느라 열심히 임정의 잔심부름과 허드렛일을 했다. 몸이 피곤해야 잠도 잘 자고 잡념이 들 여유가 없는 것이다. 성칠은 6개월 후 갑자기 나타났다. 높은 사람이 상해 임시정부의 고위급 인사를 만나러 오는 길에 동행했다고 했다.

"명근아, 오랜만이다. 내 달라진 점 보이나?"

"어, 뭔가 많이 다르다. 뭐고 이게?"

명근이 성칠의 앞 외투 안쪽에 살짝 튀어나온 곳을 펼치자 시커먼 총이 불쑥 나타난다.

"독일제 마우저 권총이다. 군사훈련 중 저격연습을 하는데 무기가 그득해. 독일제 루거 권총은 가장 흔해. 벨기에제 브라우닝 권총, 미국제 콜트식 권총, 일본제 남부식 권총도 있어. 기관총, 대포, 수류판도 확보했어. 우린 폭파술도 배워."

"계속 훈련만 하는 거야?"

"아니, 수영도 테니스도 하지. 달리기 시합도 해. 독서토론회에 명근이 네가 나갔으면 급장 하는 건데 말이야. 나는 책을 읽으면 금방 졸음이 오더라."

덩치가 산만한 성칠이 허허 웃으며 말한다.

"말만 그러면서, 메이지 대학을 아무나 가나? 하하."

"동지들이 새 임무를 맡아 떠날 때마다 사진관으로 가. 삼발이 위에 사진기를 받친 사진사가 검은 천을 둘러싼 사진기를 조립하지. 그리고는 갑자기 펑, 눈을 눈부시게 만들곤 한 장의 사진이 남아. 벌써 여러 동지들이 그렇게 조선 땅으로, 만주 땅으로 갔어. 한 번 간 뒤로는 영영 소식이 없어."

성칠은 경남 진주 촉석루에서 함께 놀던 죽마고우 대식도 그렇게 떠나더니 소식이 끊겼다며 눈에 설핏 눈물이 비쳤다. 임무 수행 중에 일본 경찰에게 붙잡히고 도망치다 경찰의 총에 맞아 죽고, 꽃다운 청춘들이 사라져가도 의열단이 점조직으로 운영되니 성칠도 같은 단원들의 생사를 모른다고 했다. 어설프지만 성칠은 의열단의 지침을 기본으로 사회주의 논리로 무장되어 가고 있는 것이 보였다.

"눈을 크게 뜨고 세상을 보라, 마음을 크게 열고 세상을 대하라. 우리는 모두 동지다, 신분이 높고 낮고 학식이 있고 없고 재산이 많고 적고 아무런 차이가 없다, 서로 뜻이 맞고 행하는 것이 같으면 모두가 평등하다, 단결하고 하나로 뭉쳐야 한다, 명근아, 이 말이 진리다."

"민중들을 일깨워야 해. 자각한 소작농과 노동자들의 조직화된 항거만이 조선을 해방시켜."

이틀간 바람처럼 구름처럼 성칠이 다녀간 이후 의기소침해 있는 명근에게 도산이 조용히 다가왔다. 명근의 어깨에 손을 올리며 권한다.

"식민 통치에 빠진 한국을 독립시킬 수 있는 길은 교육이야. 앞으로 더 큰 일을 하자면 배워야 해. 이 시대는 영어를 배워야 해. 앞으로 미국이 세계 최강국이 될 거야. 역사는 짧지만 잠재력이 무궁무진한 나라야. 두고 봐, 재미한인사회도 앞으로 엄청난 발전을 할 거야."

그는 앞에 나서는 것을 좋아하지 않고 어떤 일에도 화를 안내었다. 명근 역시 고함지르면서 선동하는 웅변가 체질이 아니었다. 차분히 상황을 지켜본 다음 자기 생각을 정리하고 조리 있게 자분자분 말하는 스타일이었다.

도산은 미국에 살 때 날이 밝으면 빗자루를 들고 나가 한인타운 청소부터 시작했다고 했다. 깨끗하고 성실한 한국인 이미지를 미 주

류사회에 주고자 애썼다고 했다. 명근도 언젠가는 미국에 가고 싶었다. 그 나라 사람들은 어떻게 사는지, 한인들은 무엇을 해서 먹고 사는지 궁금했다. 새로운 나라에 대한 갈증을 품게 되었지만 미국은 너무 멀었다.

임정의 역할이 알려지면서 조선 팔도에서 사람들이 모여들고 미국을 비롯 만주와 중국, 프랑스에서도 임정 일을 하겠다고 사람들이 몰려들었다. 임정은 싸우고 배신하고 편 가르고 여러 파가 갈리고 갈렸다. 칼 마르크스의 이념에 따라 모든 부와 재산을 통제한 사회주의자 집단 볼셰비키 위원회의 수장 레닌, 그가 내놓은 독립자금을 놓고 불화의 골은 더욱 깊어져갔다.

명근은 시기, 질투, 편가르기가 싫었다. 탈출하고 싶던 차에 조선으로부터 돈이 도착했다. 학비와 생활비였다. 도산은 그를 격려했다.

"조선이 아무리 세계열강을 향해 국제정의 실현, 민족자결주의 약속 이행을 요구하면 뭘 해, 아무도 약소국 말을 듣지 않아. 우리가 힘이 있어야 해. 명근 군은 로서아어를 전문적으로 배우고 반드시 영어를 배워, 군사와 외교는 독립운동의 절대적 수단과 방법, 2,000만 조선인들을 위해 공부를 하는 것이지."

그의 엄한 당부이자 부탁이었다.

영덕에서 만주로 이주한 아저씨뻘 되는 친척이 일부러 상해까지 명근을 찾아와 전해 준 돈은 할머니가 땅 일부를 처분한 것이라 했다. 그리고 장녀가 태어난 소식도 전했다.

3·1독립만세 운동을 앞두고 마지막으로 고향을 찾아간 날, 그의 품에 안겼던 아내가 1920년 1월초 딸을 낳았다고 했다. 그 아기가

벌써 돌이라니….

"커다란 두 눈이 똘망똘망, 보름달같이 환한 얼굴이 똑 너라."

"제 아이요?"

명근은 아이가 생기던 그 밤, 달빛 아래 마당에 쌓인 눈이 새하야니 대낮같이 밝았던 것을 기억한다.

"아이 이름은 뭐라 지었답디까?"

"어르신이 아명으로 빛날 란(爛)이라고 부르더라. 아이 얼굴이 곱고 새하야니 빛난다고. 호적에 올릴 정식 이름은 아범이 지어보내라 카더라."

명근은 수정처럼 맑고 투명한 영(瑛)을 생각해낸다. 맑고 밝고 슬기로운 여자로 자라기를 바라는 마음이었다.

"이영이!"

첫 딸의 이름이었다.

오래된 도시 남경

1.

명근은 남경으로 갔다. 상해역에서 남경역까지 기차 특급으로 네 시간 정도가 걸린다. 오래된 도시, 묵은 도시에서는 텁텁한 흙냄새, 축축한 이끼 냄새가 난다. 한쪽 코로 들어왔다 다른 코로 달아나 버리는 매캐한 연기냄새도 나는 것 같다. 이 낯선 고도에서 과거를 만나고 새로운 길을 찾는다.

역사의 도시 남경(南京) 시내는 서쪽과 북쪽이 장강에 면해있다. 14세기말 주원장이 명나라를 일으키며 북쪽의 북경에 버금가는 도시로 만들고자 남경이라 이름 지었다. 명나라가 세워지며 11년간 태평천국의 도읍지였다. 중경, 무한과 더불어 중국의 3대 찜통이자 부뚜막으로 불릴 정도로 더운 남경의 다습한 아열대성 기후가 명근을 무력하게 만든다.

"한여름 남경시내의 한 전선에 앉아 있던 참새가 참새구이가 되어 뚝 떨어졌대요."

이 농담처럼 남경의 여름 날씨는 정신을 몽롱하게 할 정도로 덥다. 특히 비 오기 전의 더위는 죽음 직전이다. 이마와 목뒤에서 땀이 뚝뚝 떨어질 정도의 폭염에 불시에 찾아오는 소나기가 한차례 지나가면 조금 더위가 가셔진다. 그나마 대학 캠퍼스라고 울창한 플라타너스 숲이 눈의 피로를 달래준다.

도서관에서 책을 보던 명근은 머리를 식히러 밖으로 나온다. 건물 안이나 밖이나 찜통 속에 들어앉은 듯 덥기는 마찬가지이다. 명근은 시원한 나무 그늘을 찾아가 그 밑에 앉는다.

남경에는 남경대학을 비롯한 고등교육기관 외에 명승고적이 풍부하게 널려있다. 오나라부터 시작하여 송, 양, 초, 동진, 송, 제, 양, 진, 당, 명, 청, 태평천국, 중화민국 임시정부 수립까지 수많은 왕조의 역사가 이곳 남경을 거쳤다.

이 오래된 도시가 살면서 점점 마음에 들기 시작한다. 남경대학에는 조선인 유학생도 제법 있다. 조선인 혁명가로써 가장 유명한 사람은 김원봉, 조선에서 3·1운동이 일어나자 길림에서 의열단을 창단하기 앞서 남경대학 영어과를 잠시 다녔다고 한다.

"남경대학 강당에서 민족혁명단 발기인 대회를 열었지. 정의로운 일을 맹렬히 실행한다, 조선의 독립과 세계 평등을 위해 몸과 마음을 다한다고 맹세한다, 일제 식민통치기관과 기구, 폭압기구를 남김없이 파괴한다, 일제 요인과 민족 반역자를 암살, 응징한다, 와 그 기세가 대단했지."

김원봉을 만난 적이 있다는 영문과 선배의 말이었다. 김원봉은 남경대학 조선인들의 전설이었다.

명근이 공부를 하는 동안 의열단의 행동은 더욱 거침없어졌다. 경성 총독부 폭탄 투척, 경찰서 폭파 시도 등 이들을 잡으러 일경들이 눈에 불을 밝히고 찾아다녔다. 상해도 안전하지 않았다. 중국 땅 어디에나 일본경찰은 있었고 밀정도 무수했다. 명근은 아나키스트의 활약상을 접할 때마다 성칠이 무사하기를 빌었다. 남경대학에서 20대 초반을 보내면서 혁명에 대한 눈이 트여갔다.

중국에 온 조선의 독립운동가들은 삼분오열하고 있었다. 상해임시정부를 반대하는 파, 개혁하자는 파, 자꾸 갈라지고 쪼개졌다. 임정의 내분에 실망하고 조선으로 돌아간 이도 있었다. 폭력과 야만을 싫어하는 명근, 내분과 분열도 싫었다. 시뻘건 피만 보면 가슴이 벌렁벌렁했다.

그런데 조국 독립에 제 한 몸을 바친 친구 성칠을 보면서 독립의 방법이 그것뿐이라면 무장투쟁에 앞장서야 된다는 것을 받아들였다.

"근아, 사나이 목숨 바쳐 조국 해방을 이루면 그것보다 보람 있는 일은 없다."

진주 출신 성칠은 아나키스트가 된 후 다시는 고향 이야기를 하지 않았다. 일본 명문 법대생이던 과거도 말하지 않았다.

명근이 남경으로 유학 온 지 1년 남짓, 영어와 한창 씨름하고 있는 1922년이었다. 1월 21일부터 2월 2일까지 코민테른 집행위원회 주최로 동아시아 각국 공산당과 민족혁명단체 대표자들의 연석회의인 원동민족대회가 열렸다.

모스크바에서 열린 이 대회의 한국 대표단은 56명. 대부분 이르쿠츠크파 고려공산당 계열이지만 상해파인 고려공산당연합 중앙에서도 대표를 파견했다. 명근은 그동안 러시아어가 익숙해져서 상해로

부터 대표단에 합류하라는 연락을 받았다.

열흘 정도 열린 이 대회에서 러시아어 통역을 해준 명근은 대회 마지막 날, 성취감과 흥분으로 잠이 오지 않았다. 동지들은 깊은 잠이 들고 홀로 뒤척이던 그는 밖으로 나가 숙소 앞의 모스크바 강가를 걸었다. 500년 역사의 모스크바, 강이 시내를 관통하고 있다. 밤길이 어두워 앞이 잘 안 보이는 지역도 있지만 가로등이 켜진 거리는 은근한 미적 아름다움을 보여주고 있다.

지나가는 사람들은 솜뭉치가 걸어 다니는 것처럼 옷을 두툼하게 차려입었다. 한겨울 폭설과 맹추위를 견디느라 다들 모피코트를 땅끝까지 질질 끌며 걸어가고 있다. 털 한 뭉치가 옆을 지나갈 때마다 썩은 짐승의 냄새가 코를 찌른다. 세탁할 엄두를 못 내고 한번 사면 평생을 입을 것이니 얼마나 세월의 냄새에 찌든 것인지 코를 감싸 쥐어야 한다.

2.

"여보세요, 잠시만요, 잠시만 저, 도와주세요."

산책을 끝내고 막 숙소로 돌아가는 길인데 조선인 같기도 하고 러시아인 같기도 한 여성이 달려와 명근의 팔짱을 낀다. 얼떨떨한 사이에 다정한 연인 모습을 연출한 그녀를 놀라서 쳐다보는 명근, 아는 얼굴이다. 여성은 조선말로 속삭인다.

"아까부터 이상한 사람이 저를 따라오고 있어요. 제 남자친구인 것처럼 해주세요. 제 얼굴을 다정하게 쳐다보면서 이야기도 건네주세요. 저 사람이 포기하고 돌아갈 때까지만요. 제발, 부탁해요."

명근이 처녀의 옆얼굴을 보는 척 고개를 옆으로 돌리면서 곁눈으로 뒤를 보니 어둑한 길을 한 러시아 청년이 걸어오다가 급히 멈춰 서는 것이 보였다. 다시 여성의 얼굴을 다정하게 보는 척 바라보는데 선명한 이목구비, 짙은 눈썹이 고집스러워 보이는 그녀는 캠퍼스에서 본 적이 있는 여학생 고르바스키 비설 나타샤이다.

"아니, 여길, 어떻게?"

비설은 워낙 미모인지라 학교에서도 눈에 뜨이긴 했으나 워낙 공부에 바빴던 명근은 아는 척 한 적이 없었다. 그런데 낯선 땅에서 낯익은 얼굴을 보니 저절로 반가운 마음에 오른팔로 그녀의 어깨를 다정하게 감쌌다.

10분 정도를 걸어가자 더 이상 뒤따르던 러시아 청년의 모습이 보이지 않았다. 밤길을 혼자 걸어가는 미모의 여성을 보고 욕심이 동해 따라왔다가 동행이 있는 것을 보고 포기하고 돌아간 모양이다.

"왜 이 시간까지 밤길을 혼자서 다니시오? 나는 바로 이 근처에 숙소가 있소. 나는 이틀 후에 남경으로 돌아가오."

"미안합니다. 모스크바 사는 어머니를 만나러 왔어요. 어머니가 한국 김치가 먹고 싶다고 하셔서 아는 조선인 아주머니댁에서 좀 얻어오는 중인데, 이리 시간이 늦어진 줄 몰랐어요. 집에 다 왔어요. 저 앞 번화한 길가 가게 앞까지만 저와 동행해 주세요. 거기서부터는 길이 환해요. 집도 바로 그곳이에요."

아버지는 블라디보스토크 출신 러시아인이고 어머니는 어린 시절 조선을 떠나 러시아로 이주한 조선인이라고 했다. 혼혈인 그녀는 허리까지 오는 흑발에 새하얀 피부, 영롱한 눈동자가 마치 머루처럼 검었다.

"혼자서는 밤길 다니지 마시오."

"덕분에 오늘 이명근씨를 만나지 않았나요? 내일은 뭐 하세요?"

"오늘 긴 행사가 끝나서 내일 하루는 자유입니다."

"그럼, 내일 우리 어머니와 같이 만나서 공연 구경 가요. 볼쇼이 발레 공연 티켓 세 장이 있는데 삼촌이 일이 생겨서 못 간다고 했어요. 표가 한 장 남아요."

한밤중에 도깨비처럼 나타난 비설(妃雪), 눈의 여왕, 이 오묘한 이름은 폭설이 내리는 날 딸을 낳은 어머니가 지어주었다고 했다. 다음날 오후 비설은 어머니 행자에게 명근을 소개했다. 순하게 생긴 행자는 같은 조선인을 이국땅에서 만났다며 온 얼굴에 웃음을 머금고 환영했다.

"이렇게 훤칠하게 생긴 청년이 조선에서 왔다니, 정말 반갑습니다. 우리 고향은 함경북도 함흥이지요. 중국하고 맞닿은 동네라 새벽녘에 중국인 집에서 개 짖는 소리가 컹컹 들린답니다."

"네, 저는 경북 영덕 출신입니다. 멀리 동해바다에서 해가 뜨고 지는 것을 보면서 자랐습니다."

이 날 세 명이 함께 본 발레 제목은 '로미오와 줄리엣', 어린 남녀가 빚어내는 사랑이 얼마나 슬픈지, 막 피어오른 육체가 빚어내는 사랑이 또 얼마나 아름다운지, 청중의 우레와 같은 박수로 공연이 끝났다.

극장 밖으로 나온 행자는 함께 술을 마시러 갈 것을 권했고 세 사람은 모스크바 시장 근처의 허름한 목로주점에서 보드카를 마셨다.

조선말로 실컷 말하면서 향수를 달래는 모스크바의 밤은 깊어갔다.

명근이 공산주의가 식민지에서 독립하는 가장 강력한 수단이 될 것이라고 믿게 된 것은 제재소 노동자 심도영을 만나고서였다. 비설의 외삼촌이었다.

비설의 사랑

1.

 남경대학은 미국 선교사들이 세운 기독교계 사립대학으로 교장이 미국인이었다. 그는 학생들이 항일 선전활동을 하거나 긴 장옷을 입고 축구를 하면 멀찌감치에서 미소를 띠고 지켜보면서 은근한 격려를 했다. 1919년 중국 최초로 남녀평등화로 여학생을 받아들였기에 명근이 학교를 다니던 때 여학생들이 제법 있었다.
 명근은 여학생들과 나란히 앉아 수업을 들었고 여성 평등 문제에 관심을 가졌다. 영어과 수업을 같이 듣는 여학생은 물론 교정에서 마주치는 여학생들은 명근을 선망의 시선으로 쳐다보았다. 눈코입이 반듯하고 보름달처럼 환하고 맑은 얼굴은 멀리서도 눈에 띄었다. 말이 없고 우수가 깃든 청년의 분위기에 여학생들은 매료되었다.
 그날도 미국 선교사의 강의가 끝나자마자 밀린 책을 보려고 바삐 도서관으로 향한 언덕길을 내려가고 있었다.
 "누구게?"
 달려오는 발걸음 소리가 들리더니 갑자기 명근의 허리를 세게 껴안는다. 말할 수 없이 나긋나긋한 여성의 팔이다. 놀라서 넘어질 뻔하다가 뒤를 돌아다본 명근의 두 눈이 크게 열린다.

"어, 언제 왔어요? 오늘 수업시간에 안 보이더니?"

"외삼촌 제재소에 손이 달려서요. 오늘 수업 쉬고 일을 도와드렸어요."

비설은 일이 끝나자마자 명근을 보러 달려온 것이다. 밝고 명랑한 데다 거침이 없는 비설은 명근에게도 당차게 접근했다. 자신의 넘치는 사랑을 숨기지 않았다. 그녀의 새빨간 원피스와 새하얀 목덜미는 치명적인 매력이다. 그녀가 옆에 오면 명근의 몸은 저릿저릿 간지러워진다. 토요일 저녁마다 명근의 하숙방에 찾아오는 비설은 스스럼없이 몸을 연다. 명근이 준비작업에 들어가기도 전에 그녀는 펑 젖어있다. 명근은 그녀에게 절대사랑이다.

"앞으로 비즈니스를 하려면 영어는 필수지요. 외삼촌이 자식이 없어서 조카인 제가 제재소 일을 도와주기 바라세요. 제재소에서 장부 정리 일을 돕다가 왔어요."

명근은 비설이 나타난 이후 캠퍼스에서 더 이상 그는 혼자가 아니었다. 우수에 찬 표정의 젊은이는 자주 환한 웃음을 지었고 소리 높여 웃기까지 했다. 세월은 속절없이 지났다.

명근은 비설을 따라 도영이 일하는 제재소로 갔다. 윙윙 하는 기계 소리에 나무가 잘려나가는 공장 안에서 땀을 뻘뻘 흘리면서 일하는 그. 조선이 식민지화되자 일찌감치 중국으로 건너가 남경에서 자리 잡았다. 비설도 삼촌을 따라 모스크바에서 남경으로 유학을 왔다.

심도영은 토목공사에 필요한 나무를 공급하는 제재소를 경영한다.

공장 노동자들과 함께 일하고 밥도 같이 먹고 숙소에서 잠도 같이 잤다. 그의 팔과 다리, 옷, 심지어 숙소에서 옷을 벗으면 팬티에서도 톱밥이 우수수 떨어졌다. 밥을 먹다가 밥알에 톱밥이 있으면 손가락으로 톱밥을 꺼낸 다음 다시 밥을 먹었다. 단 한 톨의 쌀알도 버리지 않았다.

한인사회당은 코민테른의 인정을 받은 유일한 조선사회주의당이었으나 창당 2년이 되지 않아 이르쿠츠크파와 상해파로 양분됐다. 심도영은 이르쿠츠크 공산당 고려부 중앙위원이다.

"1789년 7월 14일 아침 파리 민중들은 바스티유 감옥으로 달려갔어. 이 습격의 성공이 혁명의 도화선이 된 거지. 모든 사람은 평등하며 인간의 존엄성을 훼손하는 사회 체제에 항거해야 한다, 육체노동자, 노숙인, 소상인 등의 프롤레타리아 계급들은 이렇게 자신의 의지에 따라 혁명에 참여한 거지. 세계 역사에서 정치권력이 소수의 왕족과 귀족에서 일반 시민에게 옮겨지는 획기적인 역사의 전환점이 된 거야."

"자유, 평등, 박애, 이 삼색기를 흔들며 혁명이라니. 우리 조선도 이러한 혁명의 깃발을 흔들 때가 올까요?"

"물론이지, 지금 조국과 만주의 2천만 조선인들이 전 아시안의 자유를 위해 제국주의를 타도하고자 무기를 들고 기다리고 있어. 나는 우리 제재소에서부터 준비를 시작할 거야."

도영은 명근이 제재소에 나타나면 언제나 반겨주었다. 귀 뒤에 연필을 꽂고 허리를 굽혀 기계의 톱날로 목재들을 자르고 다듬으면서 부지런히 입을 놀렸다. 자신이 그동안 읽은 책의 내용을 들려주고 의견을 물었다.

"이군, 드디어 레닌이 소비에트 연방을 설립했네, 참으로 장한 일이야."

"앞으로 혁명이 세계화되겠지요."

"무정부주의자의 궁극의 목적은 대동 세계야. 공자의 「예기」 예운편에서 말한 대동사회는 모든 사람들이 골고루 잘 사는 사회야. 자네 친구가 신봉하는 아나키즘은 해외이론을 무조건적으로 흡수한 것이 아니라 우리 전통 사상 속에서 그 장점을 수용한 것이라고 볼 수 있지. 두고 보게, 앞으로 노동자 투쟁과 식민지 해방운동이 커지고 사회주의는 점점 확산되어 나갈 걸세."

"사회주의에서 공산주의로 가서 분배도 공유해야 한다는 것이고 이는 국가가 생산기반과 분배를 모두 통제하는 것이 됩니다."

"그렇지. 공동생산으로 공동이익을 창출하여 빈부의 차이를 막고 모두 다 잘 살 수 있는 사회의 건설이 우리의 목표지."

남경대학생들은 물론 지식인들을 중심으로 모두가 잘사는 사회를 건설하자는 사상은 그 자체가 유행이고 붐이었다.

그는 남경에 있는 동안 공부한다는 핑계로 잠시 조선을 잊었다. 고향에 아내가 있고 어린 딸아이가 있다는 것도 잊었다. 학교에만 오면 자신을 찾아 헤매는 비설의 머루알 같은 눈동자만 보였다.

남경 기차역 가까이 있는 명근의 하숙집에 중국인과 조선인 부부도 큰 방을 빌려 장기투숙자로 있었다. 남편은 조선인, 아내는 중국인으로 이들 부부는 처음엔 신분을 짐작할 수 없었다.

"남경대학생이군요. 나도 남경대 이과 출신이에요."

"난 이명근입니다."

"난 왕쯔이."

"난 김구영이라 하오."

명근과 같은 하숙집에서 몇 개월을 마주치다가 대화를 트게 되었는데 부부가 다 같이 소박하면서도 신념에 찬 태도를 보였다. 부부는 항일혁명 투사였다. 수시로 바람같이 사라졌다 다시 돌아오곤 했다. 조선 진남포와 경성, 중국 상해와 북경, 하얼빈, 남경 연안으로 무대를 옮겨가며 항일혁명을 선도하는 이들이었다. 중국인 아내는 중국 고위층 자제로 탄탄대로를 버리고 식민지 조선 청년을 사랑해 결혼, 친정과는 의절을 당한 처지였다.

중국 공산당이 공식 창당되고 모택동이 호남성 당서기로 선출되었다. 손문은 레닌이 파견한 대표와 만나 소련의 원조를 받아들이고 중국 공산당과 연합전선을 맺는다는데 합의했다. 공산당원과 국민당은 함께 항일 투쟁에 나섰다. 이들 부부도 반려자로 혁명동지로 노동자 대투쟁에 나서며 어느 날 하숙집에서도 영영 사라졌다.

사회주의 바람이 서방 구라파, 중국대륙, 일본, 온 세상에 몰아쳤다. 그 바람은 조선 땅에도 불어 닥쳤다. 국제공산주의 혁명은 식민지 약소민족의 해방을 약속했다. 조선의 젊은이들은 공산주의 혁명이 세상을 바꾸고 우리의 독립을 성취시킬 수 있다고 믿었다. 명근도 그랬다.

명근은 졸업반이 되어서도 틈만 나면 도영을 찾아가 그와 사상 토론을 했다.

"귀족 신분제를 몰아낸 유럽, 왕이 없는 대의민주제를 이룩한 신대륙은 부자가 왕과 귀족을 대신했어. 산업혁명으로 생긴 신흥부자들, 기존의 대지주들이 여전히 부를 세습하고 있어. 볼셰비키혁명이 일어난 것은 배부른 자본가와 대지주의 착취 없는 노동자와 농민의 천국으로 만들기 위해서야. 조선도 가난하고 힘없는 조상을 둔 아버지에게 태어났어도 자신의 능력만 있으면 리더가 될 수 있는 평등사회가 되어야 해."

심도영의 사상은 확고했다. 비설은 외삼촌과 명근의 이야기를 열심히 듣다가도 길어지면 지루하다고 짜증을 내었다. 그럴 때면 명근은 얼른 비설을 데리고 남경의 유적지로 바람을 쐬러 갔다. 3천여 년의 역사와 문화를 지닌 남경은 유적지가 많았다.

공자의 위패를 모신 사당 부자묘는 남경의 옛 모습이 고스란히 살아있다.

"배우고 익히면 또한 기쁘지 아니하랴, 벗이 있어 먼 곳으로부터 찾으면 또한 즐겁지 아니하랴, 남이 알아주지 않더라도 성내지 않으면 또한 군자가 아닌가."

명근은 공자의 가르침을 잊지 않았다. 늘 책을 손에 쥐고 산다. 비설과 함께 사당을 둘러본 다음 근처 식당을 찾아간다.

2.

1034년에 건립된 전통가옥이 있고 음식점에서 파는 음식도 과거로 돌아가 있다. 명근은 묘한 고개냄새와 짭짤한 채소 절임이 입맛에 맞지 않았다. 그러나 같은 영어과 급우들과의 견학여행이나 비설 앞에서는 싫은 내색을 할 수 없었다. 그들 앞에서는 향신료를 잔뜩 넣고 만든 고기와 야채를 꾸역꾸역 먹었다. 먹고 난 다음에는 뒷간에서 몰래 토하기도 했다.

남경에 온 초창기에는 시내 음식점에 갔는데 폭 고은 닭 한 마리가 머리와 함께 통째로 상위에 오른 것을 보고 질색을 했다. 배가 고파도 젓가락이 갈 엄두를 못 냈다.

"아이구, 붉은 벼슬과 감은 눈까지 그대로 있네."

명근은 배추 이파리로 닭의 감은 눈과 벼슬을 가리고서야 고기를 먹을 수 있었다.

"중국 땅에 왔으면 중국 식문화를 받아들여야지."

몇 년이 지난 지금은 닭이 한 마리 물속에 빠져있는 대야만한 그릇에 수저를 넣어 스스럼없이 국물을 떠먹는다. 손으로 쥐고 닭다리를 뜯어 먹는다.

그래도 명근이 가장 좋아하는 음식은 싸고 가볍고 따스한 음식 훈툰이다. 작은 만두를 고기국물에 넣어 끓인 훈툰은 유학생이 먹기에 만만하고 겨울날 뜨거운 국물 한 모금은 차가운 몸과 마음을 단번에 녹여준다.

졸업반이 된 명근은 중국인 학자 모습으로 걷고 있다. 두 손을 습관적으로 긴 소매 속에 찔러 넣고 어깨를 구부정하게 구부리고 독특한 걸음걸이로 걷는다.

"공자시대 이래 언제나 어깨를 구부리고 걷는 것이 지식인 모습이 되었어요."

비설이 선물한 검은색 장삼이었다. 명근은 도영을 찾아갈 때면 이 옷을 입곤 했다. 이 옷은 조선인이라는 것이 별로 눈에 뜨이지 않아서 편했다. 중국 땅에서 혼자 다니는 조선인 차림은 눈에 뜨인다.

1924년부터 국민당과 공산당이 합작해 북벌에 나서자 수백 명의 조선 청년들이 광저우로 몰려들었다. 중국 공산당의 활동이 합법화된 광저우는 이들의 낙원이었다. 장개석이 교장인 황포군관학교에 조선인 생도들이 입교했고 생도대장이 조선인일 정도였다. 그랬다. 명근이 조선으로 돌아올 때만 해도 국공합작은 순조롭게 진행되었다.

명근은 졸업시험 공부를 하다가 배가 고파서 학교 앞 식당으로 혼자 점심을 먹으러 딤섬집으로 갔다. 딤섬은 점심(点心), 마음에 점을 찍는다는 뜻이지만 간단한 음식이라는 의미로 쓰인다. 수백 종류의 딤섬은 명근이 즐겨먹는 음식이다. 꽃봉오리처럼 생긴 새우 슈마이를 주문한다. 영문학 수업이 끝나고 찾은 식당에서 비설은 딤섬의 유래를 설명해 주었다.

"한입 크기의 이 중국 만두의 역사는 3천년이에요. 광동지방에서 먹기 시작해 지금은 전 중국인이 먹지요. 새우, 게살, 상어 지느러미 같은 고급 해산물부터 소고기, 닭고기와 감자, 당근, 버섯, 단팥이나 밤처럼 달콤한 내용물이나 달팽이 속살까지 넣지요. 작고 투명한 것은 교(餃), 껍질이 두툼하고 푹푹한 것은 파오(包), 통만두처럼 윗부분이 뚫려 속이 보이는 것은 마이(賣)라고 부르지요"

명근은 비설로 인해 대나무 통에 담은 만두, 기름에 튀긴 만두, 식혜처럼 떠먹는 것, 국수처럼 말아먹는 것 온갖 종류의 딤섬을 먹어보았다. 명근은 주문한 딤섬을 앞에 놓고 고향의 기제사밥을 떠올렸다.

"먹고 싶다."

고향집에서 밤늦게 기제사를 모신 다음 할머니가 비벼주던 나물밥, 콩나물, 무나물, 시금치, 미역, 고사리 등 각종 나물에 깨소금 간장으로 비벼주던 그 맛, 고기 탕국과 함께 먹으면 세상 부러울 것이 없었다.

"제삿밥은 음복의 하나다."

할머니는 한밤중에 제사가 끝나면 제삿밥 한 그릇을 꼭 명근에게 먹였다. 기제사를 모시러온 제꾼들 수십 명이 방마다 가득 찼었다. 방이 넘치면 한겨울에도 대청마루나 마당에 돗자리를 깔고 먹었다. 마당에는 벌건 장작불이 훨훨 타고 있었다. 바람의 강도에 따라 화라락 불길이 치솟으면 수없이 명멸하는 불똥을 튀기곤 했다.

수십 리 밖에서도 오고 이웃동네에서 오고 이 마을 저 마을에서 모인 제꾼들이 제사를 모시고 늦은 밤에 돌아가려면 간편하게 만들어낼 수 있는 나물 비빔밥은 최고 음식이었다.

맞지 않는 음식 때문에 고생을 많이 한 명근은 몇 년 동안 보름달 같이 훤하던 인상이 다소 수척해지고 눈빛은 더욱 깊어졌다. 키도 그새 훌쩍 커버렸다.

"제사를 지내고 둘러앉아 먹던 비빔밥, 무, 닭고기, 소고기, 두부를 작은 정사각형 모양으로 반듯하게 잘라 오래 끓여낸 탕국 국물, 한 수저만 먹어봤으면…."

음식 타령이 나오는 것을 보니 명근이 조선으로 돌아갈 때가 된 것이다.

4장
조국은 여전히 가난하다

경성으로 돌아오다

1.

명근은 조금 전 비설과 이별했다.
"조선으로 가면 이 비설은 금방 잊어버리겠지요?"
"아니요, 내가 얼마나 비설의 신세를 졌는데 그런 말을 해요. 도영 형님도 잊지 못할 겁니다. 두 분 다 내 인생에 새로운 방향을 설정해 주신 분이지요. 당분간 우리가 헤어져 있다는 것만 기억해요."
"그래요. 우리가 다시 만나기까지 좀 더 시간이 필요한 것뿐이겠지요."
"비설, 그동안 고마웠어요."
"날 잊으면 안돼요. 어머니도 안부 인사 전하라고 하셔요."
"어떻게 내가 당신을 잊겠소. 어머니께 건강하시라고 전해주오, 우리의 인연이 다하지 않았으면 또 만날 날이 있을 것이오."
명근은 그녀를 꼭 안아준다. 비설은 흑요석처럼 반짝이는 눈에 가득 눈물을 담고 명근을 올려다본다. 허리까지 치렁치렁한 흑발에서 훅하고 풍겨지는 진한 여자 냄새에 명근은 눈앞이 아찔해진다.

생활 근거지가 있는 모스크바에서 남경으로 종종 딸을 만나러 온 비설의 어머니 심행자는 만날 때마다 명근을 살뜰하게 챙겨주었다. 한국 반찬을 만들어주고 집에 초대해 한 끼의 밥이라도 해 먹이려고 애를 썼다. 셋이서 함께 갔던 볼쇼이 극장에서 본 '로미오와 줄리엣' 이야기를 수시로 했다.

"정말 근사했어. 내 생애 그런 구경은 처음이었지. 그날 밤, 설레던 기분을 잊을 수가 없어."

볼쇼이발레단은 주로 민족적 색채를 지닌 공연을 많이 무대에 올리지만 '로미오와 줄리엣'을 공연한다니 극장 안은 인산인해를 이루었다. 볼쇼이발레단은 1917년 러시아 혁명 이후 정부의 전폭적 지지를 받았고 1920년대에 유럽과 미국의 순회공연을 다녀올 정도로 열광적 후원을 받고 있던 시기였다. 이날 모스크바 사람들은 영국의 작가 셰익스피어의 작품을 마음껏 즐겼다.

명근은 넘치는 사랑을 준 그에게 준 그들을 두고 가자니 발걸음이 떨어지지 않았다. 하지만 그는 조선에 돌아가서 할 일이 있었다. 심도영도 공부를 마치고 돌아가는 명근의 어깨 위에 사명감과 책임을 얹어준다.

"명근군은 인간에 의한 인간의 착취를 막는 혁명가로서 할 일이 많소. 우리의 목숨이 붙어있는 한 일본과 싸워서 주권을 되찾아야 하오. 그렇지 않으면 우리는 평생 노예처럼 살 것이오."

그해 광동은 새로운 혁명 정권의 소재지가 되었다. 국공합작군이 화남지역 대부분을 정복했다. 명근을 비롯한 모든 조선인들은 기뻐했다. 이 변화의 흐름이 조국의 해방을 가져올 것이라는 기대감을 가진 것이다.

"제갈량은 다섯 차례 북벌을 치느라 골병들어 죽고 강유도 22년간 11차례 북벌 감행하다 실패했고 남송의 악비도 마찬가지, 네 차례 북벌 후 죽었어. 천하를 한 손에 잡기는 쉽지 않았지. 명태조 주원장은 여덟 번 시도하여 몽고를 내쫓고 천하를 통일했어. 국공합작의 목적은 혁명의 완성, 중국 혁명의 완성은 조선 독립의 첫걸음이 될 거야."

도영뿐 아니라 조선인 혁명가들은 그렇게 믿었다.

2.

1925년 봄, 명근은 마차와 기차를 번갈아 타고 중국 땅을 벗어나 신의주역으로 갔다. 신의주역에서 한밤중에 갈아탄 기차는 열두 시간 이상을 철컥철컥 하더니 정오가 넘어서야 경성역에 도착했다.

"조국은 여전히 생기가 없구나."

역 주변에는 지게꾼들이 몰려서 짐을 많이 들고 있는 손님을 보면 서로 짐을 운반하겠노라고 승강이를 벌인다. 하루 벌어 하루 먹고사는 이들이다. 읽던 책 뭉치를 제외하고는 별다른 짐이 없는 명근은 모두 사양하고 파고다공원 근처 골목의 여관에 짐을 놓고 시내를 둘러보러 나갔다.

경성 시내 곳곳에는 일제가 제국의 위용을 과시하고자 지은 위압적인 건물들이 서 있다. 동양의 독일이 되고자 한 일본, 일본 제국주의가 확장된 식민지 조선의 건축물에 제국의 위용을 과시하려는 것이다.

그가 조선을 떠나기 전에 이미 준공되었던 동양척식주식회사 경성 지점 사옥은 여전히 위압적이다. 건물 모서리 주 출입구 위에 창을 지닌 웅대한 돔은 아무도 접근말라는 듯 엄격하기 이를 데 없다. 웅장한 기둥, 굵직한 골격, 부조와 조각품들이 마치 그 아래에 선 조선인을 깔보는 듯하다.

"이곳에 조선의 흔적은 없구나. 근대의 웅장한 건물들이 조선의 정신을 짓밟아버렸어."

영덕으로 내려가기 전에 들를 곳이 있다. 재동 경숙의 집에 가면 독서클럽 회원들의 소식을 알 수 있을 것 같았다. 재동으로 가는 골목길은 여전하다. 기와 반, 초가 반이 뒤섞여서 사이좋게 공존하는 골목길은 별로 변하지 않았다. 식민지 청년들이 독후감을 나누고 정을 나누던 곳, 그 밀실을 찾아가는 마음은 떨리고 설렌다. 나무 대문이 더 낡아졌을 뿐 그동안의 시간이 정체된 그곳을 금방 찾았다.

잠시 망설이다가 대문을 톡톡 두드리는 명근, 안에서 인기척이 들린다.

"계십니까? 이곳이 정경숙…."

"아. 그 아가씨, 일본 유학간 지 오래라우. 어머니도 진즉에 돌아가시고 나는 집을 봐주는 먼 친척이라오."

대문 한쪽을 빠끔 열고 얼굴만 내민 중년여인이 명근의 말을 중간에 자른다. 그동안 말 걸어주는 사람이 없었는지 일사천리로 경숙의 소식을 들려준다.

명근은 인사를 한 다음 천천히 걸어 다시 종로로 간다. 종로는 그새 2, 3층짜리 신축 건물이 세워졌고 백화점도 건축 중이다. 과거

친구들과 같이 갔던 커피집을 찾아가 본다. 다행히 그곳에서 안면은 있으나 별로 가깝지는 않던 청년 두 명을 만난다. 커피 한 잔을 앞에 놓고 문학을 논하던 그들은 명근을 기억했다.

장영식 회장은 어렵게 배편을 구해 미국으로 갔다고 한다. 뉴욕 맨해튼의 한인교회에서 잡일을 해주며 숙식을 해결하면서 컬럼비아대학에서 정치학을 공부하고 있고, 다른 친구들은 동부 프린스턴대학에서, 시카고에서 혹은 서부 캘리포니아에서 유학 중이란다. 그들은 여름방학이 되면 부자들의 별장에서 요리사, 청소부, 집사로 학비와 생활비를 번다는 것이다. 중국에서 영문학 공부를 한 명근은 친구들이 대부분 미국으로 공부하러 갔다는 소식이 놀랍기만 하다.

일본 본토로 들어가거나 만주로 떠난 이래 소식이 끊겼다는 친구도 있다. 명근이 궁금해 한 경숙의 근황도 듣는다. 경숙은 일본 무사시노 음대에 성악을 공부하러 갔으나 성대 결절 수술을 하는 바람에 간호학으로 전공을 바꿨다는 것이다. 몸이 아파서 중간에 쉬었기에 언제 공부를 마칠지 모른다고 한다.

이미 세상을 떠난 친구도 있다. 진솔한 눈에 감수성이 풍부해 시를 쓴다던 화성이다. 휘문 학교 시절 옆자리에 앉았던 급우 화성은 문학과 역사를 좋아했다. 시를 잘 썼고 명근에게 그 시를 직접 낭송해 주기도 했다. 그리고 자신의 할아버지 이야기를 자주 했었다.

"할아버지 사랑방에 선비들이 모여 나라와 민족의 앞날을 걱정하시곤 했어. 적을 알려면 적진으로 들어가야 한다면서 우리 집 형들, 누나들 삼촌 모두 일본 유학을 시키셨어. 나도 와세다 갈 거 같아."

시를 잘 썼던 그는 1923년 관동 대지진때 죽었다고 한다. 일본이 관동 지진의 희생양으로 조선인을 마구잡이로 학살할 때 3형제가 모두 억울한 죽음을 당했다는 것이다. 그의 집안은 일제로 인해 폭삭 망했다.

가슴 아픈 이야기를 전해들은 명근은 왜 다른 나라 때문에 한 집안이 망해야 하는지, 조선을 떠나기 전이나 돌아온 지금이나 변함없는 절망적인 상황을 어찌 헤쳐 나가야 할까 싶었다. 1920년대 조선은 사회주의 사상이 득세하고 있다. 커피집에서 만난 친구도 명근에게 말한다.

"공산주의는 사회주의 사회 다음에 실현되는 사회로 계급의 완전한 소멸을 뜻해. 서양학문을 배워온 자네 같은 사람이 새로운 사회를 이끌 선봉에 서야지."

명근은 신문사에 취직을 해야겠다고 생각한다. 기자는 많은 사람들을 만나는 직업이기도 하고 기사와 칼럼을 통해 자신의 생각을 전달할 수 있겠다 싶은 것이다. 친한 친구들이 없으니 경성 시내가 텅 비어버린 것 같다.

두 사람과 헤어진 명근은 남경대학 선배인 송영기가 일하는 소공동의 은행으로 찾아갔다. 3년 전 경성으로 돌아와 국영기업인 은행에 취직해 있는 선배는 둥글둥글한 인상에 듬직한 남성미가 있다. 성격도 시원시원하여 후배들에게 인기가 좋았다. 술도 물론 말술이다.

"어, 명근군, 잘 왔네. 마침 퇴근할 시간이니 같이 할머니집 추어탕 먹으러 가지."

"추어탕, 좋지요."

얼큰한 국물이 땡기던 명근은 추어탕이란 말에 반색한다.

송영기는 앞장서 성큼성큼 걸어간다. 인파로 복잡한 종로통을 잘도 빠져나가면서 골목 끝에 자리한 허름한 식당에 도착한다. 식당이라기보다 가정집 같은 곳인데 안방, 건넌방, 마루방마다 손님이 들어앉아 있다. 두 사람이 안내되어 들어간 방은 간편한 이불 보따리가 얹힌 반닫이가 하나 있고 방석이 서너 개 있다.

"추어탕 전문이라 주문하고 자시고 할 것이 없어. 가만 있으면 앞에 한 그릇 배달될 거야."

"서울 추어탕은 미꾸라지가 두부 속에 들어가 있다면서요?"

"하하, 걱정말게, 뜨거운 물에 삶고 체에 걸러 미꾸라지 모양은 흔적도 없지."

두 사람이 자리에 마주 앉은 지 얼마 후 김이 오르는 추어탕 두 그릇이 상에 날라진다.

"와, 냄새가 기가 막힙니다. 이 집 제대로 하네요."

"자, 추어탕은 산초가루지. 듬뿍 넣어야 제 맛이지."

명근은 배추 우거지가 가득한 매콤하고 얼큰한 추어탕 국물을 들이켜니 속이 확 뚫린다. 아침부터 울적하던 기분도 달래진다.

"맛있습니다."

"할머니가 추어탕 비법을 일 도와주는 며느리한테도 안 가르쳐 준다네."

"하하, 그렇습니까?"

"대학 후배를 만나니 참 기분이 좋네, 258년에 설립된 남경대학은 중국 최고의 대학이지. 우리 영문과 담임교수는 미국인이었어, 명근이 자네도 아마 담임교수가 같지?"

"네 선배님, 아펜 헬러 교수님이요. 조선김치를 잘 먹는…."

영문과 후배라며 명근을 반겨주는 송영기는 앞으로의 활약에 기대가 크다고 말한다. 그가 대학졸업반 때 신입생이던 명근이 집회 활동에서 연설하는 것을 본 적이 있는데 장차 정치계에 입문할 것을 짐작했었다.

"나 같은 사람이야, 은행에서 물질을 관리하고 늘리는 일을 하지만 이론에 박식한 지식인들이 새로운 사상을 조선 민족에게 전달하여 잘못된 사회를 정화시켜야 않겠나. 명예와 권위, 권력다툼은 결국은 밥그릇 싸움이야. 1922~23년 소련, 시베리아, 이르쿠츠크의 조선 공산주의자들은 조선혁명을 위하여 조선공산당 대회를 열지. 중국 땅만 그런가, 앞으로 조선에도 민족주의자와 공산주의자의 대립이 심화되고 분파가 갈라져 난립할 거야."

송 선배와 오랜만에 맛있는 추어탕을 먹은 명근은 그 다음날 아침 일찍 그가 써준 소개장을 들고 시대일보를 찾아간다. 홍명희 사장은 명근보다 12년 연상으로 충북 괴산 출신이다.

"이명근 군, 조선에 돌아온 것을 환영하네. 앞으로 자네가 많은 일을 할 것이라고 믿네."

"홍선생님, 만나뵌 것도 영광입니다. 아직 저는 아무것도 모릅니다. 어떻게 해야 조선에 도움이 될 것인지 알 수가 없습니다."

"급하게 마음먹지 말고 차차 알아가세, 신문사 일을 하다보면 서서히 내가 무엇을 해야 하는지 눈에 보일 거야."

홍명희는 박학다식, 그리고 다정다감하다. 명근은 그가 소설을 쓰는지도 몰랐다.

"공부하느라고 힘들었으니 좀 쉬었다가 언제라도 찾아오게. 기자로 있으면서 사회 곳곳을 현장 취재하다 보면 보고 느끼는 것이 많을 거야. 또 지면에 사회주의가 무엇인지, 여성의 권리, 노동자의 권리 같은 칼럼을 쓰면서 조선인들을 계몽시키다 보면 자신이 하는 일이 얼마나 중요한 일인지 알게 될 거야. 그렇게 이 사회를 서서히 개혁해 나가야지."

커다란 산

1.

 명근은 다음날, 고향으로 내려가는 기차를 탄다. 어린 딸에게 줄 양과자, 어머니 스웨터, 아내의 털목도리를 선물로 들고 동네가 보이는 신작로로 들어선다. 길 양옆으로 화사한 봄기운이 완연한 들판을 지나 아담한 산자락 밑에 폭 안긴 동네길을 들어서니 눈시울이 시큰해진다.
 "어머니…."
 명근은 얼굴의 주름살 골이 너무 깊어서 차마 똑바로 바라보기 민망할 정도의 노쇠한 어머니 앞에서 큰절을 하다말고 엎드린 채 고개를 못 든다. 아버지는 명근이 3·1운동 주모자로 상해로 피신하고 1년 만에 그 시절 조선을 강타한 유행성 독감으로 숨졌다고 했다.
 당시 인편에 소식만 듣고 올 형편이 못되니 얼마나 애면글면했는지 모른다. 아들의 큰절을 받은 어머니는 아들을 어제 본 것처럼 말한다.
 "그래, 그래, 잘 다녀왔나? 난아, 아부지다, 인사드려라."

명근이 고개를 들어보니 안방 입구에 치마저고리 차림의 조그만 여자아이가 얼굴이 빨개진 채 서 있다.

"뭐하노, 얼른 인사 안 드리고…."

"아부지, 안녕하세요."

다섯 살짜리 여자애 얼굴에 뽀얀 젖살이 아직 남아 포동포동하다. 똘망똘망 커다란 눈이 명근을 쏙 빼닮았다. 명근의 학비와 생활비를 대느라고 늙은 어머니와 몸 약한 아내가 소작인 두 명과 함께 골 빠지는 고생을 했을 것이다. 아이는 말라비틀어지지도, 어둡고 우울하지도 않다. 그저 밝고 환하다.

"그래, 이리 와라. 내가 니 아부지다."

낡았으나 깔끔하게 손질된 연노랑 저고리, 연분홍 무명 치마가 깡총하니 짧아 종아리가 다 드러났다. 수줍은 듯 아이가 주춤거리면서 천천히 다가와 안긴다. 작은 머리, 작은 어깨, 작은 엉덩이, 작은 발, 아이의 모든 것은 자그마하다. 이 어린 것을 내버려두었구나 싶어 가슴 한쪽이 저려온다.

어머니는 어느새 방을 나가더니 마루에 선 며느리의 등을 떠밀어 방으로 들여보낸다. 아내는 오랜만에 보는 남편이 너무 어려워 고개를 숙인 채 눈도 제대로 못 뜨고 있다. 19살 소년티를 채 벗지 못했던 남편은 어느새 스물 다섯 헌헌장부가 되어 나타났다. 가슴 설레면서도 낯선 모습이 어렵기만 하다.

"그동안 고생이 많았네. 아이까지 이렇게 잘 길러놓고, 내가 할 말이 없소."

"큰일 하실 분이시니 당연히…."

아내에게 명근은 커다란 산이었다. 천둥번개가 쳐도, 하늘과 땅이 뒤집히는 지진이 일어나도 꿈쩍 않는 태산이었다. 고향에서 한 달을 보내며 명근은 읍내도 나가고 동네 사람들이 살아가는 모습도 살펴본다.

사람들은 여전히 가난하다. 하루하루 먹고살기가 고달파 보인다. 일본 놈들이 마구잡이로 목화를 빼앗아 가 마음 놓고 베틀에 앉을 수도 없다고 한다.

"목화를 해 놓고도 집으로 못 갖고 오고 산속에 널어 말려 가지고 몰래 가져와선 집에서 찌다가 왜놈들한테 들켜 갖고 다 뺏깃뿟다카더라."

명근이 왔다는 소식에 김진사네 머슴 홍이아재와 덕이아재가 집으로 찾아와 들려주는 마을 사람 얘기다.

"근아, 잘 있었나?"

"아재, 그동안 잘 계셨능교. 반갑심더. 제가 찾아뵈야 하는데 먼저 오시게 해서 우얍니꺼."

"괜찮다. 이리 보면 안 되나."

두 아재도 그새 얼굴에 나잇살이 붙어 중년이상으로 보인다.

"요즘도 저녁에 김진사댁 행랑채에 모입니까?"

"어데, 벌써 옛날얘기 됐다 아이가. 너 중국으로 가던 해, 만세 불렀다고 이리저리 잡혀가 뿌리고 고향 떠난 사람 많다. 성구네도 이 마을 떴다."

"성구도 진작에 고향 떴다는 얘기는 들었심더. 지금 어디 있는교?"

"모린다. 만주로 갔다카던데. 성구가 먼저 가서 자리 잡고 어머이,

아버지까지 다 데려갔다 카더라. 성녀는 나이가 있으니께 시집갔다. 우리 마을 건너 부잣집 머슴한테 시집갔다. 머슴이라캐도 주인이 아들처럼 위해줘 성녀도 별 고생 안한다 카더라."

명근이 장가를 가기 전날, 하염없이 눈물을 흘리던 성녀도 이제 영영 남이 되어버렸다.

"그라면 농사짓고 밤에는 뭐하고 지냅니꺼?"

"일꾼들이 없어서 온 동네 허드렛일 돌아가면서 다 한다. 하루 종일 일이 많다보이 피곤해서 일찌감치 퍼져 잔다 아이가. 윗동네는 투전, 골패, 장기, 바둑 두느라고 난리다. 6년 전에 김진사가 화투짱 들면 그날로 집안에 안 들인다 하여 우리 모다 손도 안됐다 아이가. 하지만 김진사 어른 돌아가시고 우리 마을에도 한차례 바람이 지나갔다. 다들 민화투, 육백, 섯다, 도리짓고땡, 나일롱 뻥, 고스톱 선수들이다. 1월 송학, 2월 매조, 3월 사꾸라부터 12월 비까지, 12종류 48장만 있으면 밤새도록, 한번 빠지면 몇날 며칠을 새면서 놀 수 있다 아이가."

"아저씨들도 합니꺼?"

"우리는 처음에 하다 말았다. 시간은 잘 가는데 밤새고 나면 다음날 몸이 무거워 일어나기도 힘들고 일도 못하겠고, 이게 무슨 짓이고 싶어서 우리 동네 사람들은 딱 끊었다."

"잘했심더. 화투짝은 조선인 민족정신 말살시키려고 일부러 퍼뜨린 거 아닝교."

명근은 꿈같은 시간을 열흘간 보낸 후 경성으로 올라간다.

2.

 명근은 상경한 다음날로 시대일보사로 출근했다. 신문사 일이 만만찮다 보니 일이 많다. 3·1운동 이후 일제는 문화정책을 표방하며 동아, 조선일보 창간을 하게 했고 언론 출판에 대한 자유도 어느 정도 허용했다.
 이듬해 여름, 아들 영우가 태어났다는 소식에 잠시 고향에 달려가 온몸이 새빨간 갓난아이를 한번 안아보았을 뿐이다. 그는 만날 사람도 많고 써야 할 기사도 많았다. 시간만 나면 고령, 초계, 합천 등지에서 초청강연도 했다. 어느 날, 신문사 강당에서 '한치 앞을 모르는 운명'이란 제목으로 강연을 하는데 뒷자리에 선 채 강연장을 감시하는 일본 경찰의 눈빛이 번쩍하는 것을 보았다.
 경성시내는 북풍회, 화요회, 서울파, 상해파. 마르크스 레닌당 등 수많은 당들이 만들어졌다가 주저앉고 또 새로 생겨났다. 화요회나 북풍회는 엘리트 유학파가 많다. 도회지 중산층인 이들에게 공산주의가 대세로 인식되어서다. 신사상을 모르면 구식으로 취급되던 시기였다. 그러나 일경에 검거되어 감옥을 들락날락하는 이들 중에는 다시 부르주아로 돌아오는 이들도 제법 있었다.
 조선의 1920년대 후반은 칼 마르크스의 경제이론이 휩쓸고 있었다. 칼 마르크스는 런던에서 직업도 특정 수입도 없이 편두통, 신경쇠약, 불면증, 부종, 의기소침, 늑막염, 기관지염, 폐종양 갖가지 질병을 앓았었다. 1883년 3월 14일 책상 앞에서 꼿꼿이 앉은 채 죽어간 그가 남긴 경제이론이 쿠바, 칠레, 멕시코, 베트남, 키프로스, 헝가리, 체코슬로바키아, 인도네시아, 폴란드, 티베트, 볼리비아, 콩고, 알바니아, 그리스, 동독 모든 혁명에 영향을 주었다.

1928년 홍명희는 소설 『임꺽정』을 조선일보에 연재하던 같은 시기에 동아일보는 이광수의 「단종애사」를 연재했다.

"누구나 다 짐작하지. 단종은 조선총독부의 식민통치를 받는 백성, 사육신은 독립운동가, 총독부 고관은 한명회, 신숙주, 조선총독부와 일본 천황은 수양대군을 뜻하는 거야."

신문에 연재되는 「단종애사」를 읽은 조선인들은 이렇게 받아들였고 나날이 이광수의 이름은 높아만 갔다.

명근은 조선일보사로 자리를 옮겨서 「이명근 칼럼」을 썼다. 레닌의 일생, 칼 마르크스의 변증법적 유물론, 마르크스와 엥겔스의 저서 「공산당 선언」에 대한 해설기사도 썼다.

1870년 심비르스크 출생 레닌은 카잔대학 시절 혁명운동을 시작했다. 혁명이란 내부적 모순의 격화에 의해 절망에 처해있는 국민이 자기책임을 단행하는 기사회생의 대수술이다. 혁명의 객관적 조건이 성숙했음에도 불구하고 주체적 조건의 부족으로 혁명이 불가능하다면 그 국민은 몰락할 수밖에 없다. 18세기 폴란드의 멸망이 그 예다.

노동자들은 의복, 기계, 책을 생산하는데 이 생산물은 자본가의 소유물이 되며 다시 매물이 된다. 노동자들은 이를 구입한다. 노동자들은 부자를 위해 일하고 상품을 사기 위해 더 많이 일한다. 소외된 노동자의 허리를 쥐어짤수록 자본가의 주머니는 더 불러간다.

프롤레타리아란 노동을 팔아 자신의 생활을 영위하며 자본에 의해 창출된 이윤으로 자신의 생활을 영위하는 자가 아닌 사회적 계급에 속한 자들을 말한다. 1848년 2월 만국의 노동자들이야 단결하라!는 공산당 선언은 노동자 계급 스스로 쟁취해야 함을 말한다.

그의 글은 위험했으나 유혹적이었다.
명근은 홍명희를 도와 신간회 일을 하면서 지방순회 강연도 다녔다.
"신간회가 나갈 길은 민족운동만으로 보면 가장 왼편 길이나 사회주의 운동까지 겹쳐 생각하면 중간길이 될 것이다. 중간길이라고 반드시 평탄하진 않지. 중간 길은 도리어 험할 것이 사실이고 또 이 길의 첫머리는 갈래가 많을 것이다. 이군, 국내외 정세를 보아하니 일제로부터 해방의 가능성이 막연히 감지되네그려."
홍명희의 말에 명근은 공손하게 대답한다.
"네, 선생님, 지금 세계는 급변하고 있습니다. 우리도 빨리 변해야 합니다."
"노력이 없으면 성공은 가망이 없어, 우리의 민족적 운동은 바른 길로 나아가되 과학적 조직을 가지고 나가야 하네. 신간회가 그 일을 해나갈 걸세."
때로 가족의 희생을 생각하면 명근은 괴로웠다.
"선생님, 저는 고향의 가족들이 허리 졸라가며 마련해 준 학비로 공부를 했습니다. 이제 돈을 벌어 식구들에게 갚아야 할 때지만 저는 조선 독립을 위한 혁명가의 길을 가야합니다. 때로 갈등하고 흔들립니다."

 밤낮으로 민중을 위한 일에 매달리다 보니 신문사 기자직도 언제까지 할 수 있는지 모른다. 전문학교 영어선생이라도 되어 밥벌이에 충실해야 할 것이지만 그러하기에는 그의 심장이 너무 뜨겁다. 명근의 혁명을 위해 타오르는 불길은 뜨겁지만 때로 아프다.

 명근은 야학에서 가르칠 역사 교과서부터 정립해야 한다 생각되어 야학 교사들과 함께 머리를 맞대고 야학에서 사용할 역사 교과서를 편집했다.

 "일본의 황국 식민지 정책에 사라져버린 단군 조선을 되살려야 해. 우리의 유구한 역사를 단군과 웅녀가 등장하는 신화로 만들어버리고 고구려, 신라, 백제부터 2,000년 역사로 가르치고 있어. 수천 년 역사가 통째로 사라진 거야. 앞으로는 일본 제국주의의 득세에 따라 점차 조선역사 교육 자체를 금지시킬 거야. 단군제사를 지내던 사직단을 사직공원으로 만들어버린 것 좀 봐."

 그러다 1928년 반일 삐라 사건이 터졌고 명근은 야학 역사 교과서 편집을 빌미로 체포되어 징역 6월을 선고받았다. 이것이 서대문형무소와 악연의 시작이었다.

 6개월 후 석방된 그는 3개월 후인 9월 신간회 일로 홍명희와 함께 다시 검거되었다. 홍명희는 소설 집필이 중단되었고 그가 옥고를 치르는 동안 1931년 신간회는 해체되고 말았다.

 1931년 일본은 만주를 병합했다. 일본의 기세는 날로 거세졌다. 1년 6개월간 옥고를 치르고 나온 홍명희는 칩거상태에서 소설『임꺽정』을 계속 썼다. 감옥에서 나온 명근은 그의 원고를 교정 봐주며 보필했다.

  신문사에 파트타임으로 근무하는 명근은 원고를 받으러 홍명희 선생댁으로 가면 그는 언제나 원고더미 속에 파묻혀 있었다. 원고가 끝나기를 기다리면서 다음 내용이 늘 궁금했다. 조선 명종 때의 도적 임꺽정은 탐관오리들을 징벌하는 의적인데 장면 장면이 재미가 그만이었다.

  소설이 실리는 하단에는 광고가 실렸다. 조선신보를 비롯 신문 광고에 아사히 맥주, 포도주, 청주 같은 술 광고, 비누, 치약, 의약품 광고도 나왔다. 대중은 점차 상업주의에 익숙해졌다.

  명근이 조선으로 돌아온 후, 중국에 있는 친구와는 편지가 종종 오고 갔다. 그들은 주로 남경에 있었다. 1930년대 남경은 조선인 혁명가와 독립운동가들의 활동 중심지였다. 김구와 임시정부가 남경에서 민족통합운동을 전개했고 김원봉을 단장으로 한 의열단도 남경으로 본부를 옮겼다. 조선 젊은이들은 남경에 모여 새로운 투쟁역량을 형성해 나갔고 중국 혁명 분위기가 충만하자 중국 공산당에 입당하여 국공내전에 참여했다는 친구도 있었다.

  "중국 혁명을 완수하면 그다음은 조선 독립 아니겠나. 나는 믿어. 모택동 동지를…."

  친구들이 전해오는 소식은 명근에게도 용기와 혁명에의 의지를 강화시켰다.

  명근이 신문사 일로, 혁명가로서 바쁘게 살다보니 고향에는 기제사나 명절에 서너 번 다녀가는 것이 고작이었다. 그 사이에 자녀가 세 명이 되었고 아이들은 무럭무럭 크고 있었다.

1932년 의열단은 조선혁명군 군사정치간부학교를 설립하여 사관생도 양성을 했고 무장궐기를 촉구했다. 중국 열사들의 사망 소식도 수없이 들려왔다. 비밀 아지트에서 모이는 동지들은 이러한 비극이 전해질 때마다 분위기가 숙연해졌다.

　"지난 1월 김군이 일본군과의 전투에서 사망했다네. 한군도 일본 토벌대와 싸우다 중상을 입고 결국 28세 나이로 사망했다고 해. 만주국 치안대를 습격해 섬멸하고 경찰서까지 공격했으나 역부족이었다네, 일본군과 맞서 항전하다 마천령 전투에서 전사했다네, 겨우 26세였다지."

　"내가 그곳을 떠나올 때 얼굴에 솜털이 보송보송하던 20대 초반이었는데, 김군은 신의주 출생이지. 할아버지, 숙부들이 3·1운동에 참가했다가 일경의 고문으로 숨지자 조국을 떠나 중국 각지를 떠돌다 흑룡강을 중심으로 항일 투쟁을 하고 있었는데…."

　"300여 명의 일본경찰 부대 공격으로 아까운 나이에 숨지고 말았다네."

　명근과 작별할 때 자기 몸보다 큰 장총을 든 채 씨익 웃던 한군, 뭐라도 주고 싶은데 아무것도 줄 것이 없다며 진하게 악수를 청하던 김군, 모두 불귀의 객이 되었다.

　"독립군에게 밥 지어주고 밤새도록 수를 놓아 그것을 팔아 독립군 반찬비를 마련했던 박 여사도 중국 장시성 곤륜산 전투에서 다리에 총상을 입고 사망했다네."

　"일본놈한테는 무력응징만이 답이야."

　함경북도 출신이나 경상남도 출신이나 다 같은 조선인, 중국 공산당에 들어가 일본군에 완강하게 투쟁하다 희생된 조선인들의 소식을 들으면 화가 치밀어 올랐다. 그들은 죽어서도 조선인이 아닌 중국인으로 죽은 것이다. 조선 독립의 지름길인 줄 알고 갔던 길에서 제 몸을 바친 그들의 이름은 무명이다. 역사에 이름 한 자 남기지 못했다.

명근은 의열단에 들어간 성칠의 소식이 궁금해졌다. 조선에 돌아온 지 얼마 안 되어서 인편으로 간단한 편지가 온 적이 있었다. 북경으로부터였다.

동지, 보게나. 수천 그루 버드나무와 장대한 삼나무들에 둘러싸인 자금성 앞에 서 있네. 황금기와가 있는 성안의 시원한 그늘 밑 삶과 성 밖의 삶은 너무나 다르네. 북경에 와있는 외국인들은 테니스나 폴로경기를 즐기네. 차가운 소다수와 위스키를 마시며 깔깔거리고 웃지. 성 밖에서는 혹독한 기근으로 아사자가 속출하고 기아와 궁핍에 시달리는 백성들이 오늘 죽을지 내일 죽을지 모르고 말야.

그리고 1935년 가을, 다시 인편으로 연락이 왔다. 아나키스트 출신인 그가 '이 한 몸 불사르지 않고 살아남아서 사회를 변혁시키는 일에 동참하게 되어 영광'이라는 것이다. 홍군에 들어간 것이다.

'성칠이 홍군에 들어갔다? 조선인이 중국인 부대에? 모택동의 휘하로?'

명근은 암호로 쓰여진 편지를 바로 불태워버려야 했다. 귓전에 성칠이 흥얼거리던 노랫가락이 들리는 듯했다. 거사를 하러 조선으로 떠날 때 조선 아나키스트들이 부르던 노래라 했다.

흰 새 두 마리가 두터운 구름 속으로 날아가네/ 저 아래 세상이 달걀만 하게 보이네/ 그 자유롭던 날개가 지금은 우리 속에 갇혔구나/ 태양이 떠오르기를 기다리지 말지어다.

그 노래를 부르던 성칠은 지금 말라붙은 황하를 지나거나 어느 깊은 산골에서 야영 중일 것이다. 성칠은 더 이상 연락이 오지 않았다. 국공내전이 심해지면서 국민당은 결사적으로 홍군의 뒤를 쫓아가고 있었다. 죽느냐 죽이느냐의 싸움 와중에 그가 있었다. 일본 유학 간 대지주의 조선인 아들 성칠뿐 아니라 조선청년 10여 명이 홍군 대장정에 참여하고 있다고 한다.

전쟁의 선수들은 전쟁에 필요한 빌미를 찾는데 천재적이다. 일본이 1931년 만주사변을 일으킬 때는 남만주 철도 선로를 저들이 몰래 폭파하고는 장학량군 소행이라고 공격을 개시했다. 1937년에는 일본군 하나가 없어졌다면서 노구교 건너 중국군 경내로 진입했다, 중일전쟁의 시작이었다.

명근은 남경에 머물던 시절, 같은 아파트에 살며 친하게 지냈던 중국인 부부의 처형 소식도 들었다. 일본 경찰의 소행이었다. 명근은 형무소를 드나들기 시작하면서 파트타임으로 다니던 신문사도 그만두어야 했다.

한 집안의 가장은 나라의 큰일을 한다고 이름도 신분도 감춘 채, 그림자도 찾기 어렵다. 남겨진 가족들은 먹고살기 위해 고군분투해야 했다. 몸이 약한 며느리를 데리고 늙은 어머니는 농사를 짓느라 손발이 투박해지고 거칠어져 갔다. 그 많던 땅이 이영술 어른이 돌아가시면서 일부 소작농에게 나눠지고 남은 일부는 명근의 중국 유학 학비로 들어가 이제는 겨우 밥만 먹고 살 정도로 농사를 짓고 있다.

3.

 감옥에서 나와 본가에 내려온 명근은 밥을 짓는 큰딸을 물끄러미 쳐다본다. 커다랗고 동그란 눈이 순하기 짝이 없는 딸은 성격마저 차분하고 별말이 없다. 성신여학교를 졸업하고는 상급학교에 진학하지 못하고 고향에서 몸이 아픈 어머니 대신 집안일을 도맡아 해온 착한 딸이다. 물끄러미 딸을 쳐다보던 명근, 이윽고 말을 건넨다.
 "란아, 니 공부 더 하고 싶나?"
 "네, 아부지, 저도 고모들처럼 동경 유학 가고싶어예."
 "공부해서 뭐가 되고 싶은데?"
 "저는 교사가 될랍니더, 지가 배운 지식을 아이들에게 가르쳐 우리나라도 문명국이 되는데 도움이 되고싶어여."
 "그래, 알았다. 이번 설 쇠고 경성에 올라와라, 여학교 기숙사를 알아봐주꾸마. 내 일간 편지 보내마."
 명근은 큰딸 영이, 막내딸 정이도 공부를 시키기로 했다. 어려서부터 아버지의 빈자리를 대신하여 어른처럼 행동하던 큰딸에게 진 마음의 빚을 조금이나마 덜고 싶기도 했다. 아들은 두 해 전부터 경성에 올라와 배재학당에서 공부하고 있다.
 명근은 남아있던 땅을 대부분 처분했다. 그 많은 소작농은 다 어디로 갔는지 마을에는 농번기가 되어도 사람 구하기가 힘들었다. 웅장한 고래에 크고 작은 방이 무수하던 본가 기와집은 팔촌 아저씨한테 관리를 부탁하고 그 집에서 떠나지 않겠다며 홀로 남은 어머니를 부탁했다.

경성에 올라온 날, 명근은 아내와 두 딸, 아들까지 온 가족이 화신백화점으로 갔다. 1937년 문을 연 6층짜리 화신백화점 안 식당은 조선 런치가 인기였다. 종로 네거리의 오른쪽 모퉁이에 위치한 화신백화점은 장안의 명물이었다. 조선시대부터 운종가로 불리며 비단, 모시 면포들을 팔던 행랑들이 죽 이어지던 곳에 고층빌딩이 서고 있다.

"아부지, 너무 근사하다. 이게 경성 맞나?"

어린 정이는 들떠서 아버지 팔에 매달려 응석을 부린다.

식당에 들어서니 축음기에서는 클래식 음악이 흘러나온다.

"엄마야, 슈베르트의 보리수다."

"그래, 그렇구나."

새하얀 테이블보가 딸린 둥근 식탁 위에는 꽃 한송이가 꽂힌 화병도 놓여있다. 유니폼을 입은 여자 종업원이 주문 받으러 온다.

"자, 뭐가 있나 보자. 신선로 백반, 전골백반, 화신탕반, 비빔밥 무엇을 먹을까?"

"신선로는 60전이나 해요. 아부지, 가장 싼 비빔밥으로 먹어요. 그것도 25전이나 해요."

"하하, 오늘은 아부지 돈 있다."

"여기 한번 와본 것만으로 소원 풀었어요, 아부지."

영이는 아버지가 큰돈을 쓸까 걱정이지만 늘 얼굴이 창백한 어머니의 얼굴에 화색이 돌아 기분이 좋다. 간단한 김치와 젓갈도 나오고 이날 가족들은 처음이자 마지막인 만찬을 즐겼다.

영이는 중앙보육전문학교 기숙사에서 생활했고 막내딸 정이는 덕성여학교 기숙사에서 생활했다. 명근은 처음엔 땅을 팔아온 돈으로 학비를 대었지만 점차 아이들 학비 대기에 벅찼다. 영어 번역을 해주고 신문에 칼럼을 게재하며 돈을 벌었고 삼남매 모두 가정교사를 하여 학업을 계속했다. 아무리 힘들어도 신진 학문을 배운다는 것만으로 좋기만 했다.

아이들이 다니는 학교는 다른 관공서와 마찬가지로 모든 문서에 쇼와 연호를 쓰고 있다. 쇼와는 일본의 제124대 천황으로 본명은 히로히토, 다이쇼 천황에 이어 천황 자리에 올랐다. 모든 사람들은 기록물에 한 명의 일왕이 하나의 연호만 사용한다는 쇼와를 썼다.

명근은 그날을 기억했다. 그가 조선으로 돌아온 다음 해인 1926년 12월 황태자 히로히토가 즉위했다. 그날 저녁, 일본인이 사는 남촌에서는 축제의 불빛이 펑펑 터지는데 조선인들은 갈 곳이 없었다. 종로통 야시장으로 동지들을 만나러 간 명근은 천지 사방이 컴컴한 어둠에 드리운 채 카바이드 불빛만 빛나는 리어카 노점상에 선 채 술 한잔을 마셨다.

'이 시국에, 우리는 무엇을 해야 하는가?'

동지들의 막막한 얼굴이 엊그제 본 것처럼 선한데, 쇼와시대는 날로 강대해지고 있다. 일본은 아시아의 강대국으로서 야욕을 노골적으로 드러냈다.

명근은 전국을 돌아다니면서 항일의식을 고취시키는 강연을 하고 농민 소비조합 결성에 도움을 주었다. 삼남매는 같은 경성에 있지만 아버지를 만나기 힘들었다. 삼남매에게 아버지는 거대한 산, 나랏일 하느라 동가식서가숙 하지만 이 세상 누구보다 훌륭한 분이다.

조선시대에 여자는 밖으로 내돌리면 안 된다는 남성의 전근대적인 습성으로 직장여성들이 수모를 당하는 일이 잦았다. 부하 여직원이나 여점원, 여자 전화교환수는 함부로 해도 좋은 여성으로 취급받기도 했다. 남녀간 스캔들이 터져도 무조건 여성 탓으로 몰아가는 분위기였다.

명근은 여성조합원 모임에서 "여성이 남성보다 열등하다는 편견을 버려야 한다."고 주장했고 자신의 두 딸에게도 "능력 있는 여성이 되어 당당히 살라."고 말했다.

서대문 형무소

　명근은 검거되었다가 풀려나기를 여러 번, 요시찰 인물이 되었고 여러 개의 이름을 가지게 되었다. 그는 걸소, 걸중, 명국, 영식이기도 했다. 그는 웅변가이지만 목소리는 크거나 높지 않았다. 적당한 굵기에 부드럽고 듣기 좋은 목소리에는 진지함이 있었다. 거부할 수 없는 힘이 담겨있었다. 관중들은 한번 귀를 기울이기 시작하면 그 마력에서 빠져나올 수가 없었다.
　"내게 감옥살이는 잠깐이지만 언젠가 영원한 자유를 찾을 것이다. 겁내지마, 두려워하지마. 독립운동 자체부터 이미 우리는 자유인이다."
　그는 진실을, 희망을, 꿈을 말하는 입이 되었다. 그는 일경이 두렵지 않았다. 더 많은 독립과 자유를 꿈꾸는 조선인들을 양성하기 위해 용의주도해야 했다. 한 장소에 조선인들이 다수 모여 있다는 정보를 들으면 몰래 들어갔다.
　"우리는 모두 같은 동지, 신분이 높고 낮은 것이 무슨 상관인가. 학식이 있고 없고 재산이 많고 적고 다 똑같은 사람이다. 우리 모두 다 똑같은 조선인이다."

"세상은 넓다. 눈과 마음을 크게 열어야 한다. 우리의 힘을 모으자면 조직이 필요하다. 우리의 눈과 코입이 되어줄 노조를 만들어야 한다. 우리가 깨어나야 독립할 수 있다."

경기도, 강원도, 전라도 어디든지 갔다. 원주, 강릉, 속초, 영덕, 봉화, 어디든지 노동자가 모인 공장, 탄광이 있는 태백산맥 줄기 곳곳의 작은 마을을 찾아다니면서 연설했다. 할 말을 하고는 간다는 인사도 받지 않고 그 자리를 빠져나왔다. 언제 왔는지 언제 갔는지를 모르게 행동을 조심해야 오래 살아남을 수가 있고 더욱 많은 동지를 모을 수 있었다.

같은 혁명가들이 피치 못해 모여야 할 때가 있으면 시간차를 두고 만났고 헤어질 때도 시간차를 두고 한 사람씩 사라졌다. 혁명가에게는 비밀이 많은 법, 감출 것도 많은 법이다. 그의 이름은 수십 개가 되었다. 늘 다른 이름을 사용하여 몸을 보호했다.

중국의 국공분열 후 혁명은 좌절되었고 조선의 혁명에도 먹구름이 끼고 말았다. 학교에 다니는 아들딸에게는 가끔 인편에 편지를 전했다.

"여기는 봉화 탄광이다. 조선인들이 지하에서 고생하고 있더구나. 오늘은 내 연설에 더욱 힘이 들어갔고 노동자들이 뜨겁게 반응해 주어 참 기뻤다. 아버지는 잘 지낸다. 걱정 말고 학업에 충실해라."

일경의 눈을 피해 서너 명이 모이든, 20명이 모이든지 때와 장소를 가리지 않고 돌아다니다가 보니 식사나 잠자리는 말 그대로 풍찬노숙이었다. 들판에서 하늘의 별 보고 자고, 먹는 것도 감자나 고구마, 주먹밥 등을 목적지로 걸어가면서 먹어야 했다.

제대로 따뜻한 밥 한 끼를 먹을 수 없다 보니 수시로 체하고 급히 먹어 위가 종일 거북하기도 했다. 감옥에서 망가진 위는 서서히 병들어갔다.

어느 날, 명근은 조선일보 기사를 읽었다. 경숙 아버지 소식이 실려 있다. 정기수는 종로에서 하는 미곡상이 잘되더니 어느새 기업체를 지닌 거부가 되어있었다. 일본 육해군 비행기 구입 이용으로 10만원을 헌납했다는 기사였다. 성공한 자본가로 잘 나가고 있는 조선인들은 일제의 비행기 헌납운동에 동참했다.

유치장에 수감된 지 한 달, 몸은 살이 말라가지만 눈빛만은 형형히 살아 있다. 남자 나이 서른여섯, 한창 자유롭게 훨훨 날아다닐 때지만 자유를 억압당하고 고문으로 온몸은 상해 있다.

1936년 서대문 형무소 안, 차디찬 소독물을 펌프로 수감인들에게 마구 뿜어대는 간수들, 그들의 일그러진 웃음이 악마를 보는 듯하다. 자지 못하고 먹지 못해 피골이 상접한 동지들의 헐벗은 나체 위로 얼음 같은 물이 쏟아진다. 온몸이 벌벌 떨리다 못해 전신에 소름이 돋아있고 이빨은 득득 소리를 내며 입을 다물지 못한다.

'고문이다. 악형이다.'

계속되는 고문에 깜빡깜빡 정신줄을 놓치지만 이상하게도 정신이 들면 '이대로 무너지진 않는다'는 시퍼런 절개는 살아 퍼득거린다.

조선에 돌아온 지도 10년이 넘었다. 한 번도 집에서 마음 편하게 머물지 못했다. 전국을 유랑하며 노동조직을 만들고 독립운동의 불씨를 지피는 일에 몸도 마음도 다 바쳤지만 독립의 희망은 점점 더 멀어지고 일본의 기세는 날로 더해갔다.

미국 기자 에드가 스노는 런던에서 『중국의 붉은 별』을 출간했다.

홍군의 근거지를 찾아가 4개월 동안 함께 현장을 누비며 펴낸 글이었다. 명근은 친구 성칠이 조선 독립을 위해 우선 홍군에 가담한 모습을 떠올렸다.

항일 성지 옌안은 낙원이라고 한다. 이상에 들뜬 청소년들과 대학생들. 정치와 도덕이 일원화된 사회 구현을 위해 몰려든 문화지식인들, 팔로군으로 개편된 홍군의 시안 사무소에는 남녀 모두 녹색 군복에 행군하는 모습이 장관이라고 했다.

그런데 1937년 12월, 경성 시내가 벌컥 뒤집혔다.

"일경들이 남경에서 대학살을 일으키고 있어. 사람들이 수없이 죽어나가고 있대."

"인간 도살장이 되었다고 하네."

"어디, 어디라고?"

종로구 한 보석상 지하 은신처에 뛰어든 남동지가 얼굴이 하얗게 질려 소식을 전했다. '남경'이라는 말에 명근은 자리에서 벌떡 일어났다.

1937년 7월 7일 중일전쟁이 발발하며 일제의 탄압이 강화되었고 중국 땅의 독립운동가들의 생활은 더욱 어려워져 끼니도 제대로 못 때운다는 소식이 들려온 얼마 후였다. 그해 12월 13일 중국 국민당 정부가 충칭으로 피한 뒤 일본군들이 수도 남경에 갇힌 시민 수십만 명을 도륙하고 있다는 것이다. 중일전쟁이 발발하면서 비설의 소식을 몰라 애가 타던 명근에게 청천벽력이었다.

"군인들이 남자들은 총살이나 생매장시키고 매일 수천 명의 여자들이 강간당하고 있다네."

"임신부는 총검에 찔려 태아와 함께 죽고 그 야만적인 행동이 야수와 같았다네. 일본군 현장 책임자가 모든 포로를 죽이라고 명령했다네."

상하이 전투를 오래 끌어 막대한 피해를 입고 어렵게 상하이를 점령한 일본군은 곧바로 중화민국 수도인 남경을 향해 진격했다.

"항복하지 않으면 피의 양쯔강을 만들겠다."

한겨울 6주 동안 수십만 명이 일본군에 의해 죽었다는 소식이었다. 명근은 은신처로 가서 동지들을 만났다. 동지들은 쉬쉬하면서 대책을 논의했다.

"총알 아끼려고 산채로 파묻히고 몽둥이로 때려죽이고 칼로 난도질당하고, 광장에 여자와 아이들을 포함한 수천 여명의 사람들에게 석유를 쏟고 기관총을 난사하고, 총탄이 사람들 몸을 꿰 뚫리고 석유에 불이 붙고 삽시간에 시체더미가 산이 되어 차마 눈뜨고 못 볼 정경이었다네.

"인간이 아니라 살인병기로군."

"앞으로가 더 문제야, 난징자치위원회를 구성하여 더욱 혹독하게 통제할 거라는데."

피의 살육이 벌어지는 남경, 그곳에 비설이 있었다. 비설의 외삼촌 도영과 어머니 행자도 그곳에 있었다. 명근은 잠을 못자고 걱정하며 그들의 안전을 기원했다. 그러나 천신만고 끝에 남경에서 살아돌아온 한 동지가 들려준 소식에 하늘이 무너졌다.

심도영은 필사적으로 어디론가 도망쳤지만 수녀원으로 피신한 행자와 비설은 일본군의 칼날 아래 불귀의 객이 되었다고 했다.

"오, 어떻게 이런 일이. 그들이 무슨 죄를 지었다고, 그저 제 한 몸 바쳐 오로지 조국의 혁명을 위해 애쓰던 자들입니다. 만주와 시베리아 벌판의 200만 조선 유민에게 돌아갈 조국 조선을 되찾기 위해 그저 순수하게 싸웠을 뿐입니다. 어떻게 이런 일이…."

명랑한 말소리와 밝은 미소가 캠퍼스를 환하게 만들던 비설, 그녀의 최후 소식을 들은 명근은 애간장이 녹아내렸다.

"명근, 이제 헤어지면 우리 또 만날 수 있을까요? 이 시대가 우리는 영영 헤어지게 하는 것은 아니겠지요?"

눈물이 보일까 뒤에서 명근의 허리를 안으며 떨리는 목소리로 말하던 그녀, 짙고 긴 속눈썹 아래 하염없이 떨어지던 눈물은 명근의 등을 다 적시고 말았었다. 그녀가 죽었다는 소식에 비설과의 눈부신 추억이 떠오르는 명근의 눈에서는 쉴 새 없이 눈물이 흘러내렸다.

유독 빨간색을 좋아하던 비설. 늘 활짝 핀 모란 같던 여인, 명근이 조선으로 돌아간 1925년, 곧 명근을 찾아오겠다는 비설의 편지가 인편에 전해진 지도 수차례, 말만 그럴 뿐 올 수 없었다. 외삼촌을 도와 어머니와 자신도 조국 해방운동에 작은 힘이라도 보태고 있다고 했었다. 험난한 세월은 쉽게 조선 땅에 발을 디딜 수 없게 하더니 어느새 10년이 훌쩍 넘어버린 것이다.

"비설이 죽었다. 그 나이에 왜? 왜?, 얼마나 무섭고 아프고 고통스러웠을까? 비설, 내가 널 버려두었구나, 날 용서하지마."

집에 와서도 눈물을 흘리는 명근이다. 그의 등을 따스한 손으로 조용조용 쓰다듬어주는 아내. 지아비의 울음에 아내도 가만히 눈물 지었다. 여인 때문에 우는 지아비, 그 지아비를 위로하며 함께 우는 지어미였다.

아내는 비설이 조선 땅에 찾아왔어도 아무 말 없이 맞아들였을 것이다. 수년간 집을 떠나 이국에서 공부를 하는 지아비가 젊고 예쁜 다른 여인을 만났을 것이라고 짐작했던 것이다. 아비의 연애사를 모르는 열여섯 된 큰딸이 다음날 아침 밤새 붙들고 우느라 몸져누운 부모를 위해 아침밥을 지었다.

연인의 죽음에 애통해하는 남편의 곁에서 함께 울어주던 그의 아내는 이듬해 오랜 위장병을 이기지 못하고 세상을 떠났다.

5장
혁명가 아버지

조선인 홍군 박성칠

1939년, 겨우 눈을 뜬 아기처럼 갓 나온 노란 개나리가 메마른 가지에서 앙증맞게 피어오르는 봄, 명근의 집으로 반가운 소식이 왔다. 박성칠이 인편으로 만나자는 연락을 해왔다. 명근은 비상근으로 나가는 신문사에 아침 일찍 나가서 어제 취재해 온 기사를 쓰면서 그를 만날 생각에 들뜬다.

기사를 마감한 후 종로의 단골 청요리집으로 그를 만나러 간다. 아무도 방해받지 않는 가장 구석진 골방에 먼저 자리 잡은 명근은 잠시 후 성칠이 들어서는 것을 본다. 일제의 검문검색을 피하느라 중국인 차림을 하고 다니던 그다. 어깨를 구부리고 두 손을 소매 속에 찔러 넣고 걷는 성칠은 풍채가 좋았다. 하지만 15년 후 만난 성칠은 살이 빠져 산만한 풍채가 반으로 줄어있다. 하지만 명근을 보고 반가워 웃는 눈가의 주름은 깊어졌지만 여전히 따뜻하다.

그는 식탁 위에 놓인 기름기 많은 청요리를 먹는 것보다 오랜만에 만난 명근과 이야기하는 것이 더 중요한지 헤어질 때까지 거의 몇 젓가락 들지 못했다.

홍군 대장정을 끝내고 나온 그는 다시 조선민족해방동맹 일을 하고 있었다. 몇 년 전 아나키스트, 민족주의자, 그 외 조선인들이 모여 상해에서 창설되었던 이 단체의 중앙위원을 맡아 조선, 만주, 일본 및 중국 각지로 돌아다니는 것이다.

"공산주의고 사회주의고 무엇이든지 민족의 독립 없이 되는 일이 없어. 독립을 위해선 전 민족이 단결해야지. 일본 제국주의 지배하에 있는 모든 노동자를 무제한으로 조직하고 있어. 경제개혁과 여성의 평등을 포함하여 가장 폭넓은 대중운동을 장려하려는 거지."

그가 소리 죽여 말하자 명근은 저절로 긴장한다.

"빼앗긴 나라를 되찾고자 전 재산을 정리하고 만주로 망명하여 독립운동에 투신한 가족이 있는가 하면 일본이 내리는 작위와 돈을 받은 매국노들은 70명이 넘는다 말이지. 왕족과 양반 사대부들이 팔아먹은 나라를 되찾고자 평민들이 나섰지, 하지만 우리는 늘 배가 고파, 그것도 많이 고파."

방문 밖에서 들리는 소리에 귀를 세우고 수상한 기척이 들리면 언제라도 밖으로 향한 유리창을 뛰어넘어 피신할 태세인 그다. 배가 고프다면서 앞에 놓인 청요리를 제대로 못 먹고 있다.

"하루 두 끼 먹는 날은 재수 좋은 날이지. 그런데 배고픈 일을 왜 아직도 계속 하냐고? 육체는 가벼워지고 머리는 맑아지거든. 아무리 육체가 소멸해 가도 영혼만은 깨져서는 안 되잖아. 만주벌판에서, 중국 땅 어느 남모를 곳에서, 조선에서, 전장과 사형장에서 동지들이 뿌린 피는 여전히 뜨겁지. 일본놈들이 조선 통치를 포기할 때까지 우리는 계속해야지."

"홍군과 동지가 되니 아무것도 두렵지가 않았어. 같은 뜻을 지난 동지들이 몇 번이나 사지를 뛰어넘어 목표를 달성할 때 행복했어. 역사에 부끄럽게 살지 않은 거잖아."

그의 혈기와 시퍼런 지조에 명근은 부끄러웠다. 혁명가라면서 제대로 가장 노릇도 못하는 처지가 아닌가. 홀로 고고한 길을 걸어가는 성칠이가 무한 자랑스럽기도 하다.

자신이 믿고 있는 것을 위해 싸우다 죽는 것은 영광이요 장렬함이요, 행복한 죽음이라는 이 남자, 민족주의자, 무정부주의자, 공산주의자… 불리는 호칭은 여러 가지다. 하지만 그 호칭이 뭐 중요하랴.

"홍군의 대장정에 참여하고 나서 민중의 지지를 받지 못한 정권은 모래탑 위에 쌓은 성이라는 것을 느꼈지. 어딜 가나 농민들은 홍군을 환영했어. 우리는 절대로 폐를 끼치지 않는다고 소문이 났거든. 넓은 협곡을 건너고 바위산을 타고 난간만 있는 다리를 건널 때는 반 이상이 떨어져 죽었어. 앞뒤로 동료들이 퍽퍽 나가떨어지고 찬 물살에 비명 한마디 못 지르고 휩쓸려 가는데 처음엔 못 견디겠더라. 나도 모르게 손을 놓고 밑으로 떨어질 것 같았지. 이를 악물고 앞만 보고 전진하다 보니 나중엔 동지들 죽음이 무감각해져. 아무 생각도 없어지니까 그 험한 다리도 건널 수 있더라."

명근은 성칠의 말에 자신이 그동안 애써 억눌러온 피가 아우성을 치며 온몸에서 들고 일어나는 것 같다. 자신도 피 냄새가 그립다. 목울대를 넘어 뜨거운 피가 꿀떡꿀떡 올라옴을 느낀다. 자꾸만 넘어오는 침을 삼키며 탁자 밑에 놓인 두 주먹을 꼭 쥐었다.

그날 성칠은 결국 점심도 제대로 못 먹은 채 명근과 헤어졌다. 그날 명근에게 동양 여러 나라의 혁명단체 연락처를 전해 주었다.

명근은 그림자 혁명가다. 영어, 러시아 언어에 능통하니 자연스레 미국, 프랑스의 공산주의자, 혁명단체와의 연락책이다. 성칠처럼 직접적인 전투에 나서지는 않지만 명분을 내세우는 이론적 작업과 연구로 혁명의 방향 제시를 하고 있다.

1938년 12월 일제는 창씨개명을 권고했다. 춘원 이광수는 가야마 미쓰로가 되었다. 일본 제국주의의 침략전쟁 정당화와 전시 동원을 독려하며 총독부 시책에 협력하는 글을 신문에 게재했다. 그를 존경했던 만큼 배신감이 컸던 모든 이들이 '친일파 이광수 타도' 벽문을 붙이기 시작했고 '변절자를 타도하자'는 움직임이 거세졌다.

명근은 1938년 여름부터 이듬해 2월까지 박헌영을 종종 만났다. 한 번은 아들 영우의 하숙집에 오랜만에 식구들이 모여 있는데 문밖에서 누군가 찾아왔다. 큰딸이 밖으로 나갔다가 돌아와 전했다.

"양복 차림에 중절모를 쓴 중년신사가 지팡이를 짚고 골목 모퉁이에 서 계시대예, 검은 뿔테 안경을 쓰신 채 인상이 좀 날카로워 보였어예. 누구신대예 해도 대답 안하시고, 무조건 아버지 지금 안계십니다. 잠시 출타 중이라고 했심더, 종로3가 대성여관에서 기다린다는 말만 하고는 가셨어예."

명근은 박헌영 무리와 국제정세에 대한 의견을 나누다 보면 모두 다 자기주장이 세어서 의견이 부딪치는 일이 잦았다. 같은 편이라도 다 같은 마음은 아닌 것이다. 같은 편에서 다시 적이 생겨났다.

1940년 12월 경성 콤그룹이 서대문서 피검 되면서 명근은 일경에 체포되었다. 박헌영은 광주 벽돌공장으로 피신했다. 신진 인텔리

학생들이 대부분이던 마르크스 레닌당(ML), 상해, 화요회 모두 피검되었다. 명근은 서대문형무소에서 다시 손과 발이 묶였다.

다음 해인 1942년 가을, 큰딸 영이가 면회를 온다. 투옥된 지 1년 3개월 만에야 면회가 된 것이다.

"아부지, 아부지, 아부지."

딸의 그 큰 눈에서 눈물이 뚝 뚝 떨어진다. 우느라고 말을 잇지 못한다. 중앙 보육전문학교를 고학으로 다니는 딸은 아버지의 면회를 와서 얼마나 울었던지 저고리 앞섶이 다 젖어서 갔다. 위장병이 나서 먹지를 못해 피골이 상접한 아버지의 얼굴을 보자 눈물부터 쏟아진 것이다.

경성의 신여성들은 자유연애를 구가하며 인생을 즐기고 있는데 아버지의 옥바라지에 바쁜 딸은 가정교사로 학비와 생활비를 버느라 그 고운 얼굴이 지쳐 보인다.

청춘이되 청춘답지 못하게 보내는 아이, 궁핍과 걱정에 싸인 딸은 오랜만에 아버지를 보고는 환한 보름달처럼 얼굴이 환해지더니 이내 흘리는 눈물, '눈부신 20대지만 마음은 지옥일 것'이다 싶은 명근은 목이 멘다. 그는 장성한 딸을 옥바라지를 하게 만든 죄인이다. 남들처럼 밝고 명랑하게 웃으며 청춘을 보내야 할 딸이 자신 때문에 울고 있다.

명근은 고문을 당할 때보다 큰딸을 만난 일이 더 몸과 마음이 아프다. 3일간을 꼬박 잠을 재우지 않자 나중엔 비몽사몽, 자신이 누구인지도 알 수 없었다. 그렇게 명근의 몸은 서서히 망가져 갔다.

이영이의 일기
- 나의 고락기(苦樂記)

*혁명가 이명근의 딸 이영이(어린 시절부터 부르던 이름 란)의 유품을 정리하면서 나온 낡은 일기장에 쓰인 내용이다. 세로쓰기로 된 일기장은 얼마나 오래 되었는지 바스라질듯 바삭 말라있다. 조심스레 겉장을 넘기니 첫 장에 '쇼와(昭和) 16년(拾六年) 중앙보육학교(中央保育學校) 이영이'라고 씌어 있다.

누런 종잇장을 한 장 더 넘기니 '학생시대(學生時代) 나의 고락기(苦樂記)'라고 되어있다. 1941년과 42년에 쓴 일기이다.

단정한 펜글씨가 세로로 쓰인 일기의 앞부분은 일어로 되어있다. 그 중간중간에 붉은 펜글씨로 토를 단 것이 간혹 있다. 학창 시절 일기 쓰기를 숙제로 내주고 일기장을 검사하던 교사의 글씨다. 뒷부분에는 옥에 갇힌 아버지를 면회 간 딸의 심정과 힘들게 살아온 과거가 기록되어 있다.

26년 즉위한 히로히토의 연호는 쇼와(소화), 모든 학교와 관공서를 비롯 일제하의 모든 기록물에는 쇼와가 가장 먼저 쓰였다. 학생들의 일기에도 물론이다. 히로히토는 일본이라는 국가 자체였다.

- 소화 16년(1941년)
4월 14일 월요일 맑음
저녁에 친구가 불러서 학교에 갔는데, 아버지가 있어서 기뻤다. 아버지는 여러 가지 이야기를 해주셨다. 경성에서 열린 모임에 왔는데 오늘 밤 또 시골에 가야 한다고 하셔 금방 헤어졌다. 얼마만에 본 아버지인가, 고향의 일 등이 생각나서 나는 울어버리고 말았다.

- 4월 16일 수요일 맑음
늦게 일어났다. 오늘 시작은 오르간 연습을 해보았더니 전에 배웠던 걸 다 잊어버려서 잘 되지 못했다. 오늘은 대청소날인데 아무도 없어서 강당의 당번은 3명이 했다. 이것은 학급 책임자의 부주의라고 깊게 느꼈다. 돌아와서 세탁을 하고 오늘 노트 정리를 하고 친구에게 편지를 쓰고 있었을 때 10시의 종이 울려서 불을 껐다.

- 4월 17일 목요일 맑음
일기를 모아 선생님께 제출해야 하는데 다들 너무 일기를 내지 않아서 선생님께 불려갔다. 내 책임을 다하지 못한 것에 후회했다. 6교시가 끝나고 교복의 치수를 잰 후 속치마(Chemise)를 한 장 꿰맨 후에 그걸 입고 잤다.

- 4월 18일 금요일 맑음
아침에 일어나니 이슬비가 내렸지만 곧 그쳤다. 아침 식사 후에 학교에 가서 오르간 연습을 했다. 3교시에 교장선생님이 오셔서 오늘 오후 5시에 영화관에 가는 것과 이선생님이 어쩔 수 없는 사정으로 학교를 그만뒀기 때문에 대신 도쿄에서 새로운 선생님이 다음 주에는 올 거라고 하셨다.

(선생님 코멘트) *예쁘게 썼습니다. 계속 이렇게 잘하세요.

- 4월 21일 월요일 비

매일 공부하지만 잘되지 않는다. 가끔은 학교에 가기 싫을 때도 있어서 걱정이다. 왜 배울까? 하는 생각도 든다. 오늘도 5교시 수업을 들었지만 수업 중 공상(空想)이라고 할까, 이상(理想)이라고 할까, 나도 잘 모르는 생각들에 빠졌다. 내가 생각해도 이건 이상하다. 공부도 하지 않고.

- 4월 22일 화요일 맑음

오늘은 창경원(昌慶苑)에 벚꽃 구경을 가는데 나는 가기 싫었지만 이 또한 학창 시절의 추억이 될 것이라는 생각에 어쩔 수 없이 갔다. 전철을 타려고 나가는데 꿈처럼 남동생을 만났다. 전차에서 자고 있는 사람도 있었다. 오늘 일은 영원히 잊지 못할 것이다.

- 4월 25일 금요일 맑음

오늘은 늦게 일어나서 일요일에 마무리한 상의(上着)에 다림질을 했다. 양말을 정리한 후 공부하려고 하니 역시 집중이 안됐다. 친구에게 편지를 쓰면서 놀았다. 노는 날이면 쓸데없는 공상이 더 떠오른다. 나는 무엇을 했고 무엇을 배웠고 이렇게 나이를 먹었을까. 모르겠다. 아무것도 모르면서 나이만 먹어서 내가 생각해도 절망이다. 내일의 복습을 하고 노트를 정리했다.

*아직 어립니다. 비관하면 안 됩니다.

– 4월 26일 토요일 맑음

학교에서 대청소(大美化)를 한 후 각 급장(各級長)은 도쿄에서 새로 오시는 선생님을 모시러 갔다. 교장선생님과 플랫폼에서 잠시 기다리니 큰 기적과 함께 기차가 눈앞에 정차하고 내리는 사람, 타는 사람이 한데 몰려 붐비었다. 나는 선생님 얼굴을 모르니 그저 멍하니 서 있었다. 교장선생님이 "저기 계시다."라고 말씀하시니 그쪽을 보았다.

선생은 교장선생님과 인사를 마치고 우리와도 인사를 나누었다. 역 식당에서 간단하게 차를 마시고 선생님보다 우리가 먼저 기숙사로 돌아와서 새 선생님 방 청소를 했다. 오늘은 토요일이라 자습시간이 없어서 친구들과 놀았다.

그러나 오늘도 사무실로 불려갔다. 돈이 없어서 괴로운 것. 어쩔 수 없는 일이지.

– 4월 28일 월요일 맑음

아침에 화장실 청소를 했다. 학교에서 5교시를 끝내고 돌아와 빨래를 하고 있으니 김씨가 학교에 가서 공놀이를 하자고 했다. 학교에서 놀고 어제 누빈 잠옷을 다림질했다. 그리고 과자를 담을 주머니를 만들었다. 30일 수요일 환영회로 소풍을 가는데 나는 환영회

답사를 해야 하기 때문에 답사를 써봤다. 잘 안돼서 걱정이다. 하지만 선생님께서 봐주신다고 하셨으니까 고쳐주겠지 하고 안심이다.
"광천리(光川里) 아저씨한테서 편지가 왔다."

- 4월 29일 화요일 맑음

본교에서 천황 탄생일 기념식을 하는 시각은 아침 7시 50분이라 아침 일찍 일어났다. 학교에서 천장절 봉축회를 올리고 전교생이 조선신궁에 참배했다.

곧바로 기숙사로 돌아왔다. 저녁에는 한 씨와 미야시타씨와 기숙사 뒷산에 혼날 각오를 하고 잠깐 올라갔다. 나물이 있어서 모아 보니 재미있었다. 3명이서 캐니 제법 양이 많아서 삶은 후 물로 씻어 넣었다. 내일 아침 식사 때 반찬이 될 것 같다.

- 5월 1일 목요일 맑음

5교시를 끝내고 조선신궁 참배를 했다. 기숙사로 와서 바로 저녁을 하고 머리를 감았다.

어머니와 이모에게 편지를 쓰고 자습했다. 눈이 부어서 아프니 빨리 자야겠다.

- 5월 2일 금요일 비

아침은 흐렸지만 등교할 때가 되자 비가 내리기 시작해 잠시 비가 쏟아졌다. 내일이 소풍날인데 걱정이 됐다. 학교에서 6교시를 마치니 내일은 소풍을 못 가기 때문에 평소처럼 수업하라고 명령이 내려와서 조금 아쉬웠다. 오늘까지 선생님의 기념품 돈을 걷어야 했는데

다 내지 않아서 기숙사에 와서 돌아다니며 다 받았다.

이번 달 식비도 빨리 내야하고 후원회비도 또 교복값 내야할 날도 다가오는데, 아버지는 어디 계실까? 편지도 없으니 걱정이 되서 어쩔 도리가 없다. 나 혼자 고민만 한다. 어떻게 해야 할지 모르겠다. 이제 비도 안 오는 것 같아. 찬바람은 북국산(北國山)을 넘은 것 같다.

- 5월 4일 일요일 맑음

오늘은 일요일 오전 열시에 다 같이 모여서 함께 성당에 갔다. 12시 반에 끝나고 돌아올 때는 내일 소풍을 위해 조금 물건을 샀다. 저녁에는 친구들과 재미있게 놀았는데, 너무 시끄럽게 놀아서 선생님이 주의를 받은 뒤에는 또 다른 방에 가서 놀았다.

- 5월 5일 월요일 맑음

아침 일찍 기분좋게 일어났다. 7시 반쯤 출발해서 돈암정(敦岩町)에 도착했을 때는 9시도 안됐다. 동생 하숙에 가보고 싶었지만 소풍에서 돌아올 때 가려고 했는데 친구가 내 동생을 버스에서 보았다니 이상한 생각이 들었다. 또 하숙을 옮긴 것 같아서, 돈암정을 출발해 갈 때 선생님께 허락을 받고 달려 가보니 정말로 다른 곳으로 옮겨가 버렸다. 어떤 사정으로 또 옮겼는지 편지도 없고 하루 종일 걱정이 들었다.

- 5월 6일 화요일 맑음

아침 늦게 일어났다. 학교에서 6교시 수업을 끝나고 기숙사에 오면 더워서 방에 있지 못할 정도이니 빨래를 조금 가지고 우물가에 나왔다. 저녁식사 중에 면회가 있다고 했다. 내 생각에는 아버지일 거라 생각하고 가보니 정말 아버지였다. 고향 사정도 알았다.

그새 마르신 아버지 얼굴을 보니 염려하지 않을 수 없었다. 식비와 교복 값으로 46엔을 주시고 돌아간 뒤 감사의 눈물을 흘렸다. 밤에 이문(李門)씨와 함께 식비를 내기 위해 선생님 방에 들어가니 선생님이 "돈! 왔어?" 하고 말씀하셨다. 고마운 마음이 들었다.

- 5월 7일 수요일 맑음

오늘 아침도 늦게 일어났다. 5교시에 새로 오신 선생님이 오셨다. 6교시가 끝나고 대청소를 한 후 탁구 연습을 했다. 기숙사로 돌아오니 더웠다. 오르간 연습을 위해 다시 학교에 가니 동생의 편지가 왔다.

저녁 식사 후 예배를 했다. 자습시간에는 유리창을 열어 두는데 문득 하늘을 바라보니 밝은 정든 달님은 그 전부터 나를 바라보고 있었다.

- 5월 9일 금요일 비 온 뒤 맑음

빗소리에 눈을 떴다. 3시쯤 비는 그치고 산들바람은 상쾌했다. 그리운 소학교 동창생의 편지를 읽었다. 시골마을에서 슬퍼하는 친구에게 위로 편지 한 장도 먼저 보내지 않았던 것을 깊이 후회했다. 저녁식사 후에 학교에 가서 탁구를 했다. 오늘 밤은 어찌된 일인지 기숙사의 전등이 꺼져 자습을 할 수 없었지만 글로도 입으로도 표현할 수 없을 만큼 밝고 조용한 달밤이다.

뭐라고 말할 수 없는 마음의 편안함. 어디선가 기타의 멜로디가

흐른다. 이 멜로디에 저 달(月)에 유혹될 정도다. 하얀 달 아래 아득히 보이는 먼 남쪽 하늘 아래 꿈꿔오던 고향 생각이여.

*잘했습니다.

- 5월 15일 목요일 맑음

오늘은 오전 수업만 받고 부민관(府民館)에 부여 사상(扶餘四想)을 보러 갔다. 낙화 삼천(落花三千), 낙화암(落花岩), 삼천의려(三千の麗)가 당나라(唐), 신라군의 독수(毒手)를 피해 깨끗이 지조를 지키기 위해 백마강(白馬江)에 몸을 던지고 꽃처럼 지는 장면은 눈물겨웠다. 옛날의 조선을!

- 5월 20일 화요일 맑음

아침 식사 후 또 편지를 한 장 쓰고 등교했다. 대묘(大卯)의 이모에게서 온 편지를 읽었다. 5교시가 끝나고 기숙사에 와서 커버를 씻었다. 밤에는 악보 공부를 하고 도쿄 친구에게 편지를 썼다.

- 5월 21일 수요일 맑음

아침 일찍 등교하자 아버지한테서 편지가 와 있었다. 오르간 연습을 하고 6교시 수업이 끝나고 전교생이 체조를 했다. 오늘은 대청소 날이라 당번은 많지만 항상 청소하는 사람은 정해져 있고 안 하는 사람은 항상 게으름을 피워서 속상하지만 어쩔 도리가 없다.

다 큰 사람들에게 일일이 시키는 것도 귀찮고 자신이 자진해서 일하지 않는 사람들에게 이러지도 저러지도 못한다. 몇 마디 말해도 듣지 않는 사람은 이름을 쓴다고 해도 소용없다. 전에 졸업한 학교에서도 청소 때문에 고생했던 나였다. 책임이기 때문에 어쩔 수 없다.

기숙사에 돌아오니 모교 선생님이 보낸 친구 세 명이 왔다. 일요일에 선생님과 만나자고 약속했다. 밤에는 수예(手芸/수공예)를 하고 내일 영어 복습을 했다.

- 5월 25일 일요일 맑음

아침에 일찍 일어나 상의 다림질을 하고 걸레질을 했다. 오전 10시에 출발해서 안국정(현재 안국동)에 가서 모교 선생님의 사진을 찾아 성당에 갔다. 12시 20분에 나와서 블라우스 때문에 모두 총독부 앞 옷가게에 가서 먼저 이 문씨와 두 사람은 치수를 재고 선생님과의 약속 시간 전에 'J' 가게 앞에 가서 20분 정도 기다려도 선생님은 보이지 않는다. 다행히 모교 재학생을 만나 물어보니 선생님은 '3' (三) 가게 앞에 계신다고 했다. 기쁘게 달려가서 선생님과 만날 수 있었다. 그리고 나서 모토마치(本町/본정)를 지나 메이지좌(明治座)로 갔다. 오후 4시 반에 메이지좌를 나와 한청식당에 가서 이런저런 이야기를 들려 주셨다. 6시 20분 전에 선생님과 헤어졌다. 기숙사에 오니 6시가 지났다. 저녁 식사 후는 오늘의 일과 이런저런 생각을 하면 머리가 아파서 저녁 예배에 나가지 않았다.

*메이지좌(明治座)에 가는 것은 별로 좋지 않다고 생각합니다.

- 5월 27일 화요일 맑음

오늘은 해군기념일(海軍記念日)이라 오전 수업만 받고 오후엔 부민관(府民館)에 강연을 들으러 갔다. 5시 10분 전에 부민관을 나와 본교 지정 옷가게에 가서 형지(型紙: 옷을 만들 때 재단의 기본이 되는 종이)를 받아왔다.

- 5월 28일 수요일 맑음

아침에 상의 다림질을 하고 걸레질을 했다. 학교에서 6교시에 사감 선생님께 허락을 받아 이문 씨와 둘이서 외출했다. 블라우스 천을 사러 여기저기 돌아다녔다. 밤에는 우리 둘의 블라우스를 재단하고 나서 내일 예습을 했다. 방에서 미싱을 하고 12시에 잤다.

- 5월 31일 토요일 맑음

아침 늦게 일어났다. 4교시 수업을 마치고 전교생 운동을 했다. 기숙사에 돌아오니 봄(春: 이름으로 일본어 발음은 하루) 언니가 블라우스를 부탁해서 재봉틀을 준비했다. 선생님의 부탁으로 블라우스에 고무테이프를 붙이고 있을 때 총사로부터 면회라고 해서 학교에 가니 아버지였다. "오랜만이야." 5일 정도에 돈을 가지고 오신다고 말했다. 나는 아버지를 만나면 왠지 가슴이 벅차서 말을 할 수 없다. 괴로울 뿐이다.

눈물이 가득 찬 채로 아버지를 배웅하고 기숙사에 돌아와서 선생님 부탁 일도 다 해줬다. 밤에는 숭관 언니가 낡은 하카마를 가지고 와서 스커트를 고쳐 달래서 모두 12시까지 다 끝내고 오늘 일을 마쳤다.

- 6월 2일 월요일 맑음

요즘은 며칠씩이나 늦게까지 일을 했기 때문에 아침은 항상 늦게 일어나서 곤란하다. 아침 일찍 신궁 참배하고 6교시 수업을 마친 후 전교생이 놀이(일본어 발음 유우기)연습을 하고 기숙사에 와서는 언니와 친구 3명의 넥타이 시침질을 하고 있으니 선생님이 오셔서 작은 심부름을 시키셨다. 그리고 영(英) 선생님이 불러서 가보니 잠옷을 꿰매 달라고 하셔서 재단해서 가져왔다. 노트를 정리했다.

- 6월 6일 금요일 맑음, 비, 흐림

아침은 그다지 맑지 않아서 왠지 불안했다. 8시 반이 될 때까지 선생님의 잠옷을 꿰맸다. 시간이 돼서는 새로운 정장 교복을 입었을 때 특별한 느낌이 없었지만 뭐랄까 찡하게 가슴 벅차는 무거움을 느꼈다. 오늘 하루도 해가 질 때까지 속으로 아버지가 혹시 오시지는 않을까 기다리는 마음으로 꽉 차게 지냈다. 저녁에는 비가 올 것 같아서 원유회가 끝나기 전에 돌아오는 사람도 있어서 재미가 없었다.

원유회가 끝난 후 수업은 하지 않고 학생들을 이대로 보내는 걸 생각하면 이전 학교와는 큰 차이가 나는 걸 알았다. 뒷정리를 이대로 두고 오면 왠지 미안한 생각이 들었다. 기숙사에 오니 비가 많이 온다. 집이 가까운 사람은 가도 좋다고 해서 집에 간 사람이 20명이 넘었다. 집에 가고 싶지 않은 사람은 없을 것이다. 내일은 오늘 행사를 수고했다며 놀기 때문에 모두 집에 가게 한 것이다.

뭐든지 모두 사치스런 일만 하는 것을 자랑하는 게 이상하다. 미싱을 조금 하고, 오늘은 일찍 잠을 자야지.

- 6월 7일 토요일 비

아침 늦게 일어났다. 오늘은 선생님 잠옷이랑 남동생 와이셔츠를 다 마무리했다. 저녁에는 다림질을 했다. 하지만 선생님 잠옷은 사이즈가 맞지 않아서 고쳐주었다. 그리고 창희 언니의 치마를 꿰매주었다. 저녁에는 친구들이 와서 블라우스와 스커트를 고치는 걸 도와주는데 카나자와(金澤) 씨가 부르기에 가보니 다리에 바늘이 박혀 있었다. 깜짝 놀라 선생님에게 말씀드렸고, 곧 임(任) 선생님 댁에 가서 바늘을 뽑았다. 나를 위해 많은 사람이 오고 바느질을 했던 내 탓이 아닌가 하는 미안한 생각이 들었다. 오후, 부민관에서 흑룡강을 보러 갔다 왔다.

- 6월 8일 일요일 비, 맑음

비는 촉촉하게 내려서 외출하고 싶지 않지만 예배당에 가기 위해 어쩔 수 없이 가랑비를 맞으며 출발했다. 10시 20분에 예배당을 나와서 안국정 동생에게 와이셔츠를 가지고 갔지만 동생은 외출이라 못 만났다. 머리를 감았다.

그리고, 즈로스(여성용 속옷)를 꿰맸다. 밤에는 또 전등이 꺼져서 어둠 속에서 예배를 드리고 밖으로 나가니 십오야의 달(十五夜の月)이 심장을 빛나게 한다. 인천에서 이문 씨도 돌아왔다. 전등은 고쳐졌다.

- 6월 9일 월요일 맑음

어제저녁은 전통을 깨고 모두가 편안하게 잠잘 시간이 되어 이불에 들어가니 달빛의 꼬임에 도저히 잘 수 없어 일어나서 창문으로 들어오는 달빛 아래서 이것저것 써봤다. 아침에 보니 글씨가 엉망이다. 아버님은 어째서일까? 이제 내일이 10일인데. 옛 친구 정(鄭)씨의 편지를 받았다.

- 6월 14일 토요일 맑음

잠자리에서 늦게 깨어나니 오늘 입어야 할 상의는 다림질도 못하고 그대로였다. 황급히 일어나 이문 씨와 다림질을 했다. 오늘은 2교시만 수업을 받고 장티푸스 예방 주사를 맞았다. 점심 후에는 친구 6명과 모교에 갔다. 교장선생님을 비롯해 그리운 선생님과 재학생 모두를 오랜만에 기쁨으로 만났다. 자애로운 선생님께서 여러 가지 이야기를 해주셔서 친구들과 놀 시간도 없었다. 모교를 나와, 키무라(木村)씨와 둘이서 옛 친구 정(鄭)의 집을 방문했다. 만나서는 그리웠다. 결혼하고 2년도 안 됐는데 벌써 아이도 있었다. 또 언제 만나자는 약속도 없이 헤어졌다. 돌아올 때 동생 하숙집에 가니 수영하러 가서 없었다. 오늘 하루도 저물었다.

- 6월 15일 일요일 맑음

오전 10시에 출발해서 중앙 예배당에서 12시 20분에 나왔다. 동생 하숙집에 가보니 아버지는 시골로 가셨다는 것을 알았다. 동생의 속옷, 빨래를 들고 올 때 운동화를 사고 빨래를 했다. 하야시(林)씨가 저번에 부탁했던 블라우스를 꿰매기 시작해 저녁까지 하고 있으니, 선생님은 내가 바느질하기 좋아한다고 생각하고 저도 바느질을 좋아하는 편이지만, 그렇다고 이렇게까지 하고 싶지는 않다. 하지만 친구의 부탁이니까 내가 할 수 있는 일이라면 뭐든지 해주고 싶은 것이다.

- 6월 16일 월요일 맑음

아침 일찍 오르간 연습하러 갔다. 6교시가 끝나고 바로 기숙사에 돌아와서 독서했다. 오랫동안 기다렸던 아버지로부터 25엔이 도착했다. 점심시간에 가서 찾아왔다. 하야시씨의 블라우스를 완성해 주고, 나의 블라우스를 시작해서 밤까지 완성했다.

- 6월 19일 목요일 맑음

아침 4시쯤 친구가 깨웠다. 아직도 어두운 거리를 걸었을 때는 쌀쌀했다. 학교에 가서 오르간 연습을 했다. 학교에서 6교시 수업을 마치고 바로 기숙사에 돌아와서 자습이라도 하고 싶지만 그렇게 하지 않고 잡지를 읽었다. 공부를 별로 안 해서 걱정이 되지만 하기 싫다.

'매일 매일 잡지, 소설만 읽고 지내면 부모한테 불효잖아.' 아버님의 말씀을 잊지 말자. 하루하루 저물어 가는 학교생활이 내게는 마지막이 될지도 모르는 값진 날, 두 번 다시 돌아갈 수 없는 것이다.

*아버지께서 말씀하시는 것을 잘 듣고 힘내주세요.

- 6월 25일 수요일 맑음

아침에 오르간 연습에 가서 소설을 읽었다. 좋은 일이 없다. 날이 저물 때까지 명수대고개(明水台峠)를 바라봐도 아버지의 그림자도 볼 수 없다. 오늘은 신경질이 나서 견딜 수가 없다.

학교에서 돌아온 뒤 선생님 잠옷만 꿰매고 다림질로 마무리했다. 밖에서 누군가 부르는 소리가 내 면회라는 소리로 들린다. 밤에는 또 예배로 자습시간도 지났다. 소설을 읽었다.

- 6월 26일 목요일 맑음

아침 일찍 일어나는 것은 기분 좋다. 오늘도 변함없이 학교에서 6교시 수업을 받았다. 6교시 때 전교생 종합 체조 시간에 선생님이 오셨다. 상급(上級)의 급장(級長)이 책임지고 정돈시켜야하는데 선생님께 인사도 시키지 않고 언제까지나 수다만 떨고 있으니 선생님은 좀 화가 난 모양이다.

너무 제멋대로들 하니까 내가 선생님에게 미안해졌다. 내가 나서서 정돈시키고 싶었지만 간신히 참았다.

선생님이 오늘 이후로 저번부터 낸 일기도 내지 않아도 되니까 내지 말라고 했다. 선생님이 시간이 없어 일기를 볼 시간이 없다면 몰라도 만약 우리가 일기를 잘 제출하지 않고 게으르니까 화가 나서 그런 거라면 지금부터는 모두가 잘 내도록 할 생각이다. 하지만 내 말만으로는 잘 지켜주지 않으니 곤란하다.

(*이후, 이영이의 일기는 선생님의 검사가 없어져서인지 한글 반 한문 반으로 쓰여져 있다. 내용도 솔직해져 있다.)

- 7월 1일 화요일

시험기가 앞으로 닥쳐왔으나 공부를 하지 못하고 있다. 모레 있을 동화대회에 선발되었으나 그것도 준비를 못하고 있다. 교복 입은 지가 벌써 오래 되었지만 교복 대금은커녕 식비조차 기한을 넘기고 있다. 6월 22, 23일경 오신다던 아버지는 7월이 되어도 소식조차 알 길이 없다.

모레까지 교복대를 내지 못하면 학교에서 쫓겨나게 되었으니 아무리 시험기인들 무슨 마음으로 공부할 정신이 있겠는가. 면회라면 혹시나 '아버지?' 하고 가슴을 졸이고 있다.

- 7월 2일 수요일

새벽 한 시에 눈을 떴다. 다섯 시까지 책을 보다가 새로 잠이 들었다. 오늘도 해는 졌으나 아무 소식도 못 들었다. 오늘도 의무금 때문에 서무선생에게 불려갔다.

- 7월 3일 목요일

오늘이 동화대회인데 그저 그렇게 치렀다. 학교에서 돌아오니 가슴에 북받쳐 오르는 설움과 고통을 억제할 수 없어서 울고 말았다. 저녁도 먹지 않았다. 오늘 학교에서 전교생이 모여서 교복대 안 낸 사람을 조사하는데 낸 사람은 모두 앉았다. 선 사람은 둘이었다. 그 아이는 원래 돈이 있는 아이였다. 그리고 내가 서 있었다.

- 7월 10일 목요일

오늘부터 시험이 시작된다. 학교에 가니 잊었는가 하였던 아버지의 엽서 한 장이 와 있다. 12, 13일경에 상경하시겠다는데 지금은 봉화 광산에 계신다고 한다. 내가 괴롭다고 해서 이렇게 조국을 위해 애쓰는 아버지를 원망하면 불효가 될 것이다.

- 7월 12일 토요일

지난밤 달, 그저께 밤 달, 그리고 오늘 밤 달도 맑고도 깨끗한 것이 산들바람까지 불어와 나의 가슴을 울렁거리게 한다. 시험공부를 해야 하는데 달밤이 너무 아까워서 전등을 켤 마음이 나지 않는다.

지난 시험은 공부를 안 하고 지냈으나 오늘은 자신이 있다. 그러나 나의 가난을 생각하면 남들이 나를 보고 비웃는 듯 하다. 그러나 우리 아버지가 가난하다는 것에 나의 자존심까지 뺏기고 싶지 않다.

- 7월 15일 화요일

시험 중이다. 12, 13일경 상경하신다는 아버지의 엽서를 받은 지도 며칠이 지났다. 매일 기다리고 있어도 아버지는 안 오신다. 요즘은 상당히 더운 때인데도 며칠 계속 바람이 불며 마치 첫 가을 날씨 같다. 가난한 이 마음도 더욱 어수선하다.

오늘은 보육(保育) 시험을 치르고 기숙사에 왔다. 부엌으로 가서 가지무침 할 것을 찢어주며 고향에서 농사짓는 이야기를 했다.

10시가 넘고 물소리도 그치고 자는데 앞방 선생님 방에서 켠 불빛이 창으로 들어온다. 그 빛으로 자리에 누워 이 글을 쓴다.

옆방 정인이 방에서 옥엽 언니의 웃음소리가 들린다. 내일은 악전(樂典) 시험이 있고 모레는 동요시험으로 끝이 난다.

- 7월 16일 수요일

오늘 악전 시험을 보았다. 밤이 되어 자리옷을 갈아입고 있는데 화숙 언니가 밖에 바람을 쏘이러 가자고 한다. 여러 명의 친구들과

뜰로 나가 웃으며 이야기를 하고 있는데 서복희 선생님이 교장선생님이 오셨는데 떠든다고 나무라신다.

다들 마루로 올라와 혼날까봐 겁을 내고 있는데 식당으로 전 기숙사생이 모이라고 한다. 떠든 죄가 있음으로 가슴을 보이고 식당으로 가서 긴장하고 있는데 교장선생님께서 조용한 목소리로 말씀하신다.

시국(時局) 관계로 학무국에서 경성 학생 전부를 급히 고향으로 돌려보내라는 보고가 왔으니 경원으로 가는 사람은 내일 시험도 보지 말고 아침 차로 떠나라고 하신다. 얼마나 놀랐는지 몸이 떨린다. 우는 사람도 있다.

짐도 중요한 것은 다 가지고 가며 절대로 아무 말도 하지 말고 학교 사정상 일찍 집에 왔다고 하라고 한다. 어쩐지 의문스럽다.

식당에서 돌아와서는 다들 짐을 싼다고 어수선하다. 짐을 싸다가 눈물을 흘리니 어느새 정인이가 와서 나를 끌어안고 운다. 내일은 기숙사에서 전부 나가야 한다니 나도 짐은 챙겨두었으나 아버지가 소식이 있어야지, 여하튼 내일은 남동생한테 가보리라. 어수선한 세상이다.

- 7월 17일 목

아침에 학교로 가니 아버지로부터 오십환이 와 있었다. 오늘은 안 그래도 기숙사에서 나가는 판이었다. 돈을 찾아서 식비, 교복비를 치렀다. 한없이 반갑고 고마웠다.

- 7월 18일 금

학교에서 열차 시간도 정해주었다. 나는 동생한테 다녀와서 내일 아침에 떠나기로 정했다.

- 7월 19일 토요일

아침 8시 15분 차로 경자와 같이 고향에 가기로 했다. 다들 헤어지면 다시는 못 만날 것처럼 울더니 오늘 기분은 다시 돌아올 것 같다. 경성역으로 가니 교무주임이 기다리고 계신다. 우리들의 트렁크를 받아서 플랫폼까지 넘겨주신다.

- 10월

여름방학이 지나고 9월 1일 개학일도 지났건만 아버지께서는 아직 섣불리 상경하지 말라는 편지 한 장만 있을 뿐이다. 집에서 복습을 하고 있으라던 아버지는 11일이 되어도 무소식이다. 숙부에게 가서 사정을 말하니 상경치 말라고 한다. 그러나 걱정이 되어 굳이 가겠다고 하자 차비를 주신다. 남의 돈 받기가 참으로 어려웠지만 겨우 받아 쥐고는 경성에 도착해 아버지 소식을 수소문했다.

그저 피신하였다는 말만 듣고 불안해하며 고향으로 돌아왔다. 며칠 후 '아버지 종로서(署) 검거'라는 영우의 쪽지를 갑석이가 몰래 건네준다. 하늘이 무너지는 듯 눈앞이 캄캄하다.

- 11월

아무래도 동생 때문이라도 상경해야겠다. 내가 경성으로 가서 동생의 학비를 벌자는 생각에 15일 상경하는 내 마음은 하늘에 떠가는 구름처럼 정처 없다. 경성에 도착하자마자 안국동 영우의 하숙집을 찾아가니 걱정하던 것보다 제 요량을 하는지 얼굴은 그리 축나지 않았다.

그 집에서 5일간 있으면서 종로경찰서로 가서 면회를 청하나 거절당했다. 아버지와 한방에 있던 이가 말하기를 아버지께서 위병이 나셨다고 사식을 넣으라고 한다. 그런데 사식은 안 되고 우유는 된다고 한다. 우유 한 곽을 사가지고 갔더니 우유도 안 된다고 한다. 아버지가 앞으로 어떻게 되실지 아무도 모른다고 한다.

동생의 하숙에 있으면서 식비만 늘어나니 가슴이 아프다. 영우한테는 동무 집에 간다고 하고 학교로 마지막 짐을 가지러 간다. 서선생님께서 그냥 기다려보라고 하고 공부를 하던 여러 동무들이 다가와 반가워한다.

마침 간 날이 근로봉사가 되어 동무들과 같이 이야기를 하면서 김장을 하고 테니스장을 다듬었다. 율동시간이 되어 모두들 '해변의 노래'에 맞추어 율동을 하는데 나는 도저히 따라할 수가 없다. 다들 그전에 배운 것을 나는 처음 보는 것이라 할 수 없었던 것이다. 가슴에 설움이 북받쳐 유희실을 몰래 빠져나와서 교실에 가서 울었다. 나는 학교를 떠나야 하는 것이다.

동무의 소개로 아이들을 돌보는 가정교사 자리를 구했다. 한 반에 있는 동무 영자 오빠네 집이었다.

- 11월 20일

오늘로 이 집에 온 지 3일 밤이 지났다. 아무 생각 없이 정신 나간 사람처럼 사흘을 보냈다. 이 집에 올 때는 학교를 다닌다고 하고 왔으나 통학할 형편이 못된다.

서선생님께서 영우도 이 집에 있게 해주려고 말하려는 것을 나는 동생이 같이 안 있으려고 할 뿐더러 2학기도 얼마 안 남았으니 아버지 소식을 알 동안만 이곳에 있겠다고 말했다. 영자를 통해 2학기 동안 학교를 못 다닐 형편을 말했으니 주인도 내 사정을 알 것이다.

- 11월 26일

아침 식사 후 아이들과 놀고 있는데 나를 찾는 사람이 있다. 고향에서 온 친척 동생이 숙부께서 상경하여 태양여관에 있다고 한다. 즉시 가보니 우선 아버지 사식비를 차입하라며 돈을 주신다. 종로서로 가서 1개월분만 하려니 그렇게까지 할 필요가 없다고 조금만 하라고 한다. 그래서 15일분만 차입하고 여관으로 돌아오니 잠시 후 동생도 왔다. 숙부는 나더러 걱정하지 말고 학교를 다니라고 한다.

12월 2일

오전 9시쯤 종로서로 가서 아버지의 두루마기를 받아주냐고 하니 그것은 받아주겠다고 한다. 오후 4시까지 솜을 놓아 뒤집고 단추고리를 만들었다. 저녁에 아이들의 공부를 시킨 다음 한밤중에 낮에 미처 다 못한 것을 꺼내어 단추를 달고 속고름을 다리는 내 마음은, 참을 수가 없구나.

나는 옷을 만지고 또 만지며 생각한다.

"정말, 우리 아버지같이 훌륭한 사람은 이 세상에 없구나."

완성된 옷을 한보따리 싸서 앞에 놓고 보며 어떻게 해야 아버지가 내가 보낸 것을 알까 생각하다가 아버지의 두루마기 속고름에다가 실로 '영이(瑛俐)'라 새겨두었다.
'이대로만 받아준다면 어두운 속에서도 아버지는 내 이름을 보시리라.'
아침저녁으로 나는 기도한다.
'당신의 귀하고 귀한 아들인 우리 아버지를 한시바삐 나오게 하소서.'
내일은 아침 일찍 영우에게 갔다가 그곳으로 가야지, 우리 아버지에게로.

- 12월 8일

세월은 잘 간다. 어느덧 이 해도 저물어간다. 그러나 나는 지난 1년 동안 무엇을 했던가. 고통과 슬픔, 외로움으로 보낸 것 같다. 종로서로 가니 주임이 나를 보자 먼저 알고서 아버지의 하복을 내준다. 아버지의 옷이 든 보자기를 들고 나오는데 눈물이 쏟아진다. 아무리 마음을 다시 먹고 다시 먹어도 솟아나는 눈물을 막을 수가 없다.
집에 와서 실컷 울까 하였더니 가르쳐야 할 아이들이 기다리고 있다. 할 수 없이 꿀꺽 눈물을 삼켜야 했다.

- 12월 9일

신발이 헐어서 밖에 신고 나가면 모든 사람들이 주목한다. 할 수 없이 숙부께 도와달라는 편지를 쓰자니 어찌나 어려운 지, 쓸까 말까 하다가 밤 두 시가 되었다. 편지는 두 장 썼지만 우표 살 돈이 없다. 며칠 전에 동전 한 닢이 옷장 밑으로 굴러 들어간 것이 기억나 대바늘을 집어넣어 장 밑을 혹시나 하고 뒤진다. 그러나 애꿎은 먼지만 나온다.

- 12월 12일

첫눈이 내리기 시작하더니 함박눈이 되어 퍼붓는다. 일시에 온 천지가 백야로 변하였다. 이 겨울, 영우는 두루마기가 없다. 동생 옷에 있던 솜을 아버지 두루마기 지을 때 넣은 것이다.

- 12월 13일

오전 10시까지 보호관찰소에서 오라고 한다. 전차 속에서 불안하기 그지없다. 그곳은 나까지 가두려는 것일까, 아니면 어떤 무서운 말을 하려는 걸까. 이 전차 속에서 나처럼 불안한 마음으로 앉아있는 사람도 없을 것이다.

관찰소를 찾아 주임실로 갔다. 걱정한 것과는 달리 의외로 이런저런 가정 사정을 물어본다. 어디서 무엇을 하는지 그것이 궁금하여 불렀다는 것이다.

- 12월 27일

오늘은 일찍 집을 나섰다. 종로서로 가서 주임에게 물으니 아버지의 석방은 언제가 될지 모른다고 한다. 어저께는 보호관찰소로 갔다. 세 번이나 가서야 겨우 아버지의 소식을 들었는데 참으로 나를 낙망시킨다.

이번에도 아버지는 의지를 굽히지 않으니 3년은 더 있어야 한다고 한다. 종로서 주임에게 가서 면회를 청해 보라고 해서 다시 갔다. 내일 다시 와보라고 한다.

아버지, 우리 아버지, 고생하시는 우리 아버지, 글자가 안 보인다. 앞에 놓인 거울에 내 얼굴이 보이는데 두 눈 가득 눈물이 가득 차 있다. 내 얼굴과 모습이 처량하기 그지없다.

아버지. 아버지는 언제나 오시렵니까. 신상에 별탈은 없겠지요. 또 글자가 안 보인다. 앞으로 3년 후라니, 아무리 운들 무슨 수가 있을까.

이 글을 쓰며 옷깃이 다 젖도록 눈물을 흘리는 줄 그 누가 알까. 아버지는 '아버지가 너희들을 어느 정도 생각하고 걱정하는지 모른다'고 하셨지만 아버지는 내가 이렇게 슬퍼하는 것을 아실까?

우리 아버지는 집도 있고 가족도 있지만 조국을 위해 하시는 일이 있으므로 반평생을 큰집에 들어가 있거나 이곳저곳에서 뜨내기 생활을 하고 계신다. 그런 아버지의 가슴은 얼마나 쓸쓸할까? 내일은 찾아가자, 거룩한 일을 하시는 우리 아버지는 내가 우러러보기에도 어려운 분이다.

- 12월 30일

아침에 눈 뜨면서부터 걱정이다. 세 번, 네 번을 찾아가도 한 번도 시원한 대답을 해주지 않는다. 오후에 다시 찾아갔다.

주임인지 무엇인지 이제는 사나운 그 꼴을 보기도 흉측했다. 다른 곳에 가서 물어봐도 대답을 들을 수 없어 서장실로 들어가니 난데없이 조선사람이 나가라고 소리를 지른다. 대답도 안하고 나와 다시 다른 사람을 붙잡고 물으니 그 사람은 다소 인정이 있다.

자기가 아버지께 잘 말해주겠다며 면회할 말이 무엇이며 무엇을 물을 거냐고 한다. 도로 아버지가 걱정을 할 것 같아 그만두라고 하고 그저 얼마나 더 계실 거냐고 하자 그것은 그자들도 모른다고 한다. 그러자 나는 울음이 저절로 터졌다. 더 이상 참을 수가 없었다. 남부끄러운 것도 모르고 울었다. 그곳을 나와 전차를 타자니 도저히 눈물 때문에 탈 수가 없어 걸어서 아버지의 친구가 있는 사무실로 갔다. 그분은 아버지의 사식을 넣어주고 계신다.

3층 사무실로 올라갔으나 눈물이 나서 문을 열 수가 없어 한참이나 서 있다가 용기를 내어 문을 두드렸다. 아버지의 친구이고 고향 분이라 만나고서는 한마디 말도 못하고 울어버렸다.

- 12월 31일

오늘로 이 해도 저물어간다. 오늘 이 반으로 이 해, 이 세월아, 잘 가거라. 이런 밤이 가고 또 간 후 몇 년 후에는 나도 화평한 곳에서 웃음으로 이 밤을 보낼 때가 있겠지. 쉴 사이 없이 달아나고 있는 이 세월아, 내게도, 우리 가정에도 평화라는 것을 주고 가렴.

- 소화 17년 1월 1일 새벽

자리에서 눈을 뜨며 오늘이 신년이니 천리 먼 고향 할머니가 쓸쓸하시겠다는 생각이 든다. 그리고 아버지 계신 곳을 떠올리고 그 안에 들어앉아 계신 아버지의 자태를 그려보았다.

지금 내가 바라는 새해 꿈은 아버지의 석방뿐이다. 꿈속에서조차 이 걱정을 하다 잠이 깨었다. 밖은 아직 어둡다. 될 수 있는 대로 신년 기분을 갖고자 시집을 꺼내어 김태오(金泰午)의 시 「동방의 광명(東方의 光明)」 한 구절을 읽어보았다.

'닭이 운다/ 새벽을 재촉하는 닭이 자지러지게 운다/ 세기(世紀)의 새벽을 안고 힘차게 운다/ 멀리서 전차 소리 들려오고/ 천정(天井)의 쥐소리만 들린다'

나도 오늘로서 또 한 살을 먹는가. 내가 벌써 스물 네 살이라니, 아무 것도 모르고 한 것도 없고 나이만 먹었다.

작년 여름에는 공부를 더 하고 싶은 마음을 어찌할 수 없어서 아버지께 말씀드렸었다. 학교에서는 그림을 잘 그리니 미술을 공부하라고 했었다. 아버지께서도 찬성하시면서 동경에 가서 공부할 돈을 마련해 주시겠다고 했다. 아버지께서는 가려면 늦기 전에 속히 가라고 하며 원서에 찍을 도장을 내주셨다. 아, 그때 그 기분은, 그날 저녁 내 기쁨은 하늘 아래 가득 하였다.

동경에 공부하러 간다는 기쁨에 그날 밤은 잠을 못 이루었다. 다음날 학교에 가서 공부를 더 할 것이라고 하니 담임선생도 좋아했다. 그런데 교장선생은 놀라면서 하는 말이 동경에 가지 말라 하는 것이다. 아버지께서 학교로 오셔서 나의 동경 유학에 대해 의논드리니 교장은 역시나 동경에 보내지 말라고 했다.

동경 가는 여성 백 명 중 열 명이 온전히 성공하지 못한다는 것이었다. 그 말에 딸 가진 아버지는 망설일 수밖에 없었다. 아버지는 일단 두고 보자고 하셨다. 사실 우리 형편에 동경 유학은 허영이고 허세였는지 모른다. 사람의 운명이란 억지로 되지 않는가 보다.

시간은 오전 10시이다. 시골집의 제사를 올리는 모습이 눈앞에 떠오른다. 집안 어른들은 얼마나 오셨는지, 남들은 설날이라고 웃으면서 맞을 것이나 나는 아버지의 처지를 떠올리며 이 방에서 비통한 가슴을 쓰다듬는다.

- 2월 17일

2학기 말에 영원히 학교를 물러나는 줄 알았던 것이 다시 학교로 돌아왔다. 사랑 많으신 서복희 선생님이 말해 주어서 학비를 가정교사집에서 내어주었다. 빈손 쥐고 학교는 통학하나 태산같은 걱정이 앞선다.

영우에게 없는 돈을 얻어 차표 한 권을 산 지도 오래되어 이제는 없다. 편지를 하려도 우표 살 돈이 없고 편지 쓸 잉크조차 다 떨어졌다. 오늘 아침에는 돈도 차표도 없이 학교에 간다고 나섰는데, 하나님이 돌보사, 길가에서 난데없이 차표 한 장을 주웠다.

- 5월 8일

세월은 잘도 간다. 앞으로 1년이 남았다. 말하기 쉬워서 1년만 더 고생하면 졸업이다. 하지만 오늘 저녁은 너무 힘이 든다. 가정교사인 내 앞에서 말 안 듣는다고, 제 자식을 어찌 그리 두들겨 패며 욕을 할 수 있을까. 그것도 '비싼 밥 먹고'라는 말을 하면서. 마치

내가 천덕꾸러기가 된 것 같았다.

가슴이 아프다. 아버지는 철창생활, 동생은 식비에 졸리고 있고, 세상사가 다 이렇게 힘든 것인가. 나는 청춘인데, 다시 못 올 젊음이 아닌가. 내 청춘을 곱고 찬란한 줄로 묶어두고 싶다.

- 6월 24일

오늘은 같은 서울에 살면서도 1년하고도 3개월 만에 아버지를 뵈었다. 그러나 3분간의 짧은 시간동안 울다 보니 무정한 간수가 문을 닫았다.

3일 전에 하복을 차입하고 헛걸음 삼아 검사국으로 갔더니 의외에도 인자하신 변호사 한 분을 만날 수 있었다. 그분은 자청해서 내가 쥐고 있는 면회 원서를 맡아 가더니 며칠 후 면회 허가를 받아주었다. 지극히 고마운 분이다. 오늘 드디어 면회를 가니 슬프다고 해야 할까, 기쁘다고 해야 할까.

아버지께 여쭐 말을 생각해 보아도 도무지 생각이 나지 않고 그저 어리둥절할 뿐이다.

'서대문 대합실(西大門 待合室)'이라고 유명한 그곳에 아침 8시에 가서 오전시간이 다 지나도록 기다렸다.

드디어 28번 내 차례가 왔다. 울지 않으리라고 열백 번 단단히 마음을 먹고 또 먹어 면회실 앞에 가서 서니 '여기 이 속에 아버지가 계시는구나' 싶어 이놈의 눈물이 쑥 나온다.

다시 마음을 고쳐먹고 있자니 들어가라고 하는데 이번에는 가슴이 두근거린다. 들어가니 조그만 문이 닫혀있고 말하는 소리가 들린다.

바로 이 속, 앞에 아버지가 계시건만 나무 두 겹이 가로막았다.
　이번에는 눈물이 아니라 울음이 퍽 터진다. 참아보자는 생각할 여유조차 없이 내 앞문이 열리더니 "이름이 무엇이냐?"고 누군가가 묻는다. 대답도 잘못할 지경이다.
　겨우 "이영이" 하고 소리치니 저쪽 문이 열리더니 아버지가 보인다. 아, 아버지다.

　나: 아부지!
　부(父):방학 했나? 할머닌 건강하시나?
　나: 으으응.
　부: 란아, 우지마라. 우는 방학 했나? 걱정마라. 내가 보혈서를 판사한테 냈는데 좀 기다려라.
　아버지도 목이 메어 말을 못하신다. 나는 안타까워서 어쩔 줄을 모른다.
　부: 경서나 후범에게 면회하라 전해라. 그리고 할머니께 내 말 다 편지해라. 울긴 왜 울어? 란아, 오늘 6월 그믐이지?
　나: 아니 응, 7월, 으으응, 6월 24일 으으응.
　아버지와 나는 한바탕 웃었다. 나는 울다가 웃었다.
　나: 아부지, 보혈서가 멍교? 영우 방학 안했니더, 7월 20일경 하니더.
　부: 보혈서라는 것은 집 사정을 다 써서 내는 것이다. 한 십오일 후에 또 면회 오너라.
　아버지는 몇 번이나 목이 메인다.

나: 이번에도 안 될 것을 우연히 한 변호사를 만나서 그가 허가를 맡아 주었어요. 한 달에 한 번씩 허가해 줄라 카니더, 으으응.

내 울음소리가 높아지자 근방에 있던 간수들이 구경한다. 15일 후에 영우를 면회 보내라 하시고 오늘 헌 옷을 찾아가라고 하시는데 문이 탁 닫힌다. 대합실에서 설움을 눌러가며 한참을 울었다. 다행히 아버지 얼굴이 몹시 축난 것이 아니어서 안심이 된다. 다소 원기도 있으시다. 아버지의 얼굴을 뵙고 나니 전차에서나 학교에서나 수시로 눈물이 난다.

보호관찰대상

1.

 일제는 전쟁이 한창 중인지라 식민지 조선인들의 생활은 더욱 힘들어졌다. 부락 당산나무를 잘라내고 들판에서 쌀을 훑어가고 산속을 파헤쳐 금을 캐내 실어가고 산 중에서 큰 나무를 찍어간다. 군산항에서 쌀을 실어내고 목포항에서 목화를 실어낸다. 견사공장도 큰 도시마다 생겨났는데 매년 농촌 부락마다 뽕나무를 심게 한다. 누에고치에서 생사를 뽑는 일은 조선에서, 비단 짜는 일은 일본에서 하고 있다. 질 좋은 원료를 싼 가격으로 확보하여 서양과의 무역을 통해 막대한 이익을 얻고 있다.
 명근은 1942년 12월 13일 병보석으로 나온다. 보호관찰대상이다. 고향에 내려가 본가에서 며칠 머물던 그는 봉화 청량사로 요양을 떠난다. 세상 밖은 더욱 그악스러워져 간다. 명근이 옥중에 있던 1941년 12월 8일 일본은 하와이 주 진주만을 폭격했다. 전쟁이 깊어지면서 창씨개명, 공출, 징병 징용에 대한 투쟁 방침을 선전하며 더욱 조선인을 몰아붙이고 있다.

봉화는 명근에게 낯익은 곳이다. 봉화 탄광에서 강연을 할 때 감명 받았다는 마을 주민들이 이명근을 찾아와 깎듯이 예우를 해준다.

청량사의 주혜스님, 그는 19살 까까머리 학생이었을 시절 만난 은인이다. 3·1만세 운동을 주도한 후 고향으로 피신했다가 그곳도 안전하지 않아 급한 대로 인근 봉화로 갔었다. 어린 시절 할머니를 따라 자주 가본 절이었다. 할머니는 특별한 날이면 쌀 보따리를 머리에 이고 명근을 앞세워 절을 찾았다. 부처님께 시주하고 가족의 무사해탈을 빌었었다.

붉은 노을이 아스라해지는 시각, 주혜스님은 마당 쓸기를 막 마쳤다. 헐벗은 짐승 한 마리가 안식처를 찾아온 듯한 몰골로 절 마당에 들어서는 명근, 소년기를 지나 막 풋풋한 청춘이 찾아온 듯하나 표정은 어둡기 짝이 없다. 스님은 그에게서 어린 시절 할머니는 따라 절에 오던 소년의 총명한 눈빛을 기억했다.

그날 밤 안전한 잠자리는 마치 할머니 품처럼 포근했다. 새벽 동트기 전, 주혜스님은 가만가만 명근이 자는 방문을 두들겼다.

"일어나거라, 떠날 시간이다."

새벽이 완전히 밝아오기 전에 명근은 청량사를 떠났다.

"상해로 가거라. 경성에 가서 기차를 타고 신의주역에 내려서는 강을 건너가거라. 여의치 않으면 압록강 철교를 건너는 기차를 타거라."

주혜스님은 여비를 챙겨주고 명근이 갈 방향을 제시해주었다. 그는 일경에 대항하다가 쫓겨서 산으로 숨어든 이들을 남몰래 상해로,

만주로 보내면서 독립운동가를 키우고 있었다. 열심히 탁발 하러 다니면서 독립자금도 모았다. 오래된 단청이 삭아 빛이 바래어도 단청을 새로 칠하는 일보다 조국의 독립을 준비하는 일이 시급했다. 그 역시 무명의 독립운동가였다.

명근은 경성에 가려는데 일제의 검문을 피하기가 어려워 우선 인천에 갔던 것이다. 그곳에서 한 달 정도 피신생활을 하다가 운 좋게 동행자를 만나 기차를 타고 압록강을 건너 중국으로 갔었다. 상해로 간 이후 청량사를 찾을 기회가 없었다.

1919년에 만났던 주혜스님은 깎은 머리가 파르르하니 막 중년에 접어든 모습이었는데 20년도 지나 만난 그는 삭발 머리에 은색 잔털이 삐죽삐죽 흘러나와 있다.

"스님도 나이가 드시네요."

"하하, 자네가 지금 그때 내 나이가 아닌가."

주혜 스님은 휘청거리는 명근의 몸을 잘 요양할 수 있도록 편의를 제공해 준다. 며칠 밤낮을 자고 일어나 겨우 기운을 차린 명근이 툇마루에 나와 앉아 따스한 봄 햇살을 바라보고 있다. 명근이 일어나 앉은 것을 본 주혜스님은 차를 마시자며 그를 다실로 안내한다.

그는 초의선사의 동다송을 들려준다.

"좋은 차가 몸에 들어가면 귀와 눈에서 온몸으로 퍼져 막히고 답답한 것이 사라지누나."

"스님, 요즘은 내가 누구인지 모르겠습니다. 수많은 가명을 수시로 바꿔가며 살다 보니 제가 이명근인지 박출소인지 이걸소인지 김영수인지 아리송합니다. 나의 흔적을 남기지 않으려고 기를 쓰는 거지요.

죽을 고비를 넘겨 겨우 살아남기도 하고, 아마도 제가 죽은 후에는 저의 삶들이 모두 비밀 속에 묻히겠지요. 이름 없는 그림자로 사는 일이 스님, 참 힘듭니다."

"누구에게나 사는 게 힘들지요. 하하. 법구경을 한 번 읽어보세요."

일제의 발악은 점점 심해져 갔다. 농가는 대부분 먹을 것이 없어 굶는 것이 다반사. 하루 세끼는 어김없이 다가왔고 물로 배 채우는 일도 많았다. 한 끼를 굶어도 두 끼를 굶어도 하루 온 종일을 굶어도 다음날이면 다시 끼니가 닥쳐왔다. 한 끼를 때워도 두 끼를 때워도 하루 종일 세끼를 다 챙겨먹어도 다음날이면 새로운 끼니가 또 다가왔다. 이는 공포였다.

쌀 한 톨, 고구마 한쪽 없는 가정에서 먹는 입은 많았다. 농민들은 칡뿌리를 캐서 먹고 나물에 물을 부어 나물죽을 쑤어먹고 진달래꽃, 찔레꽃, 뱀딸기 따먹기, 메뚜기 구워먹기, 콩 볶아먹기, 풋감 우려먹기 등 무엇이든 먹었다. 콩기름을 짜낸 찌꺼기. 감자 섞은 보리밥에 고추장이면 호강이었다.

"애국 부인회입니다, 한 뜸 떠주시오."

여자들이 길거리에서 센닌바리 천인침을 내밀었다. 행인들에게 새하얀 헝겊에 바늘로 한 뜸 떠주기를 호소했다. 바늘 한 뜸이 천 개가 된 이 천인침을 조선 청년들이 배에 두르면 날아가던 총알이 피해 간다고 했다.

징병을 나가는 젊은이가 있는 집 앞에는 '구국 출정의병의 집'이라는 깃발이 나붙었고 동네 전체에 북소리가 울려 퍼지며 요란하게 선전을 해대었다. 태평양 전역이 천황의 승은을 입었다며 연일 승전보를 날리고 과거 독립운동가들이 변절하여 내선일체, 지원병 입대, 국방헌금을 호소하고 있다. 이들은 일본의 승리를 찰떡같이 믿었다.

그러나 명근은 돌아가는 일본의 판세를 읽고 있었다. 세계의 변화와 각 나라의 사회주의자 동지들과 연락이 닿아있어서 누구보다 국제정세에 밝았다. 명근은 전진의 북소리 요란하게 전장에 나간 이들이 속절없이 죽어가는 소식을 듣고 있었다. 그들에게는 내일이 없었다.

"과도한 민족주의가 세계 1차, 2차 대전을 발발시켰고 전 국민이 참여하는 전쟁이 되어버렸지. 많은 문인, 화가, 지식인들이 전쟁의 선두에서 아무것도 모르는 젊은이들을 죽음의 길로 내몰고 있구나."

만주의 독립군, 시베리아 유격대, 모스크바에서 교육받은 학생들은 거의 다 공산주의 사상에 동조했다. 반면 백범이 이끄는 한인애국단을 비롯 임정 출신, 미국 유학파들은 대부분 우익 사상을 지녔다. 조선인들은 좌와 우 반으로 갈리고 다시 여러 갈래로 파가 나누어지고 서로 물고 뜯고 싸웠다. 그래도 일본이란 강적 앞에서는 좌익, 우익 이전에 민족 해방을 위해서 기꺼이 한 물결이 되기도 했다. 중국도 마찬가지였다. 좌우의 합작과 협약은 수시로 깨졌다 붙었다 했다.

2.

큰딸 영이는 미술에 대한 재주가 뛰어났다. 명근은 딸과 그림 이야기를 할 때가 참 좋았다.

"렘브란트는 역사와 신화에 나오는 장면을 주제로 한 그림을 많이 그렸지. 그림을 보면 작가의 일생이 보여."

"네, 아버지. 저도 '야경꾼'과 '돌아온 탕아'라는 그림을 서양미술 화집에서 본 적 있어요."

경성 생활이 오래 되자 경상도 사투리가 사라져가고 도시 말투가 저절로 나오고 있다.

"그래. 말년에 아내와 재산을 잃고 세상에서 잊혀져 갔지만 예술 혼은 점점 깊어지고 표현도 풍부해졌지."

"렘브란트는 제게 어렵고 저는 폴 고갱이 좋아요. 금융업자로 일하다가 20대 중반에 그림을 하게 된 이력도 흥미롭고 단순화된 형태, 강렬한 색채, 독특한 화풍이 좋아요. 1895년에는 문명세계의 모든 것을 버리고 원시의 순수함이 살아있는 타히티섬에 정착했잖아요. 저도 언젠가 저만의 세계를 그리고 싶어요."

"그렇게 살자면 결혼도 하지 않고 여자로서의 삶을 포기해야 하는데, 이 나라에서, 나이가 차면 시집을 가서 아이 낳고 키우는 것도 훌륭한 일이지."

"여자라고 해서 꼭 결혼하고 아기를 낳아야 하는 건가요? 우리는 어디에서 왔고 어디로 가는가를 보면 탄생에서 죽음까지 인간의 삶이 보여요. 저도 이런 그림을 그리고 싶어요."

"타히티에 머물다가 심장마비로 생을 마친 고갱은 행복하기만 했을까? 아버지는 내 딸이 공부를 마치면 유치원 교사가 되어 후세들을 길러내는 교육가의 길을 가는 것도 좋다고 생각한다. 네 할 일 하면서 틈틈이 그림을 그리는 것은 어떠니? 늘 네가 좋아하는 일을 하겠다는 결심만 있으면 언젠가는 그리게 된다."

영이는 아버지의 걱정과 염려를 모르는 것은 아니었으나 35세 늦은 나이에 본격 화가로 들어선 고갱의 삶은 매력적이었다.

명근은 딸 영이와 경성 시내 클래식 음악 카페에 커피를 마시러 간 적이 있었다. 카페 카운트 옆에 놓인 콜럼비아 축음기를 통해 차이코프스키의 '비창'이 흘러나오는데 얼마나 슬퍼지는지 가슴이 먹먹했다.

"그의 말년은 매우 쓸쓸했지. 제6번 교향곡 비창은 1893년 10월 28일 페테르부르크에서 차이코프스키 지휘로 초연되었어. 사람의 운명은 알 수 없는 거야. 그 며칠 후인 11월 1일 음식점에서 냉수 한 컵을 마신 뒤 콜레라에 걸렸고 11월 6일 새벽에 조용히 숨을 거둘 줄 그 아무도 몰랐지. 사람들은 그래, 한치 앞을 모르지. 내일 일을 우리는 짐작조차 못하지."

공포에 찬 서주, 환상적이고 아름다운 선율에 격정적으로 빠른 선율, 부드럽고 조화로운 리듬, 감미롭고도 애조 띤 슬픔, 그림자, 체념과 탄식, 비탄, 고뇌가 인생의 마지막을 보여주는 듯한 이 곡은 그날, 명근의 가슴을 훅 치고 들어왔다.

거칠고 질척거리며 어둡고 위험한 전선에서 싸우다가 속절없이 죽어간 혁명가들, 고독한 전사의 길, 그들의 뜨거운 피를 떠올리기 때문인지도 몰랐다.

'과연 우리는 승리할까? 혁명에 성공이라는 것이 있긴 있는 것인가? 끝없는 죽음이 이어지는 혁명의 길, 과연 그 끝은 어디인가.'

명근은 만주에서, 중국 곳곳에서 항일 운동에 참여하는 동지들, 일본군과의 전투에서 전사하고 일본 토벌대와 싸우다 젊은 날에 스러져 간 그들을 떠올리면 지금의 자신이 참으로 사치스럽다고 생각했다.

"좋은 음악, 좋은 그림, 어려운 현실을 잊게 하는 것을 지나 우리에게 꿈을 꾸게 만들지."

"네, 아버지, 좋은 음악을 듣고 좋은 그림을 보면 마음속의 때와 먼지가 다 씻겨나가는 것 같아요."

"그래, 네가 그림 공부를 하든 못하든 사는 동안 예술적 감성을 놓지 말거라. 너를 풍부한 삶으로 이끌 것이다."

"아버지 이 시 한번 들어보실래요? 평안북도 정주 출신 시인 백석의 시인데 참 좋습니다. 「나와 나타샤와 흰 당나귀」란 시인데요."

"나타샤라고? 나타샤?"

아버지의 그리운 연인 고르바스키 비설 나타샤를 모르는 란은 낭랑한 목소리로 시를 읊어 내려간다.

가난한 내가/ 아름다운 나타샤를 사랑해서/ 오늘밤은 푹푹 눈이 나린다/…나타샤와 나는/ 눈이 푹푹 쌓이는 밤/ 흰 당나귀 타고 산골로 가자/…산골로 가는 것은 세상한테 지는 것이 아니다/ 세상 같은 건 더러워 버리는 것이다/ 눈은 푹푹 나리고/ 아름다운 나타샤는 나를 사랑하고/ 어데서 흰 당나귀도 오늘밤이 좋아서 응앙응앙 울을 것이다

딸은 여성잡지에 실린 백기행(백석)의 시를 보고 베껴두었다가 아버지를 만나 이 시를 들려주었다.

'흠, 나의 영원한 나타샤, 아름다운 나타샤! 비설!'

명근의 가슴이 말할 수 없이 떨렸다.

3.

또 다시 명근의 종적이 묘연해졌다. 태평양 전쟁은 전쟁 막바지를 향해 달려가고 있다. 일본이 일으킨 전쟁에 식민지 조선인도 총동원 되고 있다.

제 몸을 불살라 적진에 뛰어드는 카미가제 특공대도 생겼다. 남자들의 장발과 여성들의 파마가 금지되고 전국의 댄스홀이 폐지되었다. 온 나라가 엄숙한 군국주의 열풍에 휩싸였다. 학생들과 직장인들은 일장기 도시락 '히노마루 벤토'를 가지고 통학을 하고 출퇴근을 했다. 매실장아찌(우메보시) 하나를 도시락 한가운데 박아 놓으면 바로 일장기다. 점심때가 되면 장아찌의 붉은색이 밥 위로 퍼져나가 욱일승천기처럼 보인다. 일제는 일본인은 물론 식민지 조선인에게도 히노마루 벤토를 강요했다.

명근은 해방을 얼마 안두고 다시 체포되었다. 서대문형무소 안에는 15세 학생부터 72세 노인까지 있다. 멀리 함경도부터 전국 각지 출신이 골고루 모여 있는 이들은 대단한 인물들이 아니다. 그저 평범하기 짝이 없는 농군, 일꾼, 서생이었다.

이들은 수형기록 카드에 치안유지법, 보안법, 출판법, 폭력행위 처벌에 관한 법, 안녕질서에 관한 법 위반 및 불경죄, 소요죄 사범 등이 모두 사상범으로 규정되어 사상범 전용 감옥인 서대문 형무소에 수감되어 있다.

명근은 이들에게 남몰래 조선이 곧 해방이 될 것이라는 말을 전했다. 형무소 안에는 보이지 않는 희망의 기류가 흘렀다.

6장
조국은 하나, 마음은 둘

울밑에서 봉선화야

1.

　감옥에서 나왔지만 조선사상범 보호관찰령으로 요시찰 인물이 된 명근은 늘 자신의 일거수일투족이 감시받는 것을 느낀다. 그렇다고 해서 집에만 웅크리고 있을 그가 아니다. 새벽이나 한밤중에 소리 없이 사라져 볼일을 보러 다닌다. 1944년 8월 경운동 동지의 집에서 결성된 건국동맹에서 여운형이 위원장을 맡고 여운형의 추천으로 명근은 외무부를 맡았다.

　그는 해외 독립운동 단체와 연락하고 각 도의 책임위원들과도 만나야 하니 수시로 지방으로 내려가야 했다. 비밀리에 일제의 후방을 교란시킬 노농군도 편성해야 했다. 명근은 한밤중에 단파방송을 청취하여 미국 방송과 맥아더 사령부 방송을 수시로 들었다.

　"일본이 망할 날이 머지않았네."

　그래서 독립운동가들은 해방 이후 나라를 다스릴 조직을 대비해야 했다. 이들은 철저한 비밀 보장, 다른 사람에게 이름, 거처를 남기지 않는다, 문서를 남기지 않는다는 세 가지 서약을 했다. 그럼에도 불구하고 8월 4일 새벽, 관철동 밀회장소에서 명근은 일경에 검거됐다, 며칠 후인 8월 6일 히로시마에 원자폭탄이 떨어졌다.

일장기를 앞장세우고 소총을 어깨에 걸친 채 줄 맞추어 행군하던 일본군인들.

"바다에 가면 물에 잠긴 시체/ 산에 가면 풀이 난 시체/ 천황곁에 죽으면 후회 없으리."

이들은 죽었다.

"천황폐하 만세!"

"야스쿠니에서 만나자." 외치며 용기 있게 비행을 했다는 카미가제 대원들. 이들도 모두 죽었다.

과연 비장한 마음으로 조국을 위해 이 한몸 바치리라 하고 떠났을까? 자신의 몸이 폭탄이 되어 적진으로 떨어지는 것을 아는데 말이다. 출격을 앞둔 새벽 그들은 잠 못 이루며 죽고 싶지 않다고 생각했으며 그리고, 너무 외로웠을 것이다. 그들의 고개는 땅으로 숙여지고 몸은 절대 비틀대지 않으려고 안간힘을 썼을 것이다.

일본군 사령부는 그 어리석은 작전을 10개월이나 지속했다. 죽는 순간 이들은 "천황 폐하"를 외치지 않았다. 모두 "어머니!"를 외쳤다. 아무리 1미터 길이 흰 천에 천 명이 붉은 실로 한 땀씩 꿰맨 천인침을 배에 두르면 뭘 하겠는가, 모자에 꿰매어 늘 소지하면 뭔 소용인가. 총탄은 절대 피할 수 없었다. 일본인은 속았다. 조선인도 속았다.

2.

나가사키에도 핵폭탄이 떨어졌고 1945년 8월 15일 정오 일본은 무조건 항복했다. 전쟁에서 꽃 같은 젊은이들이 너무 많이 죽었다. 일본 젊은이는 물론 식민지 조선의 젊은이들이 애꿎게 전장에서 죽었다.

일본 군국주의는 야스쿠니 신사에 전장에서 죽은 그들의 혼을 불러 모았다. 메이지 유신을 비롯한 내전, 대만침략전쟁, 운요호 사건, 임오군란, 갑신정변, 청일전쟁, 의화단 운동, 러일전쟁, 제1차 세계대전, 만주사변, 중일전쟁, 태평양 전쟁 등 근세에 일본이 관여한 전쟁은 무수했다. 이들 전장에서 죽어간 혼이 합사되었다. 조선 젊은이들의 혼이 일본 신사에 갇혔다. 저들의 말에 의하면 혼은 한번 합쳐지면 따로 떼어낼 수가 없단다. 가여운 조선 청년들은 영혼조차 자유롭지 못했다.

해방이 되자 대중적으로 인기 높은 여운형이 나섰다. 이명근도 여운형 선생의 부름에 달려 나갔다. 치안 확보가 우선이었고 건국 사업을 위한 민족 총역량의 일원화가 이뤄져야 했다. 해방된 조국은 혼란스럽기 짝이 없었다. 8월 16일 덕성여고 강당에서 혁명자대회가 열렸고 명근은 연설을 했다. 백 명 정도의 사람들이 모일 거라 예상했으나 관중은 수백 명으로 넘쳐나 강당이 미처 다 수용하지 못할 정도였다.

"우리가 완전한 자주독립을 이룰 때까지 행동 통일을 해야 합니다."

좌우익의 합치를 한창 연설 중인데 누군가가 한 장의 쪽지를 사회자에게 전했다.

'오늘 오후 한 시, 소련군이 서울역에 도착한다. 환영하러 나가자.'

이 내용을 발표하자 강연장은 아수라장이 되었다. 조국의 해방을 가져다준 소련군이라니, 모두가 흥분되어 밀물처럼 강연장을 빠져나갔다. 서울역에는 수만 관중이 몰렸다.

그러나 소련군은 오지 않았다. 혁명자 대회를 방해하기 위한 가짜 정보였다. 사상이 다른 자들이 서로 견제하고 다투면서 수십 개의 사상단체가 생겨났다 없어지고 다시 생겨났다. 서로 자기가 이 나라를 세우는데 앞장서겠다는 것이다. 모두가 주인공이었다.

해방된 여름은 불같이 뜨거웠다. 그러다 서울로 몰려든 정치적 열풍이 더 뜨거워 손이 델 듯했다. 명근은 잠시 서울을 벗어나 지방 곳곳을 다니면서 강연했다.

"바로 어제까지 우리는 나라 잃은 백성이었습니다. 해방된 나라를 위해 내가 할 일은 무엇인지, 든든한 독립국가를 세우기 위해서는 어떻게 해야 할 것인지를 의논해 봅시다. 외세의 도움으로, 앉아서 받은 해방이라고도 하나 일제의 총검 아래 이슬처럼 스러진 무명 독립운동가들의 희생을 잊지 말아야 합니다."

그는 또 농민 소작인 조직을 만들어 간다.

"농민 토지 문제 해결 없이는 진정한 민주주의적 민족 해방이 있을 수 없습니다. 농지개혁의 조속한 실시를 촉구해야 합니다."

조국의 미래에 대한 희망과 포부로 가슴이 터질 것 같았던 8월 마지막 밤, 훗날, 명근은 이날 밤, 자신이 뭐에 홀린 것이 틀림없다고 생각했다.

건국준비위원회 모임이 끝나고 동지들과의 술자리가 있다. 일제하에 남몰래 독립자금을 대어온 사업가가 나랏일 하느라 고생하는 이들을 위해 마련한 공개적 자리다.

명근은 모임 직전, 광화문 네거리로 나가본다. 하얀 두루마기를 걸친 노인, 허름하지만 재킷과 바지를 제대로 갖춰 입은 젊은이, 짧은 저고리와 통치마 차림으로 바삐 걸어가는 여성, 무리를 지어 가는 학생복 차림 10대들.

"드디어 우리 국토를 찾았다. 주권도 찾았다. 노예 상태를 벗었다. 우리가 주인이다."

인파 속에 서서 북악산 아래 높이 솟은 조선총독부 건물을 한참 바라본다. 이 건물은 명근이 남경에서 유학을 할 때 건축되기 시작했고 경성으로 돌아온 이듬해인 1926년 완성되었다. 단단하게 선 채 여전히 주인 노릇을 하려 드는 조선총독부 흰 석조건물은 제국주의의 단단한 벽처럼 고집스럽다.

명근은 조선총독부 건물이 광화문과 홍례문을 파괴한 자리에 세워졌다는 것, 조선을 영원히 식민지화하려던 일본의 상징과도 같으니 하루빨리 없애버려야 한다고 생각한다.

"이봐 명근이, 뭐 하는가? 빨리 오게."

앞서 걷던 남동지가 오다 말고 가만히 거리에 서 있는 명근을 부른다. 포장마차가 아니고 요릿집 명월관으로 간 것이 실수였을까. 새나라 건설에 대한 의욕이 하늘을 찌르던 동지들과 너무 늦은 시간까지 어울린 것도 잘한 일은 아니었다. 해방된 조국 경성의 밤거리를 여기저기 거닐며 자유를 즐기고 감회에 잠시 젖다가 더 늦기 전에 얌전히 안국동 집으로 갔어야 했다.

3.

원래 광화문 사거리에서 문을 열었던 명월관은 인사동을 거쳐 지금은 돈의동에서 문을 열고 있다. 조선 요리의 원조라 할 정도로 궁

중요리가 유명하다. 조선 미녀는 다 모여 있을 정도로 기생들의 외모가 뛰어났지만 노래, 가사, 시조에 능한 각자의 재주가 놀라웠다. 명월관 소속 기생들은 권번에서 노래와 춤, 시서화, 각종 예법을 배운 종합 예술인이다. 노래는 팔지언정 몸은 팔지 말자는 긍지도 있었다.

일제하에서는 독립지사들의 연락 장소도 되었다. 고학생 인력거꾼이 애국지사들의 연락책 노릇을 했다. 궁중가무나 경성잡가, 서도소리를 잘하거나 가야금, 거문고를 잘 타는 기생, 또 현대 댄스를 잘하는 기생들은 수많은 연회 자리에 인력거를 타고 가 공연을 했다. 소리에 능통하고 연기도 잘해 영화에 출연한 배우도 있을 정도였다.

한성권번 출신 소희는 어려서 열병으로 부모를 잃고 고모 집에서 지냈다. 혼자 살면서 소희를 돌봐주던 고모가 노쇠해지자 12살 때 권번에 맡겨졌다. 외롭게 자라선지 권번에서도 눈치가 빠르고 처신을 잘해서 어딜 가더라도 귀여움을 받았다. 일류기생이나 퇴기들의 잔심부름을 도맡아 했다. 관기 출신들이 만든 광교조합의 수많은 가무 명인들이 동기를 가르쳤다. 아침 11시부터 오후 4시까지 한데 모여 춤과 노래, 가야금이나 거문고 타는 법을 배웠다. 이곳에서 3년의 교육과정을 거친 소희가 명월관에 처음 나온 자리가 8월 마지막 밤이다.

기생들이 번갈아 가면서 판소리와 가야금, 민속무용을 보여주자 미처 술에 취하기도 전에 다들 흥겨운 분위기에 먼저 취한다.

16세 소희는 이날 명근을 처음 보게 된다. 주권을 빼앗긴 자리가 아니라 주권을 찾은 자리에서 마시는 술은 달고 대화는 유쾌하다. 소희는 떠들썩한 술자리에서 유독 말없이 술만 마시는 옆자리의 남자를 본다. 10명 정도의 남자들은 큰소리로 웃고 호기롭게 떠들지만 그는 조용하다. 술이 들어가니 남자들은 저마다 마초기질을 보여준다.

"내가 총을 들이대니 일본놈이 바들바들 몸을 떠는 거야."

"그때 눈이 이틀 동안 허리까지 왔어. 배는 고프지, 밖에 나갈 수는 없지. 독립운동 전에 굶어죽는 줄 알았지."

저마다 무용담을 자랑삼아 말한다. 소희는 동지들이 그러거나 말거나 '술자리에선 술 마셔야지' 하듯 냉정하고 무심한 태도의 남자가 마음에 든다.

"어떤 분일까?"

호기심이 일었다. 살짝 옆 눈으로 보았다가 그만 반해버린다. 짙은 눈썹에 우뚝 선 코, 그린 듯 선명한 입술 라인에 우아하고 부드러운 턱선.

'이렇게 잘생긴 남자가 장안에 있었단 말이지.'

소희의 가슴은 두근두근 방망이 치듯 한다. 명근은 아내와 사별한 지 오래다. 여자의 분냄새라고는 잊고 살다가 옆자리에 앉은 노랑과 물빛 치마가 자꾸 신경이 쓰인다, 움직일 때마다 사그락거리는 소리, 향긋한 분냄새를 맡지 않으려 애쓰다가 그만 술에 빠져버린다.

"오늘은 코가 삐뚤어지도록 마시는 거야."

술을 권하는 동지들에게 떠밀려 주는 대로 마시다가 정신줄을 놓아버린다. 동지들은 그에게 여자와 함께 밤을 보내게 해주고 싶었다. 해방 후 밤잠도 제대로 못자면서 서울 강연회다 지방 강연회다 다니는 그를 이날 하루만은 다 잊고 쉬게 해주고 싶었던 것이다.

그래서 명근은 소희의 머리를 얹어준 남자가 되었다. 나이는 스무 살 차이가 났지만 이날 밤, 그저 한 남자와 한 여자였을 뿐, 소희는 첫눈에 반한 그에게 기쁘게 몸을 열어주었다.

4.

김일성이 소련 군함을 타고 블라디보스토크를 출발, 원산에 도착했다. 그 길로 스탈린이 선물한 열차를 타고 평양으로 입성했다. 홍군이 재편성된 팔로군과 태항산맥을 누비며 항일투쟁하던 조선의용군은 소련군의 강제무장해제를 당했다.

해방 1년 후 경성은 서울시로 명칭이 바뀐다. 조선시대 정식 명칭은 한성부였다가 경성부로 혼재되었고 해방직후 서울, 경성, 한성으로 혼재되다가 1946년 8월 10일, 서울특별 자유시로 불리게 된다.

이 서울에 벽보의 세상이 도래했다. 남조선 단독정부 수립 반대한다, 노동임금 배로 올려라, 정권을 인민위원회로 넘겨라, 좌익과 우익은 번갈아 가며 벽보를 붙였다. '위대한 지도자 박헌영 선생.' 벽보를 좌익이 붙이고 나면 다음날은 '김구, 김규식 선생 애국행위 지지한다.'는 벽보가 붙고 다음날은 '민족분열의 범죄자 이승만 타도'와 '대망의 우리 지도자 이승만 박사'가 나란히 붙었다. 종로 거리에 나가면 오늘은 좌익, 내일은 우익이 모임을 갖는다.

큰딸 영이는 해방되기 1년 전, 집안 어른 적암스님의 중매로 결혼했다. 일본 메이지대 법대를 졸업하고 직장생활을 하는 전도유망한 청년이다. 명근은 은연중 사위가 정치에 관심이 있을까 걱정했으나 전혀 그런 기미가 없었다. 빈농의 아들로 태어나 고학으로 일본 유학을 한 건실한 젊은이였다. 명근은 딸이 정치 바람에 휩쓸린 아버지 때문에 더 이상 마음고생을 하지 않고 남편과 의좋게 아들딸 낳고 키우는 평범한 삶을 살기 바랐다.

큰딸이 친정에 다니러 온다. 명근은 감옥에서 제대로 먹지 못해 생긴 위장병으로 한창 고생하는 중이다. 청장년 시절의 명근은 돌덩이를 먹어도 소화시킬 것 같이 위장이 튼튼했다. 없어서 못 먹지, 눈앞에 놓인 것은 무조건 다 먹었다. 그런데 잦은 수형생활과 가혹한 고문, 제때 식사를 못하자 위가 제 기능을 잃었다.
해방 후 동지들과 가진 술자리도 위를 더욱 망가뜨렸다. 명근의 위는 밥 한 그릇도 제대로 소화시키기 힘이 드는 지경이다.
딸은 어머니를 위병으로 잃었는데 아버지까지 위병이라니 기가 막힌다. 어렵게 구해 온 쌀로 죽을 쑤어 명근에게 건넨다. 며칠 동안 멀건 죽을 먹어 위를 달래주고 진밥이라도 먹게 될 만 해지자 재첩국이 상위에 오른다.
뽀얗게 살이 오른, 아기손톱같이 앙증맞은 재첩을 푹 끓여 소금으로 살짝 간을 하고 잘게 썬 부추를 넣어 만든 국 냄새가 빈 위를 꿈틀거리게 한다. 건강할 때에는 재첩국에 고춧가루를 넣었으나 건강을 잃은 위는 새빨간 고춧가루와 김치를 못 받아들이고 있다. 뽀얀 우윳빛 국물 위에 총총 썬 초록색 부추와의 조화가 보는 눈의 피로를 풀어줄 듯 시원하다.
명근은 수저를 집어 든다. 적당히 식힌 시원한 재첩 국물에 상큼

한 부추 향이 코와 입을 자극한다. 마치 술 마신 후 쓰린 속을 풀어주는 해장국처럼 명근의 속이 풀어진다.

'몸이 상한 것은 시간이 지나면 치유되겠지만 마음에 난 상처는 언제 치유될까?'

일제하 36년 동안 상처투성이가 된 조선은 그 상처를 치유하며 화합해야 한다. 그리고 새로운 나라를 건설할 때이다. 사람들은 자유를 잃었던 그 시절을 벌써 잊었나 싶다. 부강하고 힘 있는 나라가 되기 위해서는 지금이 얼마나 중요한 시기인가. 국민들이 받은 수많은 상처를 어떻게 대처해야 하고 어떻게 살아갈 것인가를 생각해야 하는데 자기주장만 내세우고 있다. 천하가 다스려지고 다스려지지 않고는 남이나 제도의 탓이 아니다. 자신의 책임이다. 해방 후 남한의 지도자들은 이를 잊고 있다.

'우선 몸을 회복하자. 그래야, 새로운 조국 건설에 작은 보탬이라도 될 수 있지. 먹어야 한다. 그래야 산다.'

밥상을 방에 들여놓은 후 그 앞에 앉은 영이는 결연한 표정으로 식사를 하는 아버지를 물끄러미 쳐다본다. 딸의 시선을 느낀 명근은 그나마 먹거리가 있는 밥상을 내려다보며 말한다.

"이 밥상엔 쌀도 있네. 일제 말기에는 사람들이 목으로 넘길 수 있는 것은 무조건 먹었지. 한 시골마을에 도착했는데 온 동네에 닭 치는 소리, 개 짖는 소리가 안 들려. 알고 보니 모두 다 잡아먹어서라더군. 조선인들은 거의 다 굶주렸어. 비쩍 마르고 부황(浮黃) 든 얼굴로, 힘이 없으니 날아갈 듯 휘적휘적 걸어가곤 했어."

"네, 아버지. 기숙사에서도 하루 두 끼만 먹었어요. 그나마 전쟁

말기에는 기숙사가 문을 닫고 나중에는 학교 문도 닫았잖아요."
"만주의 독립운동가들은 이틀에 한 번만 먹어도 운 좋은 날이라고 했어. 굶주림을 이겨내려면 곡식과 소금이 있어야 해. 소금은 생명수야. 하하, 요즘도 술 마실 때 안주 없이 소금을 찍어 먹지."
변변한 찬은 없어도 딸이 구해온 쌀로 정성껏 만든 죽이 그를 살린다. 명근은 오랜만에 친정에 다니러 온 딸을 보니 어머니와 아내 생각도 난다. 명근은 몸을 추스르면서 때때로 자혜스님과 나눈 대화를 떠올린다.
'자생 차나무는 늦가을에서 초겨울에 걸쳐 치자꽃을 닮은 하얀 꽃을 피워, 꽃잎 가운데로 노란 꽃술이 달려 우아하지, 향기가 은은하여 마음을 흔들 정도라네. 하하, 우리 자생 차나무는 뿌리를 옮기면 죽어, 이렇게 지조 있고 절개 있는 차나무를 내가 어찌 좋아하지 않을 수 있어. 사람은, 사람이기에 더욱 절개와 지조를 함부로 꺾여서는 안 되네. 아무리 곤경에 처하고 힘들 때라도 사람으로서의 품위를 포기해서는 안 돼.'
"스님. 그 지조를 지키기가 힘들어 죽겠습니다."
"지혜로운 사람은 너무 강하다 싶을 때는 잠시 물러서는 방법도 배워야 해."
"때로 민중이 무섭습니다. 다만 가진 것이 없고 두고 갈 것이 없으니 발걸음은 가볍습니다. 흔적 없는 소멸도 괜찮을 것 같습니다."
"요즘 남한의 돌아가는 정세를 보면 아마도 자네 이름은 역사에 묻힐 걸세."
"한반도의 5천년 역사에 저 이름 하나쯤이야 사라지면 어떻습니까. 삼국통일을 한다고 신라가 전 국토의 절반 이상을 당나라에 바쳤고 고려 때는 몽고족에게 지배를 당했고 20세기에는 일제에 36년간 식민지 지배를 받았지요. 독립국가로 일어서야 하는데 마음을 합치기가 난제입니다."

"역사에도 이 자생차와 같은 은근한 끈기와 강인한 생명력이 필요해. 척박한 땅에 의지해 뿌리를 내리고 땅속 깊은 곳의 기운을 잎으로 피워내는 차나무에는 그만큼 고귀한 정신이 깃들어 있어. 자네도 편하게 살지 않았으니 자네가 해온 독립운동이 빛을 발하고 조국 해방에도 도움이 된 거야. 독립 의지가 없었다면 다른 나라들이 우리를 독립시킬 생각이나 했겠나."

자혜스님은 명근에게 「보왕삼매론」 한 구절을 들려주었었다.

"몸에 병이 없기를 바라지 마라/ 세상살이에 곤란함이 없기를 바라지 마라/ 공부하는데 마음에 장애가 없기를 바라지 마라/ 수행하는데 마가 없기를 바라지 마라/ 일을 꾀하되 쉽게 되기를 바라지 마라/ 이익을 분에 넘치게 바라지 마라/ 억울함을 당해서 밝히려고 하지 마라."

중국 명나라 때 묘협스님이 불자들에게 어려운 일을 당했을 때 어떻게 마음을 써야 할 지에 대해 쓴 글이라네.

명근은 몸을 어느 정도 추스르게 되자 동지들을 만나러 갔다. 남과 북이 38선으로 나눠지자 조선의 마음도 두 동강으로 분열되었다. 조국은 하나인데 사상이 둘이니 마음도 둘로 나누어진 것이다. 점차 남한의 정세는 혼돈의 세계로 나아가고 있다.

5.

1945년 12월, 미국, 영국, 소련의 모스크바 회의는 한국에 민주주의적 임시정부 수립하기까지 최장 5년간, 미국, 영국, 중국, 소련 4개국의 신탁통치하에 둔다고 했다. 온 세상이 바글바글 끓었다. 국민들은 좌익은 무엇이고 우익은 무엇인지 우왕좌왕했다. 정치인들도 자신들이 왜 찬탁을 하고 반탁을 하는지 잘 모른다.

남한의 좌익계 시인과 우익계 시인은 저마다의 입장에서 신문 지상에 번갈아 시를 발표하면서 물고 뜯었다.

"좌우 막론하고 참된 애국자와 혁명가를 참여시키자."

좌우합작운동에 앞장선 명근이지만 농지개혁, 친일파 처벌에만 의견이 통일되었다. 좌익도 우익도 자신들 안에서도 서로 몇 갈래도 갈라졌다. 명근은 우익과의 화합 이전에 우선 당의 분열을 봉합하고자 합당추진파로 나선다.

"자주 독립완수는 민주주의 국가 건설에 있습니다. 우리 당은 당면 과업이 자주적인 민주국가 건설에 있으므로 단일한 정당으로 결속해야 합니다."

공산당을 하나로 만들고자 이리 뛰고 저리 뛰었지만 소용이 없다. 좌익정당은 6개 파가 된다. 1946년 11월 공산당의 추진파, 인민당의 47파, 신민당의 중앙파가 합당하며 남조선 노동당이 결성된다.

미군정은 남로당을 승인했다. 남로당은 미군정과의 마찰을 피하면서 대중에 대한 지도력을 강화한 것이다. 합법적으로 사상의 자유가 용인되자 1947년 중반 남로당원은 5배, 10배로 증가하면 당세가 확장된다.

명근은 남로당의 중심인물로 떠올랐다. 성격이 원만하고 말을 차분히 정리해서 잘하니 대변인에도 선임되었다. 뉴욕타임스 사설에 '탁치가 미소 점령 분할보다 낫다'는 사설이 실렸다. 명근은 조선일보와 인터뷰를 한다.

"찬탁은 지지하지만, 신탁통치 아래 38선이 곧 철폐되리라고는 보지 않습니다."

타의에 의한 찬탁이 미소 점령 분할보다는 나을 것이라 본 것이다. 그에게 비난이 쏟아진다.

(이 땅의 사람들은 모두 감정에 치우쳐 있다.)

세상은 무서운 속도로 달라지고 있다. 자기와 사상이 다르다고 미워하고 협박하고 테러를 저지르고 있다. 47년 7월 19일 혜화동로터리에서 몽양 여운형이 피살된다.

"좌익은 우익을 죽이고 우익은 좌익을 죽이고, 이 나라에 남을 사람이 없네."

1947년 5월 15일 미군정 하지 사령관이 보다 못해 말한다.

"동족끼리 분열하지 말고 이데올로기를 초월해서 좌우가 합작하여 좋은 정부를 만들라. 전 국민은 내부 대립을 없애고 공위에 협력해야 한다. 공위의 성공 없이는 통일 독립은 달성될 수 없다."

아무도 그의 말을 귀담아듣지 않는다. 그는 조선인들에게 인기가 없다. 짧은 머리에 선글라스를 쓰고 파이프를 문 그는 직선적이고 무뚝뚝하다.

남조선 철도 총파업, 출판노조, 중앙전신국, 경전 파업이 이어지고 서울에선 군중들이 군정청 앞 광장에 모여 쌀을 달라는 시위를 벌인다. 좌익단체나 우익단체나 모두 각각 400개 이상에 단체 총회원수는 당시 남한 총인구의 3배를 넘었다. 5천만 명의 유령 회원들이 있다 보니 테러가 활개를 친다.

남한 전국에 노조 파업과 시위가 번지자 미군정은 각 지역에 계엄령을 선포한다. 공산당 강경파에 의해 위조지폐사건이 일어나자 미군정의 철저한 탄압이 일어난다. 남로당 비합법화가 선언되고 좌우익의 대립이 격화된다. 거리에 피바람이 분다.

흘러가는 역사는 그랬다. 동유럽에서 잇달아 공산정권이 탄생하자 미국 트루먼 행정부는 공산주의의 국제적 공세에 맞섰다. 미소 냉전이 굳어지고 두 진영 대립이 본격화되자 미군정은 더 이상 공산당의 사상을 허용할 수 없었다.

미군정이 자신들의 정책에 반대하는 투쟁과 공산당 간부를 모조리 잡아들이기 시작하면서 탄압의 강도를 조였다. 명근은 초조했다. 프롤레타리아 계급 해방을 눈앞에 두고 발끝부터 허리까지 정신없이 진흙탕에 빠져들어 가는 느낌이었다.

남로당이 불법화되자 당의 핵심 간부 대부분이 48년 8월 월북했다. 민주독립당 위원장 홍명희가 민주독립당을 이끌고 월북했다. 박헌영도 월북했다. 남북 만주, 시베리아 국제무대에서 수십 년씩 광복을 위해 싸우다 해방 후 돌아온 혁명가, 사회주의자들은 어디로 가야할까?

북에서 남으로 내려오는 사람도 있었다. 안내원을 비밀 접속하여 나룻배를 타고 임진강을 건넜다. 산등성이, 논두렁길을 밤을 새고 걸어서 삼팔선을 넘었다. 각각 북으로, 남으로 사람들은 각자의 사상대로 흘러갔다. 역사의 물줄기 위에 올라탔다.

일제에 빌붙어 반민족적 행위를 일삼아온 친일파들이 해방된 조국의 정계, 실업계, 종교계, 언론계, 교육계, 문학계, 예술계 전 분야에 다시 자리를 차지했다.

명근은 1948년 4월, 남북연석회의 참가 차 평양으로 갔다. 남북 정치 지도자들이 통일정부 수립을 목표로 평양에 700여 명이 모였다. 평양의 대강당 사방에 '조선 인민의 진정한 벗 스탈린 대원수 만세', '조선인민 만세' 구호가 붙어있다.

드넓은 회의장 연단 양쪽에 칠순의 스탈린과 30대 김일성의 거대한 초상화가 나란히 걸린 것을 물끄러미 바라보는 명근.

"스탈린이 과연 조선민족을 도와줄 것인가? 1930년대 후반 소련 땅 연해주의 18만 명 조선인을 중앙아시아로 집단이주 시킨 자가 아닌가, 조선인이 일본을 도울 것이라고 생각하고 의심의 뿌리를 제거하기 위해서였다는데, 이주 과정에서 얼마나 많은 조선인들이 죽었는가. 굶주리고 병들고, 사람 취급도 못 받고 동토에 버려졌었다. 냉혹한 사람이다. 믿어서는 안 된다."

그래도 소련 군정하의 북한에서 열린 회의다. 소련의 지도자인 그가 공화국에 힘이 된다면 다행한 일이지 하고 그는 애써 자신을 달랜다.

남북연석회의는 한민족이 분단으로 가느냐, 통일로 가느냐는 중대한 갈림길에서 열렸다. 남북의 수많은 정당 사회단체는 모두 우리 땅에서 외국군대를 몰아내고 완전한 자주독립 쟁취를 위해 단결해야 한다고 뜻을 모았다. 딱 거기까지였다. 남한에서 함께 올라온 문석주 목사는 북한에 남겠다고 말했다. 남한에서 더 이상 공산주의가 설 자리가 없다며 이런 말을 했다.

"처음엔 미군정이 좌우파의 합작을 이루려고 주력하는 것처럼 보였지. 실제로 우파와 좌파 지도자들을 끌어들여 예비회담을 열고, 하지만 미국이 원하는 것은 결코 대중적인 지지가 높은 민족주의자도 공산주의자도 아니었던 거야. 그저 계속 미국의 영향 아래 두려는 온건주의자가 필요했어. 그저 정복자였어. 아마도 남한은 영원히 미국의 우산 아래 있게 될 거야."

해주에서 열린 남조선인민대표자대회는 총선거를 통한 통일정부 수립이라는 남북연석회의의 합의가 실현되지 않았다.

명근은 해주에 남았다. 북한 정권 수립의 모체가 될 조선인민공화국의 최고인민회의 대의원으로 선출되면서 이곳에서 진정한 인민의 나라를 세우겠다는 꿈을 꾸었다.

"오로지 조국의 독립을 위해 싸웠건만 돌아온 건 상처뿐인 영광, 하지만 상처 없이 사는 사람이 세상에 몇이나 되랴, 나는 이 상처를 다독거려 빛나는 결심을 맺으리라."

'진주가 괜히 귀한 보석이겠는가. 조개는 날카로운 모래가 들어오면 계속 아픈 상처가 생겨도 그 상처를 다 감싸안는다. 안으로 삭이며 삭여서 아름다운 진주를 만들어낸다. 귀한 것은 원래 상처를 바탕으로 해서 자라는 것이다. 아문 상처 자리에 빛나는 영광이 도래하는 것이다. 이곳에서 지상낙원을 건설하자.'

6.

해방된 지도 벌써 4년, 평양의 밤은 소련파, 연안파, 남로당파가 끼리끼리 모여 인민의 나라를 어떻게 끌고나갈 것인가 방법을 모색하기 바빴다. 그러나 내부적으로는 김일성의 그림자를 염두에 두어야 했다. 북한은 김일성의 일인지배 체제 구축이 진행되고 있었다.

명근은 인민의 나라 북한에서 자꾸 소비에트 권력의 냄새가 나는 것을 느꼈다. 소련 군정 체제 아래 소련파, 연안파, 국내파, 남로당파. 김일성의 빨치산파 등 다양한 파벌로 형성되어 있다. 한마디로 족보가 복잡했다. 박헌영은 김일성의 최고 적수가 되었고 노동신문은 '김일성 탄신 40주년 맞이 항일운동기'를 연재했다.

"흥, 항일운동 혼자 다했네 그려."

연안파 공산당 누군가가 신문을 보며 한마디 했다. 다음날부터 그의 모습은 어디에서도 볼 수가 없었다. 러시아처럼 정권을 잡은 후 강제, 복종의 규율이 생겨나고 있다. 어느 날, 명근은 간부급 회의에 참석했다가 잔뜩 흥분된 분위기를 지켜본다.

"미국은 한반도에서 전쟁이 일어나도 개입하지 않을 겁니다. 낙엽지기 전에 한반도를 적화시켜야 하오. 역사의 숙적인 일본을 견제하고 그곳에 상륙해 있는 미국의 힘으로 절반쯤 무력화시킬 수도 있소."

전쟁 추종자들의 입김이 온건파의 주장을 압도한다.

'세계 전쟁이 왜 일어났는가. 과도한 민족주의가 세계 1차, 2차 대전을 발발시켰지. 지식인들이 맹목적인 애국주의로 국민들에게 전쟁을 선동했고. 지금 한반도 정세는 무척 불안해. 남과 북이나 38선을 없애고 남북통일을 하겠다고 벼르고 있어, 조국은 하나여야 한다는 민족주의적 감정이 대중에게 전파되고 있어. 전쟁을 불사하겠다는 기운이 퍼지고 있어. 위험하지. 위험하다.'

딸이 잘 부르는 노래가 있었다.

"울밑에서 봉선화야, 네 모양이 처량하다. 길고 긴 날 여름철에… 낙화로다 늙어졌다. 네 모양이 처량하다. 화창스런 봄바람에 환생키를 바라노라."

42년 2월 소프라도 김천애가 귀국 연주회에서 하얀 치마저고리를 입고 봉선화를 열창하자 환호를 보내면서 눈물 흘리던 관중들이 있었다. 딸은 풍금을 치면서 명근에게 이 노래를 들려주곤 했다. 독립운동을 하느라 전국방방곡곡을 다니던 아버지, 어쩌다 만난 아버지의 노고를 위로하면서 곱고 가는 목소리로 불러주던 노래, '봉선화'의 운명은 가여웠다. 해방 후 작곡자 홍난파가 친일했다고 금지된 노래가 되었다.

1950년 6월 25일, 한국전쟁이 터졌다.

'울밑에선 봉선화야'처럼 남한과 북한의 처지는 가여워지기 시작했다. 많은 이들이 죽음의 길을 걸어가고 살아남은 자들은 인간으로서의 삶을 온전히 살기 힘든 전장 한복판에 서 있어야 했다.

적자와 서자

"쿵 쿵 쿵, 탕 탕 탕, 드르륵드르륵, 따꽁따꽁…."
 총소리와 포소리로 전쟁이 시작되었다. 명근은 종군기자 신분으로 인민군을 따라 남으로 내려간다. 신문사의 기자 경력과 나이를 감안하여 그에게 주어진 일이다. 며칠동안 최소한의 군사훈련과 군사 지식을 숙지한 다음 인민군 전차와 삼륜차, 보병대열 행군을 따라간다.
 서울, 홍천, 용인, 평택을 지나 대전으로 갔고 전쟁 시작 한 달 반 만인 7월 중순에는 영덕에 도착한다. 소련제 탱크, 전투기, 비행기를 구비하고 병력이 20만 명이 넘다보니 거의 모든 도시가 무혈입성이다. 명근은 이틀간 고향에 머무른다.
 장맛비가 추적추적 내리는데 영덕군 축산리에 도착한 명근은 김진사댁 머슴이 붉은 완장을 차고 신이 나서 돌아다니는 것을 본다. 이들은 명근을 보자 반색한다.
 "근아, 니가 높은 사람이 되어서 나타나니 보기 좋다. 참으로 니가 자랑스럽다 아이가, 이제 우리 세상이 된 거라."
 인민 군복차림에 종군기자 완장을 찬 명근에게 덕이아재와 홍이아재가 환히 웃으면서 가까이 온다. 나이 쉰이 넘은 그들은 모두 한쪽 어깨에 장총을 메고 있다. 예전엔 '근아' 부르면서도 다소 어려워하던 그들은 그대로 '근아'하고 부르지만 아랫동생처럼 허물없이 대하고 있다.

한겨울 동네 청년들이 토끼사냥을 하던 날. 시뻘건 피범벅이 된 토끼를 들고 그 자신도 피칠갑을 한 채 환하게 웃던 덕이아재, 바위에 붙은 따개비처럼 홍이아재는 이 날도 그의 옆에 서 있다. 나란히 선 채 명근을 바라보는 그들의 어깨에 망태기 대신 장총이 매어져 있는 것만 다르다.

이들은 양반, 상놈 없는 평등한 세상이, 자기들 세상이 왔다고 하니까 앞장서서 친일에 부역한 자, 지주, 경찰 가족을 끌어낸다. 장터에서는 매일 피비린내가 진동하고 있다.

멀리서 은은한 포성이 들리는 시각, 간이 막사 안에서 진흙투성이 타자기 한 대를 끌어안고 기사를 다듬고 있는 명근, 주위에 침낭, 방탄모가 여기저기 뒹굴고 있다. 기사가 막 끝났는데 낯익은 얼굴이 앞으로 다가온다. 만주로 갔다가 인민의 아들로 살던 고향 집에 다시 돌아온 성구다. 인민군복을 입은 성구의 모습은 과거 움츠린 모습대신 거칠고도 보무당당하다. 한 시간 후 대전으로 간다며 잠깐 명근의 얼굴을 보러온 것이다.

"근아, 반갑데이. 살다보니 이렇게 만난다아이가."

지주의 아들이었지만 도시 빈민이 된 명근이 자신과 같은 인민의 편에 선 것이 무척이나 좋은가 보다. 명근을 바라보는 얼굴이 싱글벙글한다. 명근은 성구의 동생 성녀 소식이 궁금하던 차에 성구가 먼저 소식을 일러준다.

"내 동생이 윗마을 이장네 머슴한테 시집간 것은 알제? 매제가 평생 그 집에서 살면서 머슴 노릇 했다 아이가. 부부가 결혼한 다음에도 그 집에서 농사일과 막일하며 살면서 아들, 딸 하나씩 두었다 아이가. 태평양 전쟁 막바지에 남편은 일본 탄광에 징용 가서 여태 소식이 없다. 열다섯 살 먹은 딸은 산에서 나물 캐고 오다가 일경에 붙잡혀서 위안부로 갔다더라. 인도네시안지, 버마인지, 어디로 끌려갔는지 아무도 모른다카이. 애지중지 키운 딸을 놓친 뒤로 성녀 그 아가, 정신줄 놓아버렸다, 아들도 이번에 군에 들어갔다. 정신이 온전치 않은 내 동생을 지금 어머이와 내 마누라가 보살펴주고 있다. 시간 나면 한번 들여다봐 주면 고맙겠데이."

그 말을 명근에게 던지고는 급하게 전장으로 떠난다.

명근이 종군하는 부대도 다음날 새벽, 대구 방향으로 출발해야 한다. 어렵게 시간을 내어 성구의 집으로 가는 명근, 과거에나 지금이나 허술하고 남루하기 짝이 없는 오두막이다. 쓰러질 듯 한쪽으로 쏠린 싸리문과 입구의 탱자나무도 그대로다.

명근이네 농사와 집안일을 봐주던 성구 어머니가 툇마루에 앉아 있다가 마당에 들어서는 명근을 빤히 바라본다. 머리가 새하얗고 주름의 골이 깊어진 호호백발 할머니는 기억력이 가물가물 한지 명근을 못 알아본다.

"그동안 잘 지냈는교?"

미소를 띠며 인사를 건네는 군인이 누군가 싶은 노파다.

"뉜교? 뉜교?"

같은 말만 되풀이한다. 그때 누군가 집에 온 기척을 알아차린 성녀가 방문을 빼꼼하게 열어 본다. 친정으로 돌아와서는 가끔 정신이 돌아온다는 그녀다. 수시로 딸을 찾아 울며불며 온 동네를 헤매고 다닌다는 그녀가 방에서 나오다가 마당에 선 명근을 알아보고는 몸이 굳어버린다.

"도련님, 명근 도련님이지예."

첫사랑 명근을 단번에 알아본 것이다.

"그래, 잘 있었나? 나, 명근 오라비다."

명근은 급히 마당에 내려선 성녀의 거친 손을 잡는다. 명근을 만나자 바로 처녀 시절로 돌아가는 그녀, 어린 시절 명근 도련님을 가만히 올려다보던 맑은 눈은 그대로다. 그 순진무구함이 명근의 마음을 아프게 한다.

"얼굴이 그대로네요. 하나도 안 변했네요."

성녀의 남편은 어려서부터 머슴살이를 했지만 천성은 순하고 착하여 아내 성녀를 한없이 위해주고 아껴주었다 한다. 전쟁 말기에 고구마처럼 생긴 어느 섬의 탄광에서 석탄 캔다는 소식 이후 해방 5년이 넘도록 아무 소식이 없다고 했다. 채 피지도 못한 꽃같이 어린 딸도 하루아침에 없어지고, 이 가족은 해방이 되어도 뿔뿔이 흩어져 있다.

듣자니 고향의 앞동네, 뒷동네 모두 난리도 아니다. 성녀네 뒷집 새댁은 스물다섯 나이에, 윗마을 성진사 딸은 갓 스물에 행방이 묘연하다 했다.

"만주로, 상하이로, 남서태평양 섬으로도 끌려갔다 안하요. 해방이 되어서 조선으로 돌아오던 잠수함이 수뢰에 부딪쳐서 그곳에 탄 200명 조선여자들이 모두 죽었다는 소문도 들었시오. 우리 아는 그곳에 안 갔지라. 암요, 어딘가 살아있을 거구만요. 아직 이 어미 품으로 올 형편이 안돼서, 우리 아가한테 그런 일은 안 일어날끼구마…."

"그라몬, 니 말이 맞다. 그런 일 없다."

오랜만에 총기가 돌아온 성녀의 넋두리를 듣던 명근은 성녀가 사투리를 쓰자 자신도 자연스레 사투리로 대꾸한다. 선 채로 토닥토닥 등을 두들겨준다.

고향에 돌아와 보니 상황이 생각한 것보다 무참하다. 지금 이 시간에도 산골짝 험준한 준령 구석에서, 허허벌판 한구석에서 피를 나눈 형제가 서로 가슴에 총을 겨누고 죽고 죽이고 있다. 군인만 그런 것이 아니라 후방의 민간인들도 서로 죽고 죽인다.

7월말 북한군은 낙동강 방어선을 제외한 남한의 90퍼센트를 점령했고 모든 관청에 스탈린과 김일성 초상화가 걸렸다. 9월 15일에 인천상륙작전이 시작되면서 B29전폭기 편대가 평양, 원산, 함흥 등 중요 군수지대를 폭격하고 천지 사방이 폭음과 폭발과 먼지로 뒤덮였다. 밤낮으로 미군기가 폭격을 했다. 폭탄이 투하되는 들판에서 먼저 숨을 구멍을 찾는 사람은 살았고 어쩡쩡하게 서 있다가 산화되는 것은 순간이었다.

폭탄이 지하로 내려오는 순간 몸이 더 빨리 움직여야 살았다. 머리 위로 폭탄이 지나고 용케 살아남으면 무시무시하게 터지는 소리와 단말마의 비명을 동시에 들어야 했다. 전쟁은 신분이 귀하거나 천하거나 상관없이 누구에게나 찾아왔다. 살고 죽고는 순전히 운에 달렸다.

　명근은 강원도의 이름 모를 산골에서 폭격을 피하고 있다. 멀리서 통신병의 목쉰 음성이 들리는 것이 상황이 급박한 모양이다. 한차례 격전이 지나간 후 길거리든 하천이든 산과 들판에 누구에게나 죽음은 공평하게 찾아왔다. 노랑머리 백인, 검은 피부 흑인, 국군, 인민군, 모두 나란히 누워있다.

　폭격이 지나가면 시신이 나무고 들판이고 어디에나 널렸다. 한 사람의 시신이 갈가리 찢겨 팔은 앞 바위에, 다리는 저쪽 숲에 낱낱이 해체된 광경도 봐야 했다. 화약 냄새 송장 썩는 냄새가 진동하는 가운데도 끼니때가 되면 그 옆에 앉아서 생쌀이든 물이든 먹고 마셨다.

　"콰광."

　소리에 바로 옆에서 생쌀을 씹던 군인의 얼굴 반쪽이 날아가거나 팔다리가 이 나무 저 나무에 뚝뚝 걸리는 일은 부지기수, 창자가 튀어나온 시신 옆에서도 흙 묻은 고구마를 씹어야 했고 핏물이 벌건 개울물도 목이 타면 마셔야 했다. 살기 위해서 뭐든 먹어야 했다.

　전쟁이 길어지면서 사상자는 늘어만 가고 통신은 두절되고 위생병이 모자랐다. 명근은 타자기를 버리고 부상자의 붕대를 매주고 부축하는 위생병 역할을 한다. 이미 전선 기사를 받을 곳도 통신이 되는 곳도 없다.

　명근은 겁이 난다. 우리는 지금 어디로 가고 있는가? 폭탄과 총탄이 난무하는 거리, 한번 비행기가 지나가면 천지를 울리는 천둥소리. 몸에 불이 붙어 단발마의 비명을 지르는 군인들, 소학교 운동장처럼 크게 파인 구덩이, 그 속으로 떨어져 죽는 피난민들, 온 사방에 널린 시신들, 부모와 아이를 잃고 목 놓아 우는 사람들, 피로와 굶주림으로 길을 가다 쓰러진 채 숨을 거두는 사람, 이 모든 상황이 지옥도다.

전쟁은 아버지, 아들, 형, 아우를 몰라본다. 서로 총을 겨누고 다 같이 미쳐 돌아가고 있다. 굶주림과 추위로 피곤하고 지친 채 터벅터벅 걷다가도 "적이다" 한마디에 짐승처럼 몸이 재빠르게 반응하는 전사들, 전쟁이 일어나기 며칠 전에 징집된 십대소년도 있다. 솜털이 아직 보송보송한 소년의 핏발 선 눈이 애처롭다.

우리는 왜 혁명을 했던가? 자주독립을 위해 몸 바친 혁명가들의 꿈이 고작 이것이었던가.

마르크스는 혁명을 수행하려면 먼저 부르주아의 계급 지배 도구인 국가 권력을 프롤레타리아가 빼앗아야 한다고 했다. 이것이 프롤레타리아 자신뿐만 아니라 인류 전체를 계급적 착취와 억압에서 영원히 해방시키는 진정한 사회 혁명의 첫걸음이라 했다. 프롤레타리아 계급이 국가 권력을 장악하여 지배계급으로 올라서는 것, 이 혁명을 가리켜 민주주의를 쟁취하는 것이라고 했다.

그러나 마르크스는 어떻게 하면 혁명을 승리로 이끌 수 있는지, 국가 권력을 탈취한 이후 어떻게 사회를 재건해야 하는지에 대해서는 아무 말도 없다.

블라디미르 일리치 레닌의 볼셰비키당, 사회혁명을 일으키는데 기여한 정당. 그러나 볼셰비키혁명을 성공시킨 레닌은 마르크스주의가 실제 경제문제 해결에 아무런 도움이 되지 않는다는 것을 알았다.

현대국가의 지배계급은 생산수단을 소유한 유산계급, 부르주아이며 피지배계급은 노동력 말고는 팔 것이 없는 다수의 무산계급 프롤레타리아이다. 명근은 이 무산계급이 공산주의에 들어오니 바로 본능이 되어버리는 것을 본다.(이들은 마음이 가기 전에 몸이 먼저 움직인다.) 이성이 명령하기 전에 귀신같은 본능으로 앞장서는 무산계급 출신들을 수없이 보는 명근, 그는 의식적으로 공산주의에 가까이 다가가고자 했지만 쉽지 않았다. 볼셰비키 공산당사, 소련공산당사, 변증법의 기초를 수없이 강의하고 마르크스 레닌주의로 무장하고 조선로동당 만세를 외쳐도 그의 출신은 부르주아 인텔리다.

명근은 피가 난무하는 전쟁터를 누비며 생각이 복잡하다.

'성구나 성녀, 이들이야말로 조선인민공화국의 적자(嫡子)이다. 나는 아무리 혁명가를 목이 터지게 부르며 행진을 해도, 결코 노동자, 농민이 될 수 없는 것인가. 걸핏하면 일경에 잡혀가고 고문을 받아도 두렵지 않았어. 그런데 민족의 통일을 위한 성전에 나선 이 꼴은 무엇인가?'

그는 1894년 갑오경장에서 공식적으로 폐지된 노비제도가 6·25를 거치면서 사라질 것이며 그들이 적자로 등극한 세상이 될 것을 예감한다. 앞장서 총포를 들어 적을 죽이지도, 목청 높여 인민재판에서 처형하는데 앞장서지도 못하는 그는 조국 통일 전선에서 서자(庶子)가 된 자신을 본다.

'제국주의 열강 중 가장 후진국이었던 제정 러시아에서 사회주의 혁명이 왜 맨 처음 성공했는가? 러시아의 노동자 계급을 혁명적으로 만든 원인은 한가지만이 아니다. 가장 먼저 그들은 출신성분 면에서

서유럽의 프롤레타리아처럼 수공업자층에서 나온 자는 거의 없다. 전부 농노계급 출신이었다. 여기에 러시아의 프롤레타리아를 농노의 해방투쟁과 혈맹적으로 맺게 된 한 요인이 있다.'

전투가 심해지면서 통신도 완전 두절된다. 기관단총이 드르륵거리는 소리, 계속되는 포격 소리, 총알이 빗발처럼 쏟아지는 들판에서 할 것이 없다. 못 먹고 못 자서 피골이 상접한 패잔병들 이야기, 훼손된 시신 이야기밖에 쓸 것이 없다. 파죽지세로 남으로 내려갔던 인민군은 미군을 비롯 유엔군에 밀려 북으로 밀려 올라가는 중이다.

명근은 강원도 산골 어느 움막 속에서 빗발치는 총알을 피하고 있다. 아들같이 어린 인민군들과 함께 최대한 몸을 낮추고 있다. 배고픔, 갈증, 두려움, 공포 견뎌야 할 것이 많다. 이외에도 진흙탕, 무좀, 이, 벼룩도 견뎌야 한다.

중공군이 내려오는 와중에 같은 참호 속에 있던 통신병이 어렵게 신호 하나를 접한다. 이명근의 평양 복귀명령이다. 강원도 산맥과 골짜기를 온몸이 나무와 바위에 긁히고 다치면서 평양으로 돌아온 명근은 노동신문 발간에 투입된다. 그리고 조선인민군의 활약이 대단하다는 기사를 연속 내보내고 있다.

그리고 얼렁뚱땅 정전협정이 되고 극심한 혼란 속의 북한에서 정신없이 세월이 지난다.

휴전 이후 전쟁 책임론이 대두되었다. 휴전 몇 달 후 박헌영은 재판을 받았다. 검정 뿔테 안경 쓴 눈초리가 예리하던 그, 냉철한 성격에 자신의 주장을 끝까지 관철시키던 박헌영이다. 조선공산주의운동가로 남로당 당수를 지낸 그는 인민공화국 부수상 겸 외무상이 되었다가 미제의 스파이가 되었다. 월북한 남로당계의 우상이던 그는 초라한 죽음을 맞아 역사의 저편으로 스러졌다.

매일 밤마다 남로당 출신들의 자아비판이 잇달았다.

"동무, 너무 안일하고 태만한 것 아니오, 주의하시오."

"사상성이 모자라오. 이데올로기가 약해."

명근은 7월 뜨거운 태양 아래 평양 시내 중앙 네거리로 끌려나온 인민재판 현장에 머물렀다. 군중들은 곤봉으로 내리치고 돌을 던지고. 흥분의 도가니다. 전쟁통에 아들과 손자 셋을 모두 남으로 내려 보내고 노부부만 남아 집을 지키다가 사거리로 끌려나왔다. 노인은 함경북도에서 제법 땅마지기를 지닌 지주 출신이었으나 땅을 모두 처분하고 평양으로 내려왔다. 용케 신분을 감추고 살다가 적발되었다.

노인은 아들을 먼저 서울로 내려 보내 있을 곳을 마련하게 해놓고는 며느리와 세 손주들을 새벽에 길을 떠나게 했다. 전 재산을 처분한 금붙이를 며느리에게 전해주고는 "내 귀한 손주들 잘 부탁한다."며 눈물 범벅이 되어 보냈다. 그저 울기만 하는 늙은 아내와 당장 먹을 식량만 남기고 밤새 떡을 만들어 며느리의 보퉁이 안에 넣어주었다.

같이 가시자는 며느리의 말에 "너희만 잘 살면 된다."며 부담을 주지 않겠다는 노인 부부는 전쟁이 터지고도 다리에 힘이 없고 떨려서 피난을 못 갔다. 집 아궁이 속에 숨어 있다가 붙잡혀 왔다. 평소 심장 약한 할머니는 한 달 전 자다가 급격히 온 심장마비로 죽은 후였다.

평양 중앙 네거리에 포승줄에 묶여 끌려온 노인은 공포로 벌벌 떨면서도 의연해지고자 애썼다. 그러나 부추기는 무리가 있고 이에 흥분한 군중들은 "반동분자."라고 소리치며 커다란 돌덩이를 던지기 시작했다.

머리에 정통으로 돌을 맞아 골수가 튀어나오고 피바가지를 얼굴에 뒤집어쓴 노인이 죽는 순간 소리쳤다.

"우리 강아지들, 잘 살아라."

말 못할 고통 속에서도 인자한 목소리로 다시 못 볼 손주들의 이름을 강아지라 부르며 서서히 죽어갔다. 멀리서 지켜보던 명근은 순간, 명치끝이 쿡 막히며 눈앞이 깜깜해졌다.

할아버지가 자신의 품에 뛰어드는 명근을 안으려 다정하게 불러주던 이름, 명근이 아닌 우리 강아지였다. 이 땅의 손자 손녀들은 모두 할아버지 할머니의 강아지, 똥강아지였다.

그 다정한 목소리, 다시는 부르지도 들을 수도 없는 이름, 명근은 이날 집에 돌아와 구토를 했다. 눈물을 질금거리며 며칠 전에 먹은 음식물, 소화가 된 음식의 진액까지 다 토해내고서야 구토는 멈추었다.

'이 군중들은 도대체 무엇에 그리 분노하고 흥분했는가.'

평양에서 민족주의자들은 점차 밀려 나가고 소련군의 비호를 받은 이들이 날로 기승을 부렸다. 살기등등한 표정으로 혁명을 해야 한다고 부르짖는 그들, 그들은 결코 웃지 않았다.

평양에는 여전히 대동강물이 흐르고 모란봉 절벽 위의 부벽루에 능라도 실버들이 춤추지만 부자도 없고 가난뱅이도 없는 나라는 언제 올 것인지, 명근은 광활한 중국 땅으로, 황량한 시베리아 벌판으로, 독립군의 피냄새가 밴 만주로 떠나고 싶었다.

밤마다 그가 보인다

　명근은 지리산 전투에서 살아 돌아온 성구로부터 고향 소식을 듣는다. 덕이아재와 홍이아재는 패퇴하는 인민군을 따라 지리산까지 갔다가 남한과 북한군간의 전투 중에 총을 맞아 벌집이 되어 죽었다고 했다. 생시에 늘 함께였던 그들은 죽어서도 나란히 지리산 산자락에 묻혔다. 이들은 죽는 순간 젊은 시절, 왁자지껄 떠들며 술내기 새끼를 꼬던 추억이 그리웠을까? 아니면 이제 그들의 세상이 왔는데 살아보지도 못하고 죽고만 운명을 원망했을까.
　성구는 아버지가 소작인에 머슴 출신이다 보니 북에서 출세가도를 달렸다. 북한 정권 초창기에는 고위급 인사였던 명근은 날이 갈수록 자꾸 잊혀져가는 존재가 된다. 가끔 공산당 모임에서 성구의 얼굴을 보긴 했다. 멀리서 아는 척 할 뿐 서로 가까이 가지 않았다.
　이 땅은 나날이 한 개인에게 권력이 집중되어 간다. 위엄과 권위에 아무도 근접할 수 없다. 두려움이 먼저 자리 잡았다.
　그리고, 그 기막힌 일이 발생했다. 가장 가까운 벗 성칠은 의열단, 중국 홍군, 조선의용군 등으로 활약한 만주 시절을 끝내고 평양에 정착했다. 수영, 테니스 등 모든 운동을 능숙하게 하면서 최상의 컨디션을 유지하던 그다. 매일 사격연습을 하는데 백발백중 솜씨를 자랑했다. 일제하에서 그는 언제 붙잡힐지, 언제 죽을지 모르는 삶을 각오하고 사는 그는 순간순간을 아끼며 사랑했다. 잘 가던 카페 여급과 사랑하고 하숙집 딸과 사랑하고. 그의 주위에는 언제나 여자들이 있었고 그를 연모하고 동경했다.

홍군에서 조선의용군을 거친 그는 입북하여 북한 국적을 취득했다. 중국 공산당 경력으로 조선노동당 단원이 되고 인민군에 들어갔다. 그러나 전쟁에서 돌아온 박성칠은 정체성을 의심받았다.

바르고 곧고 명예를 중히 여기던 그에게 그동안 무슨 일이 생겼던 것인가. 명근을 보면 입이 귀에 걸리도록 웃던 그는 점차 명근을 보고도 웃지 않았다. 그리고 어느 날 갑자기, 스스로 압록강 철교 위에서 강으로 몸을 던져 버렸다.

뒤쫓는 국민당군의 기관총 세례에, 앞뒤에서 군인들이 죽어나가는데도, 대운하를 건너고 대설산을 넘는 극한적 위기 속에서도 살아남은 그다. 온몸이 부서져라 혁명에 나섰던 그는 어디로 갔단 말인가. 그리워서 찾아온 조선 땅에서, 자신이 평생 일군 혁명가의 길을 달성하고자 찾아간 북한 땅에서 스스로 목숨을 버렸다.

명근은 그를 이해할 수가 없다. 키가 크고 깡마른 그가 휘적휘적 걸어가더니 철교 위에 서서 잠시 하늘을 바라본다. 이내 철교 난간에 올라서더니 한치 망설임 없이 강으로 포물선을 그으며 떨어지는 모습이 생시처럼 생생하게 보인다. 한 마리 날렵한 은어처럼 푸른 강물 속으로 쏜살같이 떨어져내려 금방 다시 푸른 물을 박차고 눈부시게 솟아오를 것 같은 그, 그러나 다시는 물위로 올라오지 않았다.

'도대체 왜, 왜? 이 사람아 왜 그랬어? 뭐가 그리 힘들었어? 일본의 총칼 앞에서도 당당하더니, 왜 해방된 조국에서 제대로 살아보지도 못하고 스스로 목숨을 버려?'

명근은 밥맛도, 의욕도 없이 왜라는 물음표만 가득 머리에 차 있다. 함께 월북한 동지들이 남로당 숙청 바람이 불면서 명근의 자리도 위태로워졌다. 북한 땅에는 김일성 유일지배 체제가 자리를 굳히기 시작하면서 모두 그의 앞에 고개를 조아리고 있다. 명근은 점점 말이 없어져 간다. 무엇보다 밤마다 그가 보인다.

아버지가, 미안하다

소작농 출신, 공장 노동자들 세상이 된 것 같다. 이들에게 착취 없고 계급 없는 사회라는 사상은 물 먹인 습자지처럼 온몸으로 스며들어 피가 되고 뼈가 되고 든든한 방패막이 피부가 된다. 이 고마움은 모두 어버이 수령에게 돌아간다. 충성, 효성, 은덕의 나라가 되고 있다.

땅 가진 지주 집안 출신에 해외유학파인 명근은 교육받고 깨우치고 이 배운 것을 민중에게 전달하고자 했다. 이들을 지도 계몽하여 다 같이 잘 먹고 잘 사는 공산 혁명을 이루고자 했다. 그러나 그의 정치적 입지는 신의주 도서관장을 마지막으로 막을 내린다. 1957년 8월 이후 그의 종적은 묘연해진다.

"그 사람이, 그럴 사람이 아닌데…."

성칠의 사망 일주일 후에 열린 고위 간부급 회의에서 그에 대한 비판이 쏟아져 나오자 뒤돌아서서 한마디 혼잣말을 했다. 벽에도 눈과 귀가 있었는지 한 달 후 명근은 중앙 정치무대를 떠나야 했다. 무엇보다도 성칠은 북한에서 만만한 상대가 아니었다.

"나는 독립운동을 하다가 일경에 체포되어 몇 번이나 옥살이를 했다. 온갖 혹형을 다 받다가 도망쳐 중국으로 갔다. 중국에서 온몸을 던져 혁명가의 길을 걸었다. 너희들이 한 것은 무엇이냐? 지금 누굴 영웅이라 하는 것이냐?"

해방 후 북조선으로 귀국한 성칠은 1946년 간부연수회에서 웃통을 벗어젖히며 호통을 쳤었다. 중국 팔로군 출신도 소련을 등에 업은 혁명가들에 비해 아무런 힘을 발휘하지 못했다. 중국 공산당 출신 십여 명은 세력이 없었다. 새로운 조선 건설을 하고자 하는 의욕이 넘쳤으나 그 기회가 주어지지 않았다.

한국전쟁 중에 일어난 불행한 사건도 그를 궁지로 몰았다. 전쟁 막바지 무렵, 전투가 잠시 소강상태이자 총기소제를 하던 부하 직원과 말을 섞은 일이 오발사고로 이어졌다. 원래 명랑하고 활달한 언행에 장난기가 많던 그다.

"이봐, 열심히 총기소제만 하는 게 다가 아냐. 총을 잡으면 백발백중이어야지, 나를 봐. 한 번도 목표물을 놓친 적이 없지. 이리 줘 봐, 내가 시범을 보여주지."

성칠은 총기를 닦던 부하에게서 총을 받아 당연히 총알이 없는 총인 줄 알고 장난으로 방아쇠를 당겼다. 그런데 누구의 실수인지 그 총에 총알이 들어있었다. 그만 앞에 있던 병사가 그 총에 맞아 즉사하고 말았다. 전쟁 중에 얼마든지 묻힐 수 있는 사건이지만 전쟁이 끝나자 당은 그에게 책임을 물었다.

성칠에게는 나이 40이 넘어서 광저우에서 만난 중국 여성과의 사이에 아들이 하나 있었다고 했다. 가족을 두고 혼자 평양으로 온 지 여섯

해 후에 생을 마감한 그는 다시는 아내도 아들도 만나지 못했다.

경북 경주의 대갓집 아들이던 그는 3·1만세 운동 후 상해로 왔지만 고향의 선친은 동경 유학 중인 줄 알았다. 도쿄로 우편환을 송금했지만 수취인 불명으로 반송된 일도 있었다. 그러다가 중국으로 망명하여 독립운동을 한 것이 알려지자 해방 전까지 그의 집안은 요시찰 대상이 되었다.

'왜 하필 압록강 철교였을까? 스스로 목숨을 버리기로 한 순간, 중국에서 혁명가로 고군분투하던 그날이 그리웠던 건가?'

서울에서 평양, 신의주를 거쳐 압록강 철교를 지나면 중국이었다. 독립운동가들은 압록강 철교를 지나 중국 땅 안동에서 상해로 남경으로, 혹은 안동-봉천 열차를 타고 만주로 갔다. 소련 땅으로도 갔다. 하얼빈으로, 시베리아로 이르쿠츠크로 모스크바로 갔다.

중국과 국경을 이루고 서해로 흘러드는 압록강은 한반도에서 가장 긴 강이다. 그 위에 세워진 철교는 강건한 남성미에 근육질로 잘생긴 남성미가 넘치는 모습이다. 해방 전에 압록강 철교가 복선 철교로 새로 개통되었다.

한국전쟁이 일어나고 그해 중공군이 참여하자 미군은 며칠 동안 폭격을 했고 결국 철교가 끊어졌다. 부서진 단선 철교의 끝에 선 성칠, 그에게 높고 위험한 교각을 타고 올라가는 것은 일도 아니었다. 온갖 전장을 다 거친 그는 험난한 다리와 계곡, 산악을 다람쥐처럼 쉽게 기어오르내리는 민첩성과 재바른 몸을 타고났다.

파괴된 철교의 가장 높은 교각 위에 올라가 유유히 흐르는 압록강을 내려 보다가 멀리 중국 안동 방향으로 시선을 돌려 한참을 바라보더니 이윽고, 한 마리 날렵한 물고기처럼 물속으로 낙하한 그. 세상과의 인연을 미련 없이 끊어냈다.

명근은 조선인민공화국 고위급 지도자 성칠이 죽음의 장소로 택한 곳이 하필 압록강인 것이, 마음이 애달프다. 독립운동가들이 조선을 떠나 중국으로, 소련으로 망명하던 길목의 압록강. 끊어진 철교는 한반도의 비극을 피부로 보여주는 곳이다.

'이 사람아, 차라리 중국으로 돌아가지 그랬나.'

성칠은 명근의 머릿속에만 있고 그의 존재에 대한 그리움을 발설할 수 없다. 명근은 점차 말수가 적어진다. 간부급 회의다, 당원 모임이다, 밤마다 열리는 행사에 무대 위 연사들이 열변을 토하면 열심히 듣고 남들처럼 손바닥이 아프도록 박수를 쳐대는 기계가 된다. 그러다가 신의주로 발령받았다. 그는 더 이상 평양 정치무대에서 쓸모가 없었다.

그는 차라리 다행이다 싶다. 평양에서 멀리 떨어진 신의주 근무가 좋다. 정치 바람에 휩쓸리지 않고 책을 가까이 할 수 있으니 더 이상 바랄 바가 없다. 하지만 다시 일제치하 감옥에서 생긴 위장병이 재발한다. 그래도 삭막한 명근의 노후에 온기가 도는 일이 생긴다.

하룻밤 첫정을 나눈 뒤로 명근을 오매불망 그리던 동기 소희가 기어코 삼팔선을 넘어온 것이다. 한국전쟁이 휴전되기 직전 젊은 남자들도 오가기 힘든 삼팔선이었다. 가지고 있던 패물을 모두 뱃사공에게 내주고 배를 타고 강을 건너 산을 넘어 그를 찾아왔다.

"그동안 잘 지내셨는지요?"

"아니, 여기가 어디라고?"

도서관에서 일을 마친 여름 저녁, 명근 앞에 허름한 옷을 입은 한 여자가 나타난다. 분결처럼 곱던 피부가 시커멓고 거칠게 되고 다 낡은 무명 치마저고리를 입은 그녀가 누군지 몰랐다. 낮고 조용한 목소리를 듣고서야 명근은 소희를 알아본다.

경성 한복판 명월관에서 날리던 기생 소희다. 입성은 초라하지만 말소리며 고운 자태는 여전하다. 명근은 비록 홀아비지만 소희와의 동거가 적절한 일인지 알 수 없다. 그런데 앞장 서 같이 살 집을 구해주고 살림살이를 마련해 준 것은 아들 영우다.

"아버지도 혼자이신데 동무 삼아 같이 지내시지요."

어느새 북한 중간급 지도자로 성장한 영우는 결혼하여 가정을 이루었다. 30대 한창 나이로 당의 신임을 받고 있다. 명근이 몸을 사린 것은 아들의 앞날을 위해서다.

영우는 평생을 밖으로 떠돌며 독립운동을 한 아버지, 병약한 어머니가 일찍 죽은 후에도 재가를 않던 아버지, 해방된 조국에서도 늘 혼자이던 아버지가 딱했다.

'나를 찾아 이 먼 곳까지 오다니.'

명근은 소희가 대견하고 고마웠다. 함께 살면서 명근은 따뜻한 밥을 얻어먹었고 깨끗한 옷을 제대로 입을 수 있었다. 무엇보다 마음 터놓을 곳 하나 없는 명근에게 소희는 의지가 된다.

평양의 중심 무대와 멀리 떨어진 함경북도 신의주의 날씨는 춥고 맵다. 전쟁 이후 모자란 식량과 땔감은 어느 집이나 마찬가지, 도서관장이라고는 하나 겨우 입에 풀칠할 정도다. 위장병은 그를 내내 괴롭힌다.

겨우 2년을 버티고 도서관장직에서 물러나서는 1여 년 간 집에서 요양하며 몸을 추스르고 있다. 날로 쇠약해져가는 그에게 지극정성 약을 달이고 죽을 만들어 한 수저라도 더 먹이려는 소희, 평생 거친 잠자리에 익숙하던 명근은 뒤늦게나마 제대로 된 잠자리에 따뜻한 밥을 먹고 있다.

매서운 추위의 겨울이 지나고 드디어 봄이 오려는지 창밖 메마른 나뭇가지에서 새파란 싹이 하나둘 솟아난다. 소희는 명근이 의자에 앉아 마루 유리창 너머 물오르는 나무를 보게 해준다. 생명이 움트는 풍경은 소소하지만 경이롭다.

유리창으로 들어오는 오후의 따뜻한 햇살에 그는 기분이 명랑해진다. 이날만은 위장을 쑤시는 듯한 고통이 없다. 위가 편안하니 명근의 생각도 자유로워진다.

"소나무 우거진 산골짜기 냇가에/ 지팡이를 짚고 홀로 거닐다 문득 멈추니/ 해어진 옷에서 구름이 일고/ 대나무 무성한 창문 아래에/ 책을 베개 삼아 편히 누워 졸다/ 문득 깨어나니 낡은 담요에 달빛이 스며드네."

'채근담의 한 구절처럼, 진작에 이렇게 살았으면 좋았을 걸' 하는 명근이다. '신산한 삶이었지만 그래도 아름다웠던 순간은 있었겠지' 하며 자신의 삶을 돌아본다.

휘문 전문학교 시절, 일본 천황 생일에 나눠준 일장기를 화장실에 넣어버렸지만 용케 발각되지 않고 버티면서 3월 1일 만세운동을 준비했지. 일경을 피해서 중국으로, 다시 남경으로 갔지. 남경은 중국에서 가장 혁명의 열기가 뜨거웠어.

"집단 가입하라, 모임에 나가라."
"미워해라, 죽여야 한다."
"찬성 박수를 쳐라. 손이 아프도록 두 손바닥을 쳐라."
붉은 깃발을 든 대열, '혁명에 바치는 전사들의 고귀한 피'를 요구하는 시대였어.

밤마다 공산주의 이론을 공부하는 모임이 활발히 이뤄지고 한번 머리에 들어온 사상은 주위 사람들에게 곧바로 파문처럼 번져나갔어. 그 시절, 조선인들은 식민지의 슬프고도 기구한 삶을 벗어나고 싶어들 했어. 혁명의 여파는 엄청났지.

60평생, 아내에게 지아비 노릇 한 번 제대로 못한 것이 늘 미안했어. 남경 시절을 함께 보낸 비설은 내 청춘을 송두리째 가져가고 말았지. 전쟁 중에 경숙이 국군 간호장교로 내 앞에 나타난 것은 정말 놀라웠어. 위생병 완장을 찬 인민군인인 나, 국군간호장교 복장을 한 그녀와의 해후, 포성이 멈춘 날, 적십자정신에 따라 약과 붕대를 나누던, 참으로 절묘한 타이밍 때 짧은 대화를 나누었지.

"신문지상을 통해 명근 씨의 활동상은 종종 읽었어요. 이렇게 만났군요. 잠시 붕대와 의약품을 나누는 이 순간, 아군도 적도 아니지만 전투가 재개되면 다시 적으로 돌아가네요."

경숙은 의약품을 챙겨 막사로 돌아오려던 명근의 등 뒤에 대고 비장한 목소리로 말했다.

"그림과 클래식 음악을 좋아하는 명근씨! 사회주의가 당신에게 맞는 옷인가요? 나는 곧 미국행 비행기를 탑니다. 같이 가시지요!"

경숙의 말이 화살처럼 쏜살같이 날아와 꽂혀 멈칫했던 명근, 그는 뒤도 돌아보지 않고 막사로 돌아왔다. 막사 안에는 계속되는 전쟁에의 공포와 허기로 지쳐있는 병사들이 허깨비 같은 표정으로 명근을 바라보았다.

'경숙과 전쟁 전에 만났더라면, 아니 그때라도 미국에 갔으면 내 삶이 달라졌을까? 이국땅에서 사상과 상관없이 살고 있을까? 또 그곳은 내게 맞는 옷이었을까?'

이데올로기는 무엇인가, 도대체 무엇이기에 이 땅의 사람들을 수없이 죽게 했는가. 한민족은 남을 지배해 본 적이 없다. 과거부터 지금까지 단 한 번이라도 세계의 주인이 되어본 적이 없다. 그저 소박하게, 평화를 사랑하는 민족이라는 명제 아래 살아왔다.

사상도 마찬가지, 유교 성리학 모두 중국에서 건너온 것이다. 불교, 기독교, 가톨릭 모두 다른 나라에서 우리나라로 건너온 종교이다. 토착종교가 없었던 것은 아니다. 천도교나 의병은 싹부터 잘라지고 말았다. 한때 조선인 대부분이 믿었던 보천교도 일제에 의해 뿌리가 뽑혀졌다. 사회주의, 공산주의 사상은 다른 나라에서 왔다.

내 나라에서 내 주장대로, 삶의 주인으로서, 사람답게 살아보겠다고 혁명의 길에 들어섰다. 인간에 의한 인간의 착취를 막는 혁명가가 되고 싶었지. 어떤 압박, 투옥, 고문에도, 총과 칼을 앞세운 폭력 앞에서도 비굴하지 않았다.

허리띠 졸라매고 노동 투쟁에 앞장서면 소리치면 칠수록 힘이 났어. 나 스스로 택한 길이기에, 혁명은 숨 쉬는 것처럼 자연스럽게, 알게 모르게 우리 몸에 스며들어가야 한다. 피가 되고 살이 되어 자연스럽게 한 몸이 되기를 기다려야 한다. 그런데 어디서 설익고 말

앉을까?

그래도 내가 택한 나의 길, 혁명가의 길을 사랑했다. 성공이든 실패든 그게 중요한가? 내 삶은 정의롭고 당당했다. 죽을 때까지 인간으로서 존엄을 지키겠다.

명근의 사색은 끝이 없다. 그러다가 이남에 혼자 남겨진 큰딸 영이를 떠올린다. 아버지가 월북했으니, 그것도 고위층 공산주의자의 딸이니 이남 땅에서 어떤 삶을 살고 있을까? 나의 귀하디귀한 손주들은 어찌 됐을까? 내가 본 것은 어린아이 둘뿐, 그 밑의 아이들은 없을까? 더 낳았다면 몇이나 더 두었으려나?

전쟁이 나기 직전, 부산진 기차역에서 세 살배기 아들 손을 잡고 포대기에 돌잡이 손녀를 업고 선 큰딸을 마지막으로 보았지.

기차가 떠난다고, 승객들은 어서 타라고 "뿌우" 하는 기적이 울리자 억지로 나를 보고 웃던 딸아이, 그 큰 눈에서 눈물방울이 주르르 떨어졌지. 제 생각에 다시는 애비 얼굴을 못 볼 것이라고 짐작했던 것인가.

'아버지, 도대체 사상이 무엇이길래 민주주의와 공산주의 두 갈래로 나누어 보고 싶은 사람도 못보고 살아야 합니까? 아버지가 이루고자 한 세상이 이런 것입니까?'

란아, 평소 내가 하는 일은 늘 우러러보고 존경하더니 지금은 너의 투정이 들리는 듯하구나. 홀로 남은 이남에서의 삶이 힘들었니?

원래 혁명가의 삶에서 피붙이 살을 부비고 살냄새를 맡으며 산다는 것은 용납되지 않았지. 상처 없는 인생은 없다지만, 나로 인한 상처가 핍박이 되지 않았기를 바랄 뿐, 일제하에서도 늠름하게 버티며 두 동생을 잘 챙겼듯이 이남 땅에서도 잘 살아낼 거야.

곧고 바른 심성을 지닌 내 딸, 웬만한 고통에 굴하지 않고 잘 견뎌낼 거야. 이런 말을 하는 나 자신이 밉구나. 내가 아버지 노릇을 못했다. 애야.

영우도, 정이도 모두 이 아버지 곁에 왔는데 남편이 있고 가정이 있으니 그곳이 너의 살 곳이었지. 이남 땅에 혼자 두고 온 너, 북과 남은 여전히 휴전 중이고 너를 만날 기약은 없구나.

명근은 요즘 들어 자꾸 고향 마을 뒷산의 자작나무가 눈에 보인다. 나무의 모든 잎들이 햇빛에 반짝일 때 가장 빛나는 나무, 녹음 속에서 순백의 자태를 불쑥 드러내는 여름의 자작나무 숲은 한겨울 못지않은 환상적인 풍광을 보여준다. 잎이 지고 나면 자작나무는 눈부시게 흰 밑둥과 가지만으로 겨울을 난다. 은백색 나뭇가지가 빼곡한 숲으로 눈이 펑펑 내리는 날은 마음이 어찌할 바를 몰랐다.

읍내에서 볼일을 보고 늦은 밤 집으로 돌아오는 길, 달빛이 숨어든 깊은 밤, 새하얀 얇은 껍질을 몸에 두르고 어둠을 밝혀주던 자작나무, 눈 덮인 시베리아 벌판에 있어야 할 것 같은데, 영덕의 한 숲에도 은빛으로 반짝이는 무리로 나타났다. 낙엽송, 전나무, 소나무, 잣나무 틈에서 자작나무는 작은 군을 이루고 자라나 나무의 은은한 향기를 전해주곤 했다.

오늘이 월요일인지 토요일인지 알지 못한다. 곁에서 시중을 들던 소희도 양식거리를 구하러 갔는지 한참이나 보이지 않는다.

란아, 나는 무엇을 구하러 온 천하를 헤매고 다녔을까. 가족을 버리고, 종내는 장녀인 너를 버리고. 밥도 제대로 못 먹고 잠도 제대로 못 자면서 이름조차 걸소, 명이, 준식, 성태, 심지어 내게도 낯설기 짝이 없는 이름이 되어 살아야 했지, 오늘도 가명, 내일도 가명, 그렇게 일경을 피해 독립운동을 했건만, 나의 전 생애가 비밀 속에 묻혀버리고 마는구나, 이 한반도의 역사에서 내 이름은 없구나. 여러 번 죽을 고비를 넘기고, 그렇게 찾은 조국인데, 앉아서 받은 해방이라는 구나. 남과 북으로 갈리고, 피비린내 나는 전쟁을 치렀고 결국은 나를 가장 아끼고 사랑하는 너를 잃어버렸지.

란아, 네가 내 눈을 감겨주는 행운을 맞고 싶지만 허망한 꿈이구나. 우리 이승에서 다시 만나지 못했으니 저승에서는 만나자꾸나. 그때 이 아버지 붙들고 많이 원망하거라. 아버지, 왜 나만 혼자 두고 가셨나요 하고 울면 같이 붙잡고 통곡하련다. 아버지가 많이 미안하다, 란아.

석양이 내려앉는 시각, 의자에 앉아 해바라기를 하던 명근의 주름지고 거친 손이 축 늘어진다. 그의 눈앞에 칠흑 같은 장막이 내려지더니 영원히 닫혀버린다. 명근의 나이 60이다.

1장
엄마

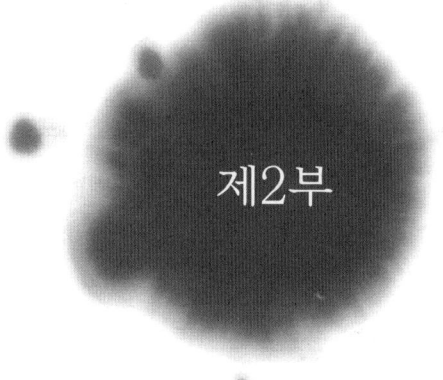

제2부

어린 시절

1960년대 초 부산 부전동.

키가 고만고만한 초등학생들이 떼를 지어 언덕을 올라가 계성중학 옆 철둑길을 지나서 광무초등학교로 갔다. 키가 제법 크고 덩치가 있는 중고등학생들은 언덕 반대방향으로 내려가 부산상고가 있는 방향으로 전차나 버스를 타러 갔다.

부전동을 가로지르는 도심 하천은 부산상고 옆으로 흘러내리다가 동천으로 합류하는데 하천 주변에도 어김없이 판잣집들이 옹기종기 모여 있다.

아이들은 골목길에 살든 하천가에 살든 모두 친구이다. 함께 뒹굴고 놀며 하루가 다르게 쑥쑥 자랐다. 밥 짓는 연기가 올라오는 저녁이면 골목마다 아이 이름을 부르는 소리가 들렸다.

철둑길 언덕 아래 나지막한 지붕이 이마를 맞대고 있는 동네 중심가에 다른 곳에 비해 넓은 공터가 있다. 온 동네 아이들은 이곳에 모여 놀았다. 술래잡기, 고무줄놀이, 오재미놀이, 소꿉놀이, 공기놀이, 팽이 돌리기, 말타기, 사시사철 어떤 놀이라도 함께했다.

아이들의 놀이터 바로 아랫마을에 교사 가족들이 모여 사는 사택이 보였다. 집 모양이 똑같다 보니 주소보다는 '양선생집', '김선생집'으로 불리는데 집 입구마다 작은 텃밭이 있었다.
이 사택에 사는 누군가가 매일 오후 네 시가 되면 바이올린을 켰다.
"저 봐라, 소리 들리제? 박선생집에서 나는 소리 아이가?"
"음악선생이 직접 딸한테 가르친다카더라."
"지금 소리가 안 들리는 것 보니 뭐 먹으러 갔는갑다. 봐라. 또 들린다."
그 시절에 바이올린이라니, 이상하고 신비하고 묘했다. 동네 사람들은 발음조차 낯선 바이올린의 가늘고 애틋하고 간지럽기도 한 소리를 듣느라 다들 침묵했다. 사택지대는 동네의 다른 집들보다 지대가 낮고 터가 넓다 보니 이곳에서는 하늘이 더 높고 휑하니 비어 보이는 날도 있었다. 지유네 집은 철둑길 아래와 부산상고의 중간 지점에 있었다.
여섯 살짜리 이지유는 하루하루가 즐겁기만 했다. 아침 수저만 던져버리면 문밖으로 뛰쳐나가 또래 친구들과 온 동네를 누비며 저녁 해가 지기 전까지 밖에서 살았다. 큰길가에 가서 노는 날은 점심 먹는 것도 잊어버렸다.
"유야, 밥 먹어라!"
"유야, 엄마가 부른다."
학교에서 돌아온 언니, 오빠가 저녁을 먹으라고 몇 번이나 찾으러 나와서야 흙투성이 손발에 꼬질꼬질해진 몰골로 집으로 들어갔다.
해방 후 온 세상이 좌익과 우익의 다툼으로 세상이 시끄러워도 지유의 아버지 경석은 정치에 관심이 없었다. 이경석은 한국 최초의 공립학교이며 순수민족 자본으로 설립된 부산상고의 영어교사였다.

곤히 자던 지유 아기는 스르르 눈이 떠졌다. 안방 아랫목이 있는 벽에 기다란 마름모꼴 유리창이 있고 그곳으로 오렌지빛 햇살이 새어 들어와 방안을 환히 밝히고 있었다. 노란 방바닥을 비추고 반사된 오렌지빛은 포대기에 쌓인 아기의 몸을 포근하게 감쌌다.

통통한 젖을 양손에 부여잡고 배부르게 젖을 먹은 아기가 잠이 푹 드는 것을 본 엄마는 아기를 방바닥에 누이고 밖으로 나갔다. 아기는 잠을 깼지만 밀렸던 집안일을 하는지 한참이 되어도 엄마의 다정한 목소리가 들리지 않았다.

아기는 그 적막한 고요가 심심하긴 하지만 그렇다고 울지 않았다. 눈을 말똥말똥 뜬 아기는 마름모꼴 유리창으로 들어오는 빛이 조금씩 옆으로 가는 것을 보았다.

'이상하네, 뭔가 움직이네.'

아기가 변하는 세상을 인식한 첫 순간에도 시간이 흘렀다.

빈방에서 혼자 눈을 뜨고 보니 온 세상이 조용하던 기억, 깨어나서 한참 동안 혼자 있으면서 시간을 따라 빛이 움직이는 것을 가만히 바라보았던 그날, 아기는 성장하면서 그 순간을 오래 기억했다.

파란 나무 대문이 있는 그 집. 처음엔 새파란 색이었을 대문은 오랜 세월 비바람에 낡고 바래어 허옇게 보였다. 여전히 동네사람들은 '파란대문집'으로 불렀다.

그 파란대문을 밀고 들어서면 왼쪽부터 오른쪽으로 기다란 유리문이 주르륵 달린 대청마루가 보였다. 그 마루 뒤로 큰방, 작은방, 부엌이 일렬로 서 있는데 방 둘, 마루, 부엌 한 칸의 단순하고 평범한 구도였다.

커다란 방에는 아버지가 벽쪽에 그 옆에 엄마, 여섯째 지민, 다섯째 지유, 넷째 지수, 둘째 지우가 다른 쪽 벽을 보고 누워서 잠을 잤다. 작은방은 아들들의 방으로 첫째 지국과 셋째 지영이 나란히 누워 잠을 잤다. 방 앞에는 마루 밑이 높고 깊은 대청마루가 있는데 외기를 차단하는 유리문이 있어도 한겨울 매서운 추위는 동지 팥죽을 얼어붙게 했다.

잠을 자다가 오줌을 누러 마루에 놓인 요강을 찾아 나갈 때면 마루의 냉기가 맨발바닥을 통해 온몸으로 써늘하게 올라왔다. 막 방안의 따스한 잠자리를 벗어난 몸은 찌르르 전류가 통한 듯 떨렸다.

새벽이 희미한 빛으로 밝아오는 시각이면 꼭 오줌이 마려웠다. 아직 잠에 취한 채 내복바람으로 방문을 열고 나와 요강 위에 앉았다. 덜덜 떨면서 쪼르르 오줌을 누고 입이 찢어지게 하품도 했다. 따악 벌린 입이 채 닫히기도 전에 마루 한쪽에서 커다란 대나무 소쿠리를 뒤집어쓴 사물을 마주칠 때가 있었다.

얼른 바지를 올리고 다가가서 소쿠리를 열어보면 전날 동짓날 저녁으로 먹고 남은 팥죽이 새하얀 알심을 내보이며 꾸득꾸득 말라가고 있었다. 가는 손가락으로 찹쌀 알심을 파먹으면 처음엔 차갑고 딱딱한 알심이 입안에 들어가면 침이 돌아 살짝 녹아갔다. 어젯밤 배가 부르도록 실컷 팥죽을 먹었지만 밤을 지내며 어느새 배가 꺼지고 빈 위장은 굳은 새알심을 반갑게 맞아들였다.

군것질거리가 거의 없던 그 시절, 먹을 것만 보면 침샘이 맹렬하게 활동을 하니 먹고 싶은 유혹을 뿌리치지 못했다. '하나만 더, 하나만 더' 하다 보면 꺼멓고 붉그죽죽하게 말라붙은 팥죽의 거죽에는 금방 퐁퐁 구멍이 뚫렸다.

잠시 후 어둠이 가시고 아침 준비를 하러 일어난 엄마의 꾸지람이 날아왔다.

"누가 알심만 골라서 다 파먹었나?"

지유는 못들은 척 이불을 머리끝까지 뒤집어썼다. 때로 두 살 아래 남동생과 공모자의 웃음을 키득 키득 나누며 이불 속 토굴로 파고들었다.

새벽녘이면 '재첩국 사려어, 재첩국 사려어' 하는 소리가 잠을 깨우기도 했다. 멀리서 아득히 들리던 소리가 점점 가까이 들려오면 엄마는 가끔 '이보이소' 하고 커다란 대야를 머리에 인 아주머니를 불러 세웠다.

온 동네를 고함치고 다니던 재첩국 아주머니는 가쁜 숨을 몰아쉬며 엄마의 도움으로 커다란 대야를 머리 위에서 마루로 내렸다. 아기의 손톱처럼 귀엽고 통통한 재첩이 동동 떠있는 국물에서는 비릿하고도 신선한 냄새가 코에 쑥 들어와 저절로 입맛을 다시게 만들었다.

아침상에 놓인 뽀얀 우윳빛 국물 위로 잘게 썬 초록빛 부추가 떠 있는 국이 그렇게 달 수가 없었다. 한 수저 떠서 입에 넣으면 입안이 환해지면서 시원하고도 맛있는 국물이 꼬르르 목을 타고 넘어갔다.

낮에는 "꼼장어 사려어, 꼼장어 사려어." 하며 온 골목을 휘젓고 다니는 장사치도 있었다. 엄마는 또 장어 파는 아주머니를 불러 세

왔다. 언니 오빠들과 우르르 몰려가 마루에 올려놓은 양동이 안에서 몸서리치는 검은 장어 무리를 보았다.

엄마와 흥정이 끝난 장사치가 한 손으로 꿈틀거리는 장어 한 마리의 머리를 꽉 잡고 다른 한 손으로 날카로운 칼끝을 대자마자 쭉 쭉 껍질이 벗겨나갔다. '쫘아악' 하자마자 붉은 핏줄이 살짝 비치는 하얀 살덩이는 토막쳐지고 새콤달콤한 고추 초장과 함께 상위에 놓여졌다. 우르르 달려들어 다들 입안으로 집어넣는데 어린 지유와 지민도 위의 형제들에게 지지 않고 무조건 입안으로 집어넣었다.

토막 쳐진 채 살아 꿈틀거리는 것이 징그럽다는 생각은 할 시간도 없었다. 순식간에 접시는 비워졌고 옆에 선 엄마는 한 토막도 먹지 못하지만 달려들어 맛있게 먹는 자식들을 흐뭇하게 쳐다보았다. 미처 씹지도 않고 꿀꺽꿀꺽 잘도 넘어간 것이 장어였던 것도 지유는 나중에야 알았다.

마루에 놓인 넓고 둥근 상위에서 온 식구가 둘러앉아 밥을 먹는데 갑자기 지유가 뒤로 벌렁 넘어가 마루바닥에 누워버렸다.

"얘 봐라, 밥 먹다 말고 자네. 유야, 밥 다 먹고 자. 입안에 밥을 물고자면 어떡해."

언니 오빠들이 뭐라건 말건 꿈나라에 빠진 셋째딸 지유, 아무리 일어나서 입안의 밥을 뱉게 하려 해도 아이는 꿈쩍도 않았다.

다음날 저녁에는 막내 지민이 밥을 입에 물고 뒤로 넘어갔다.

"방에 들어가서 자, 얼른 이불 깔아라."

"하루 종일 얼마나 뛰어놀았으면 밥도 끝까지 못 먹어."

때로 이쪽에서 쾅, 저쪽에서 쾅, 지유와 지민은 간발의 차이를 두고 뒤로 넘어져 잠이 들었다. 엄마와 언니, 오빠는 어처구니없다는 듯 동시에 허허 웃었다. 밥을 먹다 말고 종종 이런 소란이 일어났다. 다 같이 한집에 살면서 둥근 밥상에 둘러앉아 밥을 먹을 수 있고, 반찬이 있든 없든 배를 채우는 그 순간은 행복하면서 숭고하기까지 했다.

버스가 다니는 큰길로 나가면 도로 건너편에 경석이 근무하는 학교가 있었다. 아버지가 일요당직을 하는 날이면 지유와 지민은 도시락 심부름을 갔다. 엄마가 정성껏 싸준 도시락 보따리를 들고 교무실로 가려면 정문이 멀리 있어 한참을 돌아가야 했다. 큰길을 건너자마자 철조망으로 된 울타리가 있었다.

아이들이 넘나들 수 있는 개구멍은 어디나 있기 마련, 어린 남매는 그 구멍으로 들어가 교무실로 들어갔다. 아이들이 온 줄도 모르고 고개 숙여 서류 정리를 하는 아버지 뒤에서 '으헝' 하고 소리를 지르면 깜짝 놀란 아버지는 '이놈들이!' 하고는 활짝 웃었다.

"정문으로 돌아오라카이, 벌써 온 게 수상타, 다시는 개구멍으로 오지마래이."

아버지의 꾸지람은 건성으로 듣는 둥 마는 둥 그저 아버지의 밝고 환한 웃음이 좋아서 남매는 번번이 장난을 쳤다.

파란대문 집에서 구불구불한 골목길을 올라가면 기차가 다니는 철길이 나왔다. 철로에는 여름철이면 강렬한 햇빛 아래 타는 듯 붉은 샐비어가 지천으로 피어났고 그 건너편에 중학교가 있었다.

부산 시내의 중학교 진학 시험을 앞둔 동네의 언니 오빠들이 주말이면 체력 연습을 하러 가는 곳이었다. 모래가 깔린 철봉대가 있는 운동장에 가자면 정문은 길을 한참 돌아가야 했다. 하지만 동네 개구쟁이들은 여기도 개구멍을 만들었다.

둥치 넓은 나무 사이로 얼기설기 쳐진 철조망을 뚫어 사람 한 사람이 들어갈 만한 공간을 만드는 것은 일도 아니었다. 동네어른들도 운동을 하러 들락날락하니 나중에는 그 구멍이 점점 넓어져 아예 그곳이 넓직한 출입구가 되었다. 학교 측에서 몇 번이고 다시 철조망을 얼기설기 엮어 개구멍을 막아 놓지만 얼마 후에는 다시 또 한 사람이 들어갈 만한 구멍이 뚫리곤 했다.

물론 지유도 그 구멍으로 다녔다. 교정으로 들어서면 사막처럼 황량하니 넓은 운동장, 그 끝자락에 일자형으로 된 교사가 질서정연하게 조립된 사각 유리창을 온몸에 가득 달고 서 있었다. 그 거리는 어린 지유가 걸어가기에 아득해 보였다.

일요일 아침 햇살을 받아 번쩍번쩍 빛나는 유리창 많은 교사, 지유에게는 교실이 있는 건물이 너무나 멀게 보여서 근처에 갈 엄두도 못 냈다.

언니, 오빠가 체력장 연습을 하는 철봉대 옆에 있는 낮은 키의 철봉에만 매달렸다 떨어졌다 하면서 가끔 묵묵히 서있는 교사를 바라보았다. 사람의 그림자도 안 보이는 교정은 꿀 먹은 벙어리였다.

철봉에 매달려 있던 지유는 동네에 떠도는 소문을 떠올렸다. 화단 공사를 하느라고 교사 주변의 땅을 팠는데 수많은 인골이 쏟아져 나왔다고 했다. 사람들이 작은 소리로 수군대는 말에 의하면 6·25당시 떼로 파묻힌 사람들이라 했다.

지유가 일곱 살이 되던 해 정월 대보름 달밤은 유난히 밝았다. 크고 맑고 밝은 달이 뜨는 그날, 사람들은 저녁을 일찌감치 해 먹고 해가 지기 전에 서둘러 철둑길로 올라갔다. 뜨는 달을 가장 먼저 보는 사람이 그 해 재수가 좋고 가장 많은 복을 받는다는 미신을 어른들은 물론 조그만 아이들까지 믿고 있었다.

누구든지 가장 먼저 떠오르는 달을 본 사람이 "달이다." 하고 소리 지르면 그 달의 임자가 되었다. '저 달의 첫 번째 임자는 나니까 올해 나는 운수대통'이라는 것이다. 높은 언덕의 철둑에 서서 기다리면 먼 산에서 둥실 달이 떠올랐다. 서서히 높아져가는 달을 향해 사람들은 두 손을 모으고 고개 숙여 소원을 빌었다.

저마다 눈을 감고 '올해에는 더 많은 복을 주세요' 하고 비는데 동네 개구쟁이들은 그 기회를 놓치지 않았다. 살금살금 그 앞으로 발소리 죽여 다가가서는 달을 가로막고 대신 절을 받았다. 인기척에 눈 뜬 사람이 '예끼, 이 놈' 하기 전에 냅다 도망쳤다.

멀리 보이는 산 위에 쟁반처럼 둥근 달이 중천에 훤하게 떠오르고도 철둑에 와글와글 모여 선 사람들은 집에 돌아가지 않았다. 달빛 아래 서서 두런두런 이야기를 나누고 있었다. 하늘 위에 대형 전등을 켜놓았나 할 정도로 밝은 달 아래서 사람들은 시커먼 긴 그림자를 하나씩 끌고 선 채 이런저런 세상사를 털어놓았다.

부산에는 흥남이나 평양에서 월남하여 피난 왔다가 그냥 눌러앉은 사람들이 많았다. 강한 이북 사투리를 쓰는 그들은 10년 정도 고향을 떠나있는 것은 예사로 여겼다. 머잖아 고향으로 가는 길이 확 뚫려 두고 온 부모, 처자식을 만나리라 기대했다.

"잠깐 피했다 돌아올게요."

그 말을 남기고 고향의 품을 떠났으니 10년이 되기 전에는 돌아가리라고 생각했다. 원래 조국과 고향을 떠난 지 10년을 넘기지는 않는다는 미신도 믿었다. 그러나 무정한 세월은 10년을 훌쩍 넘어갔다.

북에 두고 온 엄마와 "보름달을 잊지 말고 꼭 봐라. 이 어미도 보름달이 뜨면 볼 것이다. 서로 달을 보며 이야기를 나누자."고 약속한 사람도 있었다. 달을 보며 고향에 갈 수 있기를 기원하고 가족의 안부를 달에게 묻고 자신의 말도 전하는 어른들의 숙연한 모습, 그 애절한 마음이 어린 지유에게도 전해왔다.

지유는 어쩐지 까불면 안 될 것 같아 보름달이 뜨는 날만은 함부로 뛰어다니지 않았고 다른 아이들처럼 달 대신 절을 받는 장난도 치지 않았다. 그 보름날도 지유는 지수 언니를 따라 보름달을 보러 철둑에 올랐다. 사람들은 철둑에 삼삼오오 모여 달에게 절을 한 다음 이런저런 대화를 나누고 있었다.

멀리 보이는 앞산에 둥실 떠오른 둥그렇고 탐스러운 달을 바라보던 지유는 갑자기 오줌이 마려웠다. 달을 보며 계수나무를 찾고 있는 언니를 두고 먼저 집으로 내려갔다. 대문을 열고 화장실로 가려다가 어두컴컴한 부엌 쪽에서 "흐으윽" 하는 소리에 깜짝 놀랐다. 어찌나 놀랐는지 조금 전까지 막 나오려던 오줌이 쏙 들어가 버렸다.

다들 달을 보러 가고 집안에는 아무도 없을 텐데 도둑이 들었나 하는 순간 그 소리가 낯익다 싶자 무서움이 사라졌다. 소리 나는 곳으로 살금살금 다가가서는 닫힌 부엌문 틈새로 들여다보니 뜻밖에도 엄마가 혼자 부뚜막에 앉아 소리 죽여 울고 있었다.

월남한 사람들은 북에 둔 가족을 그리워하고 멀리 떨어져 사는 가족을 떠올리며 무사 건강하기를 바라는 보름달 밤에 엄마는 혼자 있었다. 남들처럼 이산가족이라고 드러내놓고 슬퍼할 수도 없었던 거다.

컴컴한 부엌에서 남편과 자식 몰래 소리 죽여 울고 있던 엄마. 달빛 아래 엄마의 새하얀 행주치마가 빛이 났다.

"엄마는 왜 컴컴한 데서 혼자 울고 있을까?"

나이에 비해 조숙했던 지유는 모르는 척해야 할 것 같아서 엄마가 눈치채기 전에 뒤돌아서서 살금살금 대문을 빠져나왔다. 이 밤은 엄마의 숨죽인 울음소리 뒤로 큰 달이 작은 자신의 몸을 덮어 누를 듯 둥실 떠있던 것으로 기억되었다.

일 년에 두어 번, 명절이나 추석이면 엄마는 가슴을 움켜잡았다. 때로 며칠을 앓아눕기도 했다. 말없이 누워 혼자서 끙끙 앓은 다음 며칠 후면 툭툭 털고 일어나는 엄마, 속 깊은 엄마는 한 번도 속 이야기를 아이들에게 하지 않았다. 이남 땅에 단 한 점의 피붙이도 없이, 혈육에 대한 그리움을 삭히며 엄마는 긴 세월을 살아내었다.

초등학교에 들어가 한글을 배운 지유는 신이 나서 소리 높여 글을 읽었다. 목소리가 또랑또랑하고 크다고 담임선생은 언제나 지유에게 가장 먼저 국어책을 읽게 했다.

"자, 지금까지 배운 것 읽어볼 사람, 이지유! 한 번 읽어봐."

선생님은 언제나 지유를 처음 지목했다.

"뽀드득 뽀드득/ 눈을 밟으며/ 할아버지께/ 세배를 갑니다. / 뽀드득 뽀드득."

아이들은 '뽀드득 뽀드득' 하는 말이 재미있어 그 부분을 더욱 큰

소리로 읽으면서 깔깔거렸다. 너도나도 신이 나 반복해서 외웠다.

그날 지유는 집으로 돌아와 엄마에게 물었다.

"엄마, 엄마는 아버지 없어?'"

"……."

"친할아버지는 아버지의 아버지고 외할아버지는 엄마의 아버지라는데 친할아버지는 시골에 살다 돌아가셨고 우리 외할아버지는 어디 있어?"

"……."

"외할아버지 살았어?"

"그으럼, 그으럼."

"그럼 우리도 세배 가자."

"나중에, 나아중에."

눈에 가득 물기가 돈 엄마가 울 것 같아서 지유는 더 이상 묻지 않았다. 다음날 학교에 가서 친구들과 같이 다시 '뽀드득 뽀드득/ 눈을 밟으며'를 읽었지만 어제처럼 신나지 않았다.

경석과 영이 사이에 장남 지국이 태어나고 그 밑으로 딸을 낳자 본가의 시아버지가 '순자'라는 이름을 지어 보냈다. 일가친척들은 아들에게는 '지'란 돌림자를 앞에 넣어 이름을 정했지만 딸들에게는 돌림자를 쓰지 않았다. 그래서 다른 집 딸들은 미숙, 미자, 순영, 영자 등으로 여성적인 예쁜 이름을 갖게 되었다.

그러나 영이는 '여자도 뚜렷한 하나의 인격을 지녔는데 왜 돌림자를 쓰면 안 되는가.' 하며 스스로 옥편을 찾아 딸들의 이름을 지어 주었다. 그래서 6남매는 아들이 지국, 지영, 지민이란 돌림자를 쓴 것처럼 딸들도 돌림자를 써서 지우, 지수, 지유라는 이름을 갖게 되었다. 그래서 딸들은 이름만 보면 남성인지 여성인지 알 수 없는 개성 있는 이름을 갖게 되었다.

지유가 초등학교에 입학하고 아버지는 어쩐 일인지 학교에 나가지 않고 집에 있는 날이 늘었다. 생활비를 보태고자 엄마가 일자리를 구했다. 보육학과 전공을 살려 20여 년 만에 직장을 구했고 부산 시내와 송도, 영도에 있는 유치원을 3개월씩, 6개월씩 옮겨가며 교사로 일했다.

아버지는 학교에서 영어, 기하, 상업 등 모든 과목을 두루 가르치는 전천후 교사였는데 어이없게도 역사 한 과목만 가르치는 시간제 교사가 되었다. 아버지는 그때부터 동료 교사들과 어울려 하루도 빠짐없이 술에 절어 파김치가 된 채 귀가했다.

엄마, 아버지가 맞벌이를 하다 보니 지유의 초등학교 입학식에 올 수가 없었다. 지유는 집안 살림을 도와주던 먼 친척 영순언니의 손을 잡고 학교에 갔다. 엄마가 막내 지민을 데리고 유치원에 일하러 가고 나면 지수와 지유는 영순언니가 학교에 데려다 주었다.

지유도 남들처럼 예쁘게 차려입은 엄마의 손을 잡고 학교에 가고 싶지만 엄마는 일을 해야 했다. 유치원 시간 강사 자리가 나면 어디든 달려가야 했다.

지유는 초등학교에 입학한 지 얼마 안 되어 홍역을 호되게 앓았다. 병이 나을 즈음, 감기와 급체가 잇달아 걸리면서 한 달이나 학교를 쉬었다. 열이 펄펄 끓는 지유의 이마에 아침, 저녁으로 때론 밤새도록 차가운 물수건을 대주며 한숨 쉬던 엄마, 그래도 직장을 쉴 형편이 못되니 아픈 지유를 영순언니가 돌봐주었다. 엄마의 밤낮 없는 노동은 6남매가 있는 가정에 쌀과 보리로, 푸성귀로 돌아왔다.

어느 날, 유치원에서 급히 돌아온 엄마는 환한 얼굴로 자리에 누운 지유에게 다가오더니 품안에서 초록색 물통을 하나 꺼내었다. 밝은 초록색 물병은 얼마나 깜찍하고 예쁜지, 오랜 병으로 힘이 없어서 종일 누워있던 지유는 자리에서 벌떡 일어났다.

"엄마, 이거 내 거야? 정말 내 거야? 엄마가 사왔어?"

좋아서 펄쩍펄쩍 뛰는 지유는 자신이 세상에서 가장 진귀한 보물을 손에 쥐고 있다 싶었다.

"엄마, 나 이제 안 아파, 다 나았어."

핏기 없이 창백한 얼굴로 초록색 물병을 품안에 안고 좋아서 어쩔 줄 모르는 어린 딸, 엄마도 흐뭇하여 빙그레 웃었다.

유치원 원생들에게 선물로 주고 남은 물병 하나, 엄마는 학교도 못 가고 집에서 앓고 있는 셋째 딸에게 주려고 갖고 온 것이다. 그 빛나는 물병을 볼에 대어보고 손으로 쓸어보고 거꾸로 뒤집어보고 좋아서 어쩔 줄 몰라 하던 기쁨은 얼마 후 산산조각 났다.

그날 한 아이가 결석한 것을 엄마는 미처 생각 못한 것이다.

잠시 후 집으로 그 아이가 덩치 큰 자기 아버지의 손을 잡고 물통을 찾으러 왔다. 같은 유치원에 다니는 옆집 아이에게 이날 원생들에게 물통을 나눠주었다는 말을 듣고 받으러 온 것이다. 유치원에 일주일 동안 나오지 않던 아이가, 유치원을 그만두려던 아이가, 그날로 자기 것을 찾겠다며 굳이 교사의 집으로 왔다.

엄마는 지유에게 똑같은 것을 사줄 테니 저 아이에게 주라고 했다. 지유는 절대로 뺏기지 않으려고 품안에 감추었다. 엄마는 울상이 되어버린 어린 딸을 달래고 또 달래며 진땀을 뺐었다.

한참을 엄마와 실갱이 하던 지유는 어쩔 줄 몰라 하는 엄마가 안쓰러워 보여 물통을 건네주고 말았다. 잠시 품에 들어온 무지개처럼, 환상적으로 작고 예쁜 초록색 물통, 그 선명하게 빛나는 보물을 속절없이 돌려주고만 지유는 대성통곡했다. 엄마는 유치원 아이를 돌려보낸 후 다시 어린 딸을 달래느라 쩔쩔매었다.

그 며칠 후 아버지는 앓고 누운 딸을 위해 한국전래동화책 한 질을 사갖고 퇴근했다.

"유야!"

아버지는 열두 권의 동화책을 한 아름 안고 대문간에서부터 이지유의 이름을 큰소리로 불렀다. 잠 속에 빠졌다가 깨어난 지유는 눈 앞에 벌어진 일이 믿어지지 않았다.

'내가 지금 꿈을 꾸고 있는가?'

생전 처음 받아보는 동화책 선물에 입이 함박만 하게 벌어졌다. 알록달록한 겉장을 넘기자 재미있는 그림과 이야기가 가득 실려 있다. 호랑이와 곶감, 놀부와 흥부, 나뭇꾼과 선녀 등등, 잠도 안자고 열두 권의 동화책을 보고 또 보는 어린 딸을 엄마와 아버지는 흐뭇하게 쳐다보고 있었다.

오랜 세월이 지난 후 지유는 생각했다.

'아픈 딸아이가 잠자면서도 끌어안고 자던 책 한 권이 훗날 인생의 고비 고비마다 상처를 다독여주고 마음에 위안을 줄 것이라는 것을 그때 아버지, 엄마는 짐작이나 했을까?'

외출복 차림으로 급히 방을 나선 엄마는 마루 밑 돌담으로 내려서더니 땅바닥에 놓인 신발을 주워 올렸다. 연한 베이지색 비닐 단화의 밑바닥이 시커멓게 반으로 갈라진 것을 한참이나 들여다보는 엄마의 눈길은 검고도 깊었다.

'위는 멀쩡하니 남들 눈에는 괜찮아.'

엄마는 작은 목소리로 말하더니 그 신을 신고 집을 나섰다. 바닥이 찢어진 신발을 신고 유치원에 나가 아이들을 가르치던 엄마, 부산 시내 외에도 멀리 영도의 대평유치원, 송도의 중앙유치원으로도 일을 다녔다.

부산직할시 승격기념으로 부산탑이 세워지고 그 밑으로 전차가 다녔다. 서면을 출발하여 사직운동장, 영도, 동래 온천장까지 3개 구간으로 다니는데 엄마는 한 시간 걸리는 영도 가는 전차를 타고 다녔다. 통근 시간이 아무리 오래 걸려도 이곳저곳에서 교사 생활을 하던 엄마는 지유가 3학년이 되면서 집안에 들어앉았다.

'엄마는 왜 그렇게 자주 직장을 옮겨야 했을까, 또 절대로 놓지 않을 것 같은 교사직을 어느 날 갑자기 물러나야 했을까.'

이 역시 나중에야 알았다. 유치원 학부모들이 수군대는 말 때문이었다.

"교사가 너무 늙었어."

"교육방식이 구식이야."

유치원 교사를 그만둔 이후 엄마는 어둠이 묵직하게 내려앉은 저녁때 종종 모습이 보이지 않았다. 밥 해주는 엄마가 없으니 다들 배를 쫄쫄 굶고 있으면 저 멀리서 쌀자루를 머리에 이고 집으로 총총 돌아오는 엄마가 보였다.

하루 종일 엄마가 안 보이고 밤늦게까지 돌아오지 않으면 지유와 지민은 잠자지 않고 엄마를 기다렸다. 언니 오빠가 아무리 이부자리 위에서 잠을 자라고 해도 말을 안 듣고 차가운 마루에 꼬박 앉아서 엄마를 기다렸다. 앉아서 기다리다가 깜빡 잠이 들었다가 가까이 다가오는 엄마, 그 엄마의 냄새는 얼마나 반가웠는지, 피로함이 묻힌 단내조차 향긋했다.

부부는 아무리 생활이 곤궁해져도 아이들이 공부를 잘해 명문 중고에 척척 붙으니 그 시절을 버틸 수 있었다. 아침이면 까만 교복에 모표가 달린 모자를 단정히 쓰고 집을 나서는 아들들, 하얀 칼라가 감색 교복 위에 깃발처럼 나부끼는 차림의 큰딸, 버스를 타러 큰길로 내려가는 삼남매를 바라보는 엄마의 표정은 평화로웠다.

멀리 언니, 오빠들이 사라질 때까지 문밖에 나와 서서 바라보는 엄마, 물 준 콩나물처럼 하루가 다르게 쑥쑥 자라나는 총명한 아이들은 엄마의 보람이고 희망이었다.

유리창이 유달리 많았던 파란대문 집, 바람이 세게 불면 마루의 유리문이 덜컥덜컥 위태롭게 흔들렸다. 철둑 밑 동네라 기차가 덜컹거리고 지나가는 소리가 제법 크게 들려오는 때도 있었다. 아버지는 머리맡의 물그릇이 쩍쩍 얼어붙을 정도로 추운 밤을 지낸 아침이면 늘 혀를 차며 걱정했다.

'다리 밑 거지들, 다 얼어 죽었겠다.'

먹고 사는 것이 다 같이 어려웠던 시절, 저녁이 되면 문둥이(한센

병 환자)와 거지들이 밥을 얻으러 왔다. 아무리 쌀 살 돈을 빌려서 밥을 지었어도 엄마는 동냥 온 이에게 밥 한 숟가락이라도 들려 보냈지 결코 빈 바가지로 보내지 않았다. 밥이 부족하면 엄마의 밥을 덜어서라도 바가지를 채워주었다.

"장독대 위에 말리려고 널어놓은 고추를 도둑맞았어."
"빨래해 놓은 것을 다 걷어갔지 뭐야."
"고추장 단지를 항아리째 들고 갔네."

동네사람들은 모이기만 하면 이런 말들을 수군거렸다. 입에 들어가고 몸에 걸칠 것이 아쉽고 없던 시절이다 보니 아무리 하찮은 것이라도 보는 이만 없으면 훔쳐가곤 했다.

엄마는 유치원 교사를 그만 두고도 한시도 놀지 않았다. 살림 하는 틈틈이 부잣집 부인들의 스웨터를 주문받아 떠주고 품삯을 받았다. 엄마는 마술쟁이처럼 뚝딱 옷을 만들어냈다. 빨강, 노랑, 초록, 파랑 여러 가지 색상의 실을 한 번씩 섞어서 알록달록하게 뜨거나 초록색이나 고동색 한가지로 스웨터를 만들었다. 보기만 해도 폭신하니 온몸이 따스해지는 스웨터가 완성되면 양쪽에 달린 주머니 위에 밑바탕과 조화되는 다른 색실로 수를 놓았.

빨간 실이나 노란 실이 꿰인, 코가 굵은 바늘을 쥔 엄마 손이 잠깐만 움직이면 새가 한 마리 빨간 부리를 한 채 불쑥 날아오르고 병아리 한 마리가 쫑쫑거리며 걷고 꽃 한 송이가 활짝 피어났다.

지유는 완성된 스웨터를 싼 헝겊 보따리를 든 엄마와 두어 번 윗동네 부잣집에 간 적이 있었다. 지유네집과 5분 거리인데 그 동네의 집들은 대문이 높고 사람을 찾으면 안에서 금방 나오지를 않았다.

어떤 집은 드물게도 "딩동" 환상적인 소리가 나는 초인종을 달기도 했다. 동네 개구쟁이들은 일부러 그 소리를 들어보려고 딩동 초인종을 누르고 안에서 "누구세요?" 하는 말이 들리면 얼른 도망가는 장난을 치곤 했다.

아이들은 그 장난이 참으로 고소한 재미거리였지만 지유는 감히 남의 집 초인종을 눌러볼 생각을 못했다. 동네 친구들에게 이끌려 멀리서 그 장난을 지켜보다가 사람이 나오는 기척이 들리면 열심히 도망갈 뿐이었다.

하루는 저녁때가 다되어 스웨터가 완성되었다. 화장실 가고 싶은 것도 참아가면서 꼬박 한 자리에 앉아서 손뜨개질을 완성한 엄마는 지유에게 심부름을 시켰다. 한 푼이라도 한시가 급하니 얼른 스웨터를 주문한 집에 가져다주고 품삯을 받아야 했다. 그런데 아이들이 학교에서 돌아올 시간이 되니 엄마는 급히 저녁도 지어야 했다.

"혼자 갈 수 있지? 그 집에 가면 남선생님 사모님 찾은 다음 인사부터 얌전하게 잘하고 '엄마 심부름 왔습니다' 말한 후에 스웨터를 전해 드려라. 이제 다 컸으니 잘할 수 있을 거야. 유야는 착한 아이지?"

엄마의 칭찬에 우쭐해진 지유는 "한 눈 팔지 말고 곧장 가서 보따리만 전하고 오너라."는 말을 귓전에 달고 쪼르르 달려 나갔다. 갓 완성한 스웨터 보따리를 안은 지유는 마구 뛰어갔다. 얼른 심부름 다녀와서 엄마의 칭찬이 듣고 싶었다.

얼마나 빨리 뛰어갔는지 금방 집 골목을 지나고 남선생댁이 있는 부자 동네로 가는 길로 들어섰다. 그때 옆 골목에서 갑자기 머리를 틀어 올린 키 큰 한 여자가 뛰어나오더니 팔을 꽉 잡았다. 깜짝 놀라 뛰던 발걸음을 멈춘 지유에게 다정하게 인사하는 그녀.
 "어디 가니? 오랜만이구나."
 멍하니 서 있는 지유에게 반색하는 여자의 얼굴이 낯설었다.
 "나, 이모야? 이모 모르겠니? 왜 너희 집에 갔었잖아. 인사를 해 놓고도 기억이 안 나는 모양이구나. 이모가 바빠서 오랫동안 못 갔더니 그새 잊어버린 모양이구나."
 '이모, 이모라니? 내게 이모가 있었다니?'
 이모라는 말이 너무 좋아서 지유는 자신도 모르게 입이 벙싯 벌어졌다.
 "이모가 옆에 있었으면 얼마나 좋겠니? 조카라고 얼마나 잘해 줄 텐데. 네 이모가 참 착했는데…."
 엄마가 언젠가 한탄하며 흘린 말이 기억 난 것이다.
 '이 여자가 내 이모야? 이모가, 내게 다정하게 잘해줄 그 이모가 지금 나타난 것이다. 어린 나를 기억하고 이렇게 호들갑 떨며 반가워하니 정말 이모는 이모인가 보다.'
 "그동안 이모가 멀리 가 있어서 너네 집에 자주 못 왔어. 그래. 이제, 이모가 가까운 곳으로 이사 왔으니 우리 집에도 놀러가자. 맛있는 것도 많이 사줄께."
 '아, 정말 이모인가보다.'
 낯간지러울 정도로 곰살맞게 구는 그 여자는 다정한 목소리로 "뭐가 먹고 싶냐?"고 물었다.
 심부름 가는 집이 바로 앞에 보이는데 그 여자는 지유의 옆구리에

찰싹 달라붙어 떨어지지 않았다.

"저 앞집에 심부름 가는데요. 다 왔어요."

"그래? 이모가 맛있는 빵하고 사탕 사다 놨어. 우리 집에 잠깐만 갔다가 가자. 바로 저기야."

그 여자의 팔 힘은 셌다. 지유는 어느새 겨드랑이를 잡혀 질질 끌려가고 있었다. 심부름 가는 집의 초록색 대문을 눈앞에 보면서도 뿌리칠 수가 없었다.

머릿속에는 '저 집에 가야 하는데, 그냥 가면 안 되는데' 하면서도 한쪽 구석에서는 '이모라는데, 그 좋다는 이모라는데, 나도 애들한테 자랑거리가 생겼는데' 하는 속삭임, 또 '입에서 살살 녹는 달콤한 사탕 사다놨어, 먹으러 가자' 하는 유혹의 소리가 더 컸다.

"다 왔어. 여기만 지나면 돼. 아주 착하구나. 사탕도 주고 껌도 줄게."

여자의 힘이 얼마나 센지 어깨를 내리누르고 끌고 가니 꼼짝달싹 할 수가 없었다. 그런데 아무리 걸어도 '바로 조오기'라는 그 이모의 집은 나오지 않았다.

이미 지유는 한 번도 안 가본 낯선 동네로 들어서 있었다. 와락 무섭고 불안하여 품안에 보따리를 꼭 끌어안는데 그 여자의 표정이 싸늘하게 변했다.

"무겁지, 내가 들어줄게."

아무 말 못하고 고개만 절레절레 흔들며 보따리를 끌어안는 지유, 여자의 목소리는 더욱 살벌해졌다.

"내가 잠깐만 맡아 준다니까, 넌 여기 조금만 있어."

어느새 쏜살같이 보따리를 채갔다.

"금방 올게, 여기서 꼼짝 말고 기다려. 절대 움직이면 안 돼."

보따리를 안고 뛰어 달아나는 그녀. 허겁지겁 달려가는 여자를 멍하니 바라보며 지유는 그제야 이모라는 여자가 이상하다고 생각했다. 그래도 '사탕'과 '이모'의 유혹은 남아있었다. 그 자리에서 꼼짝 않고 기다리는데 아무리 기다려도 안 왔다. 동네는 낯설고 지나가는 사람 하나도 없이 한적한 골목이 서서히 겁이 나기 시작한 지유는 뭔가 이상하다 싶었다.

한참을 기다리니 다리가 아파오기 시작하고 지유는 그제서야 움직이기 시작했다. 낯설고 좁고 지저분한 긴 골목을 빠져나오니 송월타올 공장 간판과 시커먼 물이 흐르는 개천이 나타났다. 여기는 와본 적이 있었다. 같은 반 친구 정숙이네 집이 송월타올 공장 옆에 있었다. 더듬더듬 기억을 따라 집으로 돌아오는데 어느새 어둠이 시커멓게 깔려있다. 그새 시간은 몇 시간이 지났고 집에서는 난리가 났다.

"애가 없어졌다."

"심부름 간 아가 어디 갔노?"

혼자서 빈손으로 타박타박 걸어오는 지유를 보고 집 앞에 몰려있던 식구들이 우르르 달려와 물었다.

"와 이제 오노? 보따리는?"

겁이 나 주춤주춤 다가서는 지유, 온 동네 골목마다 지유를 찾아다니던 언니 오빠들이 걱정스레 물었다. 옆에 서있는 엄마는 빈손인 지유를 보고 모든 것을 짐작했는지 말이 없었다.

"엄마, 이모가, 이모가 잠시 맡아놓는다고, 이모 만났어."

"너한테 이모가 어디 있어?"

엄마 옆에 서있는 지우가 외치는 소리에도 지유는 머리가 잘 돌아가지 않았다.

'왜 이모가 없단 말인가. 내가 지금 만나고 오는 길인데.'

"보따리 빼앗겼구나."

지영이 한숨을 내쉬며 말했다.

"어디까지 갔는데?"

지국이 물었다.

"하천이 있었다. 물이 시커멓더라."

"완전 똥천까지 갔다왔구나."

가족들은 다들 한마디씩 하는데, 지유는 알 수가 없었다. 엄마가 왜 아무런 말을 안 하는지, 이모를 만났다는데 왜 이모 소식을 묻지 않는지 궁금했다. 지유는 속으로만 속삭였다.

'이모가 집에 놀러 오라고 했는데, 사탕도 준다고 했는데….'

그 며칠 후, 부산 일간지에 유괴 사기사건 기사가 났다. 머리를 올린 키 큰 여자가 어린이를 유괴한 뒤 입고 있는 옷이나 소지품을 빼앗아 가는 사건이 요즘 빈번히 발생하고 있으니 시민들은 그런 유사한 사건을 신고 바란다는 내용이었다.

"그 여자다. 유아한테 스웨터 보따리 빼앗아간 수법이 똑같아. 파출소에 신고하자."

신문을 읽어주며 소리치는 지영에게 엄마의 낮고 단호한 목소리가 날아왔다.

"조용히 해라."

지유네 집 뒤 큰 도로 쪽 한 귀퉁이에 파출소가 있었다. 그 파출

소의 순경은 일일이 엄마와 아버지의 동정을 체크했다. 수시로 집에 찾아오고 어딜 가면 보고를 하고 가라고 했던 것을 어린 자녀들은 몰랐다. 아이들이 들어서는 안 될 말을 하려면 엄마와 아버지는 저녁나절 집밖으로 나갔다. 파란대문집 바로 뒤 연탄공장, 그다음이 솜공장, 큰길, 동네를 빙빙 돌며 이야기를 했다.

한동안 엄마는 잃어버린 스웨터를 변상하느라 애를 먹었다. 실은 일을 맡기는 사람이 사다주고 엄마는 품을 팔았던 것인데 실을 새로 사다가 다시 스웨터를 만들어 주어야 했다. 일단 맡긴 일을 제대로 못해 신용이 없어진 엄마의 입장은 아주 난처했을 것이다. 하지만 지유는 그 이후에도 엄마에게 왜 보따리 잊어버렸니 하는 말을 단 한 번도 들은 적이 없었다.

옥수수빵과 반공웅변대회

초등학교에 다니면서 가장 신나는 날은 샛노란 옥수수빵을 타는 날이었다. 안은 눈부신 황금빛으로 노랗고 바깥은 연한 갈색으로 잘 구워진 옥수수빵은 얼마나 맛있는지 보기만 해도 입안에 침이 저절로 고였다.

매일 학급 당번이 급식부에서 타오는 옥수수빵은 별다른 과자가 없던 그 시절에 훌륭한 간식이었다. 미국의 원조품으로 만든 옥수수빵은 학급의 극빈자 가정에 일차적으로 주어졌다. 지유네 집은 극빈자 가정에서 아주 조금 벗어난 형편이었다.

극빈자 가정 다음에는 일제고사에서 시험을 잘 본 우등생들이 옥수수빵을 받았다. 지유는 어린 시절에 하루 종일 밖에서 뛰어논 기억밖에 없지만 일제고사든 학기말 시험이든 시험만 보면 늘 2등이었다. 1등부터 5등까지 담임선생이 이름을 부르면 앞으로 나가서 따스하고도 말랑말랑한 빵 한 덩이를 상으로 받았다.

하루 세 끼 밥 외에는 간식 구경을 못하는 지유에게 노란 옥수수빵은 최고의 선물이었다. 옥수수 알갱이가 입안에서 침과 섞이면서 고소한 냄새와 달착지근한 맛이 입안을 감싸면 몸에서도 향긋한 내음이 나는 것 같았다.

학급에서 공부로는 1등 해본 기억은 별로 없이 줄기차게 2등만 했지만 그림에서만은 지유가 학교 전체학년에서 최고 점수를 받았다. 겨울방학 미술 숙제는 방학동안 가장 재미있었던 일과 자기 집을 그리는 두 가지를 해가야 했다.

지유는 동네 친구들이 상고 근처에 새로 생긴 스케이트장 가본 이야기를 자랑스레 떠드는 것을 들을 때마다 그곳이 환상의 나라처럼 여겨졌다. 아이들이 스케이트를 매단 줄을 마치 훈장처럼 목에 건 채 보여주는 모습도 신기했다. 떠들썩하고 활기찬 스케이트장은 부럽지만 감히 갈 생각도 못했다.

그러나 상상은 자유, 어디든지 갈 수 있다. 사람들로 바글바글한 스케이트장에서 지유도 두툼한 겨울 점퍼에 방울 달린 털모자, 알록달록한 목도리를 두르고 장갑을 낀 채 신나게 스케이트를 지쳤.

10여 명의 아이들이 둥그런 스케이트 빙판 위를 돌면서 각자 다른 포즈로 스케이트를 타고 있다. 어떤 아이는 부딪쳐 넘어져 얼음판 위에 나동그라진 채 울고 있다. 지유는 끈으로 단단히 조인 스케이트를 신고 허리를 굽힌 채 날렵하게 원을 돌고 있다. 몸이 원을 돌면서 머리에 쓴 털방울이 탈랑거리며 경쾌하게 움직인다. 지유는 함박웃음을 머금은 채 신나게 스케이트를 지치고 있다.

또 한 장의 그림은 정원에는 빨갛고 노란 꽃들이 활짝 피어있고 하얀 지붕의 집안에는 식구들이 모여 앉아있는 것이 보인다. 식탁에 맛있는 과일을 잔뜩 쌓아놓고 둘러앉은 채 다들 하하 호호 웃고 있

253

다. 술을 마시는 아버지, 말없이 일만 하는 엄마가 이 그림에서는 아이들과 크게 웃고 있었다.

이렇게 상상으로 그린 '스케이트장'과 '우리집'은 개학식날 제출되었다. 며칠 후 숙제 검사가 끝나고 담임선생은 한 사람씩 이름을 부르며 숙제를 돌려주었다.

이날 지유는 담임선생으로부터 최고의 칭찬을 들었다.

"이지유! 이거 정말 네가 그렸니? 정말이야? 이걸 정말 너 혼자 그렸어? 언니 오빠가 그려준 것 아니지?"

지유는 누가 그려준 것 아니냐는 말에 얼굴이 모닥불 끼얹은 듯 붉어졌다. 모욕당한 기분과 동시에 '정말 잘 그렸구나' 하는 담임의 칭찬에 가슴이 터질듯 부풀어 올랐다. 담임은 다른 아이들의 숙제에는 '검' 자 도장만 찍어서 돌려주었다.

이지유의 그림 두 장은 모두 '수', '수', '수' 도장이 세 번씩 찍혔다. 그 얼마 후 부산시가 주최하는 어린이 미술대회가 열린다고 했다. 담임선생은 지유를 불러 세웠다.

"지유야, 네가 우리반 대표로 미술대회 나가라. 거기 나가서 그림을 잘 그리면 상장도 주고 학용품도 준다."

지유는 학교가 끝나자마자 집으로 구르듯 뛰어가서 엄마한테 자랑했다.

"선생님이 나더러 미술대회 나가래."

그러나 엄마는 말이 없었다. 담임선생은 한 주 동안 몇 번이나 지유에게 미술대회 참가 신청을 하라고 재촉했고 지유는 그 말을 전하지만 엄마는 가타부타 말을 하지 않았다.

옆에서 듣다못한 오빠들이 소리쳤다.
"그 대회 나갈 돈이 어디 있니? 너 데려다주려면 참가비에 버스비, 점심도 먹어야지."
나중에 담임은 다시 말했다.
"지유야, 내가 너를 대회에 데려가면 안 되겠니? 응, 꼭 나가자. 너는 분명 큰 상을 탈 수 있는데 왜 안 나가니?"
"안 갈래요."
작고 풀죽은 목소리로 말하는 지유, 더 이상 엄마를 조르지 않았다.
'우리 집은 가난해서 차비가 없어요.'
그 말만은 죽어도 할 수 없었다.
5·16군사정변, 5·16쿠데타, 5·16혁명이라고도 불리는 그 사건이 일어난 후 이지유네 집은 더욱 내리막길을 걷고 있었다. 반공을 국시로 하는 정권은 공산주의자 전력이 있는 사람을 다시 색출하고 직장에까지 압력을 주며 숨통을 조여 왔다.
정치와 사상에는 관심 없는 아버지가 정식 교사 자리에서 떨려났다. 시간제 교사가 받은 몇 푼으로는 먹고 살 수가 없으니 엄마는 파란대문 옆 벽을 헐어서 조그만 가게를 꾸몄다. 여러 가지 식료품과 두부, 콩나물들을 파는 구멍가게였다. 지유는 어리다고 가게에 얼씬 못하게 했지만 엄마 몰래 가게에 들어가 가끔 사탕이나 건빵을 집어내었다.
아버지의 모습은 가게에서 본 적이 거의 없고 엄마는 새벽부터 늦은 밤까지 가게 문을 열어 물건 하나라도 더 팔려고 애를 썼다. 손님이 뜸한 저녁이면 동네 건달이나 아이들이 물건을 사러 온 척하고는 껌이나 과자 봉지를 훔쳐 가는 일이 자주 생겼다. 아무리 지키고 있어도 여러 명이 몰려와서 주인의 시선을 분산시킨 후 슬쩍 물건들을 집어 가는 데는 당할 도리가 없었다.

근근이 먹고 사는데 멀쩡한 물건까지 도난당하니 그야말로 엄마의 가슴은 나날이 타들어 갔다. 언니의 담임선생이 가정 방문을 와서는 콩나물을 뽑아 팔고 있는 엄마를 보고 선생 자신이 당황해서 어쩔 줄을 몰라 했다.

'전문학교를 나온 이. 단아하고 품위가 있는 이. 혁명가의 딸.'

교사들은 말 안 해도 알았다.

오빠의 담임선생도 마찬가지, 새하얀 앞치마를 두른 채 쌀을 팔고 있는 엄마에게 허리를 반 꺾어 정중하게 인사했다.

엄마가 구멍가게를 새벽부터 밤까지 열면 그나마 가족들 입에 풀칠이라도 할 수 있었다. 밤마다 다리가 퉁퉁 부어올라도 힘들다는 말은커녕 아이들이 들을까 신음소리조차 내지 않는 엄마, 그러나 잠들면 자신도 모르게 끙끙 앓는 소리를 내었다.

'6·25전쟁 직전에는 보따리짐과 어린 두 아이를 리어커에 태운 채 영도로, 동래로 쉴 새 없이 이사 다니며 목숨을 부지해 오지 않았던가, 연락 두절된 친정아버지의 정체가 탄로 날 기미가 보이면 그날 밤으로 짐을 싸서 피하다가 나중에는 철둑에 천막을 치고 살기도 했는데, 그 고생에 비하면 비를 피하는 집이나마 지녔으니 지금 고생은 아무것도 아니지. 정말 별거 아니야.'

엄마는 구멍가게를 하는 틈틈이 남의 집일도 해주었다. 아들 셋, 딸 셋 육남매를 품안에 싸안고 남의 집 요리, 바느질도 해주며 억척

스레 살았다. 겨울 찬바람에 옷가지도 변변치 못한 채 손발이 다 터서 하루 종일 장사하는 엄마를 보고 동네 사람들은 말했다.
"저만한 인물에, 학교도 높은 데까지 나왔다는데 어찌 그런 고생을 할까?"
"얌전하고 단정한 이가 말못 할 고생을 하고 있어, 안타깝네."
하지만 이 구멍가게도 용이치 않았다. 갖은 고생 끝에 겨우 밥 먹고 살만하게 가게가 자리를 잡자 바로 길 건너에, 더 큰 가게가 문을 열었다. 지유네 구멍가게보다 두 배 크고 물건도 없는 것이 없는데 박리다매로 물건 값도 싸게 파는 부뜰이네 가게였다.
도저히 경쟁상대가 안될 뿐더러 장사 수단조차 없던 엄마는 곧 가게 문을 닫고 말았다. 그나마 한두 푼 벌던 가게 문을 닫으니 당장 끼니 잇기가 어려웠다. 어느 날, 가게 문을 닫았으니 필시 아이들이 굶고 있으려니 하고 딱하게 여긴 이웃집에서 쌀 한 자루를 보내왔다. 엄마는 쌀자루가 놓인 마루에 앉아 울고 있었다.
"도로 갖다주라고."
아버지는 화를 벌컥 내었다. 상고에서 담임교사를 맡았을 때도 그랬다.
"아버지가 선생님 드리라고 시골에서 장닭 한 마리 갖고 왔습니다."
"이 생선 물이 좋다고 갖다드리라는데요."
상고에는 경상도 산간벽지나 근처 해안 마을에서 부산으로 유학 온 학생들이 많았다. 그 부모가 객지에 나가 있는 아들을 만나러 오며 하늘같은 선생님 드시라고 고향 특산물을 갖고 왔지만 번번이 문전박대를 당했다.

어떤 학생은 키가 자신만큼 큰 칼치 한 마리를 꿴 철사줄을 손에 들고 왔다. 그냥 갖고 가라고 야단을 치자 그 긴 칼치를 땅에 질질 끌고 엉엉 울면서 집으로 돌아갔다.

"아버지가 꼭 갖다드리고 오라고 했는데, 그냥 들고 가면 혼나는데."
순수하지만 융통성 없이 꽉 막힌 사람이 아버지였다.

얼마 후, 아버지는 기술 전문대학 서무직으로 간신히 취직했고 전문대 졸업생을 기업체에 취업 알선하는, 발로 뛰는 일을 하게 되었다. 아버지의 별명은 '부처님 가운데 토막'. 성의를 다하여 일자리를 찾아 졸업생들의 취직자리를 구해주었다. 아버지의 일본 메이지 대학 동창들, 웬만한 사람은 소위 출세라는 것을 하여 공직이든 일반 회사든 중요한 한 자리를 차지하고 있었고 이들은 아버지를 박대하지 않았다.

박정희 대통령 지도아래 경제개발 계획이 착착 진행되고 있던 그 시절, 사업체마다 일할 사람은 필요했고 기술 전문대 출신은 쉽게 취직이 되었다. 아버지는 발이 부르트도록 뛰어다니며 한 명의 제자라도 더 취직을 시키려고 애썼다. 수많은 제자들이 아버지가 주선한 직장에서 자리를 잡은 후 결혼을 했다.

흔히 말하는 '법 없이도 살 사람', 그러나 정작 본인은 법 때문에 일생이 고달팠다. 아버지의 귓볼은 양쪽이 모두 닭벼슬처럼 축 늘어져 턱 가까이 내려온 것이 부처님을 닮았다. 하지만 부드럽고 순탄한 생김새와 달리 당신의 일생은 가시밭길이었다.

북으로 간 장인

 북으로 간 이경석의 장인은 명문대가 이씨 집안의 대들보를 송두리째 무너뜨렸다. 가족들은 물론 일가친척들은 문밖출입도 어려웠다. 형사들이 집 담을 에워싸고 진을 치고 있었다. 잠시 밖에 나갔다 오면 때로 집에 못 들어가게 하기도 했다. 그런 날은 콩밭에서 자야 했다.
 월북자가 가족이 있는 고향에 나타나지 않을까 감시하는 눈초리는 오랜 세월동안 그 고삐를 늦추지 않았다. 휴전이 되고 스웨덴 병원 의료진이 자국으로 떠날 때 이 질곡을 벗어날 기회가 있었다.
 6·25전쟁 당시 부산상고에서 최초이자 최대 규모의 스웨덴적십자병원이 개원되었다. 초대병원장 그루트 대령을 포함해 의사, 간호사. 기술행정요원 등 170명의 의료지원단 선발단이 부산항에 도착했다. 푸른 눈에 새하얀 피부, 장대같은 키를 한 의사와 간호사들은 이 땅에 도착한 지 이틀 만에 부상병 치료에 나섰다.
 부산상고 건물에 2개의 병동, 16개의 병실, 진찰실, 수술실 등을 갖추고 운동장에도 조립식 건물을 세워 간호사 기숙사, 입원실, 식당 등의 병원시설로 활용하였다.

의료진들은 매일 밤 자정까지 격전지에서 팔다리가 잘리고 머리에 상처가 난 국군과 유엔군 중환자들을 치료했다. 학교 선생들도 병원에서 봉사활동을 했는데 영어에 능통한 경석은 통역으로 일했다.

경석은 한밤중이 되어서야 피투성이 가운을 벗는 스웨덴 의료진들을 보며 생각했다.

'내가 법학이 아닌 의학을 공부해야 했구나, 정치는 사람에게 상처를 주고 목숨을 앗아가기도 하는데 저들은 먹지도 잠도 안자고 온 힘을 다해 이름 모를 병사들을 치료하는구나.'

중공군이 압록강 너머 밀려오고 전쟁이 장기화되면서 프랑스, 호주, 뉴질랜드, 터키, 유엔군 부상병들이 계속 실려 왔다. 적십자 제네바 협력에 따라 트럭에 실려 온 인민군 포로와 중공군 포로도 치료했고 이들의 상태가 좋아지면 거제도 포로수용소로 이송했다.

경석은 의료진과 부상자들 사이에 통역을 맡아 정신없이 바쁜 나날을 보냈다. 전쟁이 잠시 소강상태이던 때 둘째 아들 지영의 돌잔치가 집에서 치러졌다. 경석의 판잣집으로 스웨덴 병원 의료진과 간호사 대부분이 몰려왔다. 경석의 아내 영이가 밤새워 만든 불고기, 잡채, 부침개, 식혜를 먹으며 아기의 돌을 축하해 주었다.

안방 건넌방 마루 마당에까지 상을 차리고도 자리가 비좁아서 다들 붙어 앉아서 음식을 먹으며 웃고 떠들었다. 하얀 피부에 푸른 눈을 한 이국인들은 포동포동한 아기가 아장아장 걷는 것을 보고 미소 지었다.

스웨덴병원 원장은 머리가 우수하고 일을 깔끔하게 하는 경석에게 같이 스웨덴에 가자고 했다. 그러나 그는 조국을 떠나지 않았다.

처가의 다른 식구들은 이북에서 높은 자리에 있다는 장인을 찾아 삼팔선을 넘어갔으나 경석의 아내 영이는 남쪽에 남았다. 경석은 일본 유학을 했어도 그 당시 지식인들이라면 누구나 한 번씩 젖어 들었던 사회주의 사상에는 관심이 없었다. 도서실에서 공부하랴, 생활비와 학비 벌랴, 제 한 몸 가누기에도 바빴다.

그리고 그는 자신이 태어난 깊은 산골 마을의 어른들을 배반할 수 없었다. 아무리 잘난 장인을 갖고 있어도 월북은 꿈도 꾸지 않았다. 한 사람이 붉은 사상을 가졌음으로 인해 온 집안이 쑥대밭이 되는 시기인데 집안을 그렇게 만들 수는 없었다.

연좌제가 살아있던 그 시기, 그는 이명근의 사위였다. 목숨을 보전하기 위해 자신이 누구인지를 숨기며 이곳저곳 돌아다니면서 살아야 했다. 경석의 아버지는 아들을 찾아 사람들이 전하는 소문대로 대전으로 대구로 강릉으로 전국을 헤매었다. 아무리 찾아도 소식을 알 수 없던 중 누군가 "분명히 부산에 있다, 다른 데 안 갔다, 누가 보았다더라."는 말에 노구를 이끌고 직접 부산으로 갔다.

부산 시내를 이 잡듯 뒤지며 동회마다 '새로 이사 온 사람이 있냐'고 알아보아도 행방을 모르는 채 몇 년이 흘렀다. 그러다가 서울에서 부산으로 전근한 경찰인 조카로부터 경석을 찾았다는 연락을 받았다. 그 다음날로 부산으로 내려간 그는 철둑 밑에 가마니로 바람을 막았을 뿐인 엉성하고 형편없이 초라한 움집 앞에 섰다.

"형님, 형님 접니다."

함께 간 조카가 몇 번이고 소리쳐 부르자 부스스한 머리를 쓸어 넘기며 나오는 남자, 수염이 자라 얼굴이 시커멓고 머리도 길어 초췌하기 이를 데 없는 경석이었다.

　방학 때 고향으로 내려올 때면 멋진 검정 교복에 머리에 쓴 사각모가 휘황하게 빛나던 아들, 초췌한 몰골에 남루한 옷차림으로 선 아들이 낯설었다. 일급 요시찰 인물인 부부는 이리저리 쉴 새 없이 남의 눈을 피해 다니다가 철둑 밑 움막까지 살러간 것이었다.

　경석의 아버지는 늙은 몸을 부들부들 떨며 귀한 아들의 등을 끌어안았다. 당신의 자랑이자 긍지이던, 창창하던 아들의 앞날이 날갯죽지가 부러진 새처럼 폭 꺾어진 것에 가슴이 미어 터져 "으흐흐흐" 하는 통곡 소리조차 토막토막 끊어져 나왔다.

　아들 부부에게 방을 얻어주고 신분증을 만들어 주었다. 혹시나 고향에 피해가 갈까봐 이곳저곳을 떠돌며 생명을 부지하던 경석 부부는 부산에 정착할 자격을 얻었다.

　5·16으로 정권을 잡은 박정희가 혼란한 정치 상황과 민생의 궁핍, 공산세력의 위협을 일소함으로써 국가의 위기를 극복한다는 명분으로 국시로 삼은 반공, 그것이 경석과 영이 부부의 피를 말렸다.

　어렵게 교사 자리를 구해 몇 년 있을 만하면 장인의 성분이 탄로나고 그것이 말이 되어 다른 학교로 옮기기 몇 차례, 그는 주임교사 자리 하나도 맡을 수가 없었다.

　"이선생 같은 분이 왜 여기 있습니까?"

　잘 알지 못하는 교사의 말에는 그저 "헛헛" 하고 웃을 도리밖에 없었다. 영이는 경석의 옆에서 조심조심 살얼음판 딛듯 하루하루 살아야 했다.

2장
서울로 오다

물레

　지유는 초등학교 3학년 때 엄마를 따라 서울로 이사했다. 지국과 지수, 지민도 함께였다. 아버지와 지우, 지영이 부산에 남았다. 장남 지국을 서울에 있는 대학에 보내고 밑의 아이들을 서울에서 공부시키기 위해 가족이 생이별을 한 것이다. 지우와 지영은 다니던 중학교와 고등학교를 졸업하면 서울로 오기로 했다.
　부산과 서울로 가족이 나눠지며 이사를 가던 날, 지유는 서울로 이사 간다는 것에 마음이 들떴다. 부산에는 가끔 서울에서 전학 오는 아이가 있었다. 같은 반 아이들은 시간만 나면 그 아이를 둘러싸고 놀렸다.
　"서울내기, 서울내기, 맛좋은 다마내기."
　고래고기 한 점을 손에 든 아이가 앞장서서 노래하고 춤추며 놀리는 것을 보면서 지유는 내심 그 아이의 깨끗한 옷과 뽀얀 얼굴이 부러웠다. 지유는 자신이 서울내기, 그 서울깍쟁이가 된다는 것이 좋았다.
　1960년대 후반 서울은 농촌에서 일자리를 찾아 올라온 사람들로 팽창하고 있었다. 조금이라도 여유가 있는 사람들은 집안을 일으켜 세울 아들을 서울로 유학 보내고, 먹고 살길이 없는 사람은 호구책을 찾아 서울로, 서울로 물밀듯 올라왔다. 무작정 서울로 올라온 사람들은 공장 지대나 작은 사업체 어느 구석에라도 일자리를 찾아 둥지를 트려고 애를 썼다.

지유네 집은 비가 오면 온 땅이 질퍽질퍽해져 장화 없이는 한발도 못 딛는다는 '미나리깡'이었던 전농동에 자리 잡았다. 서울로 온 지국은 대학에 들어갔다.

"사상에 영향 받지 않고 자기의 기술만 있으면 먹고 살 수 있는 직종이어야 한다."

엄마의 주장에 따라 공대 섬유학과로 갔다. 지국은 원래 그림에 소질이 있었다. 엄마는 학교로 가서 미술반 모임에 있는 아들을 데리고 나왔었다.

아버지가 보내주는 생활비는 쌀 사대기에도 바빴다. 아들의 대학 등록금과 세 명 아이들 학비와 모자라는 생활비를 벌기 위해 엄마는 맹렬히 생활전선으로 뛰어들었다. 장사 밑천 한 푼 없이, 별다른 재주 없이. 나이든 여성이 할 일은 그저 죽으라고 자신의 몸을 혹사하는 일이었다. 밤이 새도록 자신의 노동력을 파는 뜨개질을 다시 시작한 것이다. 알록달록한 털실 뭉치나 완성된 스웨터나 바지, 모자 등을 싼 커다란 보따리는 이삿짐만큼 거대했다.

엄마는 그 보따리를 머리에 이고서 한 시간 이상 걸어서 답십리 촬영소 고개를 넘어갔다. 눈이 오나 비가 오나 거의 매일 걸어 다녔다. 버스를 타는 날은 멀리 신설동까지 가는 날이었다. 신설동 미니

스타 편물학원에 가서 일거리를 받아와 잠을 자지 않고 밤새도록 앉아서 말없이 손을 움직였다.

장안동 보세공장에서 일거리가 많이 나올 때는 엄마는 동네 여자들을 모두 불러 모았다. 지유네 안방에 빙 둘러앉은 여자들에게 뜨개질하는 법을 가르친 다음 일감을 나누어주었다.

"실 다섯 타래, 아기 옷 세 벌, 링 오십 개."

동네 아주머니들이 재료용 실타래에 단추를 만들 플라스틱 링을 갖고 가고 며칠 후면 완성된 아기옷을 갖고 왔다. 엄마는 조그만 장부에 누가 얼마나 일을 했는지를 일일이 기록했다. 그 장부 기록에 따라 인건비가 주어졌다.

엄마는 꽈배기 모양의 타래로 온 털실을 동그란 실뭉치로 만들었다. 그 일은 지유가 도왔다. 지유가 양손을 집어넣어 양쪽으로 실타래를 벌리면 엄마는 끝을 찾아내어 실을 풀어 둥그런 실뭉치가 되게 단단히 감았다. 그래야 실이 솔솔 풀려 뜨개질하기가 좋았다.

실뭉치에 감기는 실 끝이 오른쪽으로 오면 오른 손목을 돌려 쉽게 실이 감기게 하고 왼쪽으로 오면 왼 손목을 돌려주어 실이 잘 감기게 하는데 한참 하면 싫증이 나고 허리가 아팠다. 정신을 놓고 제대로 안 잡아 주면 실이 엉켜버리는데 아무리 심하게 엉킨 실이라도 엄마의 손만 가면 금방 솔솔 풀렸다.

"아유, 우리 셋째 딸 착하다."

엄마의 칭찬에 지유는 싫증이 나고 팔이 아파도 얼른 다시 양팔을 벌려 실을 잡아 주었다.

그런데 일거리가 많아지면서 사람 손으로 실을 잡고 감는 것은 감당하기가 힘들었다. 엄마는 집에서 나무 막대기 몇 개를 찾아내더니 뚝딱뚝딱 망치로 못을 박아 물레를 만들어내었다. 굴러다니는 철사를 주워 물레살을 만들고 다각형으로 잘라낸 일정한 크기의 나무를 돌려가며 박아서 만든 물레는 그럴듯했다. 물레를 앞에 놓고 앉아서 튀어나온 나무 손잡이를 돌리면 실이 솔솔 쉽게 감기었다. 이제는 다른 사람이 밤늦게까지 실타래를 잡아주지 않아도 되었다.

"신기하네, 신통방통이다."

동네 아주머니들은 감탄 해가면서 엄마가 만든 물레를 빌려갔다. 엄마는 손재주도 좋았다.

겨울이면 방바닥은 따뜻해도 차가운 공기가 온 방 안에 그대로 스며들어 콧속이 쩍쩍 들러붙었다. 냉기가 가득 찬 벽에 기대앉으면 등으로 싸아 하니 찬 기운이 스며들었다. 그 추위에도 엄마는 등을 바닥에 대고 누워 편안히 잠을 잘 수 없었다. 밤이고 낮이고 실뭉치 속에서 살던 엄마는 늘 앉아있었다.

도대체 언제 잠을 자나 싶을 정도로 지유가 잠자기 전에도 앉아있더니 한밤중에 깨어나 일어나 봐도 그 자리에 그대로 앉아있었다. 엄마는 다리만 이불 속에 넣고 등에는 베개를 받치고 앉아서 손을 놀리고 있었다.

"엄마, 안 자는 거야?"

"유야, 얼른 자, 그래야 아침에 일찍 일어나 학교 가지."

"엄마는?"

"엄마는 걱정마라."

엄마는 얼른 자라고 했다. 푹 자라고 했다. 아이들 밥 해먹이고 집안일 다하면서 피곤에 지친 엄마인들 왜 편히 드러누워 자고 싶지 않았을까?

잠이 깬 지유의 머리맡에는 엄마가 밤새도록 짜놓은 스웨터나 아기옷들이 놓여있었다. 방울 달린 털모자와 양말, 바지, 망토가 된 그 옷들은 일본은 물론 먼 타국으로 수출된다고 했다. 엄마는 모든 종류의 옷을 다 만들어내었다. 파도처럼 물결무늬 치는 스웨터, 화사한 꽃송이가 들어간 망토, 알록달록한 장갑 등이 완성되면 커다란 보따리 뭉치가 되어 어디론가 갔다가 다시 거대한 실뭉치 보따리로 바뀌어 돌아왔다.

부산의 명문 중학을 졸업한 지영이 서울로 올라오면서 엄마의 심부름을 도맡아 했다. 전농동에서 답십리 촬영소까지 엄마의 큰 보따리를 대신 지고 한 시간 이상을 걸어 일거리를 날랐다.

한겨울 혹한 속에 촬영소 언덕을 넘어가자면 얼음 같은 바람이 피부를 찢을 듯 모서리를 세워 쌩쌩 달려들었다. 그 칼바람 속을 모자도 없이 걸어가면 떨어져 나갈 듯이 귀가 얼어오고 아팠을 텐데 지영은 불평 한마디 하지 않았다. 겨울이면 귀마개 하나 없이 늘 벌겋게 얼어있던 작은오빠의 귀는 봄이 돌아와야 제 살색으로 돌아왔다.

엄마는 귀마개쯤은 남은 실로 만들어줄 수 있었을 텐데도 그러지 않았다. 엄마는 가져온 실의 무게와 완성된 옷의 무게가 바늘 끝처럼 정확하게 지키는 사람이었다.

신설동에 있는 편물학원까지 가서 일거리를 갖고 올 때는 보따리가 더욱 컸다. 스웨터를 짤 실을 받아와야 했기에 이불 짐만한 보따리를 들고 버스를 타려면 차장의 구박이 이만저만이 아니었다. 볼의 솜털도 채 벗겨지지 않은 차장 아이가 그것을 홱 밀어버려 짐과 함께 땅바닥에 나동그라지기도 여러 번, 겨우 사정하여 버스에 올라타고 집에 온 날은 힘이 들어 헉헉대었다. 그런 수모를 당하면서도 엄마는 자신이 타야 할 버스표를 한 장이라도 남겨 아이들에게 주었다.

어느 여름 장마철에 엄마는 신설동 학원에 일거리를 받으러 갔다. 장남 지국은 친구 집으로 공부하러 가고 없고 시내에 나간 엄마는 아직 집으로 오지 않았는데 하늘이 먹빛으로 꾸물거리더니 갑자기 비가 쏟아지기 시작했다.

고등학교 1학년인 지영, 중학생인 지수, 초등학생인 지유와 지민, 4명의 아이들은 밥을 차려줄 엄마를 목 빠지게 기다리고 있었다. 큰딸 지우는 고등학교 졸업반으로 아직 부산에서 아버지와 함께 있었.

비의 기세가 갑자기 사나워지더니 천둥 번개까지 쳤다. 하늘이 새까매지면서 퍼붓기 시작한 비는 바람까지 동반하여 그 기세가 자못 사나웠다. 벼락치듯 폭우가 퍼부은 지 이십여 분, 엄마는 여전히 올 기미도 안 보였다.

거친 빗발이 무섭기도 하여 안방에 옹기종기 모여 앉아있는데 갑자기 아랫목 벽 한쪽이 '펑' 하는 소리가 났다. 동시에 빗물에 젖은 흙이 방안으로 가득 쏟아져 들어오면서 찬바람이 몰려든다. 바깥 도로로 향한 안방 벽의 밑 부분이 무너져 버리면서 바깥길이 훤히 보이며 비가 들이쳤다. 방안은 금방 온도가 썰렁 차갑게 내려앉았다.

"유야, 괜찮아, 민아, 괜찮아, 겁내지 마. 얘들아, 이쪽으로 와, 여기는 비가 안 와. 이리 와."

잔뜩 겁이 난 동생들을 달래며 허물어진 벽의 반대편에다 이불을 펴더니 그 안에 들어가 있으라고 하는 지영. 아이 셋은 한 덩어리가 되어 이불 속으로 들어갔다. 한 덩어리가 된 아이 셋은 온몸을 이불로 칭칭 감고 눈만 빠끔하니 밖으로 내놓았다.

지영은 걸레를 가져다가 방의 흙을 닦아내고 뚫린 벽을 어떻게든 막아보려고 애썼다. 빨래거리와 타올, 다른 헝겊 뭉치와 신문지 뭉치 뭐든지 구멍을 막기만 하면 금세 펑 젖어버렸다.

온 세상이 무너져도 '동생들아, 걱정마라, 이 오빠가 다 막아 줄게' 하던 그 목소리, 지유는 살면서 지영의 그 목소리에 늘 목이 메었다.

하늘은 더욱 시커멓게 되면서 장대비는 계속 쏟아지는데 방은 점점 냉골이 되어갔다. 아궁이에 물이 차서 연탄불이 다 꺼져버린 것이다. 부엌 바닥에도 시커먼 물이 차올라 발을 디디면 신발 속까지 물이 들어와 쩔걱쩔걱 소리가 났다.

배 속에선 '꼬르륵' 소리가 났지만 겁에 질려 울지도 못하던 지유는 어느새 새우처럼 몸을 꼬부린 채 잠이 들고 말았다. "밥 먹어라, 밥 먹고 자라."고 깨우는 엄마의 따스한 음성이 귓전에 희미하게 들렸다. 엄마가 돌아온 것이다. 엄마를 보자 반가움과 안도감에 울음을 터뜨리는 지유.

"보따리가 너무 커서 버스 차장들이 자꾸 못 타게 해 올 수가 있어야지. 나중에 온 버스 차장 아이는 착하더라. 아줌마, 어서 타세요 하더니 자기가 보따리를 들어서 올려주더라. 배고팠지, 어서들 먹어라."

엄마는 밤늦은 시간에 피곤하지도 않은지 한밤중에 와서 밥을 지어 아이들에게 먹이는 표정이 환했다. 아무리 가슴속으로 눈물을 철

철 흘려도 겉으로는 미소 짓는 엄마였다.

쏟아지는 빗발 속에 보따리의 실이 젖을까 우산으로 가리느라 정작 엄마 몸은 쫄딱 비에 젖었다. 간신히 집에 와서 짐 보따리를 마루에 내리자마자 옷도 갈아입지 않고 곧바로 부엌으로 들어가서 양재기로 부엌 바닥의 물을 다 퍼내었다. 그 밑의 아궁이 물까지 퍼낸 다음 연탄불을 새로 피워서 밥을 지은 것이었다.

정작 자신은 지쳐 빠져서 수저들 힘이 없어 밥을 못 먹었다.

이렇게 일해도 쌀이 떨어질 때가 많았다. 때로, 라면 두 개로 온 식구가 끼니를 대신했다. 그나마 한 개를 반 쪼개어 한 개 반을 넣을 때도 있었다.

물을 한 솥 가득 끓여 라면 한 개 반을 넣으면 면은 첨벙 가라앉아 라면발은 잘 보이지도 않았다. 그것을 조금씩 나눠 온 식구가 아껴가며 먹었다. 오빠들은 늘 배가 고파 보였다.

그래도 지국과 지영은 동생들에게 자기 몫에서 라면 한 가닥이라도 더 주었다. 그래서인지, 지유와 지민은 배가 아주 고팠던 기억은 없다. 라면이 없으면 삶은 고구마 한 개가 끼니로 주어졌고 엄마 몫으로는 고구마 반개도 채 배당되지 않았다.

"나는 괜찮아, 어서들 먹어. 엄마는 배고프지 않아."

엄마는 아이들에게 다 나눠주고 작은 토막을 먹거나 그나마 없으면 돌아서서 맹물을 한 대접 마셨다.

쌀독이 비면 엄마는 한참동안 사라졌다가 나타났다. 휑한 먼지가 일던 빈 쌀독이 엄마가 오면 작게나마 깔려 독의 밑바닥이 가려졌고 엄마가 돌아오면 온 집안에 밥 짓는 구수한 냄새가 났다. 아버지가 가끔 보내주는 돈은 며칠 못 가 바닥이 났다. 가진 돈이 한 푼 없어도, 먹고 산다는 절박함이 늘 시키면 입을 벌리고 다가와도 '그래, 내가 맞아들이마' 하며 씩씩하게 사는 엄마였다.

초등학교 3학년 때 서울로 전학 온 지유는 담임선생을 '호랑이 선생님'이라고만 기억했다. 그는 공부를 잘하는 아이든, 못하는 아이든 전혀 차별을 하지 않았다. 지유에게 칭찬해준 기억도 야단맞은 기억도 없다.

부산에서 서울로 전학을 왔기에 친구가 별로 없는 지유는 학급에서 있는 듯 없는 듯 조용하지만 국어시간만큼은 확연히 존재감이 드러났다.

지유는 '쌀' 발음이 되지 않아 늘 '살'이라고 읽었다. 담임선생이 지명한 대로 일어나 책을 읽던 지유는 아이들이 와그르르 웃자 당황했다. 담임은 지유의 발음을 바로 잡아주려고 무진 애를 썼다.

"자, 살 말고 쌀 해봐, 자, 다시."

"살, 살."

어릴 때부터 써온 경상도 방언이 입에 박혀서 바로 서울말이 되지 않았다. 호랑이선생은 몇 번을 따라 해도 잘 안 되는 지유를 자리에 앉으라고 한 뒤 웃는 아이들에게 '친구를 놀리면 못쓴다'고 한마디 했다. 아이들은 담임선생의 눈을 피해 방과 후면 지유의 뒤를 졸졸 따라다니며 놀려대었다.

"야, 이지유! 쌀 해봐! 살 하지 말고 쌀, 쌀!!"

"한 번만, 딱 한 번만 해봐."

"딱 한 번만 하면 우리 집에 갈게. 얼른 해봐."

학교에서 지유네 집으로 다 갈 때까지 졸졸 따라오며 졸라대면 마음 약한 지유는 지고 말았다. 뒤돌아보면서 '살' 하면 뒤에 있던 대여섯 명의 아이들은 웃느라고 뒤집어졌다.

겨울이 되어 날씨가 추워지자 잘 씻지 않고 학교에 다니는 아이들이 많았다. 얼어붙은 길거리에서 종일 사는 남자아이들은 솥뚜껑 같은 손에 덕지덕지 때가 끼어있기도 했다.

학급에서는 가끔 손과 손톱 검사를 했고 손이 더러우면 기다란 나무자로 손바닥을 맞았다. 아이들의 비위생적인 손을 보다 못한 선생은 교실 난로 위에 커다란 양동이를 올려 물을 펄펄 끓였다.

학급 아이들은 모두 양손을 내놓고 검사를 맡았다. 10여 명의 남자아이들은 앞으로 불려나가 섰고 선생은 아이들을 한 명씩 차례로 불러 뜨거운 물이 담긴 대야에 손을 담그게 했다. 잔뜩 때를 불린 다음 아이들의 손을 닦아주었다.

그중 늘 동네를 들개처럼 헤매고 다니는 한 남자아이의 손은 때가 말라붙어 시커멓고 얼어터진 상처에서는 피가 흘렀다. 그 아이는 뜨거운 물에 손을 넣지 않으려고 버텼다. 호랑이 선생은 야단을 쳐가며 억지로 그 손을 물에 집어넣었다. 온 힘을 다해 아이가 손을 물에서 못 빼도록 누르고 있자 아이는 처음에는 뜨거워서, 나중에는 물이 미지근해지면서 시원해서 엉엉 울었다.

얼어 터져서 피까지 나는 손을 지녔던 그 아이는 며칠 후 허옇게 된 손을 해 갖고 저 자신도 개운한 지 실실 웃고 다녔다. 혹독한 추위의 겨울을 지나는 동안 선생은 몇 번이고 아이들의 손을 뜨거운 물에 오랫동안 담궈 때를 불린 다음 깨끗하게 닦아주었다.

지유네 집은 서울로 이사 와서도 수시로 다른 집으로 옮겨 다녔다. 희한한 것이 언제나 경찰서에서 사람이 나오는 것이다.

"언제 이사 왔어요? 신고해야 하는 것 몰라요?"

"살다보니까 바빠서 미안합니다."

왜 이사를 가면 신고해야 하는지 알 수 없었다. 엄마는 경찰서를 싫어하나 보다 했다. 어린 시절 이모라는 여자에게 보따리를 도둑맞고도 신고하지 않은 것을 떠올린 것이다.

중학교 입시날, 커다란 박스가 달린 물레를 두어 번 돌리자 밑으로 노란 은행알이 하나 굴러 떨어졌다.

"넘버 7번."

그래서 지유는 넘버 7번 중학교로 가서 중학생이 되었다. 중학생 지유는 학급에서 웅변대회 대표로 뽑혔다. 서울에서 산 지 몇 년 지나니 친구가 생기면서 밝고 명랑해진 지유였다. 친구들은 지유의 목소리가 크고 밝으니 너도나도 '이지유가 웅변을 해야 해.' 하고 추천을 했다.

학급 대표들이 참가한 전교웅변대회에서 1등을 하면 학교 대표로 동대문구 웅변대회에 다시 출전한다고 했다.

방과 후 웅변 연습을 하러 학교에 남은 지유는 자신이 직접 쓴 원고를 반복해서 읽으며 외우기 시작했다. 아이들이 집으로 돌아간 빈 교실마다 웅변 연습을 하는 여학생들의 목소리가 긴 복도를 돌아 쩌렁쩌렁 울렸다. 자신의 목소리가 크게 울려 퍼지는 그 기분은 삼삼했다. 마치 자신이 강단에 선 유명인사 같았다.

원고를 다 외운 학생들을 모아 도덕 선생은 기술적으로 청중을 사로잡는 웅변술을 지도해 주었다. 한번 강한 목소리를 낸 후 잠시 위풍당당하게 청중을 내려다보며 호흡을 가다듬는 법도 알려주었다.

"절대로 겁먹지마. 청중을 아무것도 아닌, 한마디로 쥐새끼로 보고 당당하고 자신감 있게 해."

"표현도 참, 쥐새끼라니."

그 말이 우스워서 킥킥거리는 지유였다.

일주일 동안 매일 한 시간씩 방과 후 교실 강단에 서서 웅변 연습을 하던 지유는 대회날이 임박해지자 집에서도 큰소리로 원고를 외우며 웅변 연습을 했다.

"그러므로 우리들은 빨갱이는 한 사람도 남김없이 물리치는 그날까지 일치단결하여야 하겠습니다."

지유는 학교에서 세계에서 가장 지독한 놈이 북한 공산당이라고 배웠다. 초등학교 4학년이던 이승복 어린이가 "나는 공산당이 싫어요."라고 말하였다가 무장공비한테 살해된 후 이승복 동상이 세워졌다. 이승복 어린이 노래와 만화가 전국 방방곡곡의 학교에 배포되었다.

전 국민의 반공과 방첩 교육에 온 정열을 다하는 문교부 주최 반공 웅변대회에 참가하고자 지유도 두 주먹을 불끈 쥐고 '무찌르자 공산당' 하고 외쳤다. 딸아이가 큰소리로 외치는 내용을 잠자코 듣던 엄마는 연습이 끝나자 지유를 조용히 안방으로 불렀다.

"그래? 무슨 웅변대회라고?"

"반공 웅변대회지 뭐, 나중에는 무찌르자 공산당, 쳐부수자 공산당 하고 구호도 다 같이 외치고 그래."

질린 듯한 얼굴의 엄마, 목소리가 떨려나왔다.

"그래? 그런데, 왜 하필 네가 나가니?"

"응, 내 목소리가 크고 정확해서 멀리 있는 사람도 다 알아듣는다고 아이들이 모두 나를 추천했어."

자랑스럽게 말하는 어린 딸의 말에 엄마는 더 이상 아무 말도 하지 않았다. 안방에서 나와서 마루에서, 마당에서 웅변 연습을 계속하는 지유의 목소리는 온 집안을 쩌렁쩌렁 울렸다. 날카로운 한마디 한마디가 우수에 찬 엄마에게 날아가 박혔다.

그 다음날 학교에서 돌아온 지유의 팔을 붙잡은 엄마.

"지유야, 네가 안 나가면 안 되니?"

조용히 가라앉은 엄마 목소리.

"엄마, 왜?"

"으응, 그으냥. 그냥."

"왜?"

"그저 엄마는 네가 안 나가고 다른 아이가 나갔으면 해. 참 너 운동화 다 떨어졌지? 엄마가 돈 생기면 제일 먼저 네 구두 해줄께. 너 다른 아이들처럼 끈 매는 구두 신고 싶다고 했지?"

구두? 학급의 몇몇 부잣집 아이들이 신고 다니는 까만 구두? 꼬랑내 나는 운동화를 안 빨아도 되고 구두솔로 몇 번 쓱쓱 문지르면 반짝이는 광택이 나는 구두라니, 그 날씬하고 멋진 구두를? 지유는 순간 강렬한 유혹을 느꼈다.

"하지만, 엄마 안 돼. 내가 나가기로 하고 연습해 왔잖아. 시합이 내일 모레야."

"나갈 사람이 꼭 너밖에 없니?"

"왜? 왜? 왜 그러는데?"

"그냥, 그으냥."

영문 모르는 지유는 계속 다그쳐 묻고 엄마는 서운하기도 하고 쓸쓸하기도 한 얼굴로 그냥 그렇다고만 했다. 엄마는 결코 그럴듯한 말을 만들어 내거나 거짓말을 하지 않았다. 그렇다고 정확한 대답을 해주지도 않았다.

반공 웅변대회 날이 되었다. 새하얀 칼라를 단 감색 교복차림에 운동화를 신은 단발머리 중학생 지유는 똑같은 제복을 입은 학생들이 가득 모인 강당의 강단에 서서 신나게 외쳐댔다.

"간첩이 스며들면 즉시 신고하고 북한 괴뢰 도당을 전 국민이 하나가 되어 물리쳐야 합니다."

지유의 호기로운 웅변에 수백 명의 여중생들은 강당이 떠나가라 짝 짝 박수를 쳤다.

'간첩 신고는 112', '반공방첩' 구호가 쓰인 전단이 동네의 전봇대, 대문마다 붙고 학교에서는 반공 포스터 그리기가 수시로 시행되던 그 시절, 70년대가 막 시작되는 시기였다. 지유는 학교에서 빨갱이는 얼굴이 빨갛고 머리에는 뿔이 달린 무시무시한 괴물이라고 배웠다. 교실의 뒷벽에도 아이들이 그린 양 머리에 뿔이 달린 뻘건 얼굴의 도깨비가 그려진 반공방첩 포스터가 붙어있었다.

이지유가 웅변대회에 나가 '무찌르자 공산당', '타도하자 공산당' 하고 신나게 외치고 들어온 그날 저녁, 엄마는 마루에 앉아 휘영청 밝은 달을 하염없이 보고 앉아있더니 이윽고 가늘디가는 목소리로 노래를 불렀다.

"울밑에선 봉선화야, 네 모양이 처량하다/ 길고 긴 날 여름철에 아름답게 꽃필 적에/ 어여쁘신 아가씨들 너를 반겨 놀았도다/ 봄은 가고 여름 가고 가을 바람 솔솔 불어/ 아름다운 꽃송이를 모질게도 침노하니/ 낙화로다 늙어졌다 네 모양이 처량하다/북풍한설 찬바람에 네 정체가 없어져도….”

끊어질 듯 말듯, 들릴 듯 말듯 가늘고도 조용한 그 노랫소리. 가슴속 깊이 내장된 한을 다스리며 오직 한 가닥 노랫가락에 울적한 마음을 달래는 엄마를 보며 지유는 감히 "엄마" 하고 부르지도 못할 위엄을 느꼈다.

하복 입는 날

여름이 되었다. 학교에서는 진즉에 반팔 상의를 입으라는 지시가 내려왔다. 하얀색 긴팔 춘추복을 입은 지 얼마 안 되었는데 더운 여름이 왔고 다들 학교 앞의 지정된 교복점에서 반팔 상의를 맞추어 입었다.

"엄마, 하복 입어야 하는데, 여러 번 선생님이 말했어. 내일은 꼭 입어야 해."

"그래, 알았다."

한 주 전부터 반친구들은 감색 스커트에 상의는 반팔 상의로 맨살을 드러내고 있었다. 지유만 긴 춘추복을 입고 학교에 다니고 있었다.

"오늘도 안 입고 가면 주번이 이름을 적어, 그러면 교무실에 불려 갈 거야."

"걱정 말고 자거라. 지유야."

하복을 안 입었다고 아침 조례시간에 몇 번이나 이름이 불렸던 지유는 엄마가 걱정 말고 자라고 하니 안심이 되어 잠이 들었다.

곤히 잠든 지유는 잠결에 재봉틀 소리를 들은 것 같았다.

"들들들, 들들들."

아이들의 머리맡에서 엄마는 분명 재봉틀을 돌린 것 같은데 비몽사몽 재봉틀 소리가 긴가민가하면서 잠이 푹 들었던 지유, 눈을 뜨자 머리맡에 반팔 하복이 놓여있었다. 지유는 좋아서 활짝 웃었다.

"와, 엄마, 하복이네."

아침밥을 먹은 지유는 신이 나서 하복을 입고 학교로 갔다. 자신도 아이들과 똑같이 반팔 교복을 입은 것이다. 그리고 그 다음날 가정시간이었다. 수업 교재보다는 잡다한 이야기를 더 많이 하는 중년의 가정선생은 수업을 하다말고 중간 자리에 앉은 지유를 보더니 한마디 했다.

"너는 상의가 좀 누렇게 보이네, 그것이…."

긴팔 춘추복의 팔을 잘라내어 반팔로 만든 것을 말하려다만 여선생, 더 이상 말을 하지 않았다. 그때서야 지유는 엄마가 밤새 재봉틀로 춘추복의 긴팔을 잘라 반팔 하복을 만든 것을 알았다. 아무리 고민해도 돈 나올 구멍이 없던 엄마는 급한 대로 하복을 만들어 입혀야 했던 것이다.

어느 날 학교에서 돌아온 지영이 책가방을 마루에 놓자마자 "엄마, 육사 원서 낼래요." 하고 한마디를 던졌다. 다소 들뜬 목소리로 말하는 지영은 얼굴이 훤하고 어깨가 딱 벌어진 것이 남자의 기상이 흘러넘쳤다. 고등학생 시절 노트에는 온통 세계 각국 지도와 미래의 항해일지가 써 있을 정도로 세계를 품에 안고 싶어 했다. 고등학교 졸업반이 되자 해군보다는 대한민국의 자랑스런 육군이 되어 나라를 지키는 일이 더 보람 있겠다는 것이다.

"그래?"

엄마는 더 이상 말을 하지 않았다. 군인의 길을 가겠다는 지영을, 반공 웅변대회에 나가겠다던 지유처럼 말리지 않았다. 그런데 지영은 육군사관학교 시험에 떨어지고 말았다. 누구보다도 뛰어난 성적과 서글서글한 성격, 훤칠한 외모에도 불구하고 면접시험에서 낙방한 것이다.

지영은 속이 상한지 "에이, 씨이." 하는 한마디를 하더니 신문지를 얼굴에 덮고 방바닥에 누워 버렸다. 지유는 그런 오빠가 안 되어 위로해주고 싶지만 뭐라 말을 못 붙이고 언저리만 맴돌았다.

요시찰 인물 가족으로 분류되어 이사갈 때마다 경찰서에서 순경이 나와 엄마를 만나고 가던 것을 지영은 나중에야 알았다.

분단 이후 위력을 떨치던 연좌제는 1963년 박정희가 대통령에 당선되고 형식적으로는 폐지되었지만 실제로는 여전히 존재하고 있었다. 71년 재차 폐지되었지만 여전히 해외로는 못나갔고 80년초 5공화국이 들어서며 실질적으로 폐지되었다. 결국 육사 시험에 떨어진 지영은 대학을 포기했다.

지유는 공부가 되지 않았다. 수업시간 내내 몸만 교실에 있을 뿐 마음은 하루 종일 집에 가있었다. 오늘은 아버지가 서울에 오는 날이었다. 여고를 졸업한 큰언니도 서울로 올라왔다. 아버지는 혼자 부산에서 자취하며 학교에서 일하므로 한 달에 한 번 정도 서울로 왔다.

가끔 엄마가 반찬을 만들어 부산으로 내려가기도 하지만 아버지는 학교 일이 바빠서인지, 부산이 좋은 건지 방학 때도 서울에 오래 있지 않았다.

아버지가 집에 오는 날은 평소에 못 먹던 맛있는 반찬이 상에 올랐다. 아버지의 손을 잡고 동네 산책을 하고 아버지의 튼튼한 목을 안고 든든한 등에 매달려 어리광도 부릴 수 있었다.

아버지는 이 모든 것을 다 받아주었다. 술 마시지 않는 아버지는 한없이 자애로웠다.

때로 "어이, 다 큰 애가, 아이고 무겁다." 하면서도 셋째딸의 응석을 흐뭇해했다. 지유 밑으로 막내 남동생이 있지만 별 말이 없고 무뚝뚝한 편이다.

더운 여름날이면 웃통을 벗고 있는 아버지, 조그만 젖꼭지부터 완만하게 내려온 곡선이 아랫배에 가서는 주체할 수 없을 정도로 불룩 나와 있었다. 지유는 그 배를 손으로 툭툭 치며 '철썩철썩' 하는 소리와 맨살의 보드랍고 따스한 감촉을 즐겼다.

물론 아버지는 그때마다 "이놈, 버릇없이." 하고 눈을 크게 뜨고 야단치는 시늉을 하지만 지유는 눈도 까딱 않고 헤헤거렸다.

"아버지, 여기 아기 들었어? 몇 개월이야? 육 개월? 칠 개월."

재미있어 까르르 웃는 지유의 어리광을 흐뭇하게 바라보는 아버지였다.

저녁을 먹고 난 후 동네 산을 오르는 산책길도 아버지의 따스한 손을 잡을 수 있어 좋았다. 아버지는 집과 가까운 배봉산을 자주 오르내렸다. 아침 산책은 지유가 잠에 곯아떨어진 새벽에 나가므로 못따라 가지만 저녁 산책은 꼭대기까지 안가고 중턱까지만 가므로 저녁 수저만 놓으면 결사적으로 따라갔다. 가끔 밖에서 또래와 어울리는 지민이 동행하기도 했다.

아버지의 손은 늘 따스하고 부드러웠다. 배봉산 중턱에 오른 아버지는 전농동과 답십리 일대가 발밑으로 내려다보이는 곳에 서서 담배를 피워 물었다. 씩씩거리고 쫓아 올라간 지유는 한낮 햇살에 따끈하게 데워진 바위 위에 앉아 아버지와 같이 동네를 내려다보았다. 가쁜 숨이 가라앉으면 큰소리로 노래를 불렀다.

"해는 져서 어두운데 찾아오는 사람 없네."
"아빠하고 나하고 만든 꽃밭에 채송화도 봉숭아도 한창입니다."
"달 밝은 가을밤에 기러기들이 찬 서리 맞으면서 어디로들 가나요."

이런 노래들을 열 곡 정도 목청껏 부르고 나면 아버지는 "그만 가자."고 앞장서 길을 내려갔다. 그때쯤이면 낮의 열기로 미지근하던 바위도 차갑게 식어가고 있었다.

지유는 단발머리를 나풀거리며 뛰어서 산을 내려왔다. 중학생 때나 고등학생 때나 부산에 사는 아버지가 오는 날이 지유에게 가장 즐겁고 기쁜 날이었다.

놋대야

고등학교 2학년에 막 올라간 어느 여름, 아버지가 오랜만에 부산에서 올라왔다. 아버지와 함께 엄마가 한상 가득 차려낸 맛있는 저녁을 먹고 배봉산으로 산책을 갔다가 여느 때처럼 아버지의 몸을 툭툭 때리며 집으로 돌아왔다.

보통 때처럼 지유는 한껏 기분이 좋은데 엄마의 표정이 심상치 않았다. 보통 때와 달리 아버지의 짐이 많았다. 옷도 셔츠, 양복, 점퍼 등 다양한 종류가 커다란 가방에서 자꾸 나왔다. 엄마가 반찬을 만들어 부산으로 내려갈 때 사용하던 비닐 가방이 여러 개 있는데 그것들이 모두 와있었다. 평소 아버지의 간단한 손가방에는 칫솔, 속옷, 양말뿐이었는데 이날은 많이 달랐다.

"엄마, 아버지 오래 있어?"

"그래, 이제는 부산 안 가신다."

"정말, 야, 신난다."

좋아라 소리 지르는 딸을 보는 엄마의 표정이 밝지 못했으며 얼핏 걱정스런 눈길이 스쳐갔다. 아버지는 학교를 그만둔 것이다. 지유는 아버지 나이가 많아 정년퇴직한 것이라 생각했다.

엄마는 '이제 어떻게 먹고사나?' 걱정이 된 것이다. 아버지가 서울로 거처를 옮긴 후, 그전에도 가난했지만 그날 이후에도 여전히 살림살이는 곤궁하기 짝이 없었다.

지유는 집안에 대해 모르는 것이 너무 많았다. 다락 깊숙이 있는 아버지의 대학 앨범에는 일본 메이지대학 본관 앞에서 교복 차림 친구들과 하늘을 쳐다보고 자신만만하게 서 있는 사진, 해금강과 금강산으로 수학여행 가서 찍은 단체사진, 도서실에서 책을 보고 있는 독사진 등이 누렇게 빛이 바래고 있었다.

일제 식민지 치하라도 이십대 젊은이들은 청운의 꿈을 꾸는 듯 밝고 희망찬 표정이었다. 젊음이 주는 빛은 참으로 화사하고 눈부셨다.

사진 속에서 지유는 아버지가 부산에서 교사를 하던 시절에 같이 어울리던 학교 선생도 발견했다. 그 선생은 늘 아버지와 함께 술을 마셨고 때로 밤늦은 시간 아버지와 같이 지유네 집 대문을 걷어차며 주정을 부리기도 했다.

지유의 어린 시절, 학교 수업을 마치고는 술집 순례가 아버지의 일과였다. 하지만 그때의 아버지는 주정은 하지 않았다. 다만 밤늦게 술에 곤죽이 되어 와서는 풍풍 술 냄새를 풍기면서 잠을 잤다.

아버지는 다음날 아침 잠이 깨면 민망해했다.

"내 구두 한 짝이 어디 갔나?"

"내가 왜 그렇게 정신을 놓았지?"

술 마신 아버지는 술냄새가 싫어서 도망갔지만 술 안 마신 아버지는 지상 최고의 아버지였다. 지유는 잘못하면 따끔하게 혼내는 엄한 엄마보다 잔정이 많은 아버지를 더 따랐다.

젊은 날의 아버지는 술이 떡이 되어 한밤중에 집에 왔어도 다음날이면 말짱히 학교로 출근했다. 영어 상업 부기 등 무슨 과목이든 해박한 지식과 뛰어난 영어 실력으로 학생들을 매료시키던 아버지, 그는 맨 정신으로 젊은 날을 보낼 수가 없었나 보다.

어깨가 빠지도록 뜨개질을 하던 엄마는 전농동 로터리 근처에 허름한 판잣집을 한 채 샀다. 그 동네에서 가장 허름한 집이었는데 전세값과 가격이 비슷했다. 방 두 칸과 부엌이 있는 자그마한 집인데 마당이 꽤 넓었다.

생전 페인트칠이라고는 해보지 않은 것처럼 옥색 칠이 벗겨져 허옇게 보이는 나무 대문은 모서리가 마모되어 맨 나무가 비바람에 시커멓게 썩어갔다. 그곳에서 사는 동안 페인트칠은 생각도 못할 정도로 먹고 살기에 급급했다.

엄마는 허름하기 짝이 없는 이 집을 참으로 사랑했다. 대문 안쪽의 공터에다 자그마한 밭을 일구어 온 식구의 찬거리를 장만하고 눈을 즐겁게 해주었다. 가족들이 다닐 수 있게 좁은 길만 남기고 대문에서 안채까지 만든 밭에는 상추, 깻잎, 배추, 쑥갓, 근대 등을 심었다. 밭과 길의 경계에는 채송화, 봉숭아, 백일홍, 분꽃, 수국, 은방울꽃 등의 고운 꽃들이 자랐다.

엄마가 만든 밭 옆에는 누렇게 녹이 슬었으나 튼튼하게 생긴 펌프가 박혀있었다. 펌프 옆에 놓인 물통에서 물 한 바가지를 퍼다 넣고 쇠 손잡이를 누르면 뼈가 시원하도록 차가운 물이 펑펑 솟아올라 싯누런 주둥이로 흘러넘쳤다.

지유는 쇠 손잡이에 매달려 온 힘을 다해 물을 퍼서 커다란 고무 대야에 담았다. 그 물로 머리를 감고 빨래도 하였다. 펌프가 옆에는 나무로 얼기설기 만들어놓은 작은 헛간이 있었다.

작은 방에 딸린 헛간은 작은 문까지 달렸는데 그 안에는 못 쓰는 잡동사니들과 난방을 위한 연탄아궁이가 있고 그 앞에 어린이 두어 명이 앉을 수 있는 공간이 있었다.

지유는 비가 오면 그 속에 들어앉아 빗소리를 들었다. 싸아 하니 빗발이 떨어지는 소리, '흡' 하고 빗물을 들이키는 흙의 소리, 비에 젖은 나무와 흙에서는 매캐한 재 냄새가 올라왔다.

'후두둑' 빗방울이 헛간 지붕을 때리는 소리는 운치 있었다. 이곳에서 책을 읽기도 하고 가만히 쪼그리고 앉아 공상을 하기도 했다. 지유가 비만 오면 이곳에 들어가 있자 엄마는 사용하지 않는 비닐장판 한쪽을 그곳에 깔아주었다. 노랑 비닐 장판을 쓸고 닦아 신발을 벗고 올라가 책을 읽었다. 책을 읽다가 지루해지면 가만히 앉아서 헛간의 나무 틈새로 마당에 떨어지는 비의 소리, 비의 맑은 숨결을 들었다.

엄마는 이런 딸을 빙긋이 웃으며 쳐다보았다.

"비 오는데 방에 들어가지, 무슨 청승이냐?"

지국이 한마디 했다. 지유는 못들은 척 대답을 안했다. 지국은 더 이상 말하지 않고 방으로 들어갔고 지유는 헛간에서 자유 시간을 보냈다. 지유네는 오랫동안 그 집에 살았었는데 나중에 엄마가 사망한 후 남긴 수첩에는 그 당시의 정경을 담은 글이 남아있었다.

> 한 뼘 땅에는 상추를 갈아
> 온 여름 집안식구와 이웃의 입맛을 좋게 하고
> 밭 모서리에 심은 분꽃, 채송화, 봉숭아는
> 보는 이의 마음을 즐겁게 한다
> 한쪽으로 땅을 파 올린 펌프에서는
> 옥수 같은 물이 펑펑 쏟아져
> 가슴 밑바닥 고인 설움을 씻어준다
> 온갖 걱정 다 잊고 호박넝쿨을 지나
> 안채로 들어서니 쌀독이 비었더라

엄마는 대학 등록 시즌이 되자 헛간과 밭을 없애고자 목수 아저씨를 불렀다. 그 자리에 방 두 개와 작은 부엌 한 칸을 들였다. 새로 만든 방을 다른 사람에게 세를 주고 전셋돈으로 언니, 오빠의 대학 등록금을 내고 생활비를 해결했다. 나중에는 그 판잣집마저 팔아 산꼭대기 동네로 이사 갔다.

처음엔 전세로, 나중엔 월세로 방 두개짜리를 구해 자꾸 이사를 갔다. 그렇게 집을 줄이고 팔면서 버티다 보니 지국은 군에 갔다 와서 대학 졸업반이고 지우도 대학 3학년이었다. 대학생들 아르바이트야 가정교사로 겨우 용돈이나 해결하는 정도였고 집안은 점점 더 어려워졌다.

고등학생이던 지유는 가내수공업이던 편물이 한물가면서 수출의 길이 막히자 일감이 끊긴 엄마가 집에 남은 마지막 놋대야까지 내다 파는 것을 보았다. 쌀이 떨어지면 반반한 옷가지부터 시작하여 엄마가 결혼할 때 가져온 놋대야가 하나씩 사라졌다.

안방 벽장을 열면 잘 닦여진 크고 작은 놋대야 십여 개가 마치 황금처럼 번쩍이고 있었다. 그런데 어느 날 보니 딱 하나의 놋대야만 광채를 잃은 채 외로이 남아있었다.

"이것만은 남겨야지. 나중에 나 죽은 후에 외삼촌이나 이모 만나면 서로 몰라볼지도 몰라. 우리 식구만 아는 징표가 있어야 해. 이 놋대야는 할머니가 주신 거야. 나중에 너희들끼리 만나더라도 이것만 내보이면 된다. 그러면 너네들이 조카인지 금방 알아볼 거야."

엄마의 낭만이자 감상이었다. 이러한 막연하고 허무한 꿈들이 살아생전 엄마를 지탱시켜 주었다. 어린아이를 목욕시켜도 될 정도로 넉넉한 품을 지닌 놋대야는 보는 것만으로도 믿음직스러웠다. 테도 넓적하니 든든하고 크니 들기도 좋았다. 황금빛 광택이 나는 그 품 위 있는 놋대야도 결국 집을 떠났다. 마지막 남은 놋대야는 작은 보퉁이 쌀로 돌아왔다.

3장
낡은 일기장

서울에 온 북쪽사람

엄마가 남긴 일기장에 평양에서 온 그의 이야기가 담겨있었다.

- 1972년 가을.

남동생 영우가 서울에 왔다. 그 잘생긴 동생 영우가. 볕이 좋은 가을, 대낮에 혼자 집에 있는데 중앙정보부 요원이 찾아오더니 "며칠간 집을 떠나 있어야 한다."고 한다. 아이들에게는 "부산 아버지한테 간다."고 적당히 둘러대고 짐을 대강 챙긴 나를 그들은 설악산으로 데려갔다. 설악산 한 여관방에 갇힌 채 며칠을 보내었다. 지금 북한 사람들이 서울에 왔는데 그중에 내 동생이 끼어있다는 것이다.

'7·4공동성명이 내 마음을 흔들고 남북 조절위원회의 만남이 이뤄지더니 영우가 이남땅에 왔다고?'

가슴이 방망이로 치는 듯 세게 퉁탕퉁탕 거린다. 해주 시장으로 있다는 동생이 꿈에도 못 잊을 누나를 찾아 남한 땅으로 왔는데 이들은 우리 남매를 못 만나게 한다.

너무나 보고 싶다. 바로 이 누나 가까이 왔는데 멀리서라도 얼굴 한번 못 보게 하다니. 가슴은 무너져 내리는 한편 기쁘기 한량없다.
'영우가 정이와 함께 북에서 아버지를 만났구나.'
서울에서도 아버지의 흔적을 찾지 못한 동생들은 53년 휴전을 전후해서 아버지를 찾으러 북으로 갔었다.
TV도 라디오도 없는 방에서 남편과 자식도 모르게 산속에 갇힌 나는 북에서 온 사람들이 모두 돌아간 다음에야 서울로 올 수 있었다.
아무것도 모르는 아이들, 엄마가 왜 며칠째 사라졌는지, 누가 이 서울 땅에 다녀갔는지 천진한 아이들은 모른다. 물론 나도 절대로 아이들에게 말하지 않을 것이다. 얼마나 무서운 세상인가. 자칫 상처받을까 두렵고 반공교육을 받은 아이들이 가질 한 점의 의혹도 싫다.
집으로 돌아와서 지나간 신문을 뒤지기 시작했다. 이미 TV는 적십자 회담 소식을 전하지 않는다. 신문은 새로운 뉴스를 전달하는데도 지면이 넘쳐났다.
'창덕궁과 비원 관람에 나선 북적 대표들이 한적(韓赤) 대표들과 함께 인정전 앞뜰을 걸어 나오고 있다'는 사진을 아무리 눈을 몇 번이나 닦고 보아도 수십 명의 양복을 입은 사람들 틈에서 그리운 동생 얼굴을 찾을 수가 없다.
허겁지겁 신문을 읽어 내려가기 시작했다.

북적 대표단 일행은 13일 오후 창덕궁 북악 스카이웨이 경복궁 박물관 등을 차례로 관람, 서울 도착 후 처음으로 옥외 관광에 나섰다. 이들은 더러는 "박물관은 정말 훌륭하다."고 조상의 위업을 기리기도 했으나 "이조봉건시대 인민의 고혈을 빨아 만든 것", "이처럼 슬기로운 조상을 둔 우리 민족이 한시바삐 통일해야…" 하는 등 정치적 코멘트를 계속했다.
- (1972년 9월 14일 목요일자 동아일보)

단장 이름, 대표단 이름, 수행기자 이름 등을 눈 빠지게 찾으며 며칠간의 신문을 샅샅이 훑어보아도 영우의 이름은 없다. 아마도 가명을 썼을 테지.

'분명 왔다고 그랬는데, 오지도 않았는데 그들이 나를 설악산으로 빼돌리지는 않았을 텐데.'

나는 결코 영우의 이름도 얼굴도 볼 수가 없었지만 소식을 들은 것만 해도 너무 기뻤다.

'살아있구나, 살아있어. 어디든 살아있으면 됐어. 하나님 고맙습니다.'

지난 8월 29일, 한적 대표단이 4반세기 금단의 벽을 깨고 통일조국을 향한 꿈을 안고 북한 땅에 첫발을 디딜 때부터 내 마음 속은 북으로, 북으로 달리고 있었다.

그러나 어느 날, 남과 북의 적십자 회담이 한창 무르익어 가는 사진 옆에 박정희 대통령이 "유신만이 우리의 살 길이다"고 말한 기사가 나란히 게재된 것을 나는 보았다.

'아, 또 국민을 우롱하는구나.'

누나가 살고 있는 땅에 어렵게 와서 아버지와 정이의 소식을 전해 주고 싶었을 영우는 그렇게 속절없이 가고 말았다. 텅 빈 내 가슴 속에서 바람 소리가 들린다.

파란 하늘에 하얀 뭉게구름 한없이 피어오르는 것을 보고 앉아있으니 '아, 가을이구나.' 하는 생각이 새삼 든다.

가을이 오면 추석이 가장 먼저 생각이 나고 어릴 적 추억이 환히 떠오른다. 소학교도 들어가기 전, 추석날 아침이 되자 할머니와 어머니가 정성으로 만들어 준 추석빔을 입고 싶어 새벽같이 일어났다.

그 시절의 나는 눈이 유난히 큰데다가 살결이 희고 통통했다. 옷을 입혀준 고모가 웃으며 손가락으로 내 배를 꾹꾹 찌르며 말했다.

"배 좀 오무려라."

그 말에 모두 한바탕 웃었다. 그런데 알록달록한 허리띠가 있는 그 고운 옷을 아끼느라고 벗어서 콩나물시루 위에 얹어두었다. 그런데 그만 시루 안의 물에 빠져서 고운 옷 색깔이 엉망이 되어 버렸다. 얼마나 안타깝던지.

그 몇 해 후의 추석은 난데없이 일본에서 온 편지와 소포를 받았다. 편지의 주인공은 일본 유학생인 고모였다. 할머니와 함께 소포를 풀어보았더니 예쁜 분홍색 내 저고리감이었다. 난 그것을 들고 좋아서 팔짝 뛰었다.

또 성신학교를 졸업하고 집에 있던 내게 경성으로 올라와 공부를 계속하라는 아버지의 편지를 받은 날도 추석 전날이라 그 해의 추석은 진정 잊을 수가 없다.

추석이면 가까이는 20리, 멀리는 50리 밖에서 각자 자기 제사를 모시고 정오가 되어야만 우리집 제사를 지내러 오던 그 많은 사람도, 꿈도, 세월도, 지금은 추억만 가을바람에 설레는 갈대마냥 어지럽게 날린다.

영이는 마음이 갈대처럼 이리 저리 흔들리며 겉잡을 수 없는 날이면 일기를 쓴다.

라디오에서 흘러나오는 소리.

"당신은 어찌 그리 어두운 얼굴을 하고 계십니까?"

정말이다. 내 생활이 이게 무엇인가? 엄연히 남편, 자식이 있는 몸이건만 이렇게 적막할 수가 있으랴? 오늘 저녁도 고질처럼 파고드는 친정 생각에 마음이 탄다.

그리운 아버지는 여전히 가슴에 남아 이 밤도 잠 못 들게 한다. 아버지 이미 고령이니 감옥에서 얻은 병으로 건강을 해친 아버지가 살아 계실 것은 기대할 수도 없다.

언제나 단정한 옷차림에 꼿꼿한 몸가짐으로 사람들 앞에 서계시던 오십대 아버지는 세월이 갈수록 내 가슴속에 더욱 또렷이 살아난다.

생명이 있는 자는 언젠가는 죽는 것, 사나이로 태어나 한 뜻을 세운 다음, 그 뜻을 이루기 위해서 하나뿐인 목숨일지라도 초연히 버릴 수 있어야 한다고 생각하던 분. 나라 없는 백성은 온 힘과 마음을 바쳐 제일 먼저 할 일이 나라를 찾는 것이고 그것은 우리 민족의 숭고한 사명이라던 분. 아버지는 모든 사람이 잘 사는 평등한 세상을 만들고 싶어 했다. 부자도 가난한 자도 없이 모든 사람이 똑같이 잘사는 나라를 만들고자 했던 아버지는 해방된 조국에서 자신의 뜻을 펼치기 어렵게 되자 태를 묻은 고향을 버리고 당신의 사상을 자유로이 펼칠 수 있는 북으로 갔다.

지금도 내 눈에 선한, 커다란 눈이 어글어글 잘도 생긴 남동생 영우, 아무리 눈을 감아도 자꾸 눈에 와 밟히는 애처로운 여동생 정이도 북으로 간 아버지를 찾아갔다.

그냥 잠시 헤어져 있는 것일 뿐 곧 다시 만날 것을 의심치 않았던 나는 수십 년 모진 세월 온갖 풍상을 겪으며 혼자 떨어져 살아오고 있는데 왜 이 나이가 들어서도 포기할 수 없는 것일까.

살아생전 한번은 만날 수 있을 거라는 희망은 이제 버려야 하는데, 북쪽 하늘만 바라보면 저 하늘 밑에 내 동생들이 있겠거니 하고 만날 꿈을 자꾸만 꾸게 될까. 수십 번, 수백 번, 수천 만 번을 피었다 지웠다 하는 꿈이건만 다시 또 피어오르는 이 헛됨은 무엇일까. 내가 살아있는 한 결코 포기할 수 없는 꿈이라기에는 나를 지치게 한다.

보고 싶다. 너무도 보고 싶어서 가슴이 먹먹해진다. 늙은 아버지 손을 한번 잡아보고 주름진 얼굴을 한번 만져보고 영우야, 정이야, 부둥켜안고 목 놓아 통곡 한번 하면 긴 세월 맺힌 한이 다 녹아내릴 것 같다.

젊은 날은 매일 저녁 베갯머리가 눈물에 흠뻑 젖어 옆에서 자던 남편의 잠을 깨우곤 했는데 이제 늙어서 눈물도 말랐나보다. 그저 가슴이 뻑뻑하니 아파 와 잠시 숨을 멈추었다 다시 내쉬곤 한다.

엄마를 여읜 우리 삼 남매를 안쓰러워하던 아버지. 대중 앞에서는 말이 청산유수인 웅변가요 뜻이 꼿꼿하기가 장대 같았던 분이었지만 집에서는 한없는 자애로움을 우리들에게 보여주셨다.

"란아, 네 고생이 많구나. 동생들 잘 거두고 네 공부도 잘한다니 말할 수 없이 기특하구나."

아버지의 따뜻한 한 말씀이 몇 달을 견디게 했고 힘들어져서 더 이상 버틸 수 없을 때가 되면 아버지는 다시 나타나 또 한마디 위로의 말을 하시곤 했다.

　영덕에서 알아주던 대지주 집안의 장손이던 아버지. 가을 추수가 끝나면 뒤뜰에 있는 광에 곡식 가마니가 바닥부터 천장까지 가득 쌓였지. 할머니는 제사 때가 되면 넓은 제사상을 네 개나 펼 정도로 음식을 넘치게 해서는 제사가 끝나고 온 동네 사람들에게 골고루 나누어 주어 인심 후하기로도 유명했다.

　일가는 물론 팔촌너머 친척도 안면만 있으면 모두 몰려와 제사를 지내는데 노인부터 어린이까지 안방, 사랑방, 대청마루, 행랑채, 마당 어디나 사람들로 가득 메워졌다.

　어린 나는 사람들이 모여들기 시작하면 철없이 즐겁기만 했다. 행랑채 사람, 유모, 일가 아주머니, 모든 이들이 "애기씨, 애기씨" 하면서 내 뒤를 종종 따라다녔지.

　아버지가 독립운동을 하느라 집을 떠나고 엄마마저 세상을 떠나자 할머니가 소작인을 두고 농사를 지으며 땅을 팔아 독립 군자금을 대기 시작했어, 그 많던 일꾼들과 아주머니들이 주위에서 사라지기 시작했어.

　가끔 바람처럼 나타나는 아버지는 조국을 가장 먼저 생각하는 와중에도 자식 교육을 잊지 않으셨다. 자연을 보고 배우며 넓은 이해와 지혜를 지닌 인간으로 성장하라던 아버지.

　동네 친구들은 대구로, 안계로 결혼을 해 고향을 떠나고 아무도 없었지만 나는 결혼에는 관심이 없었다. 엄마가 오래 옆에 있지 않아 살림 재미를 못보고 자라선지, 가정을 꾸린다는 것이 나와 어울리지 않는 것 같은 생각이 들었다.

아버지는 공부를 하고 싶다는 내게 작문 문제 세 가지를 내었다. 평등, 책임, 학문 이 세 가지 중에 하나를 골라서 너의 생각을 적어 보내라는 편지가 온 것이다. 그중에서 당시 내게 가장 절실했던 '학문'을 골라 「여자도 배워야 한다」는 제목으로 글을 썼다.

'여자라고 모두 결혼하여 시집살이, 남편 봉양, 자녀 키우는데 모든 시간과 정열을 바치고 자신의 주장은 없이 일만 하며 사는 것은 노예와 같다. 자신의 힘이 있는 한 열심히 배우고 익혀 우주만물이, 온 세상이 돌아가는 이치를 먼저 아는 것이 중요하다. 그리고 자신이 익힌 능력으로 일을 하여 자기가 먹을 것은 자기가 버는 것이 바람직하다고 생각한다.'

대략 이런 내용의 답장을 당돌하게 올렸는데 아버지는 미흡한 대로 만족하셨는지 곧장 답장을 보내오셨다.

"여자라고 해서 착한 아내, 착한 며느리만이 전부가 아니니 세상을 넓게 바라볼 수 있는 식견이 필요하다. 이번에 영우가 올라오는 길에 당장 함께 상경하라."

아버지의 이 편지를 받고 얼마나 좋았는지 모른다.

그날의 기쁨은 아직 그대로 내 가슴에 살아있는데, 나는 지금 어디에 있는가? 언젠가 아이들이 자라면 외가 식구들은 어떤 사람일까 궁금할 때가 있겠지. 혹시나 여섯 아이 중 한 명이라도 가족사에 관심이 있다면 이 글을 읽을 날이 있을 것이다.

"조선은 단군이 세운 단일민족이다. 어느 누구도 그 사실을 부정 못한다. 이 나라의 주인이 자기 나라를 찾겠다는 것이 어찌 해서는 안 될 일이냐?"

서슬 퍼렇게 일본 법정에서 소리치던 아버지, 역사 속에 쓸쓸히 묻혀 가겠지만 그래도 조상이 이런 사람이었구나 조금이나마 알기 바란다.

북위 38도선을 경계로 남한과 북한에 미군과 소련군이 진주하여 군정을 실시할 즈음 아버지는 혁명의 불길을 높이 들었다. 그 빛은 주황색인가 하면 황금색이고 붉은색인가 하면 샛노란 색으로, 화려하고도 황홀한 정열의 불꽃이었다. 민족 통일을 저해하는 친일파와 민족 반역자를 혐오하던 아버지는 책임감 있는 민족주의자이자 공산주의자가 되고자 했다.

48년 8월 21일 해주에서 열린 인민대표자 회의에 참석코자 월북을 했다. 아버지는 그 길로 영영 돌아오지 못했다.

황해도 해주, 북쪽 하늘을 보니 파란 하늘은 한 점 구름도 없이 맑았는데 내 가슴은 어찌 그렇게 막막해지던지, 숨 쉴 구멍 하나 보이지 않았다. 그날따라 왜 그렇게 세상살이가 어렵게 생각되는지.

그저 아버지의 식사를 지어드리고 옷가지를 빳빳하게 풀 먹여 다려 준비하고 따뜻한 잠자리를 저녁마다 봐드리는 일이 그리 어려운 일이던가. 아버지는 늘 조선 팔도를 다니느라, 수시로 형무소에 들어앉아 계시느라 나의 효도를 제대로 받지 못하셨다. 해방된 내 나라에서도 아버지는 따뜻한 밥 한 공기를 제대로 못 드시는구나 싶어 답답한 가슴에 찬바람이 술술 고여 왔다.

아버지 주위에 모이는 사람들, 눈빛이 날카롭고 열기에 들떠있던 그들의 입에 오르내리던 자본가, 계급투쟁, 노동자 단결, 프롤레타리아 등등, 나는 그 뜻은 잘 모른다. 내가 갈 길도 아니었다.

큰아들이 아버지를 닮아 눈이 어글어글 하니 크고 인물이 훤해서 내 마음을 설레게 했고 큰딸이 한창 피어나던 10대에는 하얀 배꽃처럼 곱던 정이 얼굴이 떠올랐다.

남들처럼 외삼촌과 이모가 옆에 있었으면 조카들에게 얼마나 잘해 주었을까. 셋째딸 지유가 이모라는 말에 깜박 속아 밤새워 뜬 스웨터를 날치기당하고 온 그날 밤, 솟구치는 통곡을 참느라 주먹으로 가슴을 쳐서 피멍이 시퍼렇게 들었었지.

가족이 있어도 못 만나고 만날 기약도 없는 기막힌 이 현실이 세상 어디에 또 있겠는가. 세월은 물 흐르듯 흘러 어린 두 동생의 꽃 같은 젊은 얼굴도 주름이 지고 머리가 반백이 되었을 텐데 왜 우리는 만나지 못하는가.

누가 아버지의 식사를 챙겨드리나, 옷은 누가 빨아드리나, 찬 겨울밤이면 방에 불을 때고 계시는가. 감옥에 들어갔다 오신 후로 건강도 좋지 않으신데. 감옥에서 다 버린 위 때문에 오래 사셨을까. 정이가 잘하겠지. 정이야, 언니는 너만 믿는다. 정이가 결혼했다면 아이를 낳았을 테고, 그 아이들도 다 컸을 텐데, 누굴 닮았을까. 그 아이들도 이모가 없겠구나.

나중에 아이들끼리 만나면 서로 알아볼까. 두 눈 부릅뜨고 서로 닮은 점을 찾느라고 애쓰겠지. 그러나 그날은 올까. 영영 이대로 남이 되어버리는 것은 아닐까.

나는 요즘 건강이 좋지 않다. 언제 저세상으로 갈지 모른다. 이대로 불귀의 객이 되어버리면 누가 나의 가족들을 찾아줄 것인가. 그것을 생각하면 가슴이 미어지고 숨이 막혀온다. 나의 가족을 찾고 싶다. 두 손으로 얼굴 맞잡고 눈물 펑펑 흘리며 영우야, 정이야, 수천 번, 수만 번을 부르고 싶다.

그저 배불리 먹고 따뜻한 방에서 서로 몸과 몸을 부딪치며 함께 뒹굴고 도란도란 얘기를 나누는 것이 그렇게 어렵단 말인가. 아버지가 하는 일은 그저 큰 뜻이라고만 생각해왔다.

"그런데 아버지, 그냥, 너무 보고 싶어요."

당당히 세상을 살라던 아버지의 말씀, 한시도 잊지 않았습니다. 먹을 끼니가 없어도 비굴하지 않았어요. 당당하게 쌀집에 가서 뜨개질을 하여 꼭 갚겠다고 말하고 쌀을 팔아와 자식들을 먹였습니다. 그리고 양손목이 벌겋게 부어오르도록 잠자지 않고 뜨개질을 하여 갚았습니다.

아무리 골수 빨갱이 딸이라고 무시하는 자가 있어도 한치의 자존심도 상하지 않았습니다. 그런데 아버지, 이제 저도 늙었나 봐요. 아버지와 동생들만 만나게 해준다면 영혼이라도 팔고 싶어요. 저는 나날이 힘이 없어져 갑니다. 심장도 두근두근 급하게 뛰어 안정이 안 되다가 겨우 가라앉곤 합니다.

아버지, 어디로 가면 아버지를 만날 수 있을까요? '어유, 우리 딸이 그새 왜 이리 늙었나' 하고 제 손 잡아 주실래요?

장떡과 추어탕

지유가 고등학생이던 어느 날, 부슬부슬 내리는 비를 맞으면서 학교에서 돌아오자 엄마는 비가 오는 바깥을 연신 내다보며 부엌에서 무언가를 만들고 있었다.

"엄마, 뭐해?"

"으응, 그냥 어릴 때 먹던 것 만들어본다. 먹어볼래?"

"이게 뭔데? 이상하게 생겼다."

"장떡이다."

"장떡? 냄새가 이상해."

"된장으로 만든 전이야. 너희들 입맛에는 안 맞겠다. 이렇게 비가 오니 할머니가 만들어주던 장떡 맛이 생각나는구나. 그런데 아무리 이렇게 해보고 저렇게 해보아도 어릴 적 먹던 그 맛이 안 나. 맛없으면 먹지 마라."

"어디? 음 그런대로 괜찮네. 먹을 만해."

"그래?"

엄마는 지유가 긍정적인 반응을 보이자 안심한 듯하면서도 미심쩍어하는 눈빛이었다. 된장 푼 물에 밀가루를 개고 부추 썬 것을 섞어 깨 소금, 후추, 참기름으로 양념한 다음 프라이팬에 기름을 두고 지져낸 그것은 구수하기도 하고 비릿하기도 한 된장 냄새를 달고 있었다.

편편하게 부쳐낸 장떡을 먹기 좋은 크기로 네모반듯하게 썰어 그 릇에 담아내었어도 된장 냄새가 진동을 했다. 간장이 필요 없게 짭 짤한 간이 배어있지만 먹어보던 것이 아니라서 선뜻 손이 가지 않는 음식이었다.

장떡을 프라이팬에서 부쳐내면서 잠시 잠깐씩 비오는 마당을 내려 다보던 엄마의 쓸쓸한 표정, 곁에 서있는 딸의 눈치를 보다가도 자 꾸 옛생각에 빠져들어 가는 것 같은 엄마를 보면서 지유는 '엄마가 외로운가?' 했다.

그날 저녁 그 장떡은 귀가한 식구들 앞에서 별로 환영을 못 받은 것 같다. 엄마도 쑥스러운 듯 저녁상 위에 내놓지 않았는데 오랜 세 월이 지난 뒤에야 지유는 엄마가 그 많은 장떡을 어디에 감췄을까 싶었다.

아마 몇 날 며칠동안 식구들이 아무도 없는 낮이면 앞에 꺼내놓고 한두 점 먹으며 어린 시절의 고향 생각, 만날 수 없는 친정 식구들 생각에 젖어들었을 것이다.

무더운 여름철이나 가을바람이 불면 엄마가 잘 만드는 음식 중에 추어탕이 있었다. 시장에서 싱싱한 미꾸라지를 사온 날이면 지유가 엄마 일을 거들었다. 엄마가 추어탕 안에 넣을 시래기와 배추, 양념 을 준비하는 동안 미꾸라지 담당은 지유였다.

엄마는 미꾸라지를 커다랗고 깊은 통냄비에 넣고 굵은 소금을 확

뿌린 다음 얼른 양푼을 덮어씌웠다.

"유야, 여기 좀 밟고 있어라."

지유는 엄마의 말이 떨어지기가 무섭게 얼른 마당으로 내려가 양푼 위를 발로 꽉 밟고 서 있었다. 미꾸라지들이 얼마나 발광을 하는지 지유의 발바닥에도 양푼 위로 파다닥 파다닥 뛰어오르는 감촉이 생생하게 느껴졌다.

언니 둘은 살아 움직이는 미꾸라지를 보고 다 도망갔어도 지유는 눈 하나 까닥 않고 20분 정도 발아래 소동이 잠잠해질 때까지 양푼을 꼭 누르고 있었다.

"우리 유야, 잘 하네, 수고했다."

엄마의 칭찬 한마디에 기분이 좋았고 겁나 하거나 무서운 줄 몰랐다. 깨끗하게 씻은 미꾸라지는 된장, 다진 마늘과 생강을 넣어 푹 삶아낸 뒤 체에 걸러서 살을 발라내고 뼈는 제거해 주었다. 살이 들어간 추어탕 육수에 양념한 시래기와 들깻잎, 쑥갓, 대파, 고사리, 기타 양념을 넣어서 끓여주면 추어탕이 완성되었다. 마지막에 들깨가루, 특히 산초가루는 추어탕의 화룡점정이었다.

상위에 올라온 추어탕은 미꾸라지 흔적이나 뼈가 전혀 없이 고소하고 구수하고 얼큰한 맛이 어른이나 어린이나 모두 좋아했다. 지유네 가족들은 엄마가 만드는 추어탕을 먹는 날이면 잔칫날이나 생일날 같았다.

엄마처럼 추어탕을 맛있게 끓이는 사람은 그 이후에도 없었다. 어느 유명한 식당의 추어탕도 그 맛을 따라가지 못했다.

지우의 소설

　대학에 들어간 큰언니 지우는 학교 신문사 기자를 했고 운동권에 몸담은 친구가 있었다. 종종 지우를 만나러 집으로 놀러왔는데 늘 백과사전처럼 두꺼운 책을 들고 있었고 큰언니와 나누는 대화에는 중학생인 지유가 알아들을 수 없는 말들이 많았다.
　역사학과 대표라는 언니는 눈썹이 시커멓고 눈이 부리부리하여 리더십이 강하고 의지가 굳어 보였다. 초미니스커트로 멋 부리는 다른 여대생들과 달랐다. 하얀 저고리와 검정 통치마도 가끔 입고 집으로 왔는데 중학생 지유의 눈에는 근사해 보였다. 그런데 그렇게 자주 오던 그 언니가 한동안 지유네 집에 오질 않았다.
　어느 여름날, 지우가 맹장수술로 입원한 병원에 나타났다. 지유는 수술 후 회복 중인 언니의 시중을 드느라 병실에 함께 있었는데 늘 멋져 보이더니 이 날은 집에서 일할 때 입는 듯 허름한 옷차림에 얼굴이 초췌하기 짝이 없었다.
　"잠깐 복도에 나가 있어라."
　지우의 말에 지유는 밖으로 나가면서 우연히 그 언니의 손톱이 모두 시커멓게 죽어있는 것을 보았다. 모르는 척 조용히 병실 문을 닫으려던 지유는 나직한 목소리를 듣고 말았다.

"버스를 탈 때는 버스가 와도 안타는 척 다른 쪽을 보고 서 있다가 버스가 막 떠나기 직전 마지막으로 타야 했어."

데모대에 동참하여 구호를 외친 대가는 오랫동안 공직에 있던 언니의 아버지를 자리에서 물러나게 했고 그녀도 학교를 중퇴한 후 다시는 볼 수 없었다. 오랜 후에야 사상과 철학을 다룬 책들을 출판하는 자그마한 출판사를 운영하며 같은 운동권이던 남자와 결혼했다는 소식을 들었다.

"유야, 요즘, 무슨 책 읽니?"

집에서 지유와 마주치면 중학생 꼬마한데 어른 대접을 깍듯이 해주던 그 언니를 생각하면 시커멓게 죽었던 손톱이 생각나고 '전기고문?' 하는 섬뜩한 단어가 떠올랐다.

지우는 원래 소설을 썼었다.

72년 7월 4일 오전 10시, 서울과 평양에서 동시에 남북 공동성명이 발표되자 국민들은 생각할 여유도 없이 무조건 환호했다. 통일문제 해결을 위해 '남북조절위원회'를 구성, 운영할 것이라는 소식에 흥분과 설렘으로 날밤을 새웠다. 오늘은 통일을 위해 몇 걸음이 진전되었나 하고 아침, 저녁으로 신문과 TV를 끼고 살았다.

불과 얼마 전까지 "무찌르자 공산당, 쳐부수자 공산당" 하고 웅변대회, 반공포스터 대회다, 멸공만이 우리의 살 길이라며 목소리 높여 주장하다가 갑자기 남쪽사람과 북쪽사람이 만났다니 신기하기도 하고 놀랍기도 했다.

몇 개월 전에 서울일원에 위수령이 발동되고 10개 대학에 무장군인이 진주, 휴업령이 내려지고 국가비상사태가 선언되는 것을 보았는데, 이미 5월에 북한과 남한이 서로 비밀리에 방문하여 통일원칙을 세웠다고 했다. 사람들은 뭐가 뭔지 몰라 어리벙벙했지만 일단 통일된다는 것은 남과 북으로 갈라진 나라가 하나가 되는 기쁜 일이므로 다 같이 좋아해야 보나 했다.

신문은 연일 초대형 활자로 뒤덮이고 명동의 술집마다 평소보다 배가 넘게 술이 팔리고 27년 만에 다시 보는 평양 시내와 북녘 동포 모습에 감격의 눈물을 흘렸다. 국민들은 눈앞의 사실에 감동했다. 9월 13일 북한 대표단이 서울을 방문하자 수많은 시민들은 연도에 늘어서서 환영했다. 일종의 축제가 열렸다.

이때 지우는 국내 일간지가 전국 대학생을 대상으로 하는 대학문학상에 응모하여 당선이 되었다. 소설의 주제는 '7·4공동성명'이었다. 시상식이 있기 며칠 전날 밤, 같은 대학 신문 편집장이 지우를 찾아 집으로 왔다.

심각한 사태인 것을 눈치챘는지 지유더러 잠시 나가 있으라고 했다. 지유가 채 방을 나가지도 않았는데 두 사람의 대화가 귀에 날아와 박혔다.

"그래서, 신문에 게재 못한대. 절대로 안 된다는 거야."

"할 수 없지요. 어떡하겠어요."

'뭐가 절대로 안 된다는 거지? 언니가 문학상에 당선되어 신문에 소설이 난다고 했는데.'

그 며칠 후 지유는 편지봉투에 붙일 풀을 찾으러 책상 서랍을 열다가 우연히 언니의 습작노트를 발견했다. 그 노트에는 대학문학상에 응모했다는 소설이 씌어있었다. 지우는 아직 학교에서 돌아오지 않는 시간이었고 지유는 그 노트 안의 글을 읽지 않을 수가 없었다.

소설은 두 남녀가 등장하여 이런저런 대학생활 이야기를 하다가 마지막 부분에 '7·4남북 공동성명'을 듣고 술집으로 사람들이 몰려든다. 청년들 장년들 노인들 할 것 없이 다들 들뜨고 흥분되어 술을 마시고 있는데 한 남자가 등장한다.

이미 술이 취할 대로 취해 몸을 제대로 못 가누는 그 청년은 두고 온 고향 얘기, 통일되면 우선 가볼 곳 등을 희망에 차서 말하는 좌중을 향해 "다, 쇼라구, 쇼." 하고 외치는 것으로 소설은 끝나 있었다.

지우의 글은 신문에 실리지 못했다. 신문사에서는 '소설 당선' 상패만 전해주고 별도로 시상식도 하지 않았다. 지우는 물론 가족 모두가 더 이상 그 소설에 관한 말은 하지 않았다.

그리고 그해 10월 17일 대통령 특별선언이 발표되고 국회 해산, 비상계엄 선포, 대학에는 또다시 휴교령이 내렸다. 7·4남북 공동성명 발표 석 달 후 발표된 10월 유신, "유신 없이는 남북 대화도 없고 통일을 원하면 이것을 받아들이라."고 했다. 북한도 마찬가지로 김일성에게 절대 충성 체제를 더욱 굳히기 위해 인민들의 관심을 잠시 다른 데로 돌리고자 7·4남북 공동성명을 이용했다.

유신 체제를 유지하기 위해 반공 교육이 더욱 강화되었다. 북한 이야기를 하면 국가보안법에, 금강산 사진 한 장을 소지해도 마찬가지였다. 잠시 남과 북이 만났나 했더니 북의 주민은 동포는커녕 옆에도 갈 수 없게 남과 북의 이질감은 더욱 심화되어 갔다.

군사 정권이 국내 정치를 안정시키고 장기집권의 토대를 마련하기 위한 '7·4남북 공동성명' 이후 지우는 다시는 소설을 쓰지 않았다. 운동권 친구와도 더 이상 어울리지 않았다.

국민을 짓누르는 반공 교육은 월북자 가족들을 숨도 제대로 못 쉬게 몰아갔다. 체제, 이념, 사상을 초월하는 인도주의와는 거리가 멀었다.

재빨리 자신의 처지를 알아차린 지우는 대학을 졸업하자마자 결혼을 서둘렀다. 아마도 생각만 하며 머리가 아파지는 집을 하루빨리 빠져나가고 싶었는지도 몰랐다.

지우는 대학 시절 판자촌 아이들을 상대로 공부를 가르치던 야학에서 만난 사람과 결혼했다. 결혼할 사람이 처음으로 집에 와서 엄마를 만나고 갔다. 아버지는 부산에 장기간 머무르고 있는 중이었다.

"한마디만 듣겠네. 우리가 언제부터 공산이고, 언제부터 민주라고 이렇게 갈라져 싸우고 있는가, 애비와 자식이 돌아서고 형제가 반목하여 싸웠던 피맺힌 역사가 누구의 책임인가, 반만년 이상 단일민족으로 내려온 우리 민족이 남북으로 갈라져 내생각과 다르다고 증오하는 이 땅에서, 가장 먼저 해야 할 일이 무엇이라고 생각하나?"

집안이 어떠냐고, 가족이 몇 명이냐고, 결혼을 하면 어떻게 살 것이냐고 묻지 않았다. 첫 대면에서 이 말만 물었다.

그날 '남북 화합의 길과 통일'이라고 대답한 지우의 신랑감보다도 첫 사위를 맞으면서 엄마가 보인 의연함과 기개가 대단했다. 대접할 차 한 잔, 물 한 잔 담아낼 컵, 쟁반 하나 변변히 없어 맨입으로 마주 앉아서 무릎 꿇은 사위감 앞에 엄마는 당당했다. 군사정권은 생업의 줄을 끊어버렸어도 몸이 부서져라 일을 하며 살아남았다.

74년 10월 24일 동아일보 기자들이 '자유언론 실천대회'를 가지자 정부는 그 보복으로 각 기업체와 기관에 광고 해약 압력을 시작, 74년 12월 26일부터 동아일보 광고란이 백지로 나오기 시작했다. 이른바 동아일보 광고 사태였다.

그러나 각 민주단체와 일반 시민들의 격려 광고가 쇄도, 허옇게 비었던 광고란은 전 국민의 성금으로 가득 차기 시작했다. 75년 3월 결혼한 지우의 축의금도 '축 결혼 신랑 ○○○ 신부 ○○○'라는 제목을 달고 동아일보 광고부로 들어갔다.

결코 돈이 있어서가 아니었다. 지우가 결혼하고 오랫동안 엄마는 '식모보다 못하게 해서 보냈다' 가여워할 정도로 철저하게 빈손으로 식장에 선 큰딸이었다.

신혼살림을 보고 집으로 돌아온 엄마는 지우의 집에 다녀온 이야기를 지유에게 했다.

"앨범을 보여주면서 이때가 제가 고아원에 가있을 때입니다. 홀어머니가 장사를 나가면 오랜 기간 집에 못 돌아오기에 저 스스로 고아원에 가있겠다 했지요. 한 달 후에 어머니가 오셔서 그때서야 집으로 갔지요 하고 네 형부가 말하더라."

지우는 사글셋방으로 신혼생활을 시작했고 6개월마다 이사를 가면서 착실히 살림을 일궈나갔다.

4장
자유의 청춘

신춘향전

　대학 1학년 여름방학에 문리대 전체 수업에서 만나서 친해진 역사학과 친구가 있었다. 지유는 그 친구를 따라 한 단체의 여름수련회에 갔다.
　"여름에 별다른 계획 없으면 우리 서클에서 가는 수련회 같이 안 갈래?"
　전국적인 조직을 지닌 대학생 흥사단의 연례 여름수련회였다. 지루하도록 긴 여름방학 동안 신물 날 정도로 아르바이트를 하던 중이라 잠시 바람을 쐬고 싶었다. 그래야 상쾌해진 머리로 나머지 방학 동안 공부를 잘 가르치고 2학기 등록금을 마련할 수 있겠다 싶었다.
　흥사단은 대학가의 운동권 학생이면 누구나 기웃거리던 서클이긴 했지만 지유는 그런 활동을 하기에는 마음의 여유나 시간이 없었다.
　다만 그곳에서 활동하는 친구들이 평소 바른말을 잘하고 모범학생이라는 것, 흥사단에서 수시로 탈춤 강습과 한국사 강의를 할 때면 둥둥거리는 북소리와 장구소리에 맞춰 '낙양동천 이화정(洛陽洞天梨花亭)' 하고 지르는 힘 있는 소리가 듣기 좋았다.

70년대 후반, 대학가는 탈춤의 열기로 휩싸여 축제 시즌에는 여기 저기서 덩더꿍 하는 소리가 온 교정을 덮었다. 장삼 소매를 잡고 뿌리 거나 한삼을 휘두르는 깨끼춤을 대학생이면 누구나 한 번쯤 해보았다.

지유 역시 우리 것을 배우고 싶던 차에 경기도 양수리에서 열리는 흥사단 수련회를 따라 갔다. 2박 3일로 진행된 수련회는 강의와 강의의 연속이었다.

풀벌레 소리가 요란하던 여름 오후, 역사시간에 대학원 교사의 열기 어린 말이 느릿느릿 들렸다 말았다 했다. '내가 졸고 있구나' 하는 것을 느낀 순간, 옆에 앉은 남학생의 날카로운 눈길이 지유를 쏘아보고 있었다.

'한심하기 짝이 없군. 일제하 독립운동사를 강의하고 있는데 졸고 있다니, 도대체 어떻게 돼먹은 여자야?' 하는 질책의 눈길에 정신이 번쩍 들었다. 졸음이 천리만리 달아나면서 오기가 발동했다.

'얼마나 잘났다고 무시하는 눈빛이야? 새벽에 서울에서 떠나 세 시간 내리 버스 타고 달려왔잖아? 도착하자마자 점심 먹고, 바로 강의가 시작되었지, 밥 먹자마자 공부하려니 졸릴 수도 있지. 강의 시간 내내 정신이 어떻게 또렷또렷하기만 하니? 넌 밥 먹고 졸지도 않니?'

속으로 구시렁대며 그를 마주 쏘아보는 지유다.

강의시간 내내 그와 지유는 수시로 팽팽한 눈길로 마주 보며 말은 한마디도 나누지 않았다. 꾸벅 꾸벅 졸다가 그에게 들킨 이래 참으로 자주 마주쳤다. 강의 후 회관 복도에서, 운동장에서, 하다못해 저녁 자기소개 시간에도 시선은 쉴 새 없이 마주치는데 둘 다 어느 쪽도 말문을 트지 않는다.

전국 30여 개 대학에서 온 대학생 1백여 명이 모인 수련회는 오전에는 역사 강의를 하고 오후에는 야구와 농구시합, 게임 등으로 친목을 나누는 시간이었다. 저녁 식사 후 밤시간에는 조별로 나눠 토론 및 장기 자랑을 했다. 수련회 참여자 중에는 지유처럼 회원이 아니면서 친구 따라온 비회원도 제법 있었다.

지유가 머리를 끄덕이며 조는 모습을 보고 딱해하던 그는 토론시간이면 확실하고 해박한 지식으로 자기주장을 논리적으로 펼쳐 좌중의 시선을 한 몸에 모았다. 간단한 농구시합조차 끝까지 볼을 놓지 않는 끈질긴 근성을 보여주었다.

"나는 박이도입니다. 내 장기는 운동입니다."

자기 소개시간에 그는 자신이 가장 잘하는 것은 몸을 움직이는 운동이 아닌 머리를 쓰는 학생 운동이라고 말했다. 지유가 잘 쓰지 않는 말들, '조직', '곤고한 삶', '역사의식', '승리' 등등 그런 단어도 자주 사용했다.

수련회 첫날 저녁, 조별로 장기자랑이 있었다. 그런데 그 장기자랑이 끝난 후부터 그가 지유를 쳐다보는 눈길이 달라지기 시작했다. 지유가 속한 조가 연극 '신춘향전'을 공연했는데 그 연극의 주연인 춘향이가 바로 이지유였다.

수련회 진행부는 저녁시간이 시작되기 전에 겨우 두 시간을 주고 그동안 각본, 연출, 의상, 조명까지 주어진 상황 그대로 이야기를 꾸며 무대에 올리라는 것이다.

8명의 조원들은 눈에 고집이 들어있고 강단 있어 보이는지, 혹은 카랑카랑한 목소리가 적격이라 생각했는지 다들 지유더러 춘향역을 하라고 했다. 춘향이가 옥에서 끌려 나와 탐관오리 변학도에게 조목조목 사또의 잘못된 점을 지적하고 부당함을 따지는 역을 맡은 것이다.

춘향전의 내용이야 모두 아니까 대강 구성만 하고는 무대에 올라가 장면 장면에 따라 출연자가 알아서 즉흥적으로 대사를 만들어 가야 했다. 평소 연극을 좋아하고 즐겨 보는 지유는 무대에서 대사를 지어내어 극을 이끌어 가는 것이 별로 어렵지가 않았다. 또 출연배우나 관객이 모두 초보자이니 어설픈 몸짓과 엉뚱한 대사가 더욱 관객의 인기를 끌었다.

"금항아리의 좋은 술은 사람들의 피요, 옥쟁반의 안주는 만백성의 기름이라. 당신의 정신을 몽롱하게 한 술은 온 백성의 피와 땀을 바쳐 만들어진 것이요, 당신의 배를 불린 안주는 온 백성의 눈물로 이루어진 것인 줄 몰랐단 말이오?"

'금준미주 천인혈/ 옥반가효 만성고/ 촉루락시 민루락/ 가성고처 원성고' 하는 이몽룡의 시를 수청 들라고 위협하는 변학도를 향해 부르짖는 신식 춘향이. 한복 대신 하얀 목면 원피스를 입고 포승줄 대신 같은 팀 남학생의 넥타이와 끈으로 얼기설기 몸을 묶고 마룻바닥에 무릎 꿇고 외치는 지유의 연기는 빛이 났다.

둘러싼 조원들이 "암행어사 출두야!"를 외치며 변학도를 포박하여 죄를 벌하는데, 고고장과 술집을 순례하는 일이 하루일과인 젊은이들의 방탕한 세태를 나무라고 정치권의 잘못도 춘향의 입을 빌려 맹렬히 비판하는 '신춘향전'은 그날 저녁 최고 인기를 얻었다. 전국에서 모인 대학생들은 환호성을 지르며 우르르 일어나서는 박수갈채를 보냈다.

팀이 일등을 차지한 것은 물론 지유는 '여우주연상'까지 수상했다.

상패도 상품도 없는 명예뿐인 상이다. 아, 크리넥스 티슈 한 박스를 부상으로 주었다.

지유는 전국에서 몰린 1백여 명 대학생 중 그날로 단박 눈에 띄는 인물이 되었다. 다음날 아침부터 세면장이나 복도나 수련생들과 마주치면 다들 일부러 다가와 이야기를 걸어왔다.

"어느 학교라고 했죠?"

"무슨 과에요?"

"연극반 활동해요?"

평범하기 짝이 없는 질문이지만 모든 인연은 이렇게 일상적인 것부터 시작되지 않는가.

다음날 아침, 지유는 세면대에서 입안 잔뜩 치약 거품을 물고 이를 닦다가 타월을 목에 걸치고 느릿느릿한 걸음으로 세면대로 걸어오는 박이도와 눈이 마주쳤다. 졸다가 들켰을 때 나무라던 눈빛이 '역사학 시간에 졸더니 제법이네'로 바뀌어져 있었다. 그래도, 그는 말을 걸지 않았다.

현대사 강의가 끝나고 오후의 자유시간이 되면서 그의 눈빛이 지유를 따라다니는 것을 느낄 수 있었다. 그의 날카로운 눈빛은 '도대체 어떤 아이야?' 하다가 '궁금하네, 매력 있는데?'로 바뀐 것 같은데 말이 없으니 알 수가 없었다.

다음날밤 저녁은 수련회 마지막 날로 캠프파이어가 열렸다. 흥사단 구호를 다 같이 외친 다음, 미리 준비된 커다란 통나무 더미에 불이 당겨졌다. 칠흑 같은 어둠을 훤하게 밝힌 모닥불은 젊은이들에게 사랑의 불길을 점화시킬 듯 벌건 불길을 일렁이며 활활 타올랐다.

총무를 맡은 회원이 불이 계속 타오르도록 미리 잘라 온 나뭇가지를 계속 올리자 점점 기세 좋게 타오르는 불길, 그 위로 탁탁 튀어 오르는 불똥은 언제라도 사랑할 준비가 되어 있는 나이의 젊은이들에게 추억의 한 장면을 선사했다.

불길이 맹렬하게 오른 나뭇가지가 스스로 몸을 뒤틀 때마다 까만 하늘로 파르르 튀어 오르는 불똥, 어둠 속에 무수한 반딧불처럼 찰나를 태우고는 흔적도 없이 스러졌다.

그 불꽃을 가운데로 놓고 기타 선율에 맞춰 노래를 하는 젊은이들, 점점 목소리가 높아져 가고 커져갔다. 싱그러운 수목의 향기와 서늘한 바람, 타는 불과 흥겨운 음악이 있는 자리는 젊은이들의 마음도 달뜨게 했다. 바깥세상이 아무리 어지러워도 그 자리는 청춘, 자유로운 미혼이라는 것으로 충분히 즐거웠고 만난 지 삼일 밖에 안 되었지만 누구든 친밀한 사이가 된 듯한 착각을 갖게 만들었다.

내일 아침이면 각자 자신의 학교가 있는 서울, 경기도, 강원도, 전라도로 헤어진다니 아쉽기도 하고 이제 겨우 말문을 트고 막 정이 들었는데 헤어져야 한다니 뭔가 미진한 여운도 남았다. 마지막 순서로 커다란 원형으로 둘러선 채 손을 잡고 음악에 맞춰 파트너를 바꿔가며 추는 포크댄스였다.

포크댄스 지도교사의 지도 아래 청춘 남녀들이 모닥불을 중심으로 원을 그려 돌며 추는 춤은 사소한 농담에도 와하하, 스텝을 잘못 밟아도 와하하, 음악소리가 흥겨워 와하하, 다들 즐겁기만 했다. 밤바람도 서늘하게 불어와 숲속의 수양관 일대는 분위기, 음악, 젊음이 무르익어 뭔가 이루어질 듯 말 듯했다. 지유가 금방 손잡은 파트너를 보내고 그가 다음 파트너가 될 차례가 되었다.

박이도도 이지유도 멀리서부터 바라보며 몇 사람만 지나면 파트너가 되는구나 하는 기대를 똑같이 갖고 있는 듯했다. 파트너가 되면 2분 정도는 같이 율동을 하므로 자연스레 이야기를 나눌 수 있었다. 그런데 서로 손을 잡으려고 막 손을 뻗는 찰나 음악이 딱 멈춰버렸다.

"자, 시간이 늦었으니 이제 그만 해산합니다. 내일 아침 식사 후 서울로 출발하니 잠을 잘 사람은 자고 더 얘기할 사람은 모닥불 처리를 잘 하기 바랍니다."

음악이 딱 꺼지니 막 손끝이 닿으려는 찰나 '동작 그만'이 되어버린 채 멍청히 서서 서로 쳐다보았다. 박이도는 "역시, 우리는 인연이 아닌가 봐." 하는 말을 중얼중얼하더니 먼저 돌아서 간다.

'언제는 인연이었나 뭐.'

지유도 횡하니 돌아서 여학생들 방으로 잠을 자러 갔다. 그리고 서울로 와서 그를 잊었다.

서울로 돌아와서 하루에 두 팀, 세 팀, 가정교사를 하느라 방학이 언제 끝났는지 모르게 눈코 뜰 새 없이 바쁘게 보내다 곧 2학기가 시작되었다. 개강 후 정신없이 학교와 가정교사 학생집, 집을 오가다 보니 어느새 11월도 다 가고 있었다.

그런 어느 날, 학생회관 안에 있는 우편함에서 '국문과 이지유' 이름 앞으로 온 하얀 사각봉투에서 그의 이름을 보게 되었다.

가을 단풍이 너무 아름다워서 혼자 보기 아깝습니다. 덕수궁 앞에서 기다리겠습니다. 우리 서로 눈 마주치며 차 한 잔 나누기 바랍니다.
- 가을이 지나가는 길목에서
박이도 올림

"제법이네, 운동이 취미인 사람이. 가을 하늘 쳐다보며 낭만에 잠길 시간이 다 있었어."

그러면서도 지유는 기뻐서 하늘로 오를 듯했다. 사실 그와 좀 친해지고 싶었다. 무엇을 좋아하며, 하루를 어떻게 보내는지, 어디서 사는지, 이런 가장 평범한 일들을 물어보고 답하며 그와의 시간을 갖고 싶었다.

그가 정한 '11월 마지막 날 낮 12시, 덕수궁 앞'을 기다리며 마음이 들떴다. 아르바이트를 하러 가는 발걸음도 가벼웠다.

드디어 11월 마지막 날, 교사 생활을 하는 지수의 회색 미니스커트와 빨간 모직 재킷을 빌려 입었다. 그날따라 기온이 뚝 떨어지면서 매서운 겨울날씨가 도래했다. 그런 옷차림으로 밖을 나서자 어찌나 추운지 저절로 입김이 하얗게 내뿜어졌.

'옷을 바꿔 입을까? 무얼 입고 나갈까 고민하고 결정한 옷인데, 무엇보다도 이 옷은 내게 잘 어울리지 않는가.'

지유는 버스를 타고 12시쯤 덕수궁 앞에 가니 다행히 그가 먼저 나와 있었다. 얇은 옷 탓에 몸이 꽁꽁 언 지유는 얼른 따뜻한 찻집 안으로 들어가고 싶었다. 뜨거운 차를 마시면 떨리지 않고 편하게 얘기할 수 있을 것 같았다.

그런데 그는 지유를 만나자마자 동숭동 흥사단 회관으로 갈 일이 갑자기 생겼다며 같이 가자고 했다. 그래서 시청 앞에서 같이 버스를 탔고 종로에서 내려 회관까지 걸어가야 했다. 동숭동까지 가는 전철이 없던 그때, 미니스커트 속으로 겨울 찬바람이 씽씽 들어오고 손은 싸늘하게 곱아오고 턱은 얼어서 떨릴 정도였다. 너무 추워서 말도 잘 못하는 지유를 보고 그는 어이없다는 듯 말했다.

"이 추운 날, 웬 미니스커트에요?"

'완전히 머리를 확 깨이게 하는 대사군.'

다행히 회관에는 같이 들어가자고 하지 않고 길 건너 하이델베르그 찻집에서 기다리라고 했다. 얼른 뛰어 들어가서 몸을 녹인지 한 십 분이 지났을까, 키가 큰데다가 말라서 휘청휘청 걷는 박이도가 웬 키가 작지만 덩치가 있는 날카로운 눈매의 남자를 한 명 달고 나타났다.

같이 앉아 인사를 나누고 보니 낯이 익다. 같이 수련회를 갔던 그와 같은 학교 학생이었다. 지유와 인사만 하고는 둘이 의견 차이로 자꾸 싸웠다. 지유는 그 자리가 답답해졌다. 서로 다투는 틈틈이 지유의 옷차림을 조소하는 눈길로 바라보는 것 같았다.

'감옥에서 핍박받는 동지들이 얼마나 많은데 이 여자의 부티 나는 모직 재킷은 뭐냐?'

그들의 따가운 눈길은 그렇게 말했다.

'이 옷 직장 다니는 언니꺼거든.'

늦가을 단풍을 보러 갔다가 동숭동 찬바람만 실컷 맞은 지유는 얼른 그 자리를 떠나고 싶었다. 박이도와 개인적으로 몇 마디 이야기를 나누지 않은 채 먼저 가겠다고 찻집을 나온 지유는 집으로 돌아가는 길이 너무도 좋았다.

그 일주일 후, 문예사조사 수업시간에 맞춰 학교로 간 지유는 학생과장실로 호출을 받았다. 평소 서클 활동도 안하고 집, 학교, 가정교사 하느라 정신없는 지유가 학생과로 갈 일은 없었다. 국문과 조교로부터 전해진 '잠시 다녀가면 좋겠다'는 말은 무엇일까 의아해하며 학생과장실로 올라갔다.

면담자는 학생과장이 아니었다. 장소만 학생회관을 빌렸을 뿐 학교에 출입하는 중앙정보부 직원이 소파에 앉아 있다가 지유를 보고는 앞자리에 앉으라고 했다. 아무런 일도 아닌 듯이 말문을 열었다.

"지난여름 흥사단 수련회에 갔었나요?"
"여우주연상을 탔다고요?"
'어떻게 알았지? 별걸 다 아네.'

지유는 흥사단 단원은 아니지만 방학이라 심심하기도 하고 흥사단이 좋은 단체라서 친구 따라갔다. 가서 강의 듣고 자유 시간에는 놀고, 거기에 잘못된 점이 있냐고 찬찬히 물어보았다.

그러자 누군가의 이름을 대며 아느냐고 했다. 처음 듣는 이름이었다.
"그 사람이 누군데요?"

반복해서 물었지만 지유는 전혀 아는 이름이 아니었다. 그는 여러 가지 말로 지유를 떠보다가 얼마 후 '별일 아니다. 나가도 좋다'고 했다.
'사람을 오라 가라 했으면 미안하다고 해야 할 거 아냐.'

돌아서 나오며 지유는 기분이 언짢았지만 워낙 공부와 아르바이트 일이 바쁘다보니 바로 그 일은 잊어버렸다.

그 며칠 후 학교에 갔다 오니 집에 누군가 다녀간 흔적이 있었다. 엄마는 지유를 보고 평소처럼 "왔니?" 하는 말뿐이었다. 원래 필요한 말 외에는 안 하는 엄마인지라 예사롭게 보지 않았지만 그날 왜 그런지 엄마의 얼굴이 슬퍼 보였다. 그러나 지유는 아무것도 눈치 못 채고 다시 며칠이 지났다. 지수가 지유와 단둘이 집에 있게 되자 조심스레 말을 꺼냈다.

"엄마가 아무 말 안했지? 지난여름 네가 간 흥사단 수련회에 같이 갔던 대학생 한 명에게 문제가 생겼나 봐. 9월에 자기네 학교에서 간 야유회에서 게임을 하는 도중 자기 순서가 되자 '박정권 물러가라'고 소리친 모양이야. 다음날로 끌려갔대. 어느 학교나 어느 단체나 프락치는 있기 마련이야. 그래서 그 학생 뒷조사를 샅샅이 하면서 여름에 수련회 간 것을 알고 같이 모인 학생들 명단을 확보했나 봐. 집에 누군가 왔다 갔어. 그런 단체에 따님 내보내지 말라고 엄마한테 말하고 갔어. 그 모임에 가고 안 가고는 네가 알아서 잘 해라."

'아, 그 학생, 정보부 요원이 물어보던 이름이 바로 그 하이델베르그 찻집에서 박이도와 함께 잠시 만났던 그 학생인가? 그랬었구나. 그런 일이 있었구나.'

지유는 엄마에게 미안했다. 미안해서 고개를 들 수가 없었다. 자신이 남편과 자식의 앞날을 가로막았다 하여 늘 미안한 마음을 지닌 엄마, 그런 엄마를 지유가 다시 힘들게 한 것이다. 하지만 장본인인 엄마는 정보부 요원, 경찰, 군인, 정치인들에게 하나도 꿀리지 않았다. 딸인 지유에게 그런 사람이 찾아왔었다는 말을 하지 않은 것은 물론 내색조차 하지 않았다.

이지유는 박이도를 잊었다. 가까이 해서는 안 될 사람이라고 못 박았다. 박이도도 지유를 잊었다. 단 한번 어설픈 만남을, 그것도 제3자가 껴서 변변히 이야기도 못 나눈 채 서로 멀어져갔다. 그리고 그 다음, 다음 해, 대학생들은 독재정권 연장 타도를 외치며 광화문으로 종로로, 서울역으로 나왔다.

지유는 박이도의 이름을 신문지상에서 보았다. 그는 전국 대학생을 대표하는 총학생장으로 선발되어 서울역 앞에서 대학생들을 진두지휘했다. 그리고 그는 서대문으로 갔다. 그해 12월 27일 박정희는 제9대 대통령에 취임했다.

지유는 그가 들어가 있다는 서대문형무소 앞으로 버스를 타고 지나가며 핸드백을 열었다. 아무것도 안하고 그냥 지나가기에는 머리가 맑게 깨어있었다. 어떤 행동이든 해야 했다. 거울과 립스틱을 꺼내어 작은 쪽 거울에 비친 얼굴을 무심히 쳐다보며 립스틱을 진하게 발랐다.

'아무렇지도 않게, 아무런 일이 아닌 것처럼.'

서대문 거리를 옆 눈으로만 쳐다보며 그 앞길을 지나가는 버스, 그 안에서 립스틱을 고쳐 바르는 지유, 사회를 뒤흔들어놓던 숱한 유언비어들이 난무하는 4공화국 시절이었다. 잔뜩 움츠러든 사람들은 저녁 술자리나 택시 안에서도 말을 함부로 하지 못했고 가까운 친구끼리 만나도 말조심을 했다. 낮말, 밤말 어디에나 듣는 귀가 있었고 벽에도 귀가 있는 시대였다.

서대문 거리를 막 빠져나온 버스에서 모닥불 노래가 온 차 안에 퍼지면서 귀를 왕왕 울렸다.

"모닥불 피워놓고 마주 앉아서 우리들의 이야기는 끝이 없어라. 인생은 연기 속에 말없이 사라지는 모닥불 같은 것."

여름밤 캠프파이어에서 놓아버린 그의 손, 지유의 젊음도 그렇게 흘러가고 있었다.

여성잡지사 기자

1.

80년 2월, 겨울이 끝나가고 있었다. 잔설이 골목 구석마다 푸석푸석하니 투명한 빛을 잃은 채 깔려있는 날, 지유는 종로에 있는 '포그니' 경양식집 문을 밀고 들어섰다.

열꽃처럼 피어났다 순간에 스러지는 청춘이 속절없이 지나갔다는 아쉬움, 연애 한번 못하고 4년을 보낸 자신을 한심해 하고 있을 즈음, 고등학교 친구가 한 사람을 소개했다.

70년대 후반 대학가에는 DJ가 있는 다방들이 문전성시를 이뤄 종일 연가, 그리운 사람끼리, 목화밭, 긴머리 소녀, 눈이 큰 아이, 모닥불 같은 노래들을 틀어대고 있었다. 60년대 샹송과 팝송도 귀에 못이 박히도록 흘러나오고 있었다. 아마 이날도 비지스의 'I started joke' 정도가 실내를 감미롭게 데워놓았을 것이다.

박정희가 사망한 바로 다음해, 제5공화국을 탄생시키기 위해 숨가쁘게 돌아가는 군부, 본격적인 학생들의 가두진출이 이루어지기 직전, 크고 작은 소요가 언제나 있었다. 하지만 지유는 그런 쪽으로 관심을 돌릴 수가 없었다. 자신에게 흐르는 뜨거운 피를 알고 있기에 '일단 빠지면 못 빠져 나온다'는 것을 알고 있어 감히 그쪽으로 쳐다볼 수가 없었다.

이날, 지유는 한 사람을 만나러갔다.

"직업군인인데 괜찮겠어?"

"사람 만나러 가는 거야. 직업은 상관없어."

두 사람이 지나가면 군인과 민간인 간다고 할 정도로 군에 대한 인식이 좋지 않던 그 시절, 지유에게 그런 편견은 없었다. 무엇보다도 지유는 세상에 겁나는 것이 없는 20대였다. 그 사람은 먼저 와 있다가 자리에서 일어나 약간 상기된 얼굴로 다소 수줍어하며 지유를 맞았다.

지유가 다닌 학교는 남녀공학이라 재학 중 군에 입대해 휴가를 나오거나 출장을 나오는 남학생이 많았다. 그들은 같은 과 여학생만 보면 군대 얘기를 하고 싶어 몸살을 앓았다. 학창 시절 정말 잘생겼다고 생각한 선배나 과우도 퍼런 군복에 머리를 박박 밀어놓으면 멋있던 그 모습은 어디로 도망가고 그저 흔히 보는 국방색 옷을 입은 군인 아저씨로 변했다. 초등학교와 중학교 시절 월남에 간 국군장병 아저씨에게 위문편지를 써 보낸, 그 얼굴도 모르는 국군 아저씨가 되었다. 맹호, 백마, 청룡 등 월남파병 부대마다 위문편지를 보내고 음악시간이면 군가를 배우던 시절이 있었다.

그런데 그만은 달랐다. 퍼런 군복을 남들과 똑같이 입고 있어도 그는 금방 눈에 띌 정도로 수려한 얼굴에 건장한 체구를 지니고 있었다. 군복만큼 그에게 잘 어울리는 것이 어디 또 있을까 싶을 정도로 타고난 군인 체질로도 보였다.

2.

용산 고가도로 밑 후미진 곳에 낡은 문이 하나 숨어 있다. 그 이마에 달린 파란 페인트칠 된 작은 나무 간판에 흘러가는 까만 글씨체로 '동심다방'이라 씌어있다.

'이런 곳에 다방이라니, 이름은 맞는데…….'

미심쩍어하면서도 나무로 된 미닫이문을 밀고 들어가니 대뜸 귓전에 와 꽂히는 대중가요는 찍찍거리는 잡음을 달고 있다. 나이가 지긋해 보이는 남자들이 구닥다리 사각 나무 테이블을 앞에 두고 여기저기 몰려 앉아있다. 더욱이 수초와 열대어가 있는 어항까지 구색을 맞추고 있다.

'서울시내에 이런 곳이 있다니!'

좀 놀랐지만 따뜻한 실내가 막 찬바람을 헤치고 들어온 지유를 다정하게 맞아주었다. 어항이 있는 바로 옆자리가 비어있어 출입문을 볼 수 있는 방향으로 앉았다. 카운터에는 한복 차림에 머리를 틀어 올린 마담이 앉아있다.

'완전히 60년대네. 꼭 군에 간 애인 면회하러 전방부대 근처 시골 다방에 와 앉은 기분이네.'

4년 내내 청바지를 입고 다니던 지유는 이날 초록색 체크무늬 원피스 위에 까만 재킷을 입었다. 처음 소개받고 열흘 만에 두 번째로 만나는 것이다. 처음 만나고 집으로 돌아간 다음날 그의 전화가 왔었고 간단한 안부를 주고받았다. 그 후 갑자기 부대 안에 일이 생겨 그는 외출을 나갈 수 없다고 했다. 그래서 오늘, 그를 잠시라도 만나고자 육본 근처인 이곳으로 왔다.

지유는 자리 옆에 놓인 어항 안을 들여다보았다. 푸른 수초 틈을 요리조리 잘도 빠져나가며 뻐끔 뻐끔 물을 내뿜는 열대어를 지켜보다 보니 유독 꼬리가 까만 놈이 보였다. 다들 빨강, 주황, 파랑색 줄무늬로 화려한 몸체를 한껏 자랑하며 오가는데 그놈만은 주황색과 까만색이 얼룩무늬처럼 박힌 점박이다.

무리 중에 끼지 못하고 혼자 어릿어릿하며 수초 밑바닥만 헤집고 다니는 것이 눈길을 끈다. 자세히 보니 혼자만 눈이 앞으로 툭 튀어 나와 있다. 잘못 보았나싶어 다른 열대어와 다시 비교해 보니 확실히 그놈만 눈이 도드라지게 나와 있다.

'얘도 인간들처럼 갑상선종을 앓나?'

안구 돌출증과 목이 볼록하게 부어오른다는 호르몬계통 병명을 기억해내며 피식 웃는다.

지유는 어항에 비친 자신의 모습을 잠시 들여다본다. 쌍꺼풀 없는 서늘한 눈매, 반듯하나 고집이 있어 보이는 작은 입술, 화장하고는 거리가 먼 듯 깨끗한 피부, 말할 때 저절로 지어지는 미소, 까만 재킷 어깨 밑으로 찰랑이는 생머리를 보면서 '이 정도면 뭐 빠지는데 있어?' 하는데 부드러운 저음의 목소리가 들렸다.

"앉아도 되겠습니까?"

반듯한 이마, 숱이 적당한 눈썹, 우뚝 솟은 코, 화가가 붓으로 그린 듯 단정한 입술, 정결함 그 자체인 그의 얼굴이 눈앞에서 환하게 웃는다.

"잘 지냈어요?"

"저는 항상 잘 지낸답니다. 그쪽은요?"

싱그러운 미소로 답하는 김준용이다.

'웬일이야? 이 남자는 나로 하여금 잘 보이고 싶게 하고 있어.'

지유는 그 점이 놀랍다. 대학 4년 동안 같은 과 남학생, 다른 단과대 학생들, 모임에서 만난 타학교 학생들, 그 어느 누구도 마음을 흔든 사람은 없었다. 때론 만났다 헤어졌다 끊임없이 연애를 반복하는 친구들이 신기하기도 하고 내심 부러울 때도 있었지만 그녀에겐 그러고 싶은 사람이 없으니 다 시시해 보였다.

"이지유씨. 별명이 뭔지 알아요. 칼이에요. 칼, 그것도 시퍼런 면도칼. 왜 그렇게 찬바람이 돕니까. 완전 시베리아 벌판인 것 알고 있습니까? 아니, 나와 좀 만나주면 자존심에 댄싱 갑니까? 정말 얼마나 잘 나가나 어디 봅시다."

몇 달간 쫓아다니다 끝내 포기하고 물러나며 한 공대 학생은 독설을 던졌다.

"우리 조용히 마주앉아 대화를 나눠보죠."

"아르바이트 갈 시간이에요."

"그럼, 내일 어때요?"

"내일은 현대문학부 모임 있어요."

"그럼, 모레."

"아르바이트 가야죠. 난 남들처럼 놀러 다닐 시간 없어요."

입을 앙 다물고 고개를 내젓거나 고집스런 눈으로 똑바로 쳐다보며 거절하는 지유, 그 쌀쌀한 바람은 상대방의 가슴을 서늘하게 가라앉혀 웬만하면 주눅이 들어 두 번 다시 도전할 용기를 꺾어버린다고 했다.

어떤 남학생은 말소리에도 쌩쌩 마음이 베일 것 같다고 했다.

그런데 그는 지유를 봄바람처럼 녹여버렸다. 그가 옆에 있다는 것만으로 지유는 들떴다.

'아, 내게도 이런 면이 있었던가?'

놀람은 어느새 기쁨으로 찰랑찰랑 차올랐다. 말할 수 없이 은근하면서도 안개처럼 피어오르는 행복감에 가슴이 벅차다.

그날 이후 종종 그를 만나서 '데이트'라는 것을 하였다. 김준용의 아버지는 슬하에 3형제를 두었다. 장남인 그를 육군사관학교에, 차남은 공군사관학교, 막내아들은 해군사관학교에 보내 3형제가 육해공군에서 나라를 지키는 군인으로 만든 것이 가장 큰 인생의 보람이라는 퇴역 군인이었다.

장남은 육사, 차남은 공사에 갔지만 막내가 해사 아닌 지방 최고의 공대를 가는 바람에 육해공군 자녀를 만들겠다는 꿈을 일단 포기했지만 그래도 아버지가 가장 기분이 좋은 날은 장성한 삼형제가 모이는 날이라고 했다.

그는 아버지 이야기를 자주 했다.

"아버진 육군 소령 출신입니다. 건강 때문에 중도에 군인의 길을 포기했지만 아들들이 자신이 못다 간 길을 걷는 것이 삶의 기쁨이고 자랑이십니다. 어려서부터 아버지 임지를 따라 전국 방방곡곡으로 다니며 학교를 다녔어요. 초등학교만 대여섯 군데를 다녀 어느 학교는 이름조차 기억이 안 납니다. 중학생이 되면서 엄마와 우리 삼형제는 도시에 있고 아버지는 주말이면 집에 오셨지요. 아버지가 오는 주말을 기다리는 나는 금요일부터 기분이 좋았어요. 아버지가 쓰고 오신 군모의 계급장과 군화를 반짝반짝 윤이 나게 닦고 또 닦는 것이 큰 기쁨이었지요. 평소엔 자애롭다가 우리 형제가 싸우거나 잘못했을 때는 상당히 엄한 벌을 받았는데 가장 큰 벌은 내복바람으로 삼형제가 대문 앞에 몇 시간이고 서 있는 것이었어요. 두 동생이 싸워도 나까지 연대책임을 져야 했어요. 아버지의 교육 아래 성장하다 보니 규칙적이고 책임 있는 태도는 습관이 되어버렸습니다."

"아버지가 못 이룬 꿈을 이루기 위해 계속 군에 있겠네요?"

"아버진 아무리 군 생활이 어렵고 힘들어도 불평 한마디 안하셨지요. 당신의 할 일을 묵묵히 다 하셨습니다. 지금도 군에 바친 젊음을 자랑스러워하십니다. 직위나 계급이 문제가 아니라 당신은 소령으로 할 일을 다했던가를 생각하는 분입니다. 나 역시 어느 자리에 있더라도 내가 택한 길을 자랑스러워할 것입니다. 대한민국 여건상 누군가 나라를 지키는 사람은 있어야 하고 남자로서 군인의 길은 한 번 살아볼 만한 길이라고 생각합니다."

"군인의 길이요?"

"내 아내가 될 사람은 이런 나를 잘 내조해야 합니다. 우리 엄마도 군인의 아내 역할이 보통 힘들지 않지만 열심히 살아오셨습니다. 사랑하는 사람과 함께 같은 길을 간다고 생각하면 행복일 수 있을 것 같은데, 아닌가요?"

'과연 내가 이 사람의 부인이 될 수 있을까?'

순간적으로 생각하는 지유, 그와 조금 친해졌다 생각하다가도 이야기를 하다 말고 가끔 다른 생각에 빠지는 그, 그것의 정체는 무엇일까? 마치 이 세계에 있지 않은 것처럼 스스로를 고립시켜 상대방으로 하여금 외로움을 느끼게 만드는 저 남자. 앞에 앉은 여자를 타인처럼 만들어버리는 이기적인 배타성, 그러나 지유 자신도 자주 그런다는 것을 모르고 있었다.

3.

1980년 봄, 지유는 여성잡지사에 취직해 있었다.

"이지유씨, 이번 독자선물 코너는 전라도 광주 지방에서 온 엽서를 많이 뽑으세요."

전국 각지에서 온 애독자 카드를 잔뜩 늘어놓고 당첨자를 고르고 있는 지유의 옆을 지나던 편집장은 흘러내리지도 않는 안경을 괜히 치켜 올리면서 한마디 툭 던지고 갔다.

"네, 그러겠습니다."

왜냐고 묻지 않았다. 그들이 흘린 처참한 피의 보상이 보잘것없고 하찮은 선물 하나로 위로 될 리 없지만, 당시 서울에 있는 사람들이 할 일이라곤 아무것도 없었다. 뒤늦게 이것이라도 해야 할 것 같은 마음, 그것이었다.

5월 중순의 그날은 평소 자유분방하던 잡지사 사무실에 으스스한 냉기가 돌았다.

"광주로 가는 통로가 꽉 막혔대."

"한창 전투 중이래."

"다 죽었다는데?"

기자들은 터놓고 이야기는 못하고 서너 명만 모이면 수군수군, 그것도 쉬쉬하면서 잔뜩 긴장되어 속삭였다. 군인과 민간인이 피비린 내 나는 싸움을 하고 있을 때 정작 알려야 할 언론은 입을 꽉 다물었다. 입도 벙긋 못할 정도로 사회 분위기는 얼어붙어 있었다.

'가마니로 덮인 시체, 거리 곳곳의 피 웅덩이, 두 손 머리에 얹고 공수 부대원에게 끌려가는 더벅머리 젊은이, 최루탄 연기가 자욱하니 덮인 시가, 태극기가 덮여진 관 무더기, 총 들고 곤봉 들고 미친 듯 도망치는 청년을 쫓아가는 공수부대원들, 그들의 작전명은 화려한 휴가였다지.'

'한창 전투 중'이라는 말에도 그저 쉬쉬하면서 서울에 있는 사람들은 다들 자신의 몸을 도사리고 모르는 척하기에 급급했다. 폭동이라고도 했다.

잡지를 만드는 사람들은 그 일을 제재하거나 비난할 힘이 없었다. 그저 아무것도 모르는 체하며 독자의 흥미 욕구를 충족시키는 잡지를 열심히 만들며 그 시기를 건너갔다. 그리고 몇 달 후 편집장은 그쪽 지방으로 독자 선물을 많이 주라고 했다.

새파란 혈기의 청춘치고 학생 운동과 전혀 무관하게 지낸 사람이 얼마나 될 것인가. 그런데도 이지유는 주위를 에워싼 뜨거운 격정과 소용돌이를 차갑게, 무심하게 그 터널을 빠져나왔다. 박정희 시대의 막바지에 대학 시절을 보낸 지유는 택시 탄 승객이 한마디만 독재정권을 비판해도 택시 운전수의 신고로 경찰서로 잡혀가 곤욕을 치르는 시대를 살았다.

여성지 기자인 지유는 넓은 서울을 좁다며 물 만난 고기처럼 신나게 누비고 다녔다. 학생운동이 격해지기 직전, 학도호국단이 있던 시절에 대학을 졸업한 지유는 재미있는 것만 찾아다녀도 시간이 모자라는 세상에 굳이 어둡고 칙칙한 세상을 살고 싶지 않았다.

 5월부터 대학생들의 가두시위는 절정에 달하며 새로운 군부 독재가 잉태되고 있었다. 취재나 촬영을 하러 밖을 다니다보면 여기저기서 만나는 최루탄 사태가 길을 막았다. 막히는 교통은 택시를 돌고 돌아 예정시간보다 몇 배나 지체되어 목적지에 도달하게 했다.

 취재원에게 약속시간에 늦어 너무 죄송하다고 하면서도 "데모대를 만나서"라든지 "최루탄 때문에" 하는 변명은 결코 하지 않았다. 길이 아무리 막혀도 짜증을 내지 않았다. 그저 조용히 차안에서 요리조리 빈 길을 찾아 곡예를 하는 택시 운전사의 뒤통수만 뚫어지게 쳐다보았다. 그런 하루는 일이 끝나고 회사로 들어오거나 집으로 오는 길에 소화가 안 된 듯 답답하여서 자꾸 가슴을 쓸어내렸다.

 그 시절엔 잡지를 비롯한 모든 출판물이 인쇄소에 들어가기 전 완성된 대지는 검열을 받아야 했다.

 "어이, 이지유씨. 김차장 따라가서 검열 좀 받아오지. 바람도 쐴 겸."

 그래서 신입기자 이지유는 김차장과 함께 기사와 사진이 편집된 대지를 한 묶음 들고 덕수궁 돌담 뒤쪽에 임시로 마련된 검열소로 갔다. 군복을 입은 장교들이 각 잡지사마다 손에 가득 들고 오는 대지를 일일이 체크하고는 '검열, 완'이라고 새겨진 도장을 찍어주었다. 이 도장 자국이 없는 한 아무리 좋은 기사라도, 아무리 잘된 사진이라도 단 한 장, 한 줄도 인쇄할 수가 없었다.

 군인들이 총 들고 지키는 임시 사무실 앞에는 나이가 지긋한 부장급 간부들이 완성된 대지를 한아름 안고 줄지어 서 있었다. 지유는 고개를 들고 어깨를 당당하게 펴고 김차장과 함께 안으로 들어갔다. 신문, 잡지, 어떤 출판사건 허름한 점퍼 차림의 나이든 차장, 부장 등의 직함을 가진 중년사내들만 보다가 대학을 갓 졸업한 여기자가 한 명 들어서자 검열소 안은 대번에 생기가 돌았다.

책상에 앉아 벌건 사인펜을 들고 야한 성관계 묘사 기사가 있는 부분을 벅벅 엑스 자로 줄을 긋고 있던 검열관은 대지 묶음을 안고 들어오는 지유를 보고 심지어 환한 미소를 지었다.

잡지사, 주간지 간부들이 서 있던 앞줄이 빠져나가기 시작했다.

'저걸 언제 다른 것으로 대체하지, 마감에 늦으면 인쇄 일자에 당장 지장이 오고, 판매에도 막대한 지장을 주는데.'

얼굴에 이런 말을 써 붙인 채 울상이 된 레이디 잡지사의 순서가 끝나고 지유가 다니는 여성잡지사 차례가 되었다. 지유는 잠자코 들고 간 대지 한 묶음을 검열관 책상 위에 올려놓았다. 설사 검열에 걸려도 대체할 수 있는 '생활의 지혜' 난을 부장이 16페이지나 만들어 놓았다. 그것을 알기에 지유나 김차장은 여유만만했다.

하루 종일 벌건 사인펜으로 활자를 보며 직직 가위표를 긋기도 답답하던 차에 앳된 여기자가 들어오니 새파랗게 젊은 검열관은 짐짓 말을 건넨다.

"대학 졸업했어요? 아직 학생 같은데?"

"직장인입니다."

"사회생활 재미는 어때요?"

"좋아요."

검열관은 시큰둥한 대답에도 자꾸 말을 걸면서 앞에 놓인 대지는 보는 둥 마는 둥 '검열 완' 도장을 쾅 쾅 찍어준다. 밖으로 나온 김 차장은 대지를 잔뜩 끌어안고는 희색 만연한 표정으로 말했다.

"이지유씨, 앞으로 나와 검열 받으러 다니는 팀이 되어야겠어. 그저 그 사람들 이기자 얼굴 쳐다보느라고 만사 무사통과야."

그러나 지유는 그날 이후 다시는 검열 받으러 가는 팀에 끼지 않았다. 총 들고 퍼런 군복을 입은 살벌한 군인이 아닌 부드러운 미소에 군복이 썩 어울리는 한 사람을 만나러 다녔다.

인터뷰를 하거나 기사 자료를 받으러 가다가 대학가를 지날 때가 있었다. 대학생들은 각목과 화염병을 들고 거리로 뛰쳐나왔고 무장한 전경들은 방패를 들고 대학가를 누비고 다녔다. 연신 터지는 최루탄으로 손수건으로 코를 막고 기침을 해대었지만 그런 것은 아무것도 아니었다. 우울하고 서글픈 마음을 가득 안고 잡지사로 돌아와야 했다. 한바탕 시위대가 지나간 보도블록은 다 깨져있고 무수한 돌멩이들이 아스팔트에 깔려있었다.

여성잡지사는 이런 혼란의 와중에서 어떻게 하면 잘 먹고 잘 입고 잘 놀까를 안내하는 연예, 오락, 여성, 여가 생활을 주로 다루었다. 세상에는 돈이 넘쳐 매일 매일 무엇을 하고 놀아야 잘 놀았다는 말을 들을까 고민하는 부류들도 많았다.

전두환 정부는 1945년부터 미 군정청이 자정부터 오전 4시까지 실시한 통행금지를 해제했다. 미군정청 이후 그 뒤를 이은 정권도 남북 대치 상황을 이유로 계속 이어받은 비정상적 규율을 없애니 밤 문화가 발달하기 시작했다. 컬러 TV방송은 쇼, 드라마, 뉴스를 대형화하고 야외 촬영을 확대했으며 스포츠, 가수, 탤런트, 배우, 모델 등의 직업을 스타로 만들었고 감각적인 소비 대중문화를 발달시켰다.

지유는 탤런트를 모델로 화보 촬영 진행을 하고 그들의 살아온 이야기를 취재하여 기사를 쓰기도 했다. 독자들은 하늘에 뜬 별인 스타들의 이야기에 열광했다. 그네들은 어디서 옷을 사 입고 어떤 화장을 하고 좋아하는 음식은 무엇이고 취미가 무엇인지 시시콜콜 알고 싶어 했다.

컬러 방영이 시작되기 전날인 11월 30일은 언론 통폐합 조치에 의해 동양, 동아 등의 기존의 민영방송들이 종방을 한 날이기도 했다.

이미 몇 달 전인 8월말, 수백여 명이 넘는 언론인이 해직되었고 11월에는 각 신문, 방송 사주들이 포기각서를 쓰고 다른 신문사에 흡수 통합되거나 폐간되었다. 종합 일간지는 6개, 경제지는 2개, 지방 일간지는 1도 1사의 원칙으로 통폐합된 것이다.

박정희 정권이 10·26으로 붕괴된 뒤 언론 자유의 움직임이 광주민주항쟁을 계기로 기자들 사이에 거세게 일어나자 전두환 신군부가 대권 가도에 걸림돌이 되는 기자들을 제거한 것. 언론의 암흑기였다. 펜과 마이크를 빼앗긴 1천여 명 해직 언론인들이 하루아침에 직장을 잃었다. 폐간된 중앙일간지 중에 신아일보사가 있었다.

지유는 대학 4년간 학생기자를 하면서 매주 목요일이면 덕수궁 뒤에 있는 그 신아일보사로 가서 교정을 보았다. 11월의 그 밤, 신아일보사는 초상집이 되었다고 했다. 그날 저녁 폐간된 신문사의 기자들은 회사 근처에 있는 술집에 모여앉아 닥치는 대로 술을 섞어 마셨다는데 이른바 '통폐합주'

'우리가 게라지 교정을 본 후 저녁을 먹으러 가던 그 중국집. 짬

뽕국물 맛이 기가 막혔는데 그 집에 다들 모여 밤새도록 술을 마셨겠지.'

주먹으로 식탁을 치고 화를 냈다가, 삿대질 하며 욕했다가, 이제 무엇을 하고 사나하고 기분이 가라앉았다가, 막막한 불안감에 침울해졌다가, 안절부절 하는 모습들이 눈에 선하게 보였다.

일주일에 한 번 신문을 만들러 가던 신아일보사는 편집국 한옆으로 골방이 있었다. 긴 책상과 의자가 놓인 골방에서 갱지에 길게 인쇄되어 나온 교정지를 보았다. 때로 국어사전을 빌리러 편집국으로 가기도 했다.

교정지 나오는 사이사이에 학생기자 동료들과 동전으로 짤짤이를 하기도 하고 가위바위보 게임도 했다. 선배들이 판을 짜는 지하실로 가면 텁텁하고도 기름기 있는 납 냄새가 폐로 들어왔다. 손이 시커먼 문선공들이 눈깜짝할 사이에 활자를 뽑아내어 판을 짜고 있는 지하실, 교정지를 들고 가면 어떤 문선공은 재빨리 '이지유' 활자를 뽑아주어 지유를 즐겁게 했다.

기다란 직사각형 납활자 밑 부분에 새겨진 이름 이지유, 신기하고 기분이 좋았다. 편집이 질서정연하게 잘 짜여진 판은 참으로 어여뻤다.

4.

잡지사 일을 한 지 6개월이 넘었다. 처음 잡지사에 출근하던 3월 3일 아침은 어떠했는가.

신입사원들이 자기소개를 하자마자 장문 편집장이 따로 한 명씩 불러서는 종이를 한 장씩 나누어주었다. 신입사원 다섯 명은 편집장이 나누어 준 종이에 쓰인 일거리를 읽어보았다.

"사진 콘테스트가 뭐예요? 패션 포인트는요? 봄옷 퍼레이드는 뭘 말하죠?"

"숨넘어가겠네. 하나씩 묻지. 배당받은 일의 전 담당자에게 가서 물어보는 것이 제일 정확해. 사진 콘테스트는 응모해오는 독자들이 워낙 많으니까 중순경에 모아서 뽑으면 되고 이것은…."

"누가 뽑아요?"

"담당자가 하지, 누가 해?"

"제가요?"

"그럼. 우리 일은 일단 자기에게 주어지면 기획해서 진행하고 원고 쓰고 편집마감하고 모든 것을 자기가 책임지는 거야. 누가 해주거나 도와주는 것 없어."

"처음 하는 일을 안 도와주면 어떻게 해요."

"하다가 모르는 것 있으면 물어봐. 다들 자기 일이 바쁘니까 스스로 진행하면서 알아가야지. 이건 디자이너 선정해서 원하는 의상 준비시키고 그에 맞는 모델 섭외해야지. 디자이너, 모델, 사진부 일정을 맞게 짜서 사진촬영 나가야 해."

"디자이너? 모델? 촬영날짜?"

지유는 정신이 아득했다. 그런 것들과는 인연이 멀게 살아왔는데 이제 그것이 자신이 해야 할 일이라고 했다. 어쩔 수 없이 옆에 앉은 정선배에게 의논했다.

"내가 여기에 맞는 디자이너 몇 명 전화번호 줄 테니까 한번 연락해 봐. 이 디자이너는 아마 패션모델보다 탤런트를 쓰려 할 거야."

정선배가 친절하게 일러주는 대로 노트에 받아쓴 지유는 한 번 더 물어본다.

"탤런트라니요? 티브이 드라마에 나오는?"

"그래, 애 알지? 요즘 인기최고인 사극에 중전으로 나오는 여자 탤런트. '분위기 있는 여자' 이 주제에 어울리겠어. 전화번호 여기 있어."

"제가요? 제가 오란다고 와요?"

"그으럼."

정선배는 얼떨떨한 지유의 표정을 보더니 배시시 웃으며 걱정 말라고 했다. 설마 그럴까하면서도 브라운관을 통해서만 보던 배우들을 직접 볼 수 있다니 발등에 떨어진 일이 난감하면서도 호기심이 동했다.

"연예인들도 자주 잡지에 등장하면 독자들이 더 잘 알게 되고 그러면 드라마 캐스팅이나 광고도 들어올 수 있지. 그러니 시간만 맞으면 다 하지. 이것은 여성지 기자가 하는 아주 작은 한 부분이야. 각계각층의 사람들을 다 만나게 되는데 그중에는 만나기 싫어도 만나야 할 사람도 있어. 시간이 흐르면 여성잡지사가 어떤 곳인지 감을 잡게 돼."

컬러 TV시대가 열리자 국민들은 대중적 재미와 소비에 정신이 팔렸다. 의상실, 미용실, 피부관리실이 우후죽순처럼 늘어났다. 여성잡지 춘추전국시대가 열리고 발간하기가 무섭게 날개 돋친 듯 팔려나갔다. 사람들은 맛있는 것을 먹으러 다니고 서서히 명품에 눈을 뜨면서 온몸을 치장하는데 돈과 노력을 투자했다. 마사지를 받고 쇼핑

하러 다니고 모든 업소들은 고급화, 대형화의 붐을 탔다.

지유는 앞으로 뭔가 재미있고 신기한 경험을 많이 쌓을 것이라는 예감이 왔다. 새로운 일, 새로운 사람들과 만나 취재하고 사진기자와 함께 촬영을 나가고 편집도 배우다 보니 시간이 시위를 떠난 화살처럼 휙휙 지나갔다.

"어때, 요즘 잠 잘 자지?"

"그럼요. 낮에 열심히 돌아다니니까 잠자리에 누웠다 하면 바로 곯아 떨어져요."

"이제 봐, 아마 일 재미에 빠져 연애할 시간도 없을 걸. 여자가 잡지사 기자를 하면 있던 애인도 떨어져 나가. 애인 없지?"

지유의 앞자리에 앉은 30대 중반의 박선배가 느물거리며 물었다.

"애인이요? 글쎄, 있는 것도 같고 없는 것도 같고."

'그가 내 애인인가, 아닌가?'

지유는 헷갈렸다. 신입 여기자가 애매모호하게 말을 흘리자 다들 와르르 웃음을 터뜨린다.

"그런 애인이면 십중팔구 헤어진다. 이제, 밤늦게까지 야근 시작해 봐. 이주일, 열흘 야근 계속되면 애인 못 만나지. 일 다 끝난 후에는 피곤해서 못 만나지. 두고봐요. 내 말이 틀렸나."

"박선배는 피어나는 새싹한테 무슨 그런 악담을 자꾸 하지."

정선배가 말을 가로막는데 정작 본인인 지유는 멍청하니 듣고만 있다.

"어머나, 그동안 준용씨 생각을 못했네. 그래, 며칠 전 잡지사로 전화가 왔었다고 했지. 듣고도 잊어버렸네."

부랴부랴 전화를 거는 지유, 그러나 그는 자리에 없다. 파견 근무 중이라 연락이 안 된다고 했다. 낮이면 입사 동기나 선배들과 명동으로, 신촌으로, 섭외다, 촬영이다 쫓아다니며 새롭게 다가선 재미에 푹 빠져 그를 잊어버린 것이다. 그와 연락이 안 되고 있는 상황인데 마감 날이 다가와 야근이 시작되었다.

다들 완성된 대지를 모아서 공장으로 보내느라 보통 저녁 열 시까지 하는 야근이 한창이었다. 아직 잡지에 대해서 잘 모르지만 매월 초 잡지가 나오면 자신도 그 일원이 되어 또 하나의 책을 만들어냈다는 성취감에 마음이 뿌듯했다.

지유의 야근이 끝나고 준용도 파견근무에서 돌아와 오랜만에 경복궁 앞 준다방에서 만났다. 그새 준용의 얼굴이 까무잡잡 그을려있다.

"야외 근무였나 봐요?"

"뭐, 비슷한 거, 지유씨 직장생활 재미있어요?"

"너무너무 재미있다고 하면 질투하실 거예요? 매일 새로운 사람 만나 새로운 얘기 듣고 새로운 것 보고, 이런 세상이 있나 싶어요. 사회에 나가면 여러 가지 힘들고 어려운 일이 있을 줄 알았는데 전혀 안 그런 거 있죠."

준용은 활기찬 지유의 모습이 보기 좋은 모양이었다.

"직장선배들이 잘해주나 봐요."

"우리 잡지사 언니들 대단해요. 어제는요, 제 앞자리에 앉은 한 선배가 전화를 받다말고 전화기를 홱 집어던지는 거 있죠. 원고 쓰다말고 깜짝 놀라 쳐다보니까 얼굴이 붉으락푸르락 하며 막 욕을 하는데 내가 다 겁이 나는 것 있죠. 어느 독자가 그 언니가 쓴 기사를 보고 뭐라 그랬나 봐요. 보통 때도 얼마나 야무지게 말을 하는지 곁에서 듣는 제가 다 가슴이 서늘해요. 다들 성질이 대단해요."
그는 지유의 직장 얘기가 재미있으면서도 다소 걱정스러운 얼굴이다.
"그런 것 배우지 말아요."
"저는 평소엔 화를 잘 안내지만 한 번 화나면 무서워요."
그 말에 빙그레 웃는 준용이었다.

그 사람

 지유는 매달 초순이면 이번 달엔 누구를 만날까 기대되었다. 하루하루는 신선한 경험으로 쌓여가고 가끔 그를 잊어버렸다.
 '커피 맛이 기가 막힌 곳, 분위기가 끝내주는 집, 맛과 멋만 있는 레스토랑' 등 옆자리 동료나 선배기자들이 이끄는 대로 찾아가기도 하고 원고를 받으러 그곳에서 필자를 만나기도 하다 보니 그의 존재가 엷어졌다.
 그러다가도 하늘이 유난히 맑고 푸르른 날, 바람이 몹시 불어대 옷깃과 머리카락이 제멋대로 날리는 날, 멀쩡하던 날씨가 갑자기 컴컴해지며 빗방울이 후드득 떨어지는 날은 어김없이 그가 생각났다. 준용이 보고 싶었다. 자주 만나지는 못해도 그렇게 실낱같은 인연은 이어지고 있었다.
 그와 만난 지 1년 후 준용은 전방으로 떠났다. 금줄 달린 제복을 입고 의장대를 지휘하던 그는 깊은 골짜기의 짙푸른 나무, 새하얀 구름과 시퍼런 하늘을 지치도록 바라보아야 하는 강원도 오지로 갔다.
 그가 근무하는 부대는 "위대하시고, 영명하시고, 민족의 태양이신

김일성 수령동지께서 남조선 장병 여러분들이 품안에 안기시기를 학수고대하고 있습니다."고 선동적인 여성의 목소리로 대남 방송을 하는 바로 가까이 있었다.

지유는 낮에는 취재하러, 퇴근 후에는 친구들 만나러, 하루 두 번도 명동을 나갈 정도로 바쁘게 지내고 있었다. 서서히 기자 경력이 쌓여가니 더욱 복잡한 일거리가 주어지고 만나야할 사람도 점점 많아졌다. 패션, 수기, 고정연재물 원고청탁 및 수거, 인터뷰, 저널란의 연극 영화, 표지까지 담당이 되니 정신이 없었다. 수첩 일일 메모란은 저녁마다 약속시간과 장소가 게재되어 새까맣다.

중순부터 일주일, 이 주일씩 야근하며 수많은 원고 써대지, 편집 마감하지, 완성된 대지가 공장에 넘어가 인쇄에 들어갈 때는 온몸의 진이란 진은 다 빠져 약속 장소에 나갈 힘조차 없는 것이다. 그저 다 포기하고 집에 가서 밀렸던 잠을 잤다.

엄마는 일요일마다 파김치가 되어 이부자리에서 일어나지 않는 지유를 보고 아침, 점심, 저녁 끼니때마다 "밥 먹고 자라."고 깨웠다.

신경질을 퍽퍽 내면서 "제발 잠 좀 자게 내버려 두라."고 하다가 나중에는 마지못해 일어나 몇 수저 밥을 뜨는 둥 마는 둥 하고는 또 이부자리에 들어가 퍼져버렸다.

아침 일찍 회사에 나가서는 종일 무슨 일을 하고 다니는지 생전 말 한마디 안 하는 딸, 늘 피곤에 지쳐 밤늦게 늦게 와서는 잠자리에 곧장 드니 얼굴 마주 보고 이야기할 시간이 없었다. 밤늦게 다닐 때는 누가 있는 것도 같고 일요일마다 잠자기 바쁜 것을 보면 연애를 하는 것도 아니고 나이는 스물다섯이 넘어가는데 시집갈 생각을 안 하니 엄마의 걱정이 태산이었다.

　엄마는 딸이 매달 가져다주는 잡지를 보면 어떻게 이런 것을 만들었을까 싶어 신통하기도 하고 이지유 이름이 나온 기사를 보면 어떻게 취재한 것인지 궁금하여 물어보고 싶었다. 그러나 딸은 집에 오면 일 이야기는 입도 벙긋 않으니 정작 아무것도 알 수가 없었다.

　딸과 마주 앉아 오손도손 이야기를 나누고 싶어 하는 엄마, 그러나 지유는 그걸 알면서도 일과 사람 속에 치여서 언제나 집에 있는 엄마를 무시하고 있었다. 머리가 커진 지유는 집이 싫었다. 아침에 눈을 뜨면 도망갈 직장이 있다는 것이 좋았다. 아침 일찍 집을 나서 종일 밖에서 사람들을 만나 하하 호호 웃고 떠들다가 밤이 늦어 집으로 돌아왔다.

　어릴 때부터 늘 누군가의 감시를 받는 것 같은 느낌, 가난 속에 파묻힌 그대로 소극적인 아버지, 순교자처럼 묵묵히 가난과 고통을 받아들이는 엄마, 머리가 큰 자식들은 밖에서 시간을 보내고 집으로 잠을 자러 왔다.

　80년도 들어 연좌제가 폐지되며 이제는 해외도 얼마든지 나가고 직장을 얻는데 아무런 탈이 없다고 해도 암울한 기억은 그대로 남아 있었다.

　그러다가 지유가 직장에 다니면서부터 아버지가 술에 취해도 아무런 소동 없이 잠자코 방에 들어가 잠자리에 든다는 것을 기억했다. 아버지도 늙어 가는 모양이었다. 주사를 부릴 기운도, 분노를 터뜨릴 힘도 사라졌나 보다.

　전방부대로 떠난 그는 어쩌다 편지를 보냈다. 반가운 마음에 봉투를 열면 달랑 한 장 또는 두 장뿐이었다. 우선 뭐라고 했나 후다닥 읽고 다음번엔 찬찬히 읽고 그다음엔 거꾸로 읽어보고 뒤집어 읽어보고 아무리 열 번 스무 번을 읽어도 밍밍하기만 했다. 설탕기도 소금기도 없이 마냥 심심한 사람이었다.

가끔 잡지사에서 지방 출장을 갈 때가 있었다. 낯선 지방에 가면 군인들을 자주 마주칠 수 있었다. 검게 그을린 붉은 얼굴의 그들을 볼 때면 지유는 옆에 선 동료를 잊어버리고 복잡한 소도시를 떠도는 미아처럼 한참 동안 넋 잃고 서 있었다.

한 번은 잡지사가 공모한 독자 수기 모집에 당선된 군인의 아내를 인터뷰하러 강원도 시골로 내려간 적이 있었다. 뉘엿뉘엿 해가 넘어가려는 시각, 일을 끝내고 서울행 버스를 기다리고 있는데 대형 군용버스가 서너 대 줄지어 도로 앞을 지나갔다. 허연 눈발을 이마에 매달고 노란 헤드라이트 불빛을 켠 채 허연 입김을 내뿜으며 달려가는 국방색 버스 안에는 제복의 군인을 가득 앉아있었다. 카메라 가방을 맨 키 큰 사진부 여기자와 청바지 차림의 지유를 보고 그들은 휘파람을 휙 휙 날렸다.

돌연 참을 수 없이 그가 보고 싶어졌다. 그러나 그는 자신을 면회하러 오라고 하지 않았다.

"내가 서울로 갈게."

그러나 준용은 오지 않았다. 춥고 험한 곳이라면서 못 오게 하는 그는 사려 깊은 사람 같지만 지나치게 칼로 긋듯 확실한 거리를 두고 있는 그가 서운했다.

그는 역사 속의 인물에게 연서(戀書)를 쓰는 사람이었다. 내면은 여리고 감수성이 예민한 남자였다.

"역사책을 읽기가 따분하고 지루하면 대하소설을 읽어봐. 먼저 우리나라 것을 읽은 다음에 러시아 것을 한 번 읽어봐. 일본 것도 괜찮아. 영웅들의 이야기도 재미있지. 역사 공부가 되면서 그 시대 생활상도 엿볼 수 있지. 한번 시리즈로 된 것을 읽기 시작하니 장편 한두 권짜리는 싱거워서 못 읽겠더라."

"이것 한번 읽어봐. 당태종이 고구려를 침입하러 왔을 때 끝까지 성을 지킨 안시성 성주 양만춘(楊萬春) 장군에게 내가 보내는 연서(戀書)야."

    그대의 기백은 하늘 나르는 새를 잡네
    건안성, 개모성, 비사성, 신성, 요동성
    차례차례 당태종 앞에 무릎 꿇었어도
    전군백성이 하나로 철옹성 되었다네
    고립무원의 신세에도 두 눈 부릅뜨고
    끼니 물리친 채 지킨 그대의 안시성
    마침내 당태종도 치하하며 물러났네
    왕조가 세워졌다 무너지기 수차례
    그대 시퍼런 이름 석 자 청사에 남아
    오늘도 지칠 줄 모르는 빛을 발하네.

고구려 정벌에 나선 당태종에게 죽음으로 항전하여 3개월 동안 매일 6, 7차례 공격을 받아도 끄떡없이 버티던 안시성의 양만춘 장군. 종국에는 당나라를 비틀거리게 했던 영웅적인 항전의 주인공 안

시성주 양만춘을 그는 존경하고 애모했다. 지혜가 뛰어나고 담력이 넘치던 옛사람 양만춘 장군을 사모하는 그에게 '무슨 시가 이래요?' 할 순 없었다.

또 이런 말도 했었다.

"일본의 도꾸가와 이에야스가 한 말이 있지. 인간의 지혜 여하로 싸움을 근절할 수는 없어도 그 수효는 줄일 수 있다. 그렇게 하자면 먼저 강해져야 한다. 우리에게 싸움을 걸어도 못 이긴다는 것을 인식시킨다, 그것만으로도 싸움의 수효는 줄일 수 있다고 했어. 대한민국의 국방이 튼튼하면 북괴도 감히 넘보지 못하지."

'북괴, 북괴라고 했지?'

그는 북한을 북괴라고 했다.

"이 소설 한번 읽어볼래? 주인공 이키 다다시는 실존인물 세지마 류조를 모델로 했어. 45년 관동군 참모로 있다가 소련에서 포로로 11년간의 수용소 생활을 한 후 56년 귀국, 군인으로서의 삶을 끝내고 제2의 인생인 이토추 상사 비즈니스맨으로 화려하게 재기하는 인물이야. 이 불굴의 군인은 한국과 일본의 외교를 위해 밀사 역할을 많이 했지.

그는 자신이 읽은 『불모지대』 책을 빌려주기도 했다.

대중적인 베스트셀러든 시를 잘 썼고 못 썼고가 중요하지 않았다. 책을 읽는 군인, 역사 속 인물에게 연서를 보내는 군인, 그 시가 수준이 있건 없건, 또 고급과 저급의 차이가 얼마나 있으며 그 잣대를 재는 기준은 어디 있는가, 고상하건 유치하건 그것은 상관없었다, 책을 가까이하는 그에게서 뿜어져 나오는 신선한 향기가 지유를 매료시켰다.

3년 동안 매달 중순부터 말까지는 매일 밤 열두 시에 택시를 타고 집으로 갔다. 아침에 눈뜨자마자 얼굴에 물만 축이고는 집을 나와 다시 택시를 타고 직장으로 가야 했다. 종일 기사를 쓰고 편집된 것을 체크하고 대장 교정을 보았다. 저녁은 회사 옆 지정식당에서 먹었는데 갈비탕, 육개장, 잡채밥, 된장찌개, 김치찌개를 매일 돌아가며 먹었다. 밥을 위에다 집어넣자마자 소화도 제대로 못시킨 채 책상에 들러붙어 있다 한밤중에 집으로 오는 '야근'이었다.

그 달의 취재원 중에 한 첼리스트를 만났다. 지유보다 세 살이나 어린데도 이미 아내가 있었다. 피아노와 바이올린을 하는 두 누나는 결혼을 안 했는데 막내인 그만 기혼이었다. 스물여섯 살짜리 사진부 여기자와 취재를 나갔다.

기획기사의 주제는 '엄마의 가정교육'으로 미국과 독일에서 각각 바이올린, 첼로, 피아노를 공부한 다음 각종 국제대회에 입상하면서 이름이 알려지기 시작한 삼남매의 어머니가 주인공이었다. 삼남매가 말하는 엄마의 이야기도 함께 실어야 했다.

지유와 사진부 여기자가 거실로 안내를 받아 소파에 앉아있는데 첼리스트인 그는 미처 인터뷰할 준비가 안 되었는지 맨발로 쿵쾅거리며 계단을 내려오더니 "엄마, 내 양말" 하고 부엌에서 차 준비를 하는 엄마에게 달려왔다.

그러다가 이미 여기자들이 와있는 것을 보더니 머리를 긁적이며 씨익 웃었다. 머리는 새치가 많아 히끗거리는데 10대 소년처럼 해맑은 표정에 두 여기자는 아찔했다.

엄마 이야기를 듣고 가족들에게도 몇 마디 물어본 후 온 가족이 정원에서 가족사진을 찍었다. 어려서부터 해외생활을 해선지 부모와 자식간에 껴안고 볼에 뽀뽀하는 것이 자연스러워 사진 촬영은 쉽게 끝났다.

잡지사로 가려고 대문을 나서 차 있는 곳으로 걸어갔다. 분명히 인사를 하고 나왔는데 그가 어느새 뒤를 쫓아와 "잠깐만요." 하고 불러 세웠다. 그 사이 방안에 뛰어 들어갔다 왔는지 손에 사진 한 장을 쥐고 달려왔다.

"제 아내가 친정에 가서 오늘 가족사진을 같이 못 찍었어요. 이 사진 내면 안 될까요?"

짙게 쌍꺼풀진 눈이 동그랗고 갸름한 얼굴이 상당한 미인인 아내가 한복차림으로 그 사진 속에 들어있었다. 부모, 두 누나, 그와 그의 아내 전 가족이 명절날 찍은 것이었다.

'너무 예쁘다.'

갑자기 두 여기자의 마음에 시샘이 꼬물꼬물 올라왔다.

"그러지요."

"꼭 부탁합니다."

얼굴은 동안이면서 반백인 머리를 긁적거리며 말하는 그는 정원에서 촬영을 하는 동안 계속 그 자리에 없어 아쉬운 아내를 생각했나 보았다. 그가 다시 집으로 들어가고 취재 차량이 서있는 골목 앞에서 사진부 여기자가 심술궂은 표정으로 속살댔다.

"지유 선배, 우리, 이 사진 내주지 말자."

"그러자."

둘은 눈을 마주치며 장난 반, 진심 반으로 마음을 맞추었다. 그의 신선한 향취는 기사를 쓰고 편집을 하는 동안 내내 남아있었다. 지유는 편집 막판에 그 아리따운 아내가 함께 찍은 가족사진을 넣어주었다. 사랑이 넘치는 그를 생각하자 그녀도 결혼을 하고 싶었다.

야근이 끝나고 택시를 타고 가며 아파트 단지를 지날 때마다 창문에 켜진 노란 불빛을 바라보았다.

'나도 이제 저 속에 있고 싶다. 한낮이면 아파트 베란다를 통한 따끈따끈한 햇살이 거실로 들어오고 예쁜 홈웨어 입고 앉아 책을 읽거나 음악을 들으며 화초의 물을 주고 싶다. 황혼이 지고 어둠이 내리면 여기저기 방마다 환하게 불을 밝히고 귀가해 올 남편을 위해 된장찌개, 콩나물국을 끓이며 괜히 바쁜 척 종종거리고 싶다. 생각만 해도 마음이 편한 그 누군가를 위해 국냄비와 찌개냄비 뚜껑을 닫았다 열었다 하며 맛있고 따뜻한 저녁 준비를 하고 싶다. 늦도록 오지 않는 사람을 기다리며 베개를 끌어안고 꼬박꼬박 졸고 싶다.'

스물일곱 지유는 쉬고 싶었다. 직장생활 3년이 넘어가니 이제는 한 사람을 위해 요리하고 그의 옷가지와 양말을 빠는 한 여자로 살고 싶었다.

직장생활 초기에는 친구를 만나면 대화 내용이 시댁 얘기, 남편 얘기, 아이 얘기가 전부였다. 신나서 말하는 친구의 얼굴을 바라보면서 아무것도 공감하지 못했다. 신혼이니 넓어야 스무 평, 서른 평의 공간에서 하루를 보내는 친구가 '대학 다닐 때는 희망과 포부가 크더니 겨우 이 세계 안에 사는구나' 싶어 답답하기 그지없었다.

그런데 사방팔방 꽉꽉 막혀 보이던 공간이 무한대로 넓어 보이기 시작한 것이다. 그것은 지유가 그 속에 들어앉아도 만족할 수 있다는 마음의 변화였다.

휴가를 받은 준용이 서울로 왔다. 부드러운 그의 음성이 수화기를 통해 들리자 지유는 벌떡 자리에서 일어났다.

"어디예요, 서울이죠?"

그와 만난 덕수궁 뒤 찻집, 작은 몸이 폭 파묻히는 아이보리색 가죽 의자의 넉넉한 품이 마음에 들었다.

"우리 외할아버지 사회주의자인 거 알아요?"

"사회주의자?"

"남로당 고위층이었대요. 월북해서는 장관을 지냈대나 봐요."

그는 그 말을 듣고 별다른 표정이나 특별히 기억나는 말을 하지 않았던 것 같다. 지유도 미리 가족 이야기를 하려고 작정한 것이 아니고 이런저런 말을 하다가 가족 얘기가 나온 김에 스스럼없이 나온 말이었다.

이미 1983년은 연좌제가 없어졌고 본인이 아니라면 어떤 불이익도 받지 않는다고 말하는 시대였다. 그리고 잠깐 동안 엄마가 살아온 삶에 대해 말한 것 같다.

그날의 만남 후 전방부대로 다시 돌아간 그는 간간이 오던 편지를 더 이상 하지 않았다. 지유도 일이 바쁘다보니 그에게 편지를 잘 쓰지 못했다. 시간이 갈수록 의아하면서도 확실하게 그가 떠나가는 느낌이 왔다.

직장 일은 날이 갈수록 더욱 바빠져 갔다. 아침에 눈을 뜨면 잡지사로 달려가 하루 종일 전화를 하고 사람을 만나고 기사를 쓰고 촬영 진행을 했고 한 달의 반은 야근을 했다.

그리고 몇 달 후, 그를 만날 기회가 있었다. 잠깐 서울 출장 중에 들렀다며 얼굴을 보자고 전화가 왔다. 지하 스튜디오에서 표지모델 촬영 진행을 하느라 정신없던 지유는 잠시 틈을 내어 잡지사 앞 지하다방에서 그를 만났다.

"나 약혼해."

"언제?"

"내일."

"언제 만났는데요?"

"지난번 서울 왔을 때, 그때 아버지가 선을 보라고 해서 그날 나 가야만 하는데 만일 지유씨가 가지 말라면 안 가겠다고 했잖아. 그날 만난 여성이야."

'아, 그날, 그래도 명색이 여자친구인데 어떻게 내 앞에서 선을 보러간다는 말을 그리 쉽게 하나 해서 "보세요, 얼마든지" 하고 아무렇지도 않게 말했었지, 그날이었구나.'

"궁금한 게 있는데 아버지께 내 얘기 한 적 있어요?"

"지난번에 선보라고 했을 때 말했어."

"그랬군요. 만나보지도 않고 거절당했군요. 군인의 앞날은 아무것도 걸리는 것이 없어야 하기 때문인가요?"

그의 대답은 없었다.

"그동안 그 여자를 너무 울렸어. 전화도 안하고 서울에 오지도 않았거든. 약혼을 하기로 결정했으니 지금부터 잘해줄 거야."

머릿속으로 대형 허리케인이 지나고 한참 후, 지유는 달아오른 얼굴을 가렸던 두 손을 내렸다
"가세요. 나, 일하는 중이에요. 부장한테 잠깐 나갔다 온다고 말하고 왔어요."
다방을 앞서 걸어 나가는 지유의 뒤를 그는 천천히 따라 나왔다.
"잘 지내. 아프지 말고."
그는 찻집에서 도로로 나와 한동안 복잡한 눈길로 지유를 쳐다보았다. 짐짓 지유는 모른 척 시선을 피했다. 택시 뒷좌석에서 몸을 돌려 쳐다보는 그의 모습이 완전히 사라지자 그때서야 가슴 한 켠으로 통증이 쿡 지나갔다.

5장
황혼의 부부

이경석의 노래

　겨우내 삭막하던 땅 위에 봄날의 나른한 기운이 흐르고 있다. 따스하고도 밝은 기운이 얼어붙었던 대지를 녹이자 혹한 속에 웅크리고 있던 건물과 거리 풍경이 적나라하게 드러나며 날리는 흙먼지가 더욱 선명하게 보인다.
　화창한 날씨에 비해 아직도 겨울 속에 있는 듯 우중충한 건물들이 늘어선 거리를 철지난 겨울 코트를 입고 60대 노인이 걸어가고 있다. 검정색 코트는 낡아서 깃과 소매 부분이 너덜너덜거리고 코트 안 포켓이 있는 부분은 늘 수첩이나 광고 팸플릿을 넣고 다녀서 불룩 튀어나온 것이 초라한 차림새지만 노인답지 않게 걸음걸이는 활기차다.
　그가 지나가는 가게의 진열장 유리창도 부옇게 먼지가 찌들려있고 지난겨울 혹한과 가난에 찌들린 듯 오가는 사람들의 표정도 어둡기만 하다.
　봄이 왔다지만 주머니 속에 먼지만 날리니 봄이라고 해서 신통할 것도 없다. 주머니 속에는 언제나 먼지 도는 찬바람만 잡혔는데 오늘만은 손을 넣으면 따뜻한 온기를 느낄 정도로 감촉 좋은 지폐가 몇 장 들어있다.

한겨울에는 집안에 틀어박혀 하루 종일 겨울잠을 잤다. 방이라고 해야 한 칸은 둘째, 셋째 아들이 자고 다른 방 하나에는 아내와 셋째 딸까지 세 명이 몸을 붙이고 잘 정도로 좁아터졌지만 그래도 직장 다니는 딸이 낮에 없으니 낮 동안에는 종일 아랫목 차지가 가능했다.

연탄아궁이가 시원찮은지, 아내가 연탄을 아끼느라 불구멍을 틀어막는지 냉기가 겨우 가셨을 뿐 설렁한 방안에 아랫목만 겨우 따스한 온기가 있다. 정 붙일 곳이라곤 그곳뿐이지만 겨울동안에는 그 자리가 그의 차지가 될 수 있었다.

그러나 봄 햇살이 비치기 시작하자 아내는 '저 영감이 오늘은 안 나가나' 하는 눈치가 역력하다. 젊어서는 고개도 못 들고 말소리도 겨우 귀를 기울여야 들을 수 있던 아내는 주름살이 늘어가는 만큼 잔소리도 제법 한다.

"어휴, 생담배 냄새, 좀 끄시오. 매일 저녁마다 썩은 술 냄새, 담배 냄새 푹푹 풍기니 옆에서 잠을 잘 수가 있어야지, 좀 점잖게 늙어 가면 안 되겠소."

아내의 잔소리가 늘어지기 전에 재빨리 밖으로 나가는 것이 상책이다.

"뭐가 있어야 나가지. 움직이려면 차비라도 있어야 하는데 한 푼도 없으니 꼼짝 할 수가 있소?"

"오늘까지 전기세 내야하는데 나도 십 원도 없소."

"손녀들아 또 생일비는 더 어쩌고?"

"큰애도 신혼인데 저들도 얼른 자리 잡아야지요. 쌀 사고 연탄들이니까 딱 떨어집디다. 언제까지 노부부 생활비를 기대할 수 없지요. 딸애 월급날도 아직 멀었는데 큰일이요."

"시끄럽다. 그냥 나가 불란다."

"아버지, 이거 차비 하세요."

지유가 방에서 뛰어나오더니 삼천 원을 내민다.

"아직 안 나갔나?"

"오늘 쉬는 날."

"뭐 하러 드리니? 또 추상(追想)에 가서 차나 마시지 뭐. 하루 종일 할일 없는 영감들 모여 앉아서 옛날 얘기나 하는데."

그러나 아내는 말만 그럴 뿐 빈손으로 나가려던 남편이 안쓰럽던 참이라 더 이상 말리지 않는다. 삼천 원이 생기자 그의 어깨에 힘이 들어간다. 이것이면 오늘 하루는 잘 보낼 수 있다. 다방에서 자주 마주치는 동년배 노인에게도 차를 한 잔 사줄 수가 있다.

장안동에서 버스를 타고 종각에서 내려 오른쪽 방향으로 몇 분쯤 걷다가 골목으로 들어가면 다 쓰러져 가는 2층짜리 목조 건물이 보인다. 그곳 2층에 추상이라는 다방이 있다. 같은 연배인 60, 70대 노인들이 단골로 이용하고 있다. 삐걱거리는 목조 계단을 올라갈 때마다 '이 계단도 갈 때가 됐어, 마치 쓸 만큼 썼으니 갈 때가 된 우리 노인들 같애' 하는 생각을 하게 되는데, 그가 조심스레 발 디디며 살아온 세월같이 되도록 발에 힘을 주지 않고 조심조심 계단을 올라가 다방 문을 밀면 조용한 클래식음악이 발치에 낮게 깔리는 것이

금세 마음이 편안해진다.

 젊은이들이 좋아하는 요란한 음악도 없고 차를 시키라고 다그치는 레지도 없다. 느릿느릿 걸어서 사발 같은 잔에 커피를 가져다주는 레지조차 나이가 제법 들었다. 다방 곳곳에 무리 지어 앉아있는 노인들과 어울려 하루 종일 앉아서 이 얘기 저 얘기를 해도 그만 나가라는 눈총도 안주니 소문 듣고 몰려든 노인들의 천국이 되고 있다. 뿐인가 커피값도 시중의 다른 다방보다 삽십 원이나 싸다.
 경석은 커피값만 있으면 이곳으로 달려온다. 이곳에서 사귄 친구도 많다. 대개 늦은 아침을 먹고 와서는 하루 종일 있다가 점심은 거르고 저녁 무렵에 집에 가니 은퇴하여 할 일이 없는 노인들이 시간을 보낼 장소로는 안성맞춤인 것이다.
 하루 종일 시간을 보내면서 차 한 잔만 마시면 된다. 삼천 원이나 생겼으니 당분간 이곳에 올 경비가 되어 오늘은 기분이 느긋하다.
 "아이구, 이게 누구신가, 안녕하세요."
 "네, 건강하시지요."
 "나는 그동안 좀 아팠어요."
 얼굴이 꺼칠한 정노인이 말라서 더욱 커 보이는 큰 키를 접으며 의자에 털썩 앉는다.
 "저런, 그저 나이 드시면 건강 조심이 최고입니다. 그래, 다른 사람들도 별일 없지요."
 "이선생이 오랜만에 나오셨지요, 다들 마찬가지예요. 이제 봄이 되니 긴 겨울동안 꿈쩍도 안하던 분들이 조금씩 몰려들고 있어요. 오늘 아침에는 김박사가 잠시 들렀다 갔어요."

"김박사가? 어찌 지냈답디까?"

머리가 백발이라 '은발 신사'라는 별명이 붙은 김박사는 신촌에 있는 대학에 오랫동안 교수로 있었다고 한다. 그가 어떤 박사 학위를 가졌는지는 모르지만 여러 방면에 해박한 지식을 가져 대화가 무궁무진하며 대학에 있었다는 것으로 추상에 자주 모이는 안면 있는 노인들은 그를 그냥 박사라 부른다.

사실 인생의 황혼에 선 노인들간에 박사 학위가 진짜면 어떻고 가짜면 어떤가, 그것 자체가 허영이다. 어쩌다 국수 한 그릇이라도 낼 수 있는 노인이 말발도 강해지고 인사도 더 받는 것이다. 물론 인품이 따라야 존경도 받는 것이지만 중절모를 쓰거나 지팡이를 짚고 힘겹게 계단을 오르는 노인들은 그저 대화를 나눌 수 있는 친구가 있다는 것만으로도 살맛나는 일이다.

"퇴직한 후로는 갈 데가 있어야지요. 김박사가 그동안 이곳에 매일 나왔어요. 아침에는 이선생 안부도 물어봅디다. 아마 오후에 다시 올거요. 낮에 학교에 있는 제자가 점심 대접한다고 해서 갔어요."

자주 오다보니 인사를 나누게 되고 안면이 있다 보니 자연스레 대화가 오고가 서로 안보이면 궁금해 하는 유대 관계가 이어진 것이다. 물론 오랫동안 보이지 않으면 타계했구나 짐작할 뿐 굳이 집으로 연락하거나 찾아가 볼 정도로 정을 나누지는 않았다. 그저 잠시 머물러 대화를 나누는 장소인 다방에서 만났으니 다방에서 헤어지는 사이인 것이다.

"이선생, 오랜만입니다."

뒤쪽에서 젊은이처럼 어깨를 툭 쳐서 돌아보니 까만 베레모를 눌러쓴 노 화백이 싱글싱글 웃고 서있다. 나이가 들었지만 늘 웃는 얼굴인 그는 소년처럼 밝은 표정이다.

그는 이름이 알려진 화가는 되지 못했지만 젊은 시절 미전 특선 경력이 늘 자랑이다. 그들은 과거의 이야기를 자주 나눈다. 흘러간 옛날을 자꾸 되씹어 보는 것은 일종의 확인이다. 지금 이렇게 쪼글쪼글 늙었지만 뜨거운 피가 끓던 시절 꿈이 있었고 그 꿈을 이루었건 못 이루었건 그것은 중요하지 않았다. 과거의 나를 추억하는 일은 다시는 돌아갈 수 없는 젊은 날, 살만큼 살았으니 노을이 지면 스러져간다는 자연의 법칙을 스스로 확인하는 일이었다.

경석도 그의 과거를 털어놓은 적이 있었다. 메이지 법대에서 명석한 두뇌로 타의 추종을 불허하던 동경 유학생. 일제시대 동경 유학은 웬만한 부자가 아니고는 어려운 일이었다. 그러나 경석은 부농은커녕 가장 낙후된 마을에 가장 가난한 집 차남으로 태어났다.

"아버지가 7형제 중 둘째였는데 큰집 장남이 소생이 없이 죽자 우리 형님이 큰집에 양자로 가서 내가 장남이 되었지요."

1916년 11월 밤, 조선의 앞날도 경석이 태어난 날처럼 춥고 캄캄하던 시절, 부연 젖살이 올라 허연 얼굴이 여자처럼 예쁘던 아기 경석은 기어 다닐 때 엄마를 잃었다.

"아가, 아가, 이리 와, 얼른 이리 와 봐."

누군가 앞에서 다정하게 부르는 듯한데 얼굴은 눈도 코도 입도 전혀 생김새를 알 수 없다. 생모는 어이없게도 독감에 걸려 세상을 등졌다고 한다. 읍에 가려면 산을 두 개, 강을 두 개나 넘어야 하는 벽촌에서 약 한번 쓸 생각도 못한 채였다. 집안일로 무리한 것이 병을 돌래 와 며칠 않더니 어린 두 아들을 두고 야승의 문을 넘어 저 승으로 간 것이다.

1970년대 후반에야 겨우 전깃불이 들어왔을 정도로 가난하고 외 진 곳이었다. 1910년대 말이었으니 병이 나면 저절로 낫기를 기다 리고 상태가 좋아지지 않으면 죽을 수밖에 없는 때였다.

양자로 간 두 살 위인 형이 있었으나 엄마에 대한 기억이나 정이 없기는 마찬가지였다. 아마 며칠간은 울면서 제 어미를 찾았겠지만 농사일에 바쁜 할머니의 호령에 차츰 수그러들다가 마침내는 잊어버 리고 말았을 것이다. 그리고 들어온 새엄마가 밑으로 의붓동생들을 낳았다.

"시골집에선 일본 군대에 쌀이나 보리, 곡식이란 것은 다 빼앗기 고 매일 멀건 밀기울 죽으로 살던 때라 늘 배가 고팠지요. 소학교 땐가 한밤중에 일어나니 어찌나 배가 고픈지 꼬르륵거리는 배를 움 켜쥐고 앉았다가 밖으로 나갔어요. 김장김치를 경상도에선 짠지라고 했는데 그때는 그것도 귀해서 낮에는 장독대에 얼씬거리지도 못해 요. 몰래 장독을 열고 짠지를 꺼내 맹물하고 같이 얼마나 먹었는지, 기가 막힌 맛이었지요. 어려서는 매일 배가 고팠지요."

경석은 얘기를 하다말고 허허 웃는다.

"잘사는 문중 어른 한 분이 성장하는 나를 지켜보다가 집안의 대 들보로 삼겠다 작정하고 공부를 더 시키려고 일본 가는 여비를 대었 지요."

그러나 시골에서 잘 산다고 해도 조카의 일본 유학 학비를 대기에 는 힘이 들었고 그 어른에게도 자식이 넷이나 있었다. 워낙 경석이 총명하니까 커서 한자리할 인물이다 싶어 온 집안의 기대를 한 몸에 안고 동경 땅에 내렸지만 아무 언덕도 없는 허허벌판이었다.

 신문배달, 군고구마 장사, 야채장사 등 온갖 거친 일을 하면서 메이지 법대를 졸업했다. 자취방은 한겨울에도 냉골이었고 짐이라고는 책밖에 없었다.

"하루는 조선에서 사촌동생이 찾아왔는데 하룻밤 재워 보내려니 잠자리가 마땅치가 않아요. 밤이 되어도 이부자리를 펼 생각을 안 하니까 한참을 멀뚱멀뚱 앉았다가 '형, 이불은?' 하고 묻더군요. 앉은뱅이책상에 앉아 오버를 덮고 책을 보던 내가 하나뿐인 그 겉옷을 던져주고 '이거, 덮고 자라.' 했더니 깜짝 놀라더군요. 내 사는 형편을 눈치 챘는지 아무 말도 안 해요. 동생은 낡은 내 코트를 덮고 새우잠 자고 나는 얇은 셔츠 바람으로 앉아서 밤새워 책을 보았지요. 그렇게 공부했답니다."

"그 많은 공부를 다 써먹지도 못하였다니 그거, 참. 안됐군요."

정노인이 혀를 차며 안타까워한다.

"가는 직장마다 운이 나빴던 탓이지요. 같이 공부하던 친구들은 모두 출세하여 지금 모두 회장, 사장 하지요. 지난번 큰아들 결혼할 때 주례 선 친구는 동경유학 시절 같은 하숙방에 뒹굴며 지낸 절친한 사이입니다."

"전에 말씀하시던 광풍물산 한회장님 말이지요."

"네, 그렇지요. 노화백께서는 기억력이 좋으시군요."

"그야, 광풍물산에 내 아들놈이 다니니까요. 까마득히 높은 분이라 눈도 못 마주쳤답니다.

"내가 찾아가면 언제나 반가워하지요. 허나 사장이면 뭐합니까. 이가 모두 상해서 다 빼버리고 틀니하고 있는데 먹고 싶은 것이 눈앞에 있어도 잘 씹지를 못해요. 그 친구 틀니가 잘 안 맞는지 거북하다고 그래요. 그래도 나만 가면 늘 점심 먹으러 가자 그래요."

"늙으면 그저 건강한 것이 가장 복 받은 겁니다. 누가 아프다 그러면 겁이 나요. 그래도 이선생은 흰 머리가 없습니다. 염색하셨소?"

"천만에요, 원래 머립니다."

경석은 예순이 넘었어도 아직 머리가 까맣다.

"머리를 보면 하나도 고생을 안 하신 분 같은데. 그만한 학벌을 가지고 선생을 했으니 어지간히 운도 없었소 그려."

"나중에는 학교선생들이 저마다 이선생 같은 분이 왜 이런 곳에 있냐고 해서 학벌에 대해서는 아예 입을 다물었습니다."

"왜 안 그랬겠어요. 일제 때 중학교만 나와도 으스대는 사람이 많은데."

노화백도 열심히 맞장구쳐준다. 다음날 다른 사람의 얘기 순서가 되면 그 사람한테도 서로 장단을 맞춰줄 것이다. 지루한 얘기거나 이미 한 얘기를 또 하더라도 전혀 내색 없이 반복해서 잘 들어주는 것도 그들간의 예의인 것이다.

일본 유학 중인 경석이 고향에 다니러 가면 집안 어른들은 까만 사각모와 가운을 입은 그를 달고 묘소 가고 이웃 마실가고 장에도 갔다. 저마다 자랑스레 동경유학생을 옆에 데리고 다니고 싶어 했다.

큰집 할아버지가 조카인 경석을 데리고 나서면 논매던 농부들, 밭매던 아낙들이 허리도 제대로 못 펴고 절을 했다. 그러면 할아버지는 곁눈도 안주고 "어흠" 하고 인사를 받는 헛기침만 하고는 꼿꼿한 자세 그대로 천천히 지나갔다.

온 집안과 동네어른들의 기대를 모은 경석은 아무리 못되어도 판사 양반은 되어야 했다.

'역에 도착하면 온 마을 어른들이 마중 나와 주고 집에 가 있으면 저마다 아껴두었던 먹을 것을 싸 가지고 왔었지. 대단했어.'

그러나 그는 그런 어른들의 기대를 무참히 배반했다. 경석은 황망히 자신의 이야기를 대강 마무리 짓고 추상 다방을 나온다.

이산가족

해방 전 해인 4월 아내와 결혼하던 날은 의성과 영덕 인근 마을이 떠들썩했다. 영천 이씨인 아내의 본가는 상당한 부농이었지만 정작 큰딸이 결혼할 때는 남은 재산이 없고 잔치도 빈약하게 치러졌다. 그러나 명망 있는 독립운동가의 자식이라 하여 인근은 물론 멀리서도 사람들이 구름처럼 몰려들었다.

경석은 집안 어른인 적암스님의 심부름으로 서대문형무소에서 출감한 뒤 위장병으로 병원에 입원해있는 한 독립투사를 만나러 갔었다. 조계사에 거주하며 남몰래 독립운동을 돕고 있는 적암은 경석을 통해 같은 동지인 그에게 간단한 안부편지를 전했다.

그날, 이명근의 병실에서 시중들고 있는 과년한 딸이 있었다. 흑발의 뒷모습이 단아한 처녀는 경석이 병실로 들어서자 '누군가' 하고 고개를 돌렸다. 달덩이같이 환하게 생긴 피부에 처녀의 눈이 어글어글 어찌나 잘생기고 현숙해 보이는지 경석은 첫눈에 평생을 같이할 사람이라는 예감이 왔다.

단 한군데 모남이 없이 얌전하니 잘생긴 청년이 자신을 계속 바라보자 처녀는 목례를 한 후 병실 밖으로 나가버렸는데 그 아리따운 몸가짐이 경석의 평생을 묶었다. 결혼식을 하고 신행 온 아내는 어른들이 없는 낮시간이면 책을 읽었다. 한복을 벗고 하얀 블라우스와 까만 스커트 차림에 새하얀 목양말을 신고 마루에 앉아 책 읽는 아내는 온 동네의 코흘리개를 다 몰려들게 했다

사시사철 시커멓고 갈라 터진 발뒤꿈치를 가진 엄마, 때가 시커멓고 투박한 발을 가진 할머니만 보다가 '이 신여성은 어느 별나라에서 온 항아님인가' 하는 선망의 눈으로 사춘기 소년소녀들은 가슴 설레며 경석의 본가 주위를 서성거렸다.

어쩌다 아내의 부드러운 눈길과 마주치면 부끄러워 얼굴이 달아오르면서도 자리를 뜨지 못하고 빙빙 돌며 힐끔힐끔 새 신부를 훔쳐보던 동네 아이들, 어른들에게도 큰 관심사였다. 신랑 신부가 시댁에 머무는 며칠 동안 신부의 행동거지는 온 동네 화제였다.

수줍게 고개만 숙이고 있던 신부는 모진 세월을 살아오는 동안, 남편의 울분에 찬 주정을 받아들이기 시작하면서 표정이 없어지더니 다소 차가운 듯 쓸쓸한 얼굴이 되어갔다.

"내가 뭐가 못나서, 이러고 있어. 출세! 하려면 할 수도 있었지, 아암, 그렇고말고."

젊은 시절엔 늘 술에 쩔어 살았어도 주정은 않더니 중년이 되면서 술만 취하면 이런 넋두리가 나왔다. 그러나 이제는 출세 못한 원인이 소심하고 겁 많은 자신에게 있는 것이 아니라 자신을 몰라보는 사회와 자신을 불러주지 않는 시대에 있다는 식의 주정은 하지 않았.

지금은 그날 쓸 용돈만 있으면 만족했다. 이제는 자식들 앞에서도

부끄러웠다. 아버지가 무능하여 자식들의 뒷받침을 충분히 해주지 못했다는 자각이 나이가 들수록 자꾸 들고 있었다. 남들만큼 잘해주지도 못하고 마음고생까지 시킨 아내에게도 미안했다.

경석은 집에 오는 길에 전농동로터리 시장의 포장마차에 들러 소주를 딱 한 잔만 마시기로 했다. 혹시나 과음할까 미리 그렇게 다짐하는 것은 술주정을 하게 되면 며칠간은 온 가족의 쌀쌀맞은 눈총을 받아야 했다.

지유는 아예 대놓고 말했다.

"아버지는 왜 술만 마시면 고함을 질러 한밤중에 온 동네를 다 깨워요. 창피해 죽겠어요."

머리 큰 자식들이 어렵고 경석 자신도 늙어선지 이제는 고함지를 기운도 없었다. 마루에 걸린 벽시계가 뎅뎅 소리를 내며 축 늘어진 추를 열 번이나 치고 나서야 눈을 뜬 경석은 머리가 뻑뻑하고 온몸이 천근만근 늘어진다.

"아이고, 왜 이리 몸이 고단할까. 내가 어젯밤 많이 취했나?"

"술이 깬 다음날 아침은 전날 저녁 일 다 잊어버리지 뭐, 꿀물 여기 있소. 이거나 드시오. 오늘은 아무 데도 나가지 말고 집에서 푹 쉬시오."

아내가 가져다주는 대접의 꿀물을 단숨에 다 들이켰다. 아내의 태도로 보아 어젯밤 아무 일도 없었다는 것을 느꼈다. 딱 한잔 하려던 것이 포장마차 주인을 상대로 호기를 부려가며 꽤 많이 마신 것으로 기억하는데 그래도 실수는 안 한 것이다.

모든 식구가 밖으로 나가고 적막강산이었다. 안방 유리창으로 슬금슬금 기어드는 봄 햇빛은 게으름을 동반하고 있다. 나른한 몸을 다시 이부자리 위에 누이려는데 채각채각 엿장수 가위소리가 멀리서 들리더니 차츰 가까워졌다. 빈병과 고물을 팔라는 것이다.
'고물 인생을 처분하고 재생시켜 주는 곳은 없나? 그렇게 된다면 지금처럼 안 살 텐데….'
경석의 생각이 미처 끝나기도 전에 철커덕하고 철 대문이 닫히는 소리가 난다. 아내가 잠깐 밖에 나갔다 금방 들어오는 모양이었다.
그 며칠 후, 서울 시내 각 초등학교마다 깔끔하게 차린 노인이 찾아와 교장 면담을 청하니 아무도 거절하지 않고 웬만하면 모두 교장실로 안내했다. 아동용 학습 교재를 팔러온 세일즈맨 경석이었다.
머리가 하얗게 센 교장들은 과거에 자신도 교사를 했었다는 경석의 말에 차를 대접하고 책 구입을 생각해보겠다며 팸플릿을 두고 가라고 했다. 경석은 길거리 행상이나 포장마차는 못해도 책을 팔러다니는 일은 할 만 했다. 팔려는 교재가 내용이 충실하니 열심히 홍보하여 상대방이 호감을 가지면 팔리는 것이고 그 학교에 그 교재가 이미 있거나 원치 않는다면 그것으로 그만이었다.
서울 시내 초등학교 명단을 모두 뽑아놓고 오늘은 이 학교, 내일은 저 학교로 갔다. 출판사 측에서는 노인네 용돈이나 벌어 쓰라고 한 달에 한 건을 해오건 두 건을 해오건 아무런 간섭도 하지 않았다. 어차피 출판사 측에선 교통비도 주지 않았다.
가뭄에 콩나듯 주문받는 책의 수당은 경석이 학교 방문 차비와 다방에 차를 마시는 정도이지만 열심히 돌아다니니 운동이 되고 정신 건강에도 좋다. 어떤 교장은 자신도 정년퇴직 후 소일거리로 할 만한 것이 있는가 물어오기도 했다.

가끔 주례도 섰다. 예식장에 가면 과거에 일본 유학을 했거나 대학교수를 지낸 60, 70이 된 깔끔하게 생긴 노인들이 하얀 와이셔츠에 까만색이나 회색 정장 차림으로 대기실에 몇 명 몰려 앉아있다.

경석도 가끔 그곳에 가서 기다리는 측에 끼는데 주례를 하기로 한 사람이 사정이 생겼거나 교통이 막혀 제시간에 못 올 경우 대신 주례를 섰다. 긴급전화로 오는 대타 주례가 예식장마다 몇 명이 있는데 아예 예식장에 나와 하루 종일 기다리고 있는 노인들도 있었다.

공치는 날이 많지만 어쩌다 기회가 오면 한 번도 만난 적 없는 신랑 신부의 결혼을 맺어주면서 '일본 메이지 법대를 나오시고 교직에 오래 계신 주례 선생님'이 되었다.

"검은 머리 파뿌리 되도록 살라는 인연은 보통이 아니다. 부부싸움은 자꾸 하면 나중엔 미운 정으로 쌓인다. 싸움은 하되 치고받지 말고 평소 대화를 많이 하라."든가 "부부 사이는 서로 다른 사람들이 만나 같이 사는 사이이니 서로의 허물과 모자라는 점은 물처럼 받아들여야 한다."는 경석의 주례사는 쉽고도 무난했다.

어쩌다 한번 주례를 서면 일주일 용돈이 되었다.

"정말이지, 그때는 겁이 났어. 목숨 부지하고 사는 것만 해도 용했지."

아이들이 모두 늦게까지 들어오지 않은 밤, 경석과 영이는 마당에 내놓은 평상에 나란히 앉아 밤하늘을 보고 있다. 휘영청 밝은 달 아래 귀뚜라미 소리가 요란하다. 연탄불을 갈려고 아궁이 뚜껑을 들추면 따스한 불가에 있던 귀뚜라미가 깜짝 놀라 통통한 몸에 꺾어진 긴 다리로 펄쩍 뛴다. 그 서슬에 깜짝 놀라 엉덩방아를 찧기도 하는데 가을이 깊어갈수록 귀뚜라미의 울음소리는 목이 멘다.

깊은 가을밤 노부부는 귀뚜라미 소리를 들으며 6·25전쟁이 휩쓸고 간 고향을 생각한다. 아내가 계속 경찰의 감시를 받게 되고 집안 식구들이 북으로, 남으로 뿔뿔이 흩어졌다. 경찰의 감시를 피하느라 오랫동안 비워둔 집과 선산은 재빠른 손길이 자신의 이름으로 등기까지 해버렸다. 세월이 흘러 고향에 가도 될 처지가 되자 고향으로 간 아내에게 집안 아저씨는 말했다.

"그 긴 세월 동안 이 집을 수리하고 돌보며 살았으니 내 집이다."

두 눈 뻔히 뜨고 집과 선산이 남의 손에 넘어간 아내는 할아버지, 할머니 산소 성묘만 하고 돌아와야 했다.

"돈을 모아 우리 아버지가 물려주신 집과 산을 찾아야지요."

벼른 것이 이십 년이 넘었다.

"사실 그까짓 집이야 아깝지 않아요. 아이들이 자기가 하고 싶은 대로 못해서 늘 미안했어요."

아내는 경석에게는 미안하다는 말은 하지 않는다. 부부는 그러한 말을 할 필요가 없다.

무언가 하려고만 하면 거미줄처럼 앞을 턱턱 가로막던 그것, 보이지도 않는 가늘디가는 줄이면서 유사시에는 질기고 튼튼한 동아줄로 나타나 징그럽게 목을 조이던 그것은 육남매의 앞길까지 간간이 방해하더니 80년대 들어서야 소멸되었다. 아들딸의 해외 출장길도 풀어주었다. 그러나 이미 세월이 너무 지나버렸다.

"유야 더 늦기 전에 시집 보내야 할 텐데, 사귀는 사람이 있나?"

"모르겠어요. 생전 말을 안 하니, 제 앞가림 자기가 알아서 할 거요. 어린 것이 대학 등록금, 용돈 벌어가며 학교 졸업한 것만 해도 얼마나 용한데."

아내의 목소리가 촉촉이 젖어든다. 악착같이 이 집 저 집의 가정교사를 해가며 공부하는 셋째딸을 보며 늘 자신의 학창 시절 가정교사 할 때가 떠올랐다.

"아버지는 감옥에 계시고 동생과 나는 입주 가정교사로 들어가서 학교를 다녔지요. 내가 공부를 가르치던 어린아이가 한번은 '가정교사 밥거지' 하다가 자기 엄마한테 혼난 일도 있었지요. 가정교사로 학비를 버는 아이를 보면 가끔 그 일이 생각나서 마음이 아파요. 입주가정교사라고는 하나 밥만 주지 용돈은 주지 않았지요. 한 번은 학교에 가려니 차비가 없어요. 한 시간 이상 걸리는 거리를 걸어가야지 하고 집을 나서서 골목길을 내려가는데 발밑에 빨간 전차표 한 장이 떨어져 있지 않아요."

전차표 한 장을 주웠을 때의 기쁘고도 씁쓸했던 기분을 늙어서도 생생히 기억하는 아내는, 늙은 부모는 힘이 없고 딸이 기를 쓰고 학비를 벌어야 했던 것을 슬퍼했다.

부부가 옛일을 쓸쓸하게 회상하고 있는 중에도 밤은 깊어가고 시간은 흘러갔다. 이산가족의 슬픔도 그 세월의 골만큼 깊어갔다.

80년도가 시작되며 이산가족의 한은 자꾸만 잊혀져 가고 있었다. 그러다가 1983년 KBS이산가족 찾기 생방송은 1천만 이산가족뿐만 아니라 전 국민을 눈물의 바다에 빠뜨렸다.

138일 동안 '이산가족을 찾습니다'가 방영되며 전쟁시 행방불명된 오빠, 피난 오다가 손을 놓친 막내, 죽은 줄 알았던 엄마와 아들이 여의도 광장으로 달려왔다. 서로 전화통에 대고 울부짖다가 가족임이 확인되면 통곡하고 방송국으로 달려와 부둥켜안고 몸부림치는 장면을 시청하며 모든 국민이 밤새워 울던 그 시절, 뒤에서 남몰래 피눈물을 쏟던 사람들이 있었다.

공개적으로 드러내놓고 찾을 수도 없던 월북자 가족들은 떳떳하게 여의도 광장에 이름을 내건 전단을 붙일 수도 없었다. 혹시나 인민군에 휩쓸려 올라가다가 탈출했겠지 싶고 어딘가 남한 땅에 살고 있을지 몰라 생각이 들어도 감히 노출할 수가 없었다.

여의도 광장의 벽마다, 보도 위마다 새하얗게 '누가 이 사람을 아시나요' 하는 전단으로 뒤덮여도 그들은 감히 가슴속에 묻은 그 이름을 꺼낼 수가 없었다. 방송마다 흘러간 가요가 계속 나왔다.

"아아, 산이 막혀 못오시나요. 아 물이 막혀 못오시나요. 다같은 고향땅을 오고 가련만 남북이 가로막혀 원한 천리길."

"타향살이 몇 해던가 손꼽아 헤어보니 고향 떠난 십여 년에 청춘만 늙어."

온몸이 화석처럼 굳어 TV만 쳐다보는 엄마, 이산가족 상봉을 보며 남몰래 눈물을 닦아내는 엄마, 그러다 가슴을 움켜쥐는 엄마, 지유는 싫었다.

친구들과 어울려 설악산으로 여행을 떠났다. 설악동의 찻집에서도 이산가족 상봉은 이루어지고 있었다. 찻집이 떠나가라 켜놓은 TV에선 삼촌과 조카가, 엄마와 딸이 만나 서로 씨름하듯 엉켜서 통곡을 쏟아내고 있었다.

　삼천리강산이 눈물을 쏟아내고 있는데 속시원하게 울 수조차 없던 엄마는 지유가 여행을 마치고 서울로 돌아가니 자리에 누워 앓고 있었다. 가족들에게 눈치가 보여 드러내놓고 울지도 못하던 엄마는 쓸쓸하고 외로운 표정으로 혼자 가슴병을 앓고 있었다.

울밑에선 봉선화야

1.

 85년 새해가 솟은 지도 여러 날이 지났다. 아침까지도 멀쩡하게 "잘 다녀오라."고 지유를 배웅한 엄마가 죽었다. 평소 가슴이 아프다는 말은 잘 하였지만 이렇게 갑자기 잠을 자다가 돌연사 할 줄은 어느 누구도 몰랐다.

 엄마는 심장병을 앓은 적이 있다. 밖에 나갔다가 집으로 들어오는 길로 몸을 덜덜 떨면서 솜이불을 꺼내 덮고는 자리에 누운 것이 몇 달간 일어나지 못했다. 그저 춥고 떨려 몸과 마음이 안정이 안 된다는 것이다.
 엄마는 그날 저녁으로 병원에 실려 갔다가 각종 검사를 거친 다음 며칠 후 퇴원했다.
 '심장이 보통 때보다 두 배로 부었으니 절대 안정을 취하라'는 의사의 지시였다. 엄마는 낮에 나갔다가 무슨 일에 그렇게 놀라고 왔는지는 지금도 알 수 없다. 뭔가 충격적인 일을 당했음에 심장이 놀라 병이 난 것이라고만 짐작했다.

  엄마는 언니, 오빠가 서투른 솜씨로 밥을 끓여먹고 학교에 가는 것을 자리에 누워 바라보았다. 정신은 맑으나 몸은 꼼짝 못하고 누워 있던 엄마는 가난한 살림 탓에 그저 멀건 죽물만 마시며 겨울을 났다. 지유는 우울한 얼굴로 학교를 갔고 학교에 가서도 '엄마가 아프다' 생각하니 아이들과 떠들 기분도 나지 않아 시무룩하게 보냈다.

  지국은 군 복무 중이었고 지영은 새벽마다 집을 빠져나가더니 신문 배달을 시작했다. 코끝이 쩍쩍 얼어붙는 한겨울 아침, 장갑도 없이 양손이 새빨갛게 되어서 신문을 돌리고 오는 기척을 지유는 잠결에 느꼈다. 변변한 모자도 없이 따뜻한 방에 들어오면 양쪽 귀가 벌겋게 달아오르던 지영은 엄마가 자리에서 일어나는 봄까지 새벽마다 뛰어다니며 신문을 돌렸다.

  날이 풀려 비가 오는 날은 신문이 젖을세라 우산을 받치고 정작 본인은 차가운 비에 푹 젖어 소금에 절인 배추처럼 되어 집으로 돌아와서는 학교 갈 준비를 했다. 지유는 잠자코 마른 타월을 건네주었다.

  어둡고 지루하던 겨울이 지나고 3월이 되며 미술시간에 찰흙으로 화병을 만들었다. 윗부분은 통통하고 아래로 내려갈수록 좁아지는 백자처럼 둥글게 병 모양을 만든 다음 연한 옥색을 칠해 그늘에서 말렸다. 다 말리자 푸른색이 우아하게 살아났다. 미술 선생은 지유가 만든 화병이 이조청화백자 같다며 아이들 앞에서 극구 칭찬하였다.

  미술 선생의 검사가 끝난 다음 집으로 화병을 가져온 지유는 집 가까이 배봉산에 올라가 막 피어나는 진달래를 한아름 꺾어왔다. 옥색 화병에 물을 붓고 분홍빛 진달래를 가득 꽂아서 엄마가 누워있는 머리맡에 가져다 놓았다.

그 며칠 후, 학교에 갔다 오니 엄마가 자리에서 일어나 있었다. 늘 양쪽에서 부축을 해야만 겨우 일어나 앉던 엄마가 혼자 자리에서 일어나 앉았고 늘 펴져 있던 이부자리도 깨끗이 걷혀져 있다. 놀라움과 기쁨으로 얼굴이 환해지는 지유를 보고 엄마는 빙긋 웃었다.

"유야, 네가 진달래꽃을 가져다주어서 봄 냄새를 맡고 일어났구나, 고맙다."

엄마의 다정한 목소리에 지유는 얼마나 기분이 좋은지 날아갈 것 같았다.

그때 이후로 엄마의 심장은 말썽이 없었다. 다만 TV에서 흘러간 가요만 들려오면 "가슴이 아프다"며 밥을 먹다가도 수저를 놓았고 밥맛을 잃어버리는 것은 여전했다.

그렇게 세상을 살아낸 엄마는 어느 날 갑자기, 지유와 깊은 대화 한 번 제대로 못 나눈 채 밝은 대낮에 타는 가슴 부여잡고 저승의 문턱을 넘어갔다. 남편과의 사이에 삼남삼녀를 낳아 키웠어도 임종을 본 사람이 없어 유언 한마디도 못 남기고 예순다섯 해로 인생을 마감했다.

아직 얼음기가 안 풀려 딱딱한 겨울 산에 엄마를 묻고 온 그날 저녁, 큰사위는 큰일을 치르느라 시골 큰집에 모인 일가친척들 앞에서 생전의 장모 이야기를 했다.

"강산은 변해도 핏줄을 그리는 마음은 변하지 않습니다. 한 많은 세상을 살다간 장모님 산소에 오늘 떼를 입히며 평소 즐겨 부르시던

'울밑에선 봉선화야'를 불러드리고 싶었습니다. 처음 처가에 간 날, '자네 분단시대를 살고 있는 우리들에게 가장 시급한 것이 무엇인가' 하고 묻던 장모님, 그러나 아직 통일은 요원하기만 합니다. 그날을 생각하면서 오늘 저녁 제가 '울밑에선 봉선화야'를 소리 높여 불러보겠습니다."

시골 큰 집 넓은 안방에 빼곡하게 들어찬 삼십여 명의 가족, 친지들은 숨도 크게 못 쉴 정도로 숙연해졌다. 엄마의 큰사위는 두 눈을 감고 두 손을 맞잡은 채 서서 큰 목소리로 노래를 불렀다.

"울밑에선 봉선화야 네 모양이 처량하다/ 길고 긴 날 여름철에 아름답게 꽃필 적에/ 어여쁘신 아가씨들 너를 반겨 놀았도다/ 봄은 가고 여름 가고 가을 바람 솔솔 불어/ 아름다운 꽃송이를 모질게도 침노하니/ 낙화로다 늙어졌다 네 모양이 처량하다

어언 간에 여름 가고 가을 바람 솔솔 불어/ 아름다운 꽃송이를 모질게도 침노하니/ 낙화로다 늙어졌다 네 모양이 처량하다/ 북풍한설 찬 바람에 네 형체가 없어져도/ 평화로운 꿈을 꾸는 너희 혼은 예 있으니/ 화창스런 봄바람에 환생키를 바라노라."

평소 엄마가 부르던 노래는 낮고 가늘가늘 들렸으나 형부의 굵은 목소리는 머리끝까지 뜨거운 눈물로 가득 찬 가족들의 귓전으로, 가슴으로, 밀물처럼 쏟아져 들어왔다.

조국의 비운을 상징한 노래로 수많은 조선인들이 너도나도 부르자 일제가 금지시킨 노래, '울밑에선 봉선화'는 이렇게 엄마의 마지막 가는 길에 불려졌다.

서울 마당 넓은 집에 살 때, 엄마는 마당에 봉선화를 많이 심었

다. 여름이 되면 지유의 무릎 정도 길이로 자라난 봉선화는 길죽길죽하게 생긴 초록색 잎 밑으로 빨갛고 하얀 꽃들을 피워냈다.

여름 내내 마당에 피어있는 봉선화 잎을 따다가 손톱에 물을 들이는 것이 중요한 하루 일과였다. 세 딸은 빨간 잎을 따다가 으깨지도록 반들반들한 돌멩이로 찧었다. 새하얀 가루를 살짝 입에만 대어도 떫은 신물이 돌아 진저리가 쳐지는 백반 가루, 그것을 섞어 함께 찧은 잎을 잠들기 전에 손톱 위에 올리고 잎으로 감쌌다. 하얀 무명실로 꼭꼭 묶어 하룻밤 자다 보면 손톱 밑으로 쓰린 기운이 배어 손가락이 저리기도 했다.

자다가 찬찬히 매지 못한 잎이 벗겨져 요 위에 나뒹굴기도 했지만 아침이면 대부분 손가락에 붉은 물이 들었다. 햇빛에 눈부시게 반짝거리던 백반가루는 보기만 해도 입에 신물이 돌았고 백반이 없을 때는 소금을 약간 넣고 빻기도 했다. 잎 대신 헝겊으로 싸매기도 하여 들인 꽃물은 여름이 다가고 가을이 와도 연하게 남아있었다.

"봉숭아 물들인 붉은 손톱이 없어지기 전에 첫눈이 내리면 첫사랑이 이루어진대."

"귀신이 붉은 색을 두려워 하니 손톱에 붉은 봉숭아물을 들이면 아프지 않대."

조잘조잘 대며 서로의 손에 봉숭아 꽃물을 들여 주는 딸들을 바라보던 엄마, 평상 위에 앉아 달을 바라보며 '울밑에선 봉선화야'를 부르던 엄마였다.

나라 잃은 슬픔을 애조 띤 멜로디와 가사로 은유한 봉선화가 민족가곡으로 유명해지자 일제는 가사 내용을 문제 삼아 가창 금지는 물론 빅터 레코드사에서 제작된 음반까지 판매를 불허했다던가, 소프라노 김천애가 1942년 동경 무사시노 음대를 졸업하면서 졸업 무대에 흰색 한복을 입고 나와 독일 가곡을 부른 후 앵콜곡으로 이 노래를 불러 한국 유학생은 물론 다른 청중에게도 깊은 감동을 주었다던가, 학생들이 밤새 울면서 이 노래를 부르다가 일경에 끌려가 고초를 당했다던가 하는 사연을 간직한 노래, '울밑에선 봉선화'

엄마가 독립투사로 일제에 핍박받던 아버지, 북에 간 아버지를 그리며 부르던 노래임을 당시엔 알 수 없었다. 그저 "엄마" 하고 불러서는 안 될 것 같은 분위기였기에 노래 부르는 엄마의 등을 쳐다보면서 아무것도 묻지 못했다.

1920년대 나왔다는 이 노래는 한민족 애창곡이 되었지만 80년대 이후 그 노래 작곡자가 그 이후 친일파의 길을 걸었다 하여 더욱 사연 많은 노래가 되었다.

엄마의 사인을 의사는 '전격성 급성간염으로 추정됨'이라고 썼다. 엄마의 사망 원인은 부정확했다. 지유는 수십년 동안 놀라고 긴장하고 마음 졸이며 가족에의 그리움에 병이 난 심장탓이라 여겨졌다. 지유는 엄마의 죽음이 떠오를 때마다 이런 환영을 보았다.

2.

누렇게 찌든 벽지, 허름한 가재도구, 번쩍이는 노란 비닐 장판 등 남루한 살림살이가 널린 안방, 엄마는 장롱 서랍을 앞에 당겨놓고 열심히 무언가를 찾고 있다. 안쪽으로 손을 깊숙이 집어넣어 옷가지 밑을 더듬다가 몸을 굽혀 서랍 뒤쪽으로 오른팔을 밀어 넣더니 드디어 여인의 손안에 집혀져 나오는 것은 자그마하고 동그란 분갑이다.

그것이 지금까지 찾던 것인 듯 동작이 느려지며 조용히 분갑의 뚜껑을 연다. 분은 다 써버려 하얀 분가루조차 날리지 않지만 남아있는 향긋한 분 냄새가 은은하다. 늙고 메마른 손이 그 안에서 작은 사진 한 장을 꺼내든다.

풍성한 머리를 뒤로 땋아 내리고 보름달처럼 환한 얼굴의 스무 살 처녀가 하얀 저고리에 까만 통치마 차림으로 앞에 앉아있고 그 옆에 이목구비가 뚜렷하니 잘생긴 청년이 목까지 단추를 단정하게 채운 전문학생 교복 차림으로 서 있다. 정다운 남매의 흑백 사진 한 장을 그윽한 눈으로 바라보던 엄마의 주름진 얼굴에 빙긋 미소가 어린다.

평화롭고 따스한 표정은 잠시, 갑자기 엄마는 얼굴을 찡그리며 가슴을 움켜쥔다. 심장이 멎을 듯 극심한 통증이 예사롭지 않다. 허겁지겁 가슴을 쥐어뜯으며 누군가를 애타게 부른다. 그러나 아무리 크게 불러도 밖으로 나는 소리는 들리지 않고 가슴에선 뜨거운 불꽃이 훅하고 타오른다.

온 방안을 헤매며 방문을 열려던 엄마는 급기야 가슴을 부여잡은 채 방바닥에 나뒹군다. 벌어진 손에서 누렇게 바랜 흑백 사진 한 장이 굴러 떨어진다.

장례를 치르고 서울로 온 다음날 가족들이 모여 엄마의 유품을 정리했다. 지우는 자신이 엄마에게 사주었던 옷들, 지국의 처는 학창시절 수예시간에 만든 모란꽃 수저집, 지영은 엄마의 대형 사진, 지수는 학창 시절에 만든 다양한 꽃 그림을, 지유는 엄마의 파란색 앙고라 스웨터, 지민은 엄마 생일에 자신이 사주었던 초록색 실크 스카프를 가졌다.

　엄마가 쓰던 물건들이 아들, 딸, 며느리에게 나눠지고 다시 장농 서랍 밑바닥을 뒤지던 지우가 겉장이 누렇게 바랜 노트 두 권을 발견했다.

　"엄마가 일기를 써왔네."

　"어디, 어디 봐."

　모두 돌려가며 일기장을 보는데 한 권은 너무 낡아 누렇게 삭았는데 모두 일본어로 쓰여 있고 다른 한 권은 노트의 모양이 반듯했지만 한자와 한글로 혼용되어 있었다. 오래된 일기장은 삼분의 일쯤 찢어진 것이 없애려고 하다가 마음을 고쳐먹고 다시 남겨놓은 것 같았다. 지유가 한글로 쓰인 일기장을 받아 넘겨보는데 하얀 쪽지가 한 장 툭 떨어졌다. 얼른 지수가 그 종이를 집어 펼쳐보았다. 모두의 시선이 거기로 쏠렸다.

　　　생이별한 부모형제 이별한 지 어언 40년
　　　젊은 날은 베갯머리 적시다가 다 보내고
　　　검던 머리 어느 사이 반백이 되었어도
　　　북녘땅 부모 형제 소식은 아득하기만 해
　　　언제나 이 내 소식 전해주려나.

　"엄마가 쓴 시야."

　지수가 속삭이는 말을 귓전으로 들으며 지유는 슬그머니 방을 빠져나갔다.

'분단된 38선, 그 너머 있는 이산가족을 못 잊어, 그 오랜 세월을 가슴이 타들어 갔다는 건가? 친정 식구 보고 싶다는 내색도 없더니 당신 속으로 난 6남매를 고스란히 남겨놓고 그 보고 싶은 마음이 한이 되고 돌이 되어 숨이 막혀 돌아갔단 말인가.'

누런 베옷 입고 꼬까신 신고 아버지의 고향 선산에 북쪽을 바라보고 누운 엄마. 한세상을 조용조용 맘 졸이며 살다 간 엄마, 북의 핏줄이 보고 싶어 밤마다 꿈을 꾸지만 남편 눈치, 자식 눈치 보느라 마음 놓고 가족을 그리워하지도 못한 엄마는 이승을 떠났다.

엄마와 40년간 함께 산 아버지는 "너무 생각 마라, 몸 축난다."고 낮에는 지유와 지민을 달래고 혼자서 잠드는 한밤중이면 엄마가 쓰던 이불을 뒤집어쓰고 소리 죽여 울었다.

"너네들은 모른다. 얼마나 외로운지."

'아버지는 모를 거야.'

지유는 아버지가 술이 취해 주정을 하던 어느 날, 엄마의 손길을 기억했다.

"내가 어떻게 공부했는데, 난 빨리 공부를 마치고 출세를 해야 했어. 나를 기다리는 집안어른, 동네사람들, 모두가 금의환향하는 날을 눈빠지게 기다리고 있었어. 그런데 난 갈 수가 없었어, 갈 수가 없었다고."

그날 아버지의 사설은 좀 길었다. 엄마는 아버지의 주정을 견디기에 몹시 힘들고 피곤해 보였다. 집안식구들은 방문을 탁탁 거칠게 닫고는 불을 끄고 이불 속으로 파고들었다.

지영이 있었다면 "왜 이래요. 주무세요, 주무세요." 하면서 아버지의 등을 끌어안고 방으로 가 옷을 벗기고 잠자리를 봐드렸을 것이다. 그날따라 지영은 늦게까지 들어오지 않았다.

엄마는 조용히 마루 한쪽에 앉아서 아버지의 한풀이를 다 듣고 나더니 아버지가 지영의 방으로 가 잠이 들자 지유가 누운 방으로 소리 없이 스며들었다. 말없이 옆에 누운 엄마는 이리저리 뒤척거리다가 가슴을 쓸어내리며 잠을 영 못 자는 것이다.

지유 역시 잠을 못 자고 뒤척거리다가 스르르 엄마가 누운 쪽으로 손을 뻗었다. 꺼끌꺼끌하고도 투박한 엄마의 손이 잡혀왔다. 지유가 엄마의 손을 잡자 엄마의 손이 지유의 손을 꽉 힘주어 마주잡았다. 엄마와 지유는 서로 한마디 말도 없이 컴컴한 어둠 속에서 밤을 보내었다.

3.

엄마가 세상을 버린 지도 6개월이 되었다. 외가 식구의 꿈을 꾸다 잠이 깨면 새벽이 올 때까지 눈물이 귀밑으로 흘러내려 베갯잇이 축축하던 젊은 날, 늙은 손 떨면서 외삼촌의 사진을 보며 가슴을 움켜쥐던 날, 가슴속 응어리를 삭히지 못한 채 기다리기에 지친 엄마가 1월에 생명줄을 놓아버린 그 해 5월, 온 국민을 흥분의 도가니로 몰아넣은 남북적십자회담이 73년 이후 12년 만에 재개되었다.

지유는 그즈음 밤마다 엄마 꿈을 꾸었다.

엄마는 나들이할 때 입는 연한 라일락빛 한복을 입고 주위 경치가 근사한 거리 한복판에 서 있었다. 엄마는 밝게 웃으며 이리저리 둘러보고 있었는데 꿈속에서도 "우리 엄마가 천당에 갔구나." 하고 느낄 수 있었다. 엄마의 환한 웃음을 보니 꿈속에서도 기분이 좋았다.

초등학교 5학년 때 눈병이 나서 학교를 일주일 이상 못가고 집에 누워 있은 적이 있었다. 매일 아침저녁으로 따뜻한 물을 적셔 부드러운 가제수건으로 눈곱을 닦아 눈을 뜨게 해주던 엄마의 따스한 손길, 눈을 뜨면 제일먼저 만나는 환한 엄마의 미소, 창밖의 햇살이 무색하게 부드럽고도 간지럽게 잘게 부서지던 빛, 그 환한 빛의 잔치가 떠올랐다.

'엄마가 저세상에서 행복하구나.'

꿈이 깨자 허망하기 짝이 없었지만 그래도 엄마의 모습을 생생히 볼 수 있어 기뻤다.

다음날 저녁에 또 꿈을 꾸었다.

셋째딸 지유를 시집보낸다고 일가친척 아주머니들이 한방 가득 모여 있는데 가운데에 엄마가 있었다. 지유의 신혼 이불이라면서 알록달록한 이불을 바느질하고 있었다.

젊은 날 엄마 사진은 달덩이처럼 환하고 복스럽게 생겼다. 꿈을 꾸면 엄마는 언제나 사진에서 보던 달덩이 같은 얼굴이었다. 주름진 얼굴과 거칠고 메마른 손이 아닌 스물다섯 한창 나이의 엄마 모습이었다. 지하에 간 엄마는 지유의 꿈속에서 혼수 준비를 하고 있었다.

그날 저녁 지유는 직장에서 돌아온 지영에게 말했다.

"작은오빠, 난 요즘 꿈속에서 엄마를 자주 봐."

"그래, 엄마도 남북적십자회담이 열리는 걸 아나보다."

"꿈속에서 보는 거라도 엄마 보니 좋더라."

"나는 엄마 한번 보고 싶어서 엄마 나오는 꿈을 아무리 꾸려고 해도 안 되는데 너는 용하네."

"이번 회담은 이산가족 고향방문단과 예술공연단 교환방문을 한다고 온 국민 가슴을 설레게 하고 있어."

"또 이산가족 마음만 들쑤셔놓고 끝나는 것 아닐까."

"엄마 살았으면 TV 보면서 가슴 아파했겠지 뭐."

지유는 자신의 의지와 상관없이 삶이 제멋대로 춤추는 세상이 지겨웠다. 정권에 따라 국민들이 이리저리 휘둘리는 한국을 떠나고 싶었다.

6장
꿈

뉴욕, 뉴욕으로

1.

"난 무용도 하고 싶고 그림도 그리고 싶어. 운동장에 나가 배구를 하면 키가 더 커지지 않을까. 하지만 무용을 하려면 슈즈, 스타킹, 연습복이 있어야겠지, 운동장에 나가 배구 연습을 하자면 계속 뛰어야 하니 운동화가 금방 닳을 거야. 배도 금방 고파지겠지. 그림 그리는 일이 제일 하고 싶지만 도화지와 그림물감 사려면 돈이 많이 들어. 미술도구 값이 너무 비싸. 하지만 글짓기반에 들어가면 공책과 연필만 있으면 되니까, 최소한 그것은 있으니까 아무것도 안 사도 돼. 엄마한테 돈 달라고 말하지 않아도 되니까, 그래, 좋아, 글짓기반에 들어가자."

어린 소견에도 어려운 가정 형편을 살펴보니 다른 특별활동은 할 수가 없었다. 돈이 들어야 하기 때문이다. 미술 공부는 지유네 가정 형편에 무리였다.

그래서 글짓기반에 들어갔다. 책을 읽고 독후감을 발표하는 일이 그런대로 재미가 있었다. 숙제로 내준 글만 써 가면 선생님들은 앞에 나가서 읽으라고 했다.

문예반 친구들은 지유가 낭랑한 목소리로 수필을 읽으면 '어휴' 하고 감탄을 했고 박수를 쳤다. 글 쓰는 소질이 있는 것 같았다. 그래도 커다란 화판을 들고 다니며 야외 스케치를 가는 아이들이 부러웠다. 화판을 폼나게 옆구리에 끼고 화가 흉내를 내고 싶었다.

'자기 하고 싶은 것 다하면서 세상을 살 수는 없겠지.'

그렇게 미술 공부를 포기했다. 돈이 없어서 글짓기반에 들어간 것이 국문과에 가게 되고 졸업 후 잡지사에 취직하여 기자생활을 하게 되었다.

엄마는 어려서부터 책 읽기를 좋아하는 지유가 작가가 될 줄 알았다고 했다. 집에서 늘 책을 읽었고 밥상머리에서도 곧잘 책을 읽곤 했으니 말이다.

지유는 잡지사에서 일로 만났던 성형외과 의사가 임상경험과 그동안 써두었던 수필을 모아 책을 내고 싶다며 교정을 해줄 수 있느냐는 부탁을 받았다. 지유에게 최종 교정 아르바이트를 맡겼는데 늘 바쁘다 보니 맡아놓은 원고뭉치를 건드리지도 못하다가 약속 날짜 일주일을 남겨놓고 밤새워 속성으로 원고 교정을 봐준 일이 있었다. 명동에 병원이 있는 유명한 그 성형외과 의사는 제법 글솜씨가 있어서 별로 힘들이지 않고 맡은 일을 해낼 수가 있었다.

엄마가 돌아가신 후 친척 아주머니는 집에 다니러 왔다가 지유에게 말했다.

"유야, 너 그거 아냐? 네가 밤새워서 글 쓴다고 엄마가 아무래도 나중에 작가가 되려나보다 하고 엄청 좋아했었다."

작가라니? 지유는 성형외과 의사의 원고 교정을 보느라고 밤을 새웠는데…. 지유는 아무래도 자신이 작가가 되어야하나 했다.

2.

아버지는 엄마가 세상을 떠난 이후 살 의욕을 잃었다. 40년간 옆자리에 누워있던 아내가 어느 날 아침 갑자기 사라져버리자 그 충격과 외로움에 정신이 병들고 나중에는 육체마저 병이 든 것이다. 먼저 식욕을 잃었다.

"도무지 먹고 싶은 것도, 보고 싶은 것도, 하고 싶은 것도 없다. 아마 이제는 너의 엄마 옆에 누울 일밖에 안남은 것 같다."

아버지의 나이 70세였다.

"아버지, 오늘 시내에 안 나갈래요? 아버지 구두 사드리고 와이셔츠도 사드리고 싶어. 내가 해드리고 싶어서 그래. 응? 아버지, 명동 나가자."

"내가 멋 부리면 뭐하나? 봐줄 사람도 없는데. 됐다가 혼수하는데 한 푼이라도 더 보태라."

"아버진, 나 그동안 모은 돈 많아요, 아버지 얼마든지 멋지게 만들어 드릴 게요."

지유는 모든 것에 흥미를 잃고 먹지 못해서 나날이 말라가는 아버지를 지켜보며 목구멍으로 눈물을 꿀꺽꿀꺽 삼켰다.

"아버지 산 사람이라도 좀 삽시다. 그렇게 안 드시면 어떻게 힘을 써요."

보다 못한 지영이 나섰지만 아버지는 한두 수저만 뜨고 나면 '입맛이 없다'고 수저를 놓았다.

"이제 너희들은 장차 결혼하고 자식 낳고 살면서 엄마 잃은 슬픔을 잊겠지만 나는 갈수록 네 어미 생각이 간절하구나."

아버지는 솔직했다. 엄마가 살아생전에는 애정 표현이라고 한 적이 없더니 엄마가 돌아가시자 보고 싶다고 자식한테 응석을 부렸다.

일본에서 유학을 마치고 경성으로 돌아온 아버지는 경성전업에 취직해 있던 중 엄마를 만났다. 미군정이 강하게 밀어주는 한 정치가의 신임을 받고 있는 아버지는 엄마를 만나면서 인생의 방향이 달라졌다.

"너희 아버지, 하마터면 대통령 후보로 나온 분 사위 될 뻔했지. 그 딸은 인물이 좀 빠지긴 해도 심성이 아주 고왔어. 그 딸은 아버지가 너희 엄마를 택하자 결혼하는 것을 포기하고 인도로 유학가서 거기 눌러앉았지."

언젠가 먼 일가 아저씨는 젊은 아버지를 아끼던 노정치가의 이야기를 했다. 6·25전쟁 중 부산에 있는 학교가 스웨덴 야전병원으로 차출되면서 아버지는 통역 일을 했다. 능통한 영어 통역으로 병원에서 인기최고이던 아버지는 당시 병원 상태를 순시하러 온 그 정치가와 복도에서 마주쳤다.

"음, 이군인가."

그 한마디뿐, 아버지를 총애하던 정치가는 더 이상 아는 척 않고 급히 자리를 피해갔다. 그는 그 후 오랫동안 한국 정권 핵심부에 있었다.

엄마와 결혼한 후 어떤 역경 속에서도 아내와 자식을 끝까지 감싸

안았던 아버지, 자신의 앞날을 위해 다른 길 찾아 떠난 가장들도 있지만 아버지는 그런 생각은 상상조차 못하는 사람이었다. 목숨이 위협받는 상황 속에서도 의지하며 살아온 부부는 자식 앞에서 드러내 놓고 애정 표시는 한 적이 없지만 갓 낳은 막내 지민을 품에 안은 아버지는 말했다고 한다.

"이렇게 귀엽고 예쁘다니. 한 명 더 낳을까?"

막 애를 낳고 피 흘리며 누운 아내는 고통도 잊고 미소지었다.

아무리 힘든 일이 닥쳐도, 태산이 무너지는 엄청난 일일지라도 아무것도 아니라는 듯 마음의 평정을 유지하던 엄마. 엄마의 가슴 속은 상처투성이라도 자식들에게는 언제나 맑고 환한 표정을 보여주었다.

한동안 아내를 잃은 상실감을 주체 못하던 아버지는 몇 개월이 지나자 기운을 차렸다. 저녁 무렵 동네 산책을 다녀오는 아버지의 손에는 꽃이나 화분이 들려있었다.

"혼자서 너무 쓸쓸하잖니, 유야."

산책을 나갔다 올 때마다 엄마의 사진틀 옆에 꽃 한 송이씩 가져다 놓던 아버지, 지유는 매일 그 화분에 물을 주고 꽃병의 물을 갈았다.

"너무 생각하지 마라, 병난다. 인생은 한번 가면 끝이다."

아버지는 지유에게 건강 상하니 엄마 생각 하지 말라고 말했지만 정작 자신의 마음에 병이 든 것 같았다.

엄마가 세상을 떠난 다음 달, 지유는 한 사람을 만났다.

"엄마가 살아생전 셋째딸 결혼 못시킨 것을 한으로 여기실 텐데,

아버지 생전에 무조건 결혼한다는 마음으로 나가자."

그를 처음 만났는데 마음이 편안했다. 두 번째 만난 날 그는 "나한테 시집와요." 하고 부드럽게 청혼했다. 그의 프러포즈를 받은 그 밤, 그가 엄마에게 큰절을 했다. 깨어보니 꿈이었다.

엄마에게는 귀한 손님이 집에 찾아올 때만 입던 브라운색 우단으로 된 홈웨어가 있었다. 바로 그 긴 홈웨어를 입은 채 엄숙한 얼굴로 선 채 그의 인사를 받는 엄마, 지유네집 현관을 들어서자마자 엎드려 큰절 하는 그를 내려다보며 고개를 끄덕끄덕하는 엄마가 보였다.

꿈속에서도 지유는 엄마가 이 사람을 인정했구나, 내가 결혼하려는 것을 아는구나 했다. 그래서 1년 후 결혼을 했고 그를 따라 미국에 살러 갔다. 김포공항에 나온 아버지는 쓸쓸한 얼굴로 지유를 배웅했다.

"가서 잘 살아라."

"아버지, 아버지, 아버지."

지유는 목이 메어 말을 못하고 아버지만 부르다가 비행기를 탔다.

엄마의 사후 1년 동안 지영과 지유는 '혹시 잠자는 사이에 아버지 돌아가실라' 하고 감시하듯 아버지를 교대로 챙겼었고 막내 지민은 엄마의 장례를 치르자 바로 입대를 했다. 치유된 것 같았던 아버지의 외로움과 상실감은 귀애하던 셋째딸 지유가 서울을 떠난 후 다시 도졌다고 했다. 식사를 잘 못하고 시름시름 건강이 시들어간다고도 했다. 지유는 지국 내외가 모시고 사는 아버지를 보러 갔다 오면 미국의 지유에게 전화를 해서 소식을 들려주었다.

"나는 하루, 하루 아버지가 말라가는 것을 봐. 사람이 태어나서 일생을 살다가 할 일을 다 마친 다음에는 빈껍데기만 남는 것 같아. 아무런 수분도 없이 바싹 마른 낙엽처럼 되어, 서서히 기가 사라져 가면서 나중에는 흔적도 없이 자연으로 돌아가겠지."

시부모를 모시고 사는 지수도 수시로 와서 아버지의 얼굴을 보고 갔다. 엄마는 살아생전 지수를 가장 애틋해했다.

"큰딸은 다 커서 새 옷이 필요하니 억지로 장만해주고 셋째는 어린 것이 춥다고 따스한 옷 해 입히고 작은딸은 중간에 끼어서 외투 한 벌도 못해 입혔어. 그 아이도 어린데 그 추운 날 발발 떨면서 얼음판 위를 걸어 학교로 가던 뒷모습이 얼마나 안쓰러운지. 학교 졸업하고 일찌감치 취직하여 얼마 되지도 않는 월급을 생활비 보태라고 봉투째 가져다주고는 용돈을 탔지. 시집가기 전까지 오랫동안 내게 가장 큰 도움을 주더니만, 혼수도 자기가 모은 돈으로 다 해가고, 부모로서 해준 일이 없어."

지수에 비해 지유는 이기적이었고 자신을 먼저 생각했다. 잡지사에 취직해서 엄마한테 월급봉투를 준 적이 없었다. 용돈이나 작은 선물 외에는 자신이 돈관리를 직접 했다. 미국에 와서 살면서 맞벌이하느라 바쁘다는 핑계로 아버지에게 전화도 잘 하지 않았다.

3.

김포공항을 떠난 이후 한 번도 한국땅을 밟지 못한 채 3년이 되어갈 즈음, 유독 날씨가 매섭던 겨울날 아침, 지우의 다급한 전화를 받았다.

"아버지가 위독하니 웬만하면 이번에 한번 나와서 보고 가거라."
부랴부랴 직장에 휴가를 내고 조마조마한 가슴으로 비행기를 탔다.
"아버지가 많이 달라졌다. 미리 각오해라. 못 알아볼지도 몰라."
공항에 마중 나온 지우의 조심스런 말에 지유는 두근대는 가슴을 겨우 진정시키고 장안동 집으로 들어섰다. 방에는 '우리 아버지' 대신 웬 낯선 노인이 누워있었다. 살이란 살은 다 빠지고 양볼도 홀쭉하니 들어가 이상하게 변한 얼굴, 인자하게 웃는 눈이 겨우 아버지임을 알아볼 수 있었다.

'유야, 왔나?' 하고 말해야 하는데 아무리 애를 써도 입안에서는 '아' 하는 말 밖에 나오지 않았다. 틀니가 잘 맞지 않아 빼고 있다는 아버지의 입은 시커먼 구멍의 끝이 안 보이는 깊은 동굴이었다.

한 달째 운신 못한다는 양팔과 다리는 뼈에 가죽만 씌워놓은 것처럼 삐쩍 말라서 불룩하게 나온 뱃살이 밑으로 축 처져 출렁출렁하던 아버지의 배는 어디에도 없었다.

'매일 장난으로 아버지 배 좀 봐하고 손으로 툭 툭 치던 그 풍만한 배는 어디로 갔을까?'

아버지의 배는 쑥 들어가 말라붙어서 갈비뼈가 다 보일 정도였다. 이틀에 한 번씩 출장 간호사가 와서 아버지의 팔에 링거를 꽂아주면 잠시 후 아버지의 얼굴에 생기가 돌았다.

"아버지, 엄마 보고 싶으세요? 나도 보고 싶어. 난 쌀쌀맞고 못된 딸이었어. 나중에 다시 엄마 만나게 되면 그때는 밖에서 일어나는 이야기 미주알고주알 다 말하는 다정한 딸 될게요. 아버지 엄마 만나면 말해줘요. 지유가 많이 미안해한다고…."

기력이 없어 자꾸 잠을 자는 아버지의 귀에 대고 끊임없이 속살거렸다. 자리에 누운 아버지를 보니 돌아가신 엄마가 더욱 생각났다.

결국 아버지는 지유가 한국에 도착한 지 일주일 만에 엄마를 따라가고 말았다. 장인이 공산주의자이기에 목숨 부지하는 것이 다행인 시대를 살았던 아버지, 그 덫은 질기고도 강해 찬란하게 빛나던 앞날을 유보당했고 겨우 그 그늘이 걷혔을 때 그는 이미 늙어있었다.

아버지의 장례식에 수많은 문상객이 몰려왔다. 어디서 오는지 계속해서 사람들이 밀려들었다. 부산에서 가르친 제자들이 머리가 반백이 된 채 몰려오고 노년에 사귄 친구들, 6남매의 직장 동료, 친구, 친척들이 수없이 영안실을 다녀갔다.

"상고 제자들이 이번 달 말 열리는 개교기념일 행사에 아버지를 은사 초청했다고 무척 좋아하셨어, 한 달 전 자리에 누우면서 이제 다리에 힘이 없어서 부산 못가겠다고 낙심 하시길래 아버지, 걱정 마세요, 내가 업고라도 갈게요 했는데, 부산 가는 비행기표도 얼마 전에 예약해 놓았는데…."

지영은 자꾸 이 말을 반복했다. 아버지를 땅에 묻던 날, 지영은 사람들과 멀리 떨어진 숲속에서 하늘을 올려다보며 자꾸 눈물을 닦아냈다.

간간이 날리던 눈발이 점점 기세를 더했다. 하얀 눈이 얼어붙은 논두렁과 밭고랑 사이를 잠식하기 시작하더니 순식간에 엄청나게 큰 새하얀 타월처럼 모든 것을 덮어버렸다. 퍼붓는 눈발 속에 나란히 누운 쌍무덤은 사이좋게 한 이불을 덮고 있었다.

"아버지, 엄마 만났어요? 늘 엄마가 혼자서 땅 속에서 얼마나 외로울까 했는데 아버지가 가셨으니 엄마가 좋아했겠네. 땅 밑에서 사이좋게 손을 잡고 누워있노라면 차가운 것도 못 느낄 거야. 엄마, 이제 나, 내일, 다시 미국으로 가요, 이젠 난 걸리는 것이 없어. 오히려 시원해. 아버지를 엄마 옆에 묻고 나니 안심이 푹 되는 걸."

지유는 외할아버지의 삶, 엄마 아버지의 삶, 그리고 자신의 삶을 생각한다. 역사는 외할아버지의 삶을 어떻게 평가할까, 엄마의 삶은, 아버지의 삶은 또 어떻게 볼까?

미국으로 이민 간 내게 조국은 무엇인가, 아버지가 스웨덴으로 갔더라면 우리 육남매의 삶이 달라졌을까? 분명한 것은 엄마와 아버지의 과거는 이미 옛날이야기라는 것이다. 나는 드넓은 미국 땅에서 부모의 한풀이를 대신 하련다. 이곳에서의 일들은 다 잊어버리고 그 땅에서 훨훨 날아다니며 살 거야.

산중턱 밑을 흐르는 강으로부터 한줄기 눈바람이 휘익 불어와 볼을 그대로 치고 달아났다. 얼음처럼 차갑고 날카로운 뒷맛은 심장이 멎는 듯했다. 코트의 깃을 올렸을 뿐 내리는 눈을 그대로 맞고 있는 지유의 볼과 턱은 순간에 얼얼해지고 두 손도 벌겋게 얼어왔다.

눈앞이 제대로 안 보일 정도로 막무가내로 내리는 눈은 두 무덤 사이를 없애고 있다. 점점 경계가 희미해지며 쌍무덤이 둥그스럼한 둔덕 하나로 되어가고 있다. 주먹만한 눈송이들이 숨도 쉬지 않고 쏟아지고 있다. 무지막지하게 굵은 눈송이들이 하늘을 가득 채우고 논두렁, 밭두렁도 다 덮고 드디어 서 있는 지유의 발목도 덮을 정도로 펑펑 내리고 있다.

논과 밭 너머 멀리 보이는 앞산은 초등학생이던 지유가 겨울방학을 맞아 사촌, 육촌들과 처음 시골 큰집에 내려왔을 때 보았던 그 산이다. 수십 년 전이나 엄마, 아버지가 모두 돌아가신 지금이나, 듬직한 자태로 묵묵히 서 있다.

자연은 늘 그 자리에 있다. 키 큰 나무나 덩치 큰 바위나 사라지지 않는다. 그저 사람들이 오고 가는 것을 지켜보고 있을 뿐이다. 자연은 '이미 죽은 자가 산 자가 온들 알 것이냐, 간들 알 것이냐?' 하고 말하는 듯했다.

산에서 내려온 지유는 바로 서울로 올라가 미국 갈 준비를 서둘렀다.

뿌리를 찾아서

뉴욕에서 아이 둘을 낳고 사는 지유는 '어린 시절 살던 곳을 가고 싶다'는 생각이 일단 들자 자꾸만 그 생각이 머릿속을 떠나지 않았다. 온 가족이 모여 살던 부산의 그 마당 넓은 집, 젊은 엄마 아버지가 어린 지유를 보고 다정하게 웃던 집, 그곳에 가고 싶어서 몸살이 났다.

초등학교 3학년 때 서울로 이사 온 이래 단 한 번도 가본 적이 없는 그 집은 이미 사라져 없어졌을 텐데 그 흔적이라도 찾고 싶었다. 자꾸만 목구멍 깊숙이부터 치밀어 오른 그것은 자꾸 입으로 터져 나왔다.

"가고 싶어, 가고 싶다고."

벌써 수십 년이 지났으니 살던 집뿐 아니라 온 동네가 송두리째 재개발되어 사라졌을 수도 있다. 그래도 한 번 마음먹으니 직접 가서 그곳을 확인해야겠다는 생각이 걷잡을 수가 없었다. 고향집은 너무나 멀지만 마음속에 자리 잡으면서 아주 가까운 거리로 여겨졌다.

초등학생인 아이들이 여름방학이 되자 지유는 다니는 출판사에 2

주간 휴가 신청을 하고 서울행 비행기를 탔다.

"서면 부전동 그 집이 남아있을까? 없어졌겠지. 엄마가 살던 고향에도 가고 싶어."

"그래, 알았다."

6남매 중에 혼자서 이국땅에 떨어져서 사는 여동생의 부탁에 큰오빠 지국과 작은오빠 지영은 한국 방문 일정에 맞추어 고향 가는 계획을 잡아 놓았다.

뉴욕 존 에프 케네디 공항에서 비행기를 타고 열네 시간을 지루함에 몸을 뒤틀며 날아가서 드디어 인천공항에 내렸다. 지유와 두 딸은 비행기 여독이 채 사라지기 전에 시골 선산으로 내려갈 준비를 했다.

지국이 운전대를 잡은 차 옆자리에 지영이 앉았고 지유와 아이 둘은 큰올케가 싸준 김밥과 보리차가 든 보온병을 안고 뒤에 앉았다. 창밖으로 스쳐가는 조국의 산하는 오랜만인데도 전혀 낯설지가 않았다. 나지막한 산들과 동산, 자그마한 오솔길과 정겨운 마을들, 멀리 오가는 사람들도 어제도 본 듯 익숙했다.

서울에서 경상북도 의성, 비안까지 보통 다섯 시간 정도 걸리는데 평일이라선지 차가 막히지 않아 4시간 조금 더 걸려 부모님 묘소에 도착했다.

참으로 먼 거리, 뉴욕에서는 더더욱 먼 거리, 그래도 결심을 하니 이렇게 오는구나 하며 지유는 묘소가 있는 산을 올랐다. 한여름 대낮의 살인적인 더위는 비 오듯 땀을 흘리게 했고 무성히 자란 잡풀과 나무들, 숲은 깊어서 걷기가 힘들 정도였다.

무더위 속에 산을 오르기가 쉽지 않은데 무덤가는 길도 없어졌다. 지영이 앞장서서 풀을 베고 나뭇가지를 쳐내며 길을 만들어주었다. 아이들은 묵묵히 잘 따라오고 있었다. 산 중턱에 사이좋게 자리 잡은 엄마, 아버지의 묘소는 잡초가 높게 자라 무덤을 덮을 지경이었다.

"추석되기 전에 큰집에서 하루 날을 잡으면 서울에서도 내려가고 대구, 부산에서도 몰려와 수십 명이 자기네 직계 조상들 벌초하느라고 정신없다."

선산 여기저기에 묻힌 무덤들의 주인은 대흥 이씨 후손들이다. 객지에 흩어져 살던 일가친척들은 봄 한식 때나 가을 추석 전, 1년에 두 번 시골에 모여서 함께 벌초를 했다. 열심히 땀 흘리며 일한 후 저녁에는 고기를 구워 술을 같이 먹으며 밀린 이야기를 나누었다. 바쁜 사람은 새벽에 내려와 벌초만 하고 당일로 올라가기도 했다.

벌초할 날이 머지않았지만 그냥 절을 하기에는 잡초가 너무 무성하다 싶었는지 지국과 지영은 런닝셔츠 바람으로 땀을 뻘뻘 흘리며 큰집에서 가져간 낫으로 잡초를 뽑았다. 지유도 땀을 뻘뻘 흘리면서 산소 주변을 정리한 다음 마을 입구 가게에서 사갖고 간 술과 오징어를 상석 앞에 진열했다.

"자, 너희들은 여기 올라가서 절해라. 잘못하면 풀독 오르니 조심해라."

지영은 어느새 차 트렁크에서 은박지 돗자리를 가져다 무덤 앞에 깔고 아이들더러 그 위에 올라가서 절을 하라고 했다. 지국과 지영이 먼저 절을 하고 지유는 아이들과 함께 절을 하며 말했다.

"왼쪽이 할아버지, 오른쪽이 할머니다. 엄마, 아버지! 셋째딸 지유

왔어요. 손녀들도 왔어요. 인사 받으세요. 술잔을 올리는 귓전에 생전의 아버지 목소리가 들렸다."

"여기가 나중에 내가 와서 묻힐 자리다."

엄마의 산소를 찾아 아버지와 지유 단둘이 시골에 왔을 때 산소 왼쪽 자리를 가리키며 말했었다. 엄마 혼자 산에 두고 내려가는 것이 못내 가슴 아프던 그때만 해도 아버지는 정정했다. 나온 배를 쑥 내밀고 산소 주변을 천천히 둘러보며 말하더니 어느새 당신도 그 옆자리에 누워있다.

'어제 같은 일이 과거가 되고 옛날이 되어버렸다.'

지유의 큰아이와 작은아이는 땀을 뚝뚝 흘리며 절을 하고는 얼른 내려가고 싶은 눈치였다. 술잔을 무덤에 뿌리고 음복을 한 후 산을 내려오며 지유는 엄마, 아버지의 동그란 무덤을 한 번이라도 더 보고자 자꾸 고개를 뒤로 돌렸다. 한낮의 찌는 더위는 바람 한 점 없이 정체되어 굵은 땀을 뚝 뚝 흘리게 했다.

"저 쪽에 보이는 산소는 숙부, 숙모다."

"큰집 오빠는 어딘데?"

"저 너머다. 그 위에 뒷천 숙모도 있다."

"그래, 다들 여기 모여 있네."

길을 앞장선 지영은 가까이 멀리 보이는 산소마다 누구인지 일일이 일러준다. 올 때마다 아는 얼굴들이 자꾸만 늘어가고 있다. 땅속에 묻힌 사람들에 대한 추억이 한꺼번에 머리에 떠오르며 눈물인지 땀인지 자꾸 비어져 나온다.

'아무리 영원히 살 것처럼 굴어도 때가 되면 이렇게 땅속에 묻히

고 마는 미약한 존재가 사람이구나.'

할머니 산소도 지났다. 아버지의 생모가 젊어서 죽고 재취로 들어와 아이 셋을 낳았다.

"늙은 것이 며느리 앞세우고 부끄러워 우예살꼬. 내가 먼저 가야 할낀데 네 어미가 먼저 갔다."

엄마를 산에 묻으러 와서 눈물을 흘리는 지유를 붙잡고 저승꽃이 피고 주름이 쪼글쪼글한 얼굴로 말하던 할머니, 지유가 시골에 내려가면 늘 직접 만든 떡 한보따리를 안겨주었다. 허리가 굽은 할머니가 부엌에서 직접 만든 찹쌀 콩떡은 얼마나 고소하고 입에 착 달라붙는지, 참 맛이 있었다. 지유는 뉴욕의 한국 마트 떡 코너에 가면 늘 이 찹쌀 콩떡을 집어들었다.

큰아버지, 큰어머니의 산소도 지났다.

"유야! 너 어딜 간다꼬? 멀리 미국까지 간다꼬? 혼자 있는 니 애비는 어쩌고 가나?"

해소병이 있어 늘 그렁그렁 방안이 떠나가라 기침을 계속하던 큰 아버지는 지유가 미국에 온 지 얼마 안 되어 돌아가셨다. 큰아버지보다 큰어머니가 먼저 유방암으로 세상과 작별했다.

지유가 초등학생 시절, 큰어머니는 서울에 있는 큰 병원에 간다고 시골에서 올라와 서울 지유네 집에 잠시 머물렀었다. 하루 종일 말없이 부드러운 미소만 짓고 있던 큰어머니는 지유를 보면 손짓으로 이리 오라고 불렀다.

조그만 헝겊 보따리에서 까맣고 찐득거리는 사탕을 꺼내 손에 쥐어주곤 하던 큰어머니, 며칠간 집에 머무르면서도 큰어머니의 말소리를 들은 기억이 없다. 그저 조그만 보따리에서 달착지근한 사탕을 꺼내 자꾸만 주었는데, 나중에는 보따리만 보면 사탕 생각이 날 정도였다.

뒷천 숙모는 또 어땠는가. 늘 관절염으로 다리를 질질 끌고 다니면서 흙투성이로 밭을 매고 있다가 불쑥 나타나는 지유를 보고는 반색했다. 산소에 들렀다가 인사만 하고 그 길로 서울 간다는 지유에게 그냥 가면 섭섭하다고 했다. 어떻게든지 밥 한 끼라도 먹여 보내려고 했다.

'숙모가 해주던 고봉밥, 신김치, 겉절이, 고등어조림, 휘발유 냄새 같기도 하고 시금털털한 냄새도 나던 그 반찬들, 숙모의 따스한 인정만큼이나 맛있었는데.'

한번은 기어코 서울로 곧장 간다는 지유에게 숙모는 흙투성이 고쟁이 속주머니에서 만 원짜리 두 장을 꺼내주었다.

자식 여덟 모두 대구로, 부산으로 출가시키고 삼촌과 달랑 두 분만 시골에서 농사를 짓더니 이제 그 밭일을 누가 할 것인가. 아버지의 배다른 동생인 삼촌은 빼어난 미남자로 젊어서부터 술을 좋아했다.

숙모는 읍에 나갔다가 교통사고로 죽었다고 했다. 소도시 도로를 달리는 차들은 무지막지하다. 얼마나 속력을 내는지 인도에 서 있어도 불안할 지경이다.

"아무리 찾아와도 엄마가 그래, 유야 니 오나 하겠나?"

결혼하기 전에 서울에서 수시로 산소를 찾아오는 지유를 가여워하며 그렇게 말하던 숙모. 그 역시 내가 온들 알며, 간들 알까. 큰집 오빠는 고추밭을 선산 주위에 잘도 가꾸어 놓았다더니 이번에 오니 동그란 무덤으로 남아있었다.

"대구 결혼식 갔다가 교통사고로 죽었다. 시골 운전사들이 겁나게 달린다."

그 오빠야말로 소문난 한량이었다. 집안에서 짝지어준 예쁘장하게 생긴 아내를 버려두고 읍내 술집 작부와 눈이 맞아 멀리 동해로 도망가 이십 년을 살았다. 큰아버지는 살아생전 그 오빠를 집에 들이지 않았고 며느리는 기저귀 차는 아이부터 한두 살 차이인 올망졸망한 아이 넷을 키우며 시집살이를 했다. 큰집 오빠는 큰아버지가 돌아가시고야 고향으로 와서 살기 시작했다. 같이 도망가서 살던 여자도 죽은 후였다.

그 소식을 듣고 다들 말했었다.

"큰집 언니 용하네, 그 남편을 받아들였단 말이지."

혼자서 농사지으며 성질이 호랑이 같은 시아버지 모시고 사는 큰집 언니가 참으로 놀라웠다.

"같이 도망간 여자하고도 아이 셋을 낳았단다. 고향에 와서 살면서 두고 온 딸 보고 싶다고 눈물 흘렸단다."

아버지가 돌아가셨을 때 시골에서 처음 만났던 큰집 오빠는 나이 오십이 넘었을 뿐인데 얼굴은 육십 노인이었다. 그는 젊은 날을 객지로 떠돌다가 조강지처 품에서 고작 10년도 못살고 죽었다.

시골에서 태어나 어린 시절을 보내고 머리가 굵어지면 도시로 나가 공부를 하거나 일자리를 구한 사람들, 평생을 객지에서 떠돌며 살다가 죽으면 다시 고향으로 돌아오고 있다. 선산 여기저기에 자리 잡고 누운 그들의 젊은 한때를 지유는 기억하고 있다. 그들의 표정,

무심코 한 말, 그들과의 추억이 고스란히 기억하는데 잡히는 것은 아무것도 없었다.

지국, 지영, 지유는 읍내 다방에서 커피를 마셨다. 다방의 통유리창 건너로 강이 보였다. 햇빛에 번쩍이는 강은 흔들림이 없었다. 주위는 너무 조용해서 하루 종일 있어도 소리 하나 들리지 않을 것 같았다. 태곳적부터 지금까지 잔물결 하나 없이 흐르는 듯 마는 듯 속으로만 흘러온 것 같은 강물을 바라보며 엄마, 아버지의 삶을 떠올렸다.

"그만 가자."

지국의 재촉에 다들 다방을 나와 차를 타러 갔다. 부산으로 가는 것이다.

"부전동, 서면 로터리 인근에 우리 집이 있었지."

지국 역시 서울로 대학을 가면서 부산 집을 떠난 이래 처음 가보는 길이라 했다. 지영도 중학교를 졸업하고 서울로 간 이래 친구와 여행 삼아 부산을 와보긴 했어도 살던 집은 역시 처음이라 했다. 30년도 전이니 변해도 너무 변한 동네는 찾을 길이 막연했다.

"저 백화점이 우리 동네 다 밀어버린 것 아냐?"

"백화점 자리가 부산상고 자리다."

"철길을 찾아야 해, 철길 밑에 우리 집이 있었다."

"저기서 차 돌리자."

"저기 봐라, 우리집 언덕 위에 있는 중학교 정문이 이쪽으로 났네. 그렇다면 바로 저 골목으로 들어가면 될 것 같다."

최고급 백화점 바로 옆에 슬럼화된 동네가 있었다.

"용케 아직도 이런 동네가 있네."

원래 파란대문 집 근처에 개천이 있었는데 개천가에 허름한 판잣집들이 줄을 지어 있었다. 개천은 복개되었고 개천가의 집들은 무질서하게, 자기 편한 대로 뜯어고치고 보수도 하여 허름한 연립주택으로 변해 있었다.

지국이 비좁은 골목에 차를 세운 뒤 모두 내려서 살던 집을 찾기 시작했다.

"이 집 같다."

파란 나무대문과 유리창이 많던 대청마루, 낮잠 자는 어린 지유의 얼굴에 노란 햇빛을 비춰주던 마름모꼴 쪽유리가 있던 안방, 그 모든 것이 사라지고 그 집터에 허름하고 낡은 이층집이 있었다. 이층은 살림집이고 아래층은 가게인지 집 앞에는 오토바이가 서있고 비닐 커버가 덮어진 커다란 아이스박스가 길옆에 놓여있었다. 아래층은 미닫이 유리문이 거리로 나있는데 지금은 영업을 안 하는지 상점 간판은 없었다.

파란대문 옆에 있던 콘크리트 전봇대만 그대로 남아 정신없이 어지러운 전깃줄이 얼기설기 얽혀 사방으로 뻗어있었다.

안방에 엄마의 연분홍색 치마가 벽에 걸려있으면 지유는 그 안으로 숨어들었다. 향긋한 분냄새가 배어있는 연분홍 치마는 따스하고 포근했다.

엄마는 종일 부엌에서 먹을 것을 장만하던 모습이 눈에 보였다. 온 식구가 동그란 상에 둘러앉아 먹던 추어탕과 미역국, 콩죽, 닭죽, 엄마는 뚝 딱하면 그런 음식을 만들어내었다. 왜 그리 맛이 있었는지, 지유는 그 이후, 어디에서도 그런 맛을 맛보지 못했다.
 "저기, 부뜰이네 구멍가게 자린데."
 "아직도 가게가 있네. 영신수퍼라고 되어 있지만 그 자리다."
 "건빵 10원어치를 사면 마룻바닥에 놓고 하나하나 손으로 세어서 주었는데. 킥킥, 사람들이 발 딛고 다니는 마루에 쏟아놓고 하나씩 세워주던 건방이 참 맛있었어. 불결하다는 위생 관념 그런 것 없었어. 군것질거리가 있었어야지, 그나마 감지덕지했지."
 "여기가 철둑길로 오르던 골목길인가?"
 "그런가 보네. 그 골목이 아직 있네. 이 골목을 올라 철둑을 지나 학교로 갔는데."
 그 골목을 올라갔다. 좁아터진 골목은 부엌문이자 현관문인 집도 있고 골목 바닥은 콘크리트로 되어있는데 깨졌는지 군데군데 시멘트로 땜방까지 해놓았다.
 어린 시절 올라가던 기억대로 천천히 걷는데 눈을 감고도, 딛던 그 방향과 감촉이 살아있다. 골목 중간쯤 오른쪽으로 방 하나마다 세를 주어 여섯 세대가 사는 집이 있었다, 그랬다. 꼭 그만한 거리와 방향으로 활짝 열린 대문이 있었다.
 "세상에. 이 앞이 겨울이면 빙판이 되어 사람들이 잘 미끄러졌는데, 그래서 허연 연탄재를 깨뜨려 놓기도 했지. 한 번은 이 집에 세든 새신랑이 밤늦게 술 취해 돌아오다 집 앞에서 토했지. 그 토사물이 다음날 아침 꽁꽁 얼어붙어 있어 그 자리를 피해 학교 가느라 미끄러워 혼났었어."
 돌연 앞을 가로막는 담이 있었다.

"철둑으로 가는 길을 이렇게 막아버렸구나. 철로 사고가 그리도 잘 나더니."

그 당시 다들 먹고 살기 어려우니 비관해서 자살하기도 하고 술이 떡이 되게 취해서 철길을 건너다 치어 죽기도 하고 여름날 시원하다고 철둑에서 자다가 기차에 치어죽기도 하고 이래저래 철길에서 간밤에 사람이 죽었다는 이야기가 수시로 들렸었다.

집에서 키우던 개가 없어져 며칠을 찾아다녀도 못 찾다가 기차에 치어 죽은 모습으로 철로변에서 발견되기도 했다. 어른들은 절대로 철둑에서 놀지 못하게 야단을 했지만 별다른 놀이거리가 없는 아이들은 수시로 철로로 올라갔다.

길거리에서 못을 주워 놀다가 기차가 올 시각이면 철로 위에 올려놓고 귀를 기울였다. 몸을 굽혀 기차 레일 위를 달리는 소리가 들릴 만하면 역무원 눈에 띄기 전에 얼른 도망을 갔다. 요란한 소리를 내며 기차가 지나간 다음에 가보면 철로 위에 납작하게 펴진 못이 따끈한 체온을 지닌 채 누워 있곤 했다.

그 못은 아이들의 큰 재산이었다. 칼처럼 납작 펴지는 재미에 길바닥에 떨어진 못을 주우러 다니기도 했다. 아무리 시뻘겋게 녹이 슨 못이라도 납작하게 펴지면 그 재미가 상당했다. 멀리서 기차가 모습을 드러내면 도망갔다가 다시 나타나기를 두어 번, 반복할수록 못은 더욱 납작하게, 따끈따끈하게 펴졌다.

"저 가게는 아들이 물려받아서 한다더라. 우리도 아는 사람 아닌가?"

지영은 어느새 영신수퍼에 들어가서 물어보고 온 모양이다.

"저 영신수퍼가 부뜰이네 가게? 그럼, 웬 낯선 사람들이 기웃거리나 하고 자꾸 내다보는 저 늙은 남자애가 부뜰이?"

"주인은 볼일 보러 나가고 없댄다. 연탄공장은 가정집 됐네. 솜공장은 아직도 있다."

지영은 어느새 동네를 다 돌아보았다. 지유네 안방 뒤의 유리창으로 내다보면 트럭이 새까만 연탄가루를 가득 부어내리는 장면을 볼 수 있었다. 수시로 연탄가루를 붓는 바람에 엄마는 창문을 닫고 살다가도 가끔 열고서 내다보기도 했다. 어린 지유와 지민이 보여 달라고 칭얼거리면 엄마는 두 아이를 번갈아 올려주어 탄가루를 쏟아내는 트럭을 구경하게 했다.

덤프트럭의 적재함이 서서히 올라가면 새까맣고 반질반질한 탄가루 더미가 마당에 부어져 산처럼 쌓이는 광경은 참으로 재미있었다. 공장이고 집이고 일하는 사람들의 옷이고 얼굴이고 새까맣게 반질거렸는데 그 연탄공장은 평범한 슬레이트 지붕 가정집으로 변했다. 마당은 콘크리트로 말끔하게 단장되어 '언제 이 마당이 연탄가루로 뒤범벅되어 있었나, 과거는 나도 몰라' 하고 시침 뚝 떼고 있다.

"솜공장 아줌마, 아직도 솜공장 하고 있단다."

"아니, 30년도 넘었는데 아직도? 물어볼까 엄마, 아버지 알 텐데."

"놔두라. 파파 할머니 되어 기억도 못한다."

"맞아. 이제 그만 가자."

할머니를 만나보자는 지영, 만나서 뭐하느냐는 지국, 지유는 그만 가자고 했다.

"너 이 집에서 태어났다."

"정말?"

지국의 말에 지유는 반색했다.
"작은오빠는?"
"나하고 지우 빼고 다 여기서 태어났다."
"큰오빠, 나 몇 시에 낳았어? 밤인지 낮인지에 따라 팔자가 다르다는데."
"모르겠다. 낳은 건 알겠는데 시간은 모르겠다. 엄마한테 물어봐라."
"죽은 엄마가 대답을 해주려는가 모르겠네."
큰오빠의 우스개에 웃으면서 대답하지만 지유의 '죽은 엄마'가 마음 한구석을 시리게 했다.
지유는 살아오면서 죽은 엄마를 일으켜 세워 물어보고 싶고 투정 부리고 싶을 때가 한두 번이 아니었다. 결혼식에서 신부의 엄마 자리가 비어있을 때, 첫 아이가 태어났을 때, 뉴욕에 살면서 일을 나가야 하는데 아이 맡길 때가 마땅찮을 때 수시로 엄마는 필요했다.
그리고 뉴욕에서 멋진 구경을 할 때, 엄마가 무척 좋아했으나 비싸서 잘 먹지 못했던, 뉴욕에서는 너무 흔한, 한입 베어 물면 시어서 저절로 인상이 찌푸려지지만 말할 수 없이 상큼한 자몽을 먹을 때, 수없이 엄마를 생각했다. 그럴 때면 지유의 가슴 한 켠으로 서늘한 바람 한 점이 지나갔었다.
아버지가 앉은뱅이책상에 앉아 흘러내리는 안경을 수시로 치켜세우며 학생들 성적표를 작성하던 일, 엄마가 세수를 하다가 온 얼굴에 하얗게 비누칠하고 눈만 뼈끔하게 뜬 모습으로 '어헝' 하고 지유를 놀리던 일, 그날 그 모습이 바로 눈앞에 있는데 그 일들이 옛날이란다.

파란대문 안에서 온 식구가 상위에 둘러앉아 밥 먹던 시절은 오래 전 과거가 되어버렸다. 아버지 엄마와 6남매가 다 같이 모여 살던 집을 떠난 이후엔 서울로 부산으로 흩어졌었다. 따로 살다가 장성한 자식은 결혼을 하여 집을 떠났으니 온전하게 한 식구가 모여 살던 곳은 이집뿐이었다. 그래서 지유는 자꾸 이 집을 오고 싶었던 것이다.

엄마의 고향

하룻밤을 부산 해운대의 숙소에서 잠을 잔 후 일찌감치 영덕으로 길을 잡았다.
"바다가 가까운 축산리라고 했지?"
새빨간 태양이 바닷가 마을에 찬란한 빛을 선사하는 곳, 그 집이 어디에 있는지 엄마가 배 아파 낳은 6명의 자식들은 아무도 몰랐다. 장님 문고리 잡는 식으로 그저 이곳이 엄마의 친정 동네라는 것만 알았다.
물어볼 일가친척도 없었다. 엄마에게 친정식구란 없었으니까. 해수욕장 근처 숙소에 짐을 풀고 저녁을 먹은 후 마을로 들어갔다. 동네 초입에 한 초등학교가 보였다. 어린 소녀인 엄마가 졸업한 학교였다. 허름한 교문 한쪽이 열려있었고 교문을 들어서자 아담한 교사 앞에 수백 년은 됨직한 소나무들이 정원수처럼 손질이 잘된 채 푸르게 자라고 있었다.
"엄마도 저 소나무를 보고 자랐겠지. 6년을 하루같이, 이 운동장을 지나갔겠구나."

넓은 운동장에는 아무도 없었다. 빈 놀이터는 놀아주는 주인 없이 여름방학을 보내야 할 것 같았다. 빽빽하게 서 있는 나무가 담을 대신했고 운동장 저 멀리 푸른 산이 보였다.

'엄마도 저 산을 하염없이 바라본 적이 있겠지. 저 푸른 산과 넓디넓은 논, 울창한 나무를 보고 소녀의 꿈을 꾸었겠지. 엄마가 본 하늘, 엄마가 본 나무, 엄마가 본 저 산.'

단발머리 나풀대며 뛰어다니던 여자아이가 숙녀가 되고 한 남자의 아내가 되어 낳은 아이 여섯 명 중 세 명이 이 자리에 섰다. 아들 둘은 얼굴에 주름이 생기고 배가 불룩 나온 중년이 되었고 생전에 결혼을 못시켜 가슴 저려하며 두고 갔을 딸은 제 아이 둘을 데리고 운동장 한가운데 서 있다.

사람의 그림자라고는 없는 빈 교정을 망연히 구경하다가 학교를 나와 동네로 들어갔다. 버스가 다니는 대로를 중심으로 바닷가 건너편인 마을로 들어가자면 길은 하나뿐이었다. 산 밑에 올망졸망 머리를 맞대고 있는 이십여 채의 집들로 가는 도로는 새로 길을 닦았는지 넓게 쭉 벋어있었다. 도로 양옆으로는 푸르게 자란 벼가 한도 끝도 없이 펼쳐져 있었다. 도로의 끝부분에 아담한 산에 폭 둘러싸여 평화롭기 그지없는 자그마한 동네가 보였다.

엄마가 어린 시절 살던 곳을 더듬더듬 길을 물어 찾아가며 지유는 생각했다. 당신 속으로 난 자식들이 친정집을 찾아가 보았다는 걸 알면 온 얼굴에 주름이 지도록 입이 벌어져 좋아하실 엄마는 이미 오래전에 세상을 떠났다.

2000년 여름, 머잖아 가을이 오면 이 푸른 들판이 황금빛으로 출렁거릴 것이다. 지유는 누런 벼가 빼곡하니 알이 차서 고개를 숙이고 있는 논을 그려보았다. 노란 햇살이 쏟아져 내리는 황금빛 들판이었다.

십여 분 이상 도로를 걸어 들어오는 동안 털털거리는 경운기 한 대를 만났을 뿐 걸어오는 사람을 볼 수가 없었다. 개 짖는 소리만 컹컹 멀리서 들렸다. 동네 입구의 교회를 지나 안쪽으로 들어가면서 그 소리는 더욱 요란해졌다.

나지막한 슬레이트 지붕, 하얀 페인트칠 된 문, 은은한 초록색이거나 바랜 푸른색 기와, 열린 대문으로 마당과 방문들이 들여다보이는 집들은 모두 깔끔하니 정리가 잘 되어있었다. 낮은 담장 너머로 호박이 주렁주렁 매달린 넝쿨이 넘어오고 있고 넓은 마당 가득 빨간 고추를 말리고 있는 집도 있었다.

낯선 사람들이 동네를 기웃거리자 집안에서 노인들이 두어 명 누군가하고 골목으로 나왔다.

"혹시 이 동네 살던 이영이씨 집 아세요?"

지유의 목소리는 긴장으로 떨렸다. 고개만 갸웃거리는 할머니는 전혀 낯선 이름이라고 했다. 남루한 런닝셔츠 차림의 할아버지도 '난 모릅니다' 하는 얼굴이었다. 이왕 입에서 나온 이름, 본격적으로 찾아보자 싶어 열린 대문 안으로 들어가 마당에 있는 노인에게도 물어보았다.

"오래전에 살다가 서울로 이사 갔는데 자녀들이 모두 서울로 유학 가서 공부 한 집인데, 혹시 모르세요?"

"글쎄, 우리도 타향에서 살다가 이곳에 들어온 지 얼마 안 되어서. 언제 살았어요? 여기에는?"

"6·25전에 이곳에서 살았는데, 저는 그분 딸인데 지금 미국 살아요. 이번에 한국 나와서 엄마가 태어나서 살던 집을 꼭 찾아보고 싶어서 일부러 이곳까지 왔어요."
"그 옛날이면 동네 사람들이 한참 바뀌었지, 알 수 없지요."
"얼굴은 이렇게 생겼어요."
어느새 지영이 다가와 스르르 내미는 엄마의 사진, 업스타일 헤어에 한복을 입은 40대 시절의 엄마 얼굴을 확대한 흑백 사진이다. 언제 그 사진을 챙겨온 것인지.
좁은 골목을 지나는 노인들마다 그 사진을 보고는 고개를 흔들었다. 누군지 모르겠다는 것이다. 참으로 어렵게 온 길인데, 비행기를 열네 시간 타고 공항에 내려 다시 자동차를 타고 의성으로 부산으로 영덕으로 긴 긴 시간을 버리며 찾아왔지만 엄마의 흔적은 찾기 힘들었다.
살아있어도 힘들 텐데 이미 고인이 되었고 그나마 일제시대에 살던 분들의 자취를 어떻게 찾을 수 있을 것인가.
왜 지유는 엄마가 살던 외가를 보고 싶어 바짝바짝 입이 타며 갈증이 날까? 그저 엄마의 혼이라도 남아 있을까 하여 찾아왔지만 아무래도 포기해야 할 것 같았다.
동네를 빠져나와 벼가 한창 자라는 들판 길이 보이는 골목 끝집에서 두 노인이 걸어 나왔다. 한 번만 더 물어보자 싶어 지유는 앞서 오는 70대 할머니에게 물어보았다.
"혹시 이 동네 살던 이영이씨 아세요?"
"알지요. 아까운 나이에 세상을 버렸다고 하던데…."
점잖게 말하는 낮은 목소리가 일행을 긴장시켰다.

"돌아가신 것까지 아시네."

"맞아요, 15년 전에 돌아가셨죠. 제가 딸인데요. 아시는군요."

"그이 아버지가 이명근씨. 당신한테 맞는 세상을 만났으면 모든 사람들이 높이 떠받들 분인데 그만 사상 때문에, 그 동생이 영우, 여동생이 정이라고 불렀지요."

잘잘잘 외가의 내력을 꿰고 있는 할머니에게 삼남매는 온몸에 소름이 끼쳐 얼어붙은 채 말을 잊었다. 가족에게조차 평생 금기시되었던 외할아버지 이름까지 거침없이 올리는 데야 더 이상 할 말이 무엇 있으랴.

"혹시 할머니, 우리 엄마가 살던 집 아세요?"

"알지요. 바로 이리 가면 돼요."

단아하게 머리를 쪽진 그 할머니는 앞장서 골목을 돌아갔다. 조금 전 지나쳐 온 골목을 깊이 들어가자 안쪽으로 마당 넓은 집이 나왔다. 여린 주황색 기와를 이고 있는 단층집 모습이 아담했다. 유리문이 달린 마루, 방문과 유리창, 마당에는 자전거가 한 대 쓰러져 있었다. 키가 큰 석류나무가 오른쪽 화단에 하늘을 찌를 듯하고 대여섯 개의 석류가 달려 있는 나무 밑 화단에는 채송화와 백일홍이 가득 피어있었다.

왼쪽 화단에는 분홍빛 수국이 고개를 잔뜩 숙인 채 흐드러지게 피었고 그 옆에 지붕 위를 훌쩍 뛰어넘은 자두나무도 있었다.

"계세요? 주인 계세요?"

집이 깨끗한 것이 얼마 전 새로 지은 것이 분명한데 안에서는 아무 소리가 없었다.

"다 외출했나 봐, 온 집안이 조용하네."

마당에 선 채 나무와 하늘과 집안을 둘러보던 지국은 그 할머니에게 공손하게 인사를 했다.

"제가 이영이씨 큰아들입니다."

"저는 작은아들입니다. 할머니 성함은 어찌 되십니까?"

"나는 박기선이라고 하지요."

"저는 다섯째 이지유예요, 할머니, 우리 할아버지 어떻게 생겼어요?"

지유가 물었다.

"이명근씨 인물이 훤하니 아주 좋았지요. 어려서부터 참으로 영특했어요. 일제 때 혜성이 나타났다고 할 정도로 영덕사람들의 덕망을 받았지요. 학식도 높고 멀리서 봐도 얼굴이 빛이 나서 우리 동네 자랑이었는데, 그만 그 집안이 폭삭 망해 버렸어요. 그 가족이나 친척 아무도 이곳에 안 살아요."

담담하게 말이 건너왔다. 뒤따라온 다른 할머니는 처음으로 입을 뗀다.

"정이는 나하고 초등학교 같이 다녔는데, 얼굴이 둥그스럼한 데다 납작하니, 눈이 컸는데…."

"저희 이모를 아시는군요."

"나는 이 앞집에 살아요. 정이하고 운동회 날 같이 뛰기도 하고 공부도 같이 했었는데…."

사진 한 장 남겨져 있지 않아 할아버지는커녕 외삼촌, 이모 얼굴조차 모르는데 이 할머니는 어린 시절 이모 얼굴을 그대로 살려내고 있었다.

"할머니 정말 고맙습니다. 덕분에 엄마가 태어나 살던 집을 찾았습니다. 안내까지 해주셔서 신세지고 갑니다. 정말 고맙습니다. 제 소원 풀었습니다."

"고마울 것도 없고 신세진 것도 없고, 이제 소원 풀었다니 다 잊어버려요. 미국 가서 그곳에서 잘 살아요."

단아하게 생긴 박할머니는 이제 그만 지유더러 엄마를 잊어버리라고 했다. 소원 풀었으니 미국에 돌아가서 잘살라고 했다. 우연히 만난 할머니가 뿌리를 찾게 해주었다. 살아생전 효도 못한 딸의 뉘우친 마음을 달래주려고 어릴 적 단발머리 엄마의 혼이 그 할머니를 그 시간, 그 장소에 보내준 것이라 싶었다.

뒤돌아서서 동네를 빠져나오면서 삼남매는 마음이 홀가분한 한편 가슴이 먹먹해져서 서로 얼굴을 마주 볼 수 없었다.

"6·25 나고 어떤 사람이 할아버지 도장을 파갖고 와서 독립자금과 학자금으로 그 넓은 땅 다 팔고 조금 남은 땅에, 선산까지 모두 자기한테 넘기라고 했다더라. 엄마는 할아버지 다칠까 봐 무조건 서류에 도장 찍어주었다고 하더라."

평소 외가 얘기라면 진저리치던 지국이 그래도 가장 아는 것이 많았다. 6남매의 장남으로 가장 가까이서 부모의 고통을 지켜본 지국은 어린 동생들을 바라보며 참으로 많은 부담을 느꼈을 것이다. 지영은 가족을 이룬다는 것에 회의를 느껴 결혼조차 하지 않았다.

자신이 뜻한 바를 마음대로 못 펼친 오빠 둘이 멀리 이민 가서 사는 여동생의 청에 함께 외가를 찾아왔다. 그리고 생전 처음으로 터놓고 외가 얘기를 하고 있었다.

심지 곧은 배우자를 만나 당뇨를 심하게 앓는 80대 시엄마를 모시고 사는 지우, 착하고 성실한 동료 교사와 결혼한 후 치매 걸린 80대 시아버지를 모시고 사는 지수, 강원도에서 장사를 하며 사는 지민은 이번 뿌리를 찾아가는 길에 빠졌다.

'언니들도 왔으면 좋았을 걸.'

'봉화 가는 길' 이정표를 보면서 엄마의 일기장에 나온 '아버지는 지금 봉화 광산에 계신다고 했지'라는 문장을 떠올렸다.

'경북 봉화의 청량산은 자연경관이 수려하여 소금강으로 불린다는데, 봉화에 왔으니 그분은 청량산도 올라갔을 거야.'

지국이 운전하는 차는 바다를 옆구리에 낀 채 중부고속도로를 지나 서울로 올라왔다.

부산- 기장- 장안- 감포- 영일만 장기곶- 죽천- 월포- 남정- 강구- 영덕- 안동- 울진- 봉화- 영주- 단양- 원주- 여주- 서울. 이번 여정이었다.

그 다음날, 지유는 아이들과 서대문구 현저동에 있는 형무소를 찾아갔다. 1987년 옥사가 경기도 의왕시로 이전한 뒤 1998년 서대문형무소 역사관으로 개관되어 방문객을 맞이하고 있었다. 일제에 의해 투옥된 독립운동가들의 자주독립 정신을 알리는 산 교육장은 당시의 옥사 몇 동과 지하 감옥 등을 역사의 현장으로 남겨두었다.

지유는 아이들을 데리고 수용소 건물 안으로 들어갔다. 복도를 사이에 두고 마주 보는 옥사는 먼저 육중한 철제 문고리가 보이고 비인간적인 감시구멍이 보였다. 지하 감옥은 특수고문실과 1평 남짓한

좁은 감옥 모습들이 으스스한 느낌을 주는데 구타하는 일경과 고문 받는 독립운동가가 피 흘리는 모습의 납 인형들이 으스스했다.

"아이구, 무서워. 얼른 나가자."

아이들은 복도를 달려갔다.

고문, 구타, 굶주림이 일상이 되었을 그곳에서 영양실조에 위병까지 얻은 그분, 그분이 있던 곳이다. 아무것도 먹지 못한다니 '우유 한 곽이라도 전할 수 있을까' 애타하던 엄마. 망루 감시탑이 높게 솟은 붉은 담아래에서 엄마는 얼마나 절망했을까. 후두둑 떨어지는 눈물방울이 보이는 듯했다.

전시실에는 서대문형무소에서 고문으로 사망했거나 투옥되었던 독립운동가들 사진과 유물, 연혁 등이 유리관 속에 보관 진열되어 있었다. 큰아이가 물었다.

"엄마, 일제 때 유명한 독립운동가였다면서, 왜 엄마의 외할아버지 사진은 여기에 없어?"

"응, 엄마의 외할아버지는 여기 있는 분들과 생각이 달랐고, 무엇보다도 이름 없는 독립운동가였기 때문이지."

지유는 짧게 대답했다. 조선의 독립을 위해 일하다 투옥된 선열들을 성역화한 그곳은 민족의 한이 서린 곳, 서대문형무소를 찾아다니던 엄마의 한이 서린 곳이었다.

부모님의 산소가 있는 의성으로, 가족이 함께 살던 부산의 집으로, 엄마가 어릴 적 살던 동네를 찾아갔던 삼남매는 다시 서울로, 경기도로, 뉴욕으로 헤어졌다.